タフガイ

カバー写真／© Getty Images
装幀／早川書房デザイン室

登場人物

浜崎順一郎……………………………私立探偵
安藤大悟………………………………順一郎に助けられた少年
安藤早苗………………………………大悟の母
安藤石雄………………………………大悟の父。順一郎の旧友
安藤庄三郎……………………………石雄の父。富豪・安藤家の当主
安藤房子………………………………庄三郎の妻
安藤智亜紀……………………………房子の娘。石雄の義妹
岩井淳子………………………………大悟の友達
岩井恒夫………………………………淳子の父。総会屋
岩井節子………………………………淳子の母
熊上義郎………………………………画家
中村……………………………………画家
風鶏……………………………………画家
前島俊太郎……………………………節子の元恋人
大平秀美………………………………智亜紀の美大仲間
清水成美………………………………『宝屋』店長
毛利負六………………………………成美の内縁の夫
玉置浩太郎……………………………キャバレー経営者
古谷野徹………………………………東京日々タイムス記者。順一郎の先輩
島影夕子………………………………女スリ
榊原……………………………………四谷署刑事課の警部。順一郎の亡父の後輩

（一）

父親の探偵事務所を引き継いで三年の月日が流れた。最初の一年は、仕事に夢中になれず、きちんと約束は果たしてはいたものの、引き受けた調査にのめり込むことはまったくなかった。

そんな私を変える調査が舞い込んできたのは、二年前、一九七二年の秋だった。

消えた元女優の行方捜し。思いも寄らぬ錯綜した事件を追っている間に、多くの人間の秘奥を覗きみる結果となった。

私は他人には無関心な方である。相手を過大評価することもないし、見くびることもない。

どんなに訳の分からない前衛美術よりも、人間という存在が、実は一番抽象的だと感じ取っていたからである。

人生にはキャンバスはない。

だから、仮想のキャンバスを設けて、そこから絵の具がはみ出さないようにして人間は生きている。そうしないと、神経がズタズタになり、廃人になってしまうかもしれない。

因習、法律、道徳……。人間が造り出したキャンバスはいくつもある。

自然の法則に従って生きている動物は、キャンバスを造り出す必要はない。自然そのものがキャンバスなのだから。

元女優捜しを通して、キャンバスから流れ出てしまった絵の具に触れざるをえなくなった。私立探偵という職業に自分が向いていると自覚したのは、この調査に携わったからである。人に無関心だという基本的性格は探偵にとって大事だと気づいたのだ。

依頼人は所詮、他人である。赤の他人の生々しい心のうねりに、その都度巻き込まれていたら調査なんてできやしない。

とは言うものの、私も人間である。判断ミスも犯すし、予見に振り回されることもある。感情を高ぶらせてしまうことだって稀ではない。

しかし、どんな形であれ、事件が私の手から離れれば、関わっていた人間の大半は、私とは関係のない遠い存在になっていく。ただ過去は決して消せないから、事実として脳裏に深く刻み込まれてしまうが。

実際、元女優捜しの過程で知り合った人間とは、その後交流はまったくない。

くだんの調査が殺人事件に発展したこともあり、マスコミが騒ぎ、〝私立探偵　浜崎順一郎《はまざきじゅんいちろう》〟を少しだけ世に知らしめることになった。

おかげで仕事が増えたが、車の古いバッテリー同様、寿命は短く、この二年間を振り返ってみると、依頼人の訪問もなければ、電話もかかってこない日の方が圧倒的に多かった。

昨年の十月、第四次中東戦争が起こり、石油の生産および供給が削減された。それが物不足の噂を呼び、トイレットペーパー、砂糖、塩、洗剤がスーパーマーケットの棚から消え、金融機関の取り付け騒ぎまで起こった。いわゆるオイルショックというやつである。

パニックは年末までには収まったが、物価高は七四年に入ってさらに激しさを増し、以前からのインフレに拍車をかけた。

しかし、物価高やインフレが私の仕事に影響をあたえたことはない。細々とひとりで営業している利点は、世の中の動きに左右されにくいことである。

世間を騒がせる出来事が起こっても、それでもって人の悩みや小さなトラブルが消えることはない。たとえばの話だが、失恋して苦しんでいる人間にとって、トイレットペーパー不足がどれほど気になることなのだろうか。

私が何とか生き延びられているのは、どんな時代でも、難しい顔をした人たちが、巷にごろごろ転がっているおかげである。


新宿通りを、明治通りをすぎ四谷方面に向かってしばらく行くと広い通りが現れる。新宿二丁目の交差点である。右側が緑地帯。その向こうの道路を越えると御苑が拡がっている。

新宿二丁目の交差点から百メートルほど先の右側にホテルがある。

十階はあろうかという高い建物だが、すっきりとした長方形ではない。低いビルの上に、さらにふたつほどのビルを載せたような造りをしている。赤ん坊がただ積み木を積み上げた。そんなバランスを欠いた建物である。壁の色も違っている。

屋上は円形の展望レストランになっていて、さらにその上に、高さのあまりない四角い塔が設けられている。

ラシントン・パレスというホテルである。

展望レストランは回転すると聞いているが、今も回っているかどうかは知らない。

七四年の七月下旬のことだ。

大阪のミナミで芸能プロダクションを経営している男の依頼を受け、売り上げを持ち逃げしたとされる従業員を探した。

その従業員がラシントン・パレスに泊まっていることを突き止めた。問題の人物がそのホテルを利用したわけはすぐに分かった。通りを渡ればゲイの街である。

依頼人は、その日の午後、東京に来る予定だった。しかし到着は夜になってしまった。梅雨明けして間もないのに、東海地方を集中豪雨が襲った。その影響で、新幹線のダイヤが大きく乱れたのだ。

午後七時を少し回った頃、私はホテルの並びにある喫茶店に入った。

昼と夜が交代する頃で、歩道をゆく人たちもまちまちだった。仕事帰りの人間もいれば、これから一稼ぎしようと出てきた女の姿もあった。

この界隈の、この時間帯の雑踏はどこか物悲しい。

依頼人に会うのはその日が初めてだった。私は、自分の特徴と衣服の色を電話で教えておいた。

依頼人は三十分ほど遅れてやってきた。色白の太った男だった。安手のコロンが鼻をついた。大阪から走ってきたかのように息が乱れていた。

私は盗み撮りした写真数枚をテーブルに置き、依頼人に報告書を渡した。

男は写真を食い入るように見つめた。「間違いなく、こいつですわ」

報告書に目を通すことはなかった。

私は問題の従業員の部屋番号を教えた。

「おおきに。あんたに頼んでよかったわ。仕事とションベンは速いにこしたことない」依頼人は奥の金歯を見せて笑った。

請求書を渡すと、依頼人はその場で金を払ってくれた。

セックスは？　と茶々を入れたくなったが、我慢して、温《ぬる》くなったコーヒーを喉に流し込んだ。

「私、行きますわ。また逃げられたらかなわんさかい」

依頼人は、領収書を上着のポケットにねじ込み、安手のコロンのニオイを残して喫茶店を出ていった。

問題の従業員は本当に売り上げを持ち逃げしたのだろうか。事実だとしても、裏に痴情のもつれが絡んでいる気がしないでもなかった。

しかし、そんなことは私にとってはどちらでもいい。ラシントン・パレスで殺傷沙汰が起こったと明日の新聞に載っても、知ったことではない。

喫茶店にはテレビがついていた。

画面の中ではローラーゲームが行われていた。日米対抗戦が毎週放映されているのは知っているが、真面目に観たことはない。東京ボンバーズというチーム名が頭の隅にあるだけである。

味方の選手の腕を取って、大きく振り回すようにして先に行かせる。敵の選手に躰をぶつける。そうやってリンクをぐるぐる回っている。司会は土居まさるだった。

ルールをよく知らない私はすぐに飽きてしまった。

外に出た。夜の色はいよいよ濃くなり、雨が降り出していた。強い降りではないが、蒸し暑さに拍車をかけていた。

私はラシントン・パレスに沿った路地を御苑の方に歩を進めた。

依頼された件も、大阪から駆けつけた男ももう忘れてしまっていた。

トラブルを抱えている人間にとって、この蒸し暑さは百害あって一利なし。不快指数を上げるだけだから。

車は裏通りの駐車場に駐めてある。

私の乗っているのは六九年型、いすゞベレット1600GTR。〝ベレG〟の愛称で知られている車である。

以前、キャブレターにちょっとした問題があったが、今はすこぶる調子がいい。

駐車場に近づいた時、湿った空気をぬって男の声がした。

「何だ、てめえ、やる気か」

その声は御苑の方に抜けられる路地から聞こえてきた。

路地の入口に立った。右の角はしょぼくれたスナックで、左は建材会社の事務所。路地には店も住宅もなく、壁が迫っているだけだった。

御苑に沿った道路を行き交う車の音が路地に流れ込んでくる。

威勢のいい言葉を発したのはバイクに乗った若造のようだ。絡まれていたのは少年と少女だった。

少年はファイティング・ポーズを取った。

若造がバイクを下りた。

少年は、まだランドセルが似合いそうな幼さだった。ジーパンに黒いTシャツを着ていた。くりっとした目の利発そうな男の子。前髪だけを垂らした刈り上げ頭である。

「変なことしたら、大声を出します」

少女の甲高い声をトラックのエンジン音が呑み込んだ。

若造は痩せていて、ちんちくりんだった。異様に腕が長く、足は短かった。

怪奇映画の端役には向いていそうだが、他には何の役にも立ちそうもないチンピラだった。

少年はやる気満々である。構えを見ているだけだと、ちょっとやれそうな気がしないでもない。ひょっとすると若造に勝てるかもしれない。

問題は腕の長さ。リーチが違いすぎるから鋭いパンチを繰り出せたとしても届かないだろう。

私は、力強い足音をわざと響かせて路地に入った。

若造と少女が私の方に目を向けた。少年は若造の隙を見逃さなかった。右ストレートを繰り出したのである。しかし、うまくヒットしなかった。

若造の怒りに火がついた。少年の首根っこを摑むと足を払った。

少年はその場に肩から落ちた。

若造は少年に蹴りを入れようとしたが、私が迫ってきたのを見た瞬間、慌ててバイクに跨《また》がった。

エンジンがうまく繋げない。

恐怖の色が波打った目が、私をしきりに気にしている。

少年が立ち上がり、若造に向かおうとした。

私は少年の前に躰を入れ、行く手を塞いだ。そして若造に言った。「消えな。この子に殴り飛ばされる前に」

若造はエンジンを繋ぐのに必死で、私を見ようともしなかった。

このビビりようからすると、私を地回りのヤクザと間違えたのかもしれない。

倉庫のような建物の壁に若造のシルエットが映っていた。カマキリがバイクに乗っているみたいだった。

駐車場のある通りに人影が見えた。騒ぎをききつけ、近所の人が見にきたらしい。

やっとエンジンがかかった。バリバリというけたたましい音を残してバイクは逃げ去った。

「怪我はないか」私は、肩をさすっていた少年に声をかけた。

「邪魔しなきゃ、僕がこてんぱんにやっつけてたのに」少年は悔しそうに唇を噛んだ。

「こんなとこで何してる。御苑のプールはとっくに閉まってるよ」

「……」

「あの男に絡まれたのか」

「金を出せって言われたけど、僕は断った」

「家はこの近く？」

「小父さん、この辺の人？」

「俺の質問に答えろ」

「違います」

「迷い子は交番に届ける」

「放っておいてください」

十歳ぐらいの少年と少女が、御苑路地裏で絡まれていた。海に放り出された漂流者も同然である。他人に無関心な人間は、却って、処理すべきことはきちんとやるものだ。

「小父さん、近所の人ですか？」少年が同じ質問を繰り返した。

「いや、駐めてあった車に戻ってきたところだ」

少年はちょっとがっかりした顔をした。

「この辺で誰かを探してるの？」

少年は答えず、少女に視線を向けた。それから意を決したような表情でこう言った。

「車があるんだったら、この子を家まで送ってください」

「知らない人の車に乗るな、って親に言われてないのか」

「小父さんの名前を教えてください」

訊いてきたのは少女だった。しっかりとした口調である。

「浜崎順一郎。歌舞伎町で探偵事務所をやってる」

「名刺あります？」今度は少年に訊かれた。

「職務質問されてるみたいだな」私はにやりとしてから、名刺を少年に渡した。

少女が覗き込んだ。

私は天を見上げた。「雨、止みそうにないな」

「彼女を家まで送ってください。お願いします」

「君の名前は？」

「安藤大悟《あんどうだいご》」

私は少女に目を向けた。

「この子は岩井淳子《いわいじゅんこ》さん」少年が教えてくれた。

「家はどこだい」

「田園調布です」少女が答えた。

私は少年に訊いた。「君はこれからどうする？　新宿の夜を彷徨《さまよ》う気か」

「安藤君も家に戻ろう」少女はつぶやくように言った。

「岩井の家までは一緒に行く」

私は、大きく息を吐き、少年を見た。「分かった。ともかく、姫を送ろう」

私は少年と少女を連れて路地を出た。野次馬の姿はもうなかった。

大悟が助手席に乗った。

とりあえず新宿通りに出た。初台を目ざし、そこから山手通りに入ることにした。

フロントガラスに細かな雨がまとわりついてきた。

「君たちの歳を教えてくれないか」

「ふたりとも十一歳です」大悟が答えた。

「大悟君の住まいは」

「彼女と同じ田園調布です」

「じゃ君も家に戻るんだな」

「……」

訳ありには違いないが、家出ではなさそうだ。

「この車、クーラーないんですか？」淳子に訊かれた。

「あいにくね。君の家には各部屋にクーラーがついてるのか」

「はい」

こともなげに答えを返された私は、ルームミラーに映る少女を盗み見た。

頬がふっくらとした可愛い子だった。くっきりとした二重に守られた目は尖っていて、唇の端をきゅっと閉じている。いかにも強情そうだ。髪はおかっぱだった。水色のミニワンピースを着ていた。襟と袖口は白である。紅白の格子模様の小さなビニールバッグを膝に載せていた。

「安藤君、君の父親はどんな車に乗ってる？」

「車は四台あります。えーと、ベンツと……」

「もういいよ」私は左手を挙げ、大悟の言葉を制した。

田園調布に住んでいる人間がすべて金持ちとは限らない。商店街の方の住人で、家にクーラーを取り付けている者は何人いるだろうか。自家用車を四台持っていることは絶対にあるまい。

私は煙草《たばこ》に火をつけ、運転を続けた。王子も姫も、もう口を開かなかった。

青葉台四丁目付近で玉川通りに入り、自由通りを通り、田園調布を目指した。どのコースが最短なのかは分からなかった。

田園調布駅の西口に向かって走っていると、大悟が、淳子の家の場所を教えてくれた。

一旦、私は駅前に出た。

西口の広場から放射線状に道が拡がっている地区が高級住宅街である。

大正時代に、大実業家、渋沢栄一が西欧風の住宅街を目標として開発したと聞いている。

私にはまるで縁のない街だが、ここに屋敷を構えている人間が依頼人だったら、と考えると、相手が小学生とはいえ、揉み手でもしたくなった。

沿道には等間隔に銀杏《いちょう》が植えられていて、ゆるやかに吹きすぎてゆく風が、雨に濡れた葉を揺らせていた。

どこからか犬の吠え声が聞こえた。

歩道を歩いている人間はおらず、車と擦れ違うこともなかった。

「その塀の家です」大悟が言った。

コンクリート仕上げの塀だった。表面を削ることで、コンクリートの冷たさが緩和されている。塀はえらく長く、異様に高かった。

門は鉄の扉だった。要塞のような屋敷である。

「もう少しいって、通用口の前で停めてください」

私は、タクシー運転手よろしく、言われた通りにした。

岩井淳子の家は、実業家、横井英樹の屋敷から目と鼻の先にあった。

午後九時を少し回っていた。

「ありがとう、安藤君」淳子は大悟に礼を言った。

「今日は特別だよ」大悟の口調はそっけなかった。

「また電話していい？」

「駄目だよ。昨日はたまたま僕が出たからいいけど」

「うまくやる」

大悟は窓の外を見たまま答えなかった。

淳子は私にも礼を言い、車を下りた。

私は車をスタートさせた。バックミラーに淳子が映っていた。ほどなく通用口から女が出てきて、周りを見てから淳子を中に通した。

「次は王子様を家にお送りしよう。場所を教えて」

「帰っても親はいません」

「お手伝いさんはいるだろう」

「いるけど、僕が帰ると羽を伸ばせないからいい顔しない」

「親はどこに行ってる？　パリ、それともニューヨーク？」

「葉山の別荘。僕はそこから来たんだ」

「じゃ、今頃、捜索願いが出されてるかもしれない。小学生を連れ回したって、警察の取り調べを受けるのはまっぴらだよ」

「小父さん、警察が嫌い？」

「君はどうなんだい？」

「好きも嫌いもないよ。拳銃が持てるのは羨ましいけどね。探偵って拳銃、持てるの？」

「水鉄砲ぐらいしか持てない」

「アメリカの探偵って持ってるよね」

「あの国は、赤ん坊でも、縫いぐるみの代わりにライフルを抱いてる」

「嘘だい」

「本当さ。君ぐらいの歳だと、そうだな、少なくともすでにふたりは殺してるね」

大悟が目を細めて笑い出した。

私は、高級住宅街の中をゆっくりと流していた。安藤という表札を探していたのだ。

「親には何て言って出てきたんだい？」

「家に参考書を忘れたから取りにきたって、東京に戻ってから電話しました」

私は駅前に戻り、広場の脇に車を停めた。

「俺が葉山まで送ってやる。それが嫌だったら交番に行く」

「……」

「どっちなんだ。早く返事しろ」

「本当にいいんですか？」

「ああ。ただその前に親に連絡しておきたい。別荘の電話番号を教えろ」

大悟は目を伏せ、また黙《だんま》りを決め込んだ。

「きちんと説明しておかなきゃ、俺が困る」

大悟が渋々電話番号を教えた。

駅近くの公衆電話から、教えられた番号にかけた。

なかなか相手は出なかった。

午後十時すぎ。葉山の別荘でバカンスを愉しんでいる人間は宵っ張りのはずだ。もう寝てしまっているわけはない。

三十秒ほどで女が出た。「安藤でございますが」

かすかに音楽が聞こえてきた。人の笑い声もする。パーティーでも開いているのかもしれない。

「奥さんですか？」

「どちら様でしょうか」

「大悟君と今、一緒で……」

「まあ」女は絶句したきり、何も言わない。

「もしもし、もしもし……」

何度呼びかけても返事はない。電話口を離れてしまったらしい。私は硬貨が落ちてゆく音を聞きながら舌打ちした。

「お待たせしました。大悟の母親でございますが」

相手が変わった。がさがさしているのに鼻にかかった嫌な声の女だった。

先ほどの女は使用人だったらしい。

「大悟がどうかしたんですか？　まさか、あなた、大悟を……」

私を誘拐犯と間違えているような口振りである。

私は名前と職業を教え、今から葉山まで送ると告げた。

「浜崎順一郎？」敬称はつけずに、女はつぶやいた。「どこかで聞いたような名前だわね」

「二年ほど前、週刊誌やスポーツ紙に載ったことがあります」

「ああ、思い出したわ。神納絵里香《かのうえりか》の事件の時の……」

「今、田園調布の駅前にいます。私としては自宅に送る方が助かるんですけど」

「てっきり、私……。失礼しました。ご面倒でなければ、ここまで連れてきてください。お礼はしますから」

詫びる声にも柔らかみはなかった。相当、高飛車な女らしい。

「お礼はけっこう。ともかく、今から出発します」

私は電話を切り、車に戻った。

第三京浜を走り、葉山に向かうことにした。

「誰としゃべったの？」大悟が不安そうに訊いてきた。

「お母さん」

「ママ、怒ってた？」

「いいや」

「岩井と会ってたこと黙っててくれます？」

「君は彼女に頼まれ事をしたんだよな」

「……」

「その内容を教えてくれたら、親には言わない」

「彼女、お父さんを探してるんです。今の父親は本当の父親じゃないんだって」

ベレＧは環八に出た。

「実の父親は、あの辺りに住んでるのか」

「昔、住んでたみたいだけど、今はそのアパートはなくなってて、角に質屋があったんですけど、それもありませんでした」

「よく調べられたな。そういうのって探偵のやることだよ」私は本気で感心した。

「岩井、お母さんの持っていた手紙とかアルバムから、本当の父親の名前や住所を知ったんです。ひとりじゃ怖いから、僕に一緒に来てほしいって言ったから……。本当は、僕、嫌だったんです」

「どうして？」

「女は苦手」

第三京浜は空いていた。私は久しぶりに気持ちよく車を飛ばせた。

「ファイティング・ポーズ、なかなか決まってたな」

「ボクシングジムに通ってたことがあるんです」

「今は？」

「ママに禁止されちゃった。浜崎さん、輪島の試合観ました？」

「テレビでね」

「僕も」

世界ジュニア・ミドル級のタイトルマッチ十五回戦が行われたのは六月に入ってすぐのことだった。輪島功一の七回目の防衛戦。勝てば新記録だった。しかし、輪島の動きは悪く、パンチに鋭さはなかった。挑戦者に一ラウンド目からワンツーを食らっていた。その後もかなり打たれてはいたが、連打で応酬し、攻勢に転じた場面も見られた。しかし、終盤に入って片方の目が見えない状態になった。それでも持ち堪えた。最終ラウンドは、挑戦者にやられっ放しだった。結局、ＫＯされてしまった。

「負けちゃったけど、僕、輪島が大好きなんだ。六回も防衛したんだからすごいよ」

「俺もいいボクサーだと思うよ」

「小父さん、輪島ぐらいの歳かな」

「彼、いくつだっけ」

「三十一」

「俺の方が三つ年上だ」

「パパも同じ歳です」

「将来、プロボクサーになりたいのか」

「できたらね」

私はちらりと大悟を見た。プロボクサーになるには目が澄みすぎている。目の澄んだボクサーなんていやしない。そう決めつけるのは、おそらく偏見だろう。饒舌な相撲取りがいないと言い切るのと同じくらいに。

車中、大悟はボクシングのことを夢中で話した。同じ月に、世界ジュニア・ライト級のタイトルマッチも行われた。二月にチャンピオンになった柴田国明の初防衛戦だった。

「柴田、判定で勝ったけど、面白い試合じゃなかったな」大悟が言った。

「俺は、その試合、視てないんだ」

「やっぱり、輪島の方がタフだね。男はタフじゃないと」

一端《いっぱし》のことを言う。

「小父さんもそう思うでしょう」

「まあね」

「さっき、路地に現れた時の小父さん、格好よかった。タフガイだって思った」

「君は石原裕次郎のファンなのか？」

「うん」

「え？」大悟が怪訝《けげん》な顔をした。「裕次郎って『太陽にほえろ！』に出てる人だよね」

「だったら松田優作の方が好きです」

タフガイと言えば石原裕次郎である。『勝利者』という映画ではボクサー役を演じてたはずだ。

しかし、大悟は、タフガイと裕次郎の関係が分からないようだ。歳を考えれば、その方が自然だが。

「カンフーはどうなんだ。〝あっちょ～〟って小学校でも流行ってるんじゃないの」

『燃えよドラゴン』は観ました。ブルース・リーも格好いい。けど、僕はもっと小さい時からボクサーに憧れてたから」

「タフガイって言葉、パパから教えてもらったの？」

「うん。パパはタフガイだよ。小父さんには悪いけど、パパの方がちょっとだけ格好いい」

「パパは、何やってるんだい？」

「会社の社長」

「社長もタフじゃないと勤まらないな」

いつしか雨は上がっていた。

第三京浜からそのまま横浜新道に入った。そして大船から鎌倉に出て葉山に向かった。横浜横須賀道路の工事はすでに始まっているそうだが、全線が開通するのは、ずっとずっと先のことだ。

カミナリ族が私の車を抜いていった。数台のバイクが蛇行運転し、旗が激しく揺れていた。トンネルに入った。無駄に吹かしたエンジン音と甲高いクラクションがトンネル内に響き渡っている。

自分が湘南に来てしまったことが不思議だった。謝礼をもらう気などまるでなく、少年愛の趣味もない。余計なものを拾ったにすぎなかった。

逗子をすぎ葉山に入った。

大悟に言われた通りに走った。

葉山隧道の手前を右に曲がり、森戸海岸の方に向かった。海岸通りに出ると、再び右折した。それから間もなく、もう一度右に曲がれと指示された。

狭い坂道を高台を目指した。

「あの電気がついている家です」

私は少し頭を下げて、高台の別荘を見やった。

かなりでっかい家で、鬱蒼《うっそう》とした木立に囲まれていた。

坂をどんどん上った。

鉄製の門扉は大きく開いていた。石造りの門柱の左側に平屋が建っている。

車の音を聞きつけ、平屋から男が出てきた。五十ぐらいの小柄な人物だった。

「佐々木《ささき》さん、僕だよ」

番人の顔は、表面がこんがりと焼けたパンのような色をしていて、肩の筋肉が盛り上がっていた。

田園調布には向かない海の男のニオイがした。

「坊ちゃん、みんな心配してたんですよ」

番人は、私の顔を懐中電灯で照らした。

「浜崎です。奥さんから話、聞いてるでしょう?」

「ええ。どうぞ、そのまま上まで上がってください」

門の向こうには円形の花壇があり、赤や黄色の花が咲き誇っていた。花壇の向こうに舗装されたつづら折の道が見えた。

私は花壇を左から回って坂道を上っていった。

別邸に着くまでに一分ほどかかった。

建物の左側が駐車場になっていて、三台ほどの車が駐まっていた。いずれも高級車だった。

「今夜はパーティーが開かれたのか？」

「うん」

私はベレGを玄関前に停めた。

階段を数段上ったところに玄関扉があった。ジャイアント馬場が三人並んで入っても余裕がありそうな大きさである。

扉が開いた。自動ドアだった。

赤いノースリーブのワンピースを着た女が現れた。赤と言っても派手な色ではなく、織りが入っている。胸がV字に切れ込み、乳房の一部をちらりと見せ、男心をそそる。そんな扇情的なドレスではなかった。

髪はボブカット風だが、両サイドが耳のところでCの形を作っていた。キスカールと呼ばれる六〇年代に流行った髪型である。目も口も大きな女で、キスカールにしているのは、ファッションモデル、前田美波里を意識してのことかもしれない。

大悟が車を降りた。

つかつかと大悟に歩み寄った女が言った。

「大悟、今頃までどこに行ってたの？　ママ、パパが止めなかったら、警察に連絡してたわよ」

品のいいドレスにモデル風の髪型は格式のある家に過不足のないものだったが、声だけは違った。電話で聞いた、鼻にかかったがさがさした声だった。

大悟はうなだれたまま口を開かなかった。

「無事でよかった。ママは……」女はそこまで言って、私に視線を向けた。

私はベレGのエンジンを切らずに、煙草を吸っていた。

女が運転席側に回り、腰を屈めて、私に笑みを振りまいた。

媚態にも気品のあるものとそうでないものがある。女の笑顔は、嬌笑《きょうしょう》の巷でよく見かけるものとさして変わりはなかった。

「私、大悟の母親で、早苗《さなえ》と申します。浜崎さんでしたね。ご迷惑をおかけしました。ちょっとお上がりください。主人も直接お礼を申し上げたいと言っておりますので」

大悟が母親の横に立った。大悟の目が落ち着きを失っている。私が母親に余計なことを言うのではと心配しているようだ。

「早苗」

玄関口から声がかかった。

階段の上にベージュのスーツを着た男が立っていた。

「上がってもらいなさい」

肩幅のあるがっしりとした躰の男だった。よく陽に焼けた顔を、白いシャツがさらに際立たせていた。

男は両手を腰にあてがい、股を大きく開いていた。うっすらと口髭を生やし、前髪を軽く垂らしている。鼻梁の高い細面の人物だった。

大悟は、父親が格好いいと言っていた。贔屓目ではなかった。

「長くはお引きとめしませんので、ちょっとだけ」大悟の母親が言った。

「じゃ車を駐車場に」

「そのままでどうぞ。うちの者にやらせますから」

私はエンジンを切り、車を降りた。

二組のカップルが玄関口に現れ、ベージュのスーツの男に暇《いとま》を告げていた。

「愉快な一夜でしたわ」着飾った女が、声を上擦《うわず》らせて言った。

「次回はうちでパーティーを開きますから、是非、いらっしゃってください」連れの男が口をはさんだ。

もう一組のカップルも、礼儀正しい挨拶をした。そして、四人一緒に階段を下りてきた。

今度は大悟の母親が客人に言葉をかけた。

声を上擦らせてしゃべっていた女が、満面の笑みをたたえて、出された料理を褒めた。こちらの笑みには気品が感じられた。

他の三人も、招待された喜びを口にした。

社交辞令というものが、いかに人の付き合いを円滑にするかを教えてくれる見本のようなやり取りだった。

もうひとりの女が大悟に言った。「ご両親に心配かけちゃ駄目ですよ」

「おばさん、ブラジャーのヒモが見えてます」大悟は淡々とした調子で言った。

「大悟」母親は目を瞬かせた。声が尖っていた。

指摘された女の眉が一瞬険しくなった。しかし、ブラジャーのヒモを隠した時には、本音も消え、母親に白い歯を見せ、微笑んだ。

「しっかりしたお子さんだわね。注意力がありますもの」

招待客が駐車場に向かって去っていった。ベージュのスーツを着た男の姿はもう玄関先にはなかった。

靴は脱ぐ必要はないのか。一瞬私は戸惑った。

「そのままで」

何もそこまで西欧を真似る必要はないと思ったが、むろん、口には出さなかった。

「大悟、もう寝なさい。明日、ママに何があったか教えるのよ」

「お休みなさい」大悟は私に頭を下げると、天井の高い玄関ホールの角を足早に曲がって姿を消した。

私は早苗と共にその後に続いた。

大悟が奥の階段を上がっていくのが見えた。

私は廊下のすぐ右手にある部屋に案内された。

その部屋では食事会が開かれていたようだ。使用人が食べ残しの料理や汚れた食器を片付けている。

焦げ茶色のグランドピアノが部屋の中心にでんと控えていた。ゆったりとしたソファーや猫脚の肘掛け椅子が、無造作に、しかもゆとりをもって置かれている。家具店のショールームみたいだった。

大きな絵が二枚飾ってあった。一枚は白地に黄色い線が三本走っているだけの水彩画だった。もう一枚はピンクに赤と黒の丸が点在していた。いずれも同じ作者が描いたものだろう。私でも描けそうな絵だが、値段を聞いたら目が飛び出てしまう気がしないでもなかった。

シャンデリアが二灯、対称的につり下げられ、広いベランダに通じる仕切りは取り払われていた。

ベランダのデッキチェアーに、正体なく眠りこけている女の姿があった。ミニスカートが少し捲れ上がっている。隣の椅子に度入りのサングラスをかけた男が座り、ぼんやりと煙草をふかしていた。男の髪はM字に禿げ上がっていた。

今し方帰っていった客人たちとはニオイの違う男に思えた。

大悟の父親の姿はどこにもなかった。

「ばたばたしていますが、どうぞ、お座りください」

私は、奥深くて躰を起こすのに難儀しそうな萌葱色《もえぎいろ》の革のソファーに腰を下ろした。

「お飲みものは、いかがなさいます？」

「バヤリースオレンジ、ありますか」

「バヤリースオレンジですか。あったかしら」

母親が使用人を呼んだ。一旦、部屋から出ていった使用人が戻ってきた。

「申し訳ありません。バヤリースオレンジはございません」使用人が謝った。

「じゃ、お水でけっこう」

使用人が去ると同時に父親が現れた。

私が立ち上がろうとすると、「そのままで」と止められた。

短い時間に、三度も〝そのままで〟と言われた。生活の大半を使用人に肩代わりさせていると、ほとんどのことは〝そのまま〟でいいらしい。

その年の春闘は例年とはまるで異なる激しいものだったし、節約が叫ばれている中、電力使用制限令が定められ、ネオンの使用もテレビの深夜番組も制限されている。

しかし、安藤家には関係ないようだ。どんな世の中だろうが、戦争中だろうが、政治体制が何であろうが、金持ちは金持ちだということだ。

私は金持ちではないが、汗水垂らして働いている勤労者の仲間とはとても言えない。資本家からも労働者からも、胡散臭い目で見られている存在である。それが悔しいとも立派だとも思わないが、妙に居心地がいい。どの列にも加われないから、どちらにもちょっとだけ足をかけている。そうしているのが私にはすこぶる向いているらしい。

使用人が水を運んできて、テーブルに置いた。

「初めまして、大悟の父親の安藤石雄《いしお》です」

大悟の父親が立ったままだったので、私は腰を上げた。

「浜崎順一郎です」

「有名な探偵さんなのよ。一昨年、私、週刊誌か何かで見ました」

安藤石雄の頬から笑みが消え、私をじっと見つめた。

私は顎に手を当て、安藤石雄を見返した。

石雄という名前は珍しい。それに反応したのである。

「失礼なことをお伺いしますが、浜崎さんって本名ですか？」

「安藤さんの方はどうなんです？」

妻は、私たちの会話に目を白黒させていた。

安藤石雄が上目遣いに私を見た。「ひょっとして高梨《たかなし》さんでは」

私は肩をゆすって笑い出した。「私の知り合いに柿沼《かきぬま》石雄って男がいました」

「おう、おう」石雄は顎が外れるくらいに口を開けた。「高梨だ。間違いなく高梨順一郎だ」

石雄が歩み寄ってきて、私に抱きついた。彼は再会を手放しで喜んでいるようだった。私とて同じだが、瀬戸の少年院で同じ釜の飯を食い、教育実習を受けていた柿沼石雄が、なぜ、こんな立派な屋敷に住んでいるのかが分からず戸惑い、石雄の喜ぶ姿に上手には対応できなかった。

「どういうお知り合いなの？」

早苗の質問を石雄は無視した。「お前が刑事の家に養子に入ったのは聞いてた」

私は躰を離し、もう一度石雄を見つめた。「立派になりすぎて、すぐには分からなかったよ」

私は、瀬戸の少年院時代のことを口にすることに用心深くなっていた。妻がどこまで石雄の過去を知っているか分からないからだ。しかし、そういう気遣いはいらなかった。

「早苗には瀬戸の頃のことは話してある」石雄が小声で言った。

「じゃ、浜崎さんも」早苗の目が泳いだ。

「こいつは俺よりも悪かった」

石雄がしみじみとした口調で言い、再び私を見つめた。少年の頃の勝ち気な目が甦っていた。

私は曖昧に笑って受け流した。

石雄が使用人を呼んだ。「一番上等なシャンパンをすぐに用意してくれ」

「俺は車で来てます」私は敬語を使った。

「お前が飲酒運転を心配するようになったとはな」石雄は笑いながら、肘掛け椅子に躰を投げ出し、そっくり返った。そして大きな口を開け、「はあ……」と意味不明な声を出した。

歯医者で口を開けている格好に見えた。

少年院時代の石雄が虫歯に悩んでいたことがあった。歯医者に診てもらった。しかし、今にして思えば、治療とは名ばかりで、痛んだ奥歯はあっさりと抜かれただけだった。石雄が抜かれた奥歯を私たちに見せていたことを突然思い出したのだ。

「高梨、いや、浜崎さん、もうこんな時間だ。うちに泊まっていってくれ。ふたりでゆっくり飲みたい」

私はベランダにいるカップルに目をやった。

石雄が立ち上がり、ベランダに向かった。

「玉置《たまき》さん、ホテルに部屋を取るから、その女を連れて帰ってくれませんか。こっちは大事な用ができたから」

「すぐに行くよ」

サングラスの男は、私を見つめたまま煙草を消した。

「飲酒運転が心配だったら、うちの者がホテルまで送ります」

「いや、もう酔いは冷めてる」

玉置と呼ばれた男が立ち上がった。「陽子《ようこ》、帰るぞ」

女はうんともすんとも言わない。

男はいきなり女の頬を平手打ちした。

女が目を開けた。「何すんのよ」

「起きろ。帰るんだ」

「気持ちが悪いのよ」女がだらりとした調子で言い、そっぽを向いた。

男は女の髪を鷲づかみにして立ち上がらせようとした。

早苗が慌てて止めに入った。石雄は平気な顔をして、その様子を見ていた。

女はやっと言うことを聞き、男に抱えられて部屋に入ってきた。そして、とろんとした目で石雄を見、頬をゆるめた。ジャンヌ・モローみたいに唇の厚い女だった。

「それじゃ、安藤さん、私はこれで」玉置と呼ばれた男が頭を下げた。

「ホテルは取らなくていいんですか」

「それは私の方で」

早苗がふたりを玄関まで送りにいった。

その間に、シャンパンが用意された。

石雄は上着を脱ぎ、使用人に言った。「ベランダに運んでくれないか」

使用人は言われた通りにした。

私は石雄についてベランダに出た。

「今のふたりは招かれざる客でね。たまたま葉山に来たからって、突然、訪ねてきたんだ」石雄はうんざり顔でつぶやいた。

石雄とどんな関係の人間かは知らないが、ブローカー時代に、よく会っていた連中と同じニオイがした。しかし、詮索する気はまるでなかった。

かすかにだが波の音が聞こえてきた。湘南道路の灯りがぼんやりとした光を放っている。漁船の灯りは見えなかった。

木立を渡る風が気持ちよかった。

デッキチェアーに躰を預け、私と石雄は相対した。石雄がポールモールにダンヒルのライターで火をつけた。手首に嵌まっていた太い金のブレスレットがずれ、ネックレスみたいに垂れた。

車が出てゆく音がした。戻ってきた早苗はベランダにはやってこなかった。

「私、もう休みます。ごゆっくり」

「二階の奥の部屋に、彼には泊まっていってもらう。粗相がないようにって木元《きもと》に言っておいてくれ」

「はい」

私は立ち上がり、「お休みなさい」と早苗に言った。

また静けさが戻ってきた。

石雄が気を取り直したかのように言った。

「まずは乾杯だ」

石雄が慣れた手つきで、シャンパンのコルクを抜き、両方のグラスに酒を注いだ。

私たちはグラスを合わせた。だが、ふたりともまた口を噤《つぐ》んでしまった。

波と風の音が、いっそうの静寂を呼んだ。

「照れくさいな」そうつぶやき、石雄はふうと息を吐いた。

「だろうな」

「私立探偵か。珍しい職業を選んだもんだな」

「普通の会社員になれるはずないだろうが」

「うん、うん」石雄は二度うなずき、グラスを空けた。

「お前も養子か」

「違う。違う」石雄はくわえ煙草のまま、大きく首を横に振った。「親父が俺を捜し出して、引き取ったんだ」

私も煙草に火をつけ、空に向けて煙りを吐き出した。「一昨年、或る女の娘に成りすました学生にころりと引っかかった」

「なるほど。俺も成りすましだって言いたいわけか」

「そうじゃないけど、自宅が田園調布で、ここがハリウッドの高台じゃないかって間違えそうな別荘で休暇をすごしてる。瀬戸の頃を思い出すとな……」

石雄がうなずいた。「お前が知らなくても当たり前かもしれんが、安藤家は何もしなくても食える家柄なんだ」

「華族の末裔かい」

「いや。祖父さんは大阪の貧乏な家の生まれで、繊維関係の仕事をしてた。そこで高山財閥とくっつき、繊維だけじゃなく、製粉とか精糖などの事業をやり、発動機の製造もやったりして莫大な財産を作ったって聞いてる」

「俺は生まれて初めて有閑階級って家柄の人間に会ったよ」

石雄がくくっと笑った。「それが俺だから、びっくり仰天した。分かるよ、その気持ち。親父は日本有数の会社の大株主でな。それも一社ってわけじゃない。映画じゃないが〝日本沈没〞ってことにでもならない限り、不労所得で食っていける」

「息子の話だとお前は会社の社長なんだってな」

「農機具の専門商社のな。小さな会社だが、俺が社長になってから売り上げは伸びてる。明日、名刺を渡すよ」

「親父さんは何もしてないのか」

「親父は大学でフランス文学を教えてたが、四年ほど前に軽い脳梗塞を起こしてな。それで大学を辞めた。今はフランスの小説の翻訳、紹介をやってるけど、仕事というよりも趣味だな、あれは。祖父さんの作った会社は親父の長男と次男、それから叔父が引き継いだ」

「お前が商社の社長ね」

石雄が目の端で私を睨んだ。「悪いか？」

「いや」

石雄がぐいっと躰を私の方に寄せた。「お前、俺が安藤庄三郎《しょうざぶろう》の息子だってことを信じてないようだな」

「そんなことはないよ」

「疑うんだったら調べてみればいい。親父が俺のところにやってきた時、何か魂胆があるんじゃないかって、こっちの方が疑ったぐらいだよ。俺の話をしていいか」

「是非、聞きたいね」

石雄はシャンパンを飲み干し、テーブルに脚を載せ、話し始めた。

石雄の母親と安藤庄三郎は戦争が始まる前、恋に落ちた。母親は赤十字の看護婦だったが、家は貧乏で、彼女の兄は窃盗の常習犯だった。当然、安藤家は、石雄の母親との付き合いに猛反対した。だが、庄三郎は母親を籍に入れた。そして、ふたりで当時の麻布區西町、現在の港区元麻布のアパートで暮らしていたという。

「お袋の兄が、しょっちゅう親父んとこに金の無心にきてたらしい。親父は縁を切れとお袋に迫った。ゴタゴタが続き、関係が悪くなったって話だ」

「そん時はもうお前は生まれてたのか」

「ああ。開戦の二年後、お袋から離婚したいと言ったらしい。ちょうどその頃、親父に赤紙がきた。生きては帰れないかもしれないって考えた親父は離婚に応じたそうだ」

「ちょっと待て。戦時中も安藤家は大金持ちだったんだろう？　いいところのボンには赤紙なんかこなかったんじゃないのか。金で何とでもなったって聞いたこともあるぜ」

「その辺の事情はよく知らないけど、親父は三男だし、勘当されたも同然だったから、安藤家は親父を見放したんじゃないかな」

「親父さんが出征した後、お前は母親と一緒だったんだろう？」

「だったら、浮浪児になんかなってやしない」石雄の眉が八の字を描いた。「戦争の末期、お袋は従軍看護婦として満州に渡った。俺は本所區、今の墨田区石原に住んでたお袋の両親のところに預けられた」

「あの辺は空襲が激しかったな」

「ひどいもんだったよ。空襲で助かったのは俺だけ。祖父さんは、焼夷弾をまともに食らって死んだ。焼夷弾を竹箒で消せなんて政府は言ってたよな。消せるわけないだろうが」

私は目を閉じた。久しぶりに空襲の日のことを思い出した。だが、何も言わなかった。西欧化された湘南の別荘で、そんな話をしてもしかたがない。目を開けると、満州に渡ったという母親のことを訊いた。

「あん時は、どうなってるのか分かるはずもないだろうが。で、お前と同じように路上で生活を始めた。上野で浮浪児をやってた時に知り合った少年が、名古屋の親戚が映画館をやってるから、そこに行くと言い出し、俺を誘った。盗みを何度かやって、金を作って列車に乗った。その後のことは話すことはないだろう。ワルの仲間に入り、御用となったってわけさ」

「お袋さんの消息は分からずじまいか」

「お前が少年院を出てった後、お袋が瀬戸までやってきた。どうやって捜したのかは知らないけど、俺を見つけた。お袋はシベリアに抑留されてたんだ」

「女なのに？」

「ああ。シベリア抑留って言えば、男しか頭に浮かばんよな。だけど実際は違うんだ。従軍看護婦だったお袋もハバロフスクの収容所で二年、暮らしてた。その時のことは絶対に話さずに死んでいったけどね。女が収容所に入れられたらどうされるか。俺も聞きたくなかった」

私は黙ってうなずき、グラスを空けた。石雄がテーブルから脚を下ろし、注いでくれた。

「お袋は日本に帰ってからも看護婦をやってた。しっかりした女だったよ。戦争後遺症が出てもおかしくないのに、明るい顔をして病院勤めをしてた」

「再婚は？」

石雄が、よくぞ聞いてくれたという顔をした。「それが問題だった。大人しい大学出のサラリーマンと一緒になって共稼ぎをしてたけど、この男には悪い癖があった。酒が入ると家で暴力を振るうんだ」

「お前、制裁を加えたな」

「最初は我慢してたけど、或る日、ぶん殴った。肋骨を三本と鼻を折ってやった」

「実父に出会うまでは何をしてたんだい」

石雄が顔を歪めて笑った。「さっきここにいた玉置の店で働いてた。あいつはキャバレーを都内に三軒持っててね」

「ヤバいことはやってなかったのか」

「ヤンチャはしたけど、大したことはない。パクられたことないからな。まあ、俺の話はこんなところだ。で、お前の方は、あれからどうしてた。デカの養子なんか勤まるはずないって思ってたよ、あの頃は」

「俺は不動産ブローカーやら何やら、危ない仕事で一攫千金を狙ったこともあった。下手をしたらパクられてたかもな。親父が警察を辞めた後、私立探偵事務所を開いた。そん時は手伝ってはいなかったんだけど、親父が急死した。借金だらけだった俺は、親父の遺産で帳消しにできた。ろくな仕事をしてなかったこともあったから、恩返しのつもりで探偵事務所を引き継いだんだ」

「私立探偵にも悪いのがいるからな」石雄が鼻で笑った。

「俺は該当しない。そういう探偵だったら、お前の息子を拾った時に、金にしようとしてるぜ」

「確かにな。お前、ワルには違いなかったけど、妙に真っ直ぐなところがあったもんな。勉強もできたしな」

「お前はミシン掛けが上手だった。官給のネルのズボン下を作ってたっけな」

石雄は目を閉じ、しみじみとした調子で言った。「よく覚えてるな」

「お前は牢名主みたいで、周りから怖がられてた。ミシン掛けの上手な牢名主。今から考えると可愛いもんだったな」

「刃向かってきたのはお前だけだった。あの頃の俺はむしゃくしゃしてた。だけど、お前がいなくなったら、ちょっと寂しくなったよ。刃向かってくる野郎が他にいなかったから」

「で、どうやって、安藤家に拾われることになったんだい？」

石雄は顎を引き、目の端で私を見た。「拾われたなんて言い方はよせ」

「おう、そうか。悪かったな」

「親父はずっと母親と俺のことを気にして捜してたんだ。別段、母親とよりを戻そうっていうんじゃなかったようだ。ともかく、金に困ってないか心配してたそうだ。親父が俺を見つけたのは十三年ほど前。ちょうど母親が膵臓癌で死んだ直後だった」

「再婚した相手はどうした？」

「その時にはもう離婚してた。あいつの暴力は、俺たちが振るってた暴力と違う。気が弱くて当たる奴がいないから、暴れてただけだ。男としては最低だった」

「俺たちの振るってた暴力も褒められたもんじゃないぜ」

「まあな。で、お前、嫁さんいるのか」

「独身だよ」

「三十四だろうが。そろそろ身を固める時期だぜ」

「お前に再会して、そんな説教くさいことを言われるとはな」

「もう昔の俺じゃない」

私はまた煙草に火をつけた。「親父さん、再婚しなかったのか」

「それがまた問題でな。再婚した相手は、俺が安藤家に入ったことが原因で、別居中だ。娘、つまり、俺の腹違いの妹も俺を嫌って、母親と一緒に家を出ちまった。良家だから、親戚ってのがまた名だたる家系の人間でね。元大臣や銀行の頭取なんかがいる。そいつらも俺を蔑《さげす》んでみてる。血の繋がりはあるとはいえ、育ちが悪いからな、俺は。女房は普通の家の娘だけど、金貸しんとこの事務員だった。だから余計に……」

「女房まで有閑階級の出じゃなくてよかったな」

「まったくだ。早苗と大悟が俺の救いだよ」

「他にも救いがあるだろうが」

「何だい？」

「安藤家の財産」

「はっきり言う奴だな。だけど、間違いない。金は大事だよ。親父が言ってたけど、金で大半の幸せは買えるって言った小説家がいたそうだ。当たってるな、その言葉」

私は黙ってうなずいた。説得力のある言葉である。しかし、〝大半〟というところに罠がある。残りの幸せが重要なこともあるのだから。

「お前の息子、パパは格好いいタフガイだって俺に言ってたぜ」

石雄が眉をゆるめて笑った。「あいつはタフガイに憧れてるんだ。だけど、ちょっと神経が細やかすぎるかな」

「タフガイって言葉、お前が教えたんだってな」

「昔、日活アクションをよく観てたから、その言葉を思い出し、大悟に教えた。男はタフじゃなきゃな」

石雄がにっと笑った。細面で額が狭い石雄は、タフガイ裕次郎よりもマイトガイと呼ばれた小林旭に似ていた。

「息子は将来、プロボクサーになりたいそうだぜ」

「あいつじゃ無理だが、その気持ちが大事なんだ」石雄の顔つきが変わった。「あんまりびっくりしたから、聞くのを忘れてたけど、大悟とどこでどうやって知り合ったんだい？」

「それは言えんな。大悟と男の約束をしたから。だけど安心しろ。何の問題もない。パパが上手に訊き出せば話してくれるさ」

「男の約束か」石雄の口許に皮肉めいた笑みが浮かんだ。「女房には通じないから頭が痛い」

「ジム通い、母親に禁止されたって言ってたな」

「あの子、そんなことまで初対面のお前に話したのか」

「息子は、俺に、パパのニオイを嗅ぎ取ったのかもな」

石雄がまた大口を開けて笑い出したが、私の言ったことに対する答えはなかった。

「明日の予定は？」石雄に訊かれた。

「何もない。息子を拾う前に、依頼された件を処理できたから」

「じゃ、明日はのんびりしていけるだろう」

「ゲストルームの居心地がよかったらな」

「昔からそんなへらず口を叩いてたっけな」石雄が首を傾げた。「昔は口を開くよりも先に手が出てた気がするが」

「あの頃は、言葉を持ってなかった。お互いに」

「お前の言う通りだな」

シャンパンのボトルは空になっていた。

私は生あくびを噛み殺した。

「そろそろ寝るか」石雄が言った。

私たちはベランダから室内に戻った。石雄に案内されて二階に上がった。広い廊下の突き当たりの部屋に案内された。

「バスルームもついてる。よかったら使ってくれ。お休み」そう言ってドアを閉めかけた石雄が顔だけさしのぞかせた。「お互い、昔の苗字は使わずにおこうぜ。あの頃のことは懐かしいが、振り返っても意味がないからな」

「賛成だな」

「じゃゆっくり休んでくれ。大悟のことありがとうよ」

ドアが静かに閉まった。

ホテルのスイートルームみたいな部屋で、バスルームだけではなく、小型の冷蔵庫もあり、酒もそろっていて、大型テレビやステレオも置かれている。クーラーがほどよく利いている。

歌舞伎町にある私の事務所は住まいを兼ねている。二間あって手前の部屋を事務所として使ってい
て、奥は寝室である。短い廊下の端に小振りの納戸がくっついている。他はキッチンと押入である。

それなりの広さがあるのだが、すべてを足しても、この部屋の大きさにはかなわない。

冷蔵庫には、日本ではなかなか見られないペリエというガス入りの水が入っていた。

私は風呂には入らず、用意されていた薄手のパジャマを着て、ベッドに潜り込んだ。

路上生活をやってたこともある私だから、どんなところでも寝られる。しかし、却ってベッドが立
派すぎて、落ち着かなかった。

いや、ベッドのせいばかりではなさそうだ。柄の悪かった石雄の変身ぶりに、どう説明されても実
感が湧かなかったのだ。

目が覚めたのは午前九時すぎだった。歯を磨き、ヒゲを剃ってから、シャワーを浴びた。ガラス張
りのバスルームから海がよく見えた。

青み渡った空に、雲がほどよくアクセントをつけている。海にはボートが何艘も浮かんでいた。モ
ーターボートがハの字の白波を立てて、海と空が溶け合っている沖に颯爽と消えていった。

躰を乾かし、煙草を吸って一息ついてから服を着た。下着もシャツもほんの少しだがまだ汗で湿っ
ているような気がした。

ゲストルームを出て階段を下りた。

使用人の女に挨拶された。髪に白いものが少し混じっている、目鼻立ちの整った女だった。使用人

とは思えないほど堂々としていて、洗練されてもいた。石雄にも妻の早苗にも安藤家の格式はまるで感じないが、この女にはそれが備わっていた。並の客より物知りで西洋料理の味付けにもうるさく、にわか淑女が、金に飽かせて買った着物の値段と着こなしを査定できる。そんな女に思えた。

ベランダには、昨夜はなかった大きな白いパラソルが日陰を作っていた。パラソルの端が、風にかすかに揺れている。快活な女が身につけたドレスのフリルみたいだった。

石雄の家族がテーブルを囲んでいた。奥の方に石雄と大悟、手前に早苗が座っている。早苗の隣にもうひとり男がいて、私に背中を向けていた。

朝食は終わりかけていた。大悟はメロンを食べていて、石雄はスイカを口に頬張っていた。

大悟は顔を上げた。「小父さんが起きてきたよ」

「おはようございます」私はベランダにいる人たちに挨拶をした。

「俺たち、先に食べてた。お前がいつ起きてくるか分からないから」石雄が、口に入ったスイカの種を指で取りながら言った。

「すぐに食事を用意させます。ここにおかけください」早苗は彼女の席の左隣に置かれた椅子に目を向けた。

「おそれいります」

早苗が室内に向かった。

「お父さん、この人が、大悟をここに連れてきてくれた浜崎さんです」石雄が改まった口調で私を庄三郎に紹介した。

庄三郎は腰を上げ、自己紹介をした。「孫が大変お世話になったそうで。昨夜は私、早くに休んだものですから、今朝になって話を聞きました。ありがとうございました」

脳梗塞を起こしたせいだろう、しゃべり方が重かった。しかし、知らなければ気にならない程度のものだった。

挨拶を交わしている間に、私のための朝食が運ばれてきた。

庄三郎にうながされ、席についた。

庄三郎は痩せた白髪頭の男だった。髪にウェイブがかかっている。目尻は垂れているが、眼光は鋭かった。鋭いと言っても、暴力団や刑事のような生々しい眼差しではなかった。骨董の真贋を見抜けるような知的な鋭さだった。口髭にも白いものが混じっていて、背中が少し曲がっていた。

ボーダーラインの緑色のポロシャツに白いズボンを穿いている。ポロシャツは長袖で、ズボンはだぶだぶだった。細くて長い首には筋が目立ち、シワが走っていた。真夏の強い陽射しでも届きそうもない深いシワだった。喉仏が異様なほど出っ張っていた。

早苗が席に戻った。

使用人にコーヒーがいいか、それとも紅茶にするか訊かれた。

私はコーヒーを頼んだ。

カリカリに焼いたベーコン、目玉焼き、サーモン、ほんの少しだけサイコロステーキが添えられていた。冷たいカボチャのスープ。ガラスボウルには、プチトマトをあしらったサラダが盛りつけられている。焼きたてのトーストは籐の籠に入っていた。

私は食事を始めた。

庄三郎はトマトジュースを一口飲んでから私に目を向けた。「浜崎さんは、息子の幼馴染みだそうで」

「ええ」

「さっき息子から大体のことは聞きました」

「今は私立探偵をやっています」

私はナイフとフォークを皿に戻し、名刺を取り出し、庄三郎に渡した。庄三郎は老眼鏡をかけ、名刺に目を落とした。

「新宿の歌舞伎町に事務所があるんですね。最後に歌舞伎町に行ったのは、いつだったかなあ」名刺から目を離した庄三郎がつぶやくように言った。

「お父様が歌舞伎町に行ったなんて驚きですわ」早苗が言った。

「武蔵野館という映画館で、『宝島』という映画を観た。主役はジャッキー・クーパーって子役だったね。ジャッキー・クーパーって言っても、君たちは分からんだろうな」

「名前だけは知ってます」私が言った。

「そうか、君は知ってるのか」庄三郎の目尻がさらに下がった。

「お父さん、武蔵野館は歌舞伎町にはありませんよ」石雄が口をはさんだ。

「そうか。そうだったね。それに、その映画を観たのは、昭和十年頃だった。となると、いつ私は歌舞伎町に行ったんだろうね」

石雄と早苗が私をほぼ同時に見て、薄く微笑んだ。

庄三郎がボケているとは思わなかった。新宿という街とまるで縁がないだけの話だろう。

私は牛乳を一口飲み、早苗を見た。「この牛乳うまいですね」

「それは、鎌倉の長谷に明治時代からある牛乳屋で作っているものなんですよ。私も、ここに嫁ぐまでは、こんなにおいしい牛乳を飲んだことはありませんでした」

「以前は鎌倉にも別荘がありまして、戦前の話ですが、家族でよく参ったものです。その時から飲んでいる牛乳です」

ひとつ間違えれば、自慢話に聞こえるエピソードである。しかし、庄三郎が話すと、子供の頃、近くの川でザリガニ取りをして遊んでいた、というような、どこにでも転がっている思い出話にしか聞こえなかった。

「しかし、すごい別荘ですね。昔、コニー・フランシスの『ヴァケイション』という曲が流行ったことがあったのはご存じですか?」

庄三郎が相好を崩した。「知ってます。〝V・A・C・A・T・I・O・N〟って始まる曲ですね」

「ええ」

「弘田三枝子も歌ってましたね。私、そっちの方が馴染みがあるわ」早苗が口を挟んだ。

石雄が煙草に火をつけた。「俺もその曲は知ってるけど、それがどうかしたのか」

「ここにいると、ヴァケーションっていう言葉を肌で感じるって思ったんだ。ザ・ピーナッツの『恋のバカンス』という曲もあるよね。それも思い出した」

「ヴァケーションもバカンスも同じ意味ですが、いずれにせよ、時計や自動車と同じように西欧からの輸入品です。私たち日本人は、物だけじゃなく、生活様式の大半も輸入してきたんですよ」庄三郎が淡々とした口調でつぶやいた。

私は牛乳を飲み干した。「湘南が今のようにもてはやされるようになったのは、やはり〝太陽の季節〟の時代からですか」

「いや。戦争が始まるずっと前から湘南には夏休みになると人が繰り出してた。藪入りって言葉、分かります？」

「ええ」

「お祖父ちゃん、藪入りって何？」大悟が訊いた。

「住み込みで働いてる店員さんなんかが休みをもらえる日のことだよ」庄三郎は大悟に説明してから、こう続けた。「小僧さんたちは、七月の藪入りには故郷に帰るか浅草に繰り出すのが普通でしたが、昭和に入ると、そういう人たちも海水浴を愉しむようになったんです。湘南にもわんさか人が来てましたね。そのせいで、浅草は上がったりになったそうです」

私はコーヒーを飲みながら、庄三郎の話を興味深く聞いていた。しかし、早苗は聞いている振りをしているだけで、石雄と大悟は、そういう話をいつも聞かされているのだろう、飽き飽きしているのが如実に感じ取れた。

石雄が私に目を向けた。「海に行こう。いいだろう」

大悟の顔がぱっと明るくなった。「僕も行く」

「大悟はお勉強よ」早苗が口をはさんだ。

「ちょっとぐらいいいじゃないか。すぐに戻るから」

早苗は、私の手前もあったのだろう、夫に逆らわず、諦め顔でうなずいた。

「俺は泳がないよ」私が言った。

「今日はクルージングをするつもりだったんだ。付き合えよ」

クルージング？　石雄に言われると、宇宙船で旅をしようと誘われたのと同じぐらいぴんとこなかった。

石雄にせっつかれて、私はベランダを後にした。石雄は自分の部屋に私を連れていった。その部屋もホテルのスイートルームみたいで、入ってすぐの部屋は書斎、いや執務室のような感じだった。大きなマホガニーの机が窓を背中にして置かれていた。作り付けの本棚は天井まで届いていて、石雄が愛読しているとはとても思えない豪華本が、一糸乱れぬ姿で整列している兵士たちのようにきちんと並んでいた。

ベッドルームに入った石雄は洋服ダンスを開けた。夏用のスーツやジャケットが目に飛び込んできた。カラフルなシャツも入っていた。

「お前も躰が大きいからサイズは合うな。好きなものを着てくれ」

アロハ、ポロシャツ，バミューダなどが、投げ売りするみたいにベッドの上に飛んできた。

私は、洋服ダンスに近づいた。そして、白い上着を手に取り、躰に当ててみた。

「何してるんだ」

怪訝な顔をした石雄が姿見に映っていた。

「気に入ったんだったらやるよ」

私は上着を元に戻し、煙草に火をつけた。

私は或る映画のシーンを思い出したのだ。

『太陽がいっぱい』

モーリス・ロネが演じる大金持ちの息子の服を、貧乏な友人、アラン・ドロンが勝手に着て、それをモーリス・ロネに咎められるシーンがあった。状況も関係性も違うのに、湘南の陽射しのせいだろうか、どこか似たような気分に陥ったのだった。

石雄がモーリス・ロネで、私がアラン・ドロンの役回りだ。あの映画では、モーリス・ロネはアラン・ドロンに殺され、アラン・ドロンはモーリス・ロネに成りすますのだが……。

しかし、私は石雄をやっかんではまるでいない。だから、石雄を殺して成りすますわけもない。モーリス・ロネの恋人役はマリー・ラフォレだった。アラン・ドロンも彼女が好きなのだ。マリー・ラフォレは、私のタイプの女でもある。だが、早苗には何の興味もなかった。

「早くしろよ」

私はストライプのバミューダと黒いポロシャツを選んで、その場で着替えた。サングラスも借りた。

私が服を脱いだ時、石雄が言った。「お前もけっこう鍛えてるな」

「お前の方がいい躰してるよ」

石雄が近づいてきた。そして、パンツの上から股間をぎゅっと握った。

「何だよ」私は軽く身を引いた。

「なかなか立派だけど、こっちも俺の方が上だ」

「資産家のお坊ちゃまがやることじゃないぜ」

「昔、風呂で比べ合ったじゃないか」

「忘れたよ」

「あん時は、俺はお前に負けた」

「で、冷たいタオルでせっせと叩いて鍛えたか」

「お前に会わなきゃよかった」石雄は肩で笑った。しかし、真っ直ぐに私を見ている目は再び懐かしさで溢れていた。

「俺に会ったことで、メッキが剝がれそうだってことかい」

「お里なんか、とうの昔に知れてる。だけど、やっぱり、あの頃の仲間に会うとな」

足音がした。バタバタとした陽気な音だった。

「パパ、何してるの？　早く行こう」

大悟はアロハ姿で、サングラスをかけていた。

私たちは外に出た。蟬時雨《せみしぐれ》が屋敷の裏から聞こえ、生暖かい風がシュロの木立を吹き抜けてゆく。

石雄は右奥のガレージに向かった。

シャッターを開けると外車が二台収まっていた。一台はメルセデス・ベンツ350SL。色は落ち着いた白だった。

もう一台はワインレッドカラーのスポーツカーだった。

トライアンフTR3。おそらく五〇年代後半に製造されたものだろう。イギリス車だが左ハンドルだった。

オープンカーに石雄はドアを開けずに飛び乗り、エンジンをかけた。

「順、大悟を抱っこしてくれ」

二人乗りの車だが、定員オーバーなど石雄はまるで気にしていなかった。

トライアンフTR3は、吹けのいい音を響かせ、坂道を下りていった。

森戸海岸を左に見て、葉山マリーナを目指していた。

夏休みとあって道は混んでいた。アロハを着た石雄は煙草を吸いながら、ハンドルを握っている。カセットデッキが取り付けられていて、ポップスが流れている。

先ほど話に出た『ヴァケイション』の後に『恋のパームスプリングス』という曲がかかった。歌っているのはトロイ・ドナヒューという俳優である。

「浜崎、昔、『サーフサイド6』って外国テレビドラマがあったよな」

「覚えてるよ。主役はトロイ・ドナヒューだった。マイアミが舞台だった」

「三人組の私立探偵の事務所は海辺にあって、三人とも喧嘩が強くて女にもてた」

「何が言いたいんだい」

「格好よかったって思ってさ」

「俺と比べるな」

「比べてなんかいないけど」石雄がにやついた。

曲が変わった。ビーチ・ボーイズの『サーフィン・USA』

湘南の夏のために用意されたテープなのかもしれない。

石雄は軽く躰を振り、曲に合わせてハミングしていた。

やがて葉山マリーナに到着した。駐車場に車が入る。右隣にはポルシェ、左にはコルベットが駐まっていた。

マリーナに併設された白い建物に里山が迫っている。プールは人で賑わっていた。

石雄のクルーザーはすでに出発できるように桟橋に停泊していた。

全長が八メートルぐらいのキャビンクルーザーだった。

「大したボートじゃないよ。七、八年前に買ったけど、たまにしか乗らないから買い換える気はないんだ」

「何人乗れるんだ？」

「十二名。最高速度はせいぜい三十五ノット。キロに直すと六十キロぐらいだ」

「しかし、えらく用意がいいんだな」

「さっき言ったろう。今日はクルージングするつもりでいたって。クルーザーをヤードから出すのも使用人の仕事なんだ」

石雄にサングラスをかけた男が近づいてきた。

「船長の佐々木さんだ」

その男は、昨夜、門番小屋にいた人間だった。

「会ってるよ」

「ああ、そうだったな。こいつは俺が悪ガキだった頃のダチだよ」

佐々木が改めて挨拶をした。

「お前は操縦しないのか」私が石雄に訊いた。

「免許がない。船長が持っていれば操縦できる。滅多にやらないがな」そこまで言って、石雄は佐々木に視線を向けた。「一時間ほど走ってくれ。大悟に勉強させないと早苗がうるさいから」

「じゃ、烏帽子岩《えぼしいわ》を目指しながら、適当に走っていいですか」

「それでいい」

私たちはクルーザーに乗り込んだ。クルーザーがゆっくりと桟橋を離れた。

「使用人は何人いるんだい？」

「自宅には料理人を入れて五人。別荘の方は佐々木夫婦に任せてるが、昨日は自宅の方から三人応援にきてた」

じょじょにクルーザーのスピードが上がった。

石雄が日焼け止めのクリームを私に渡した。肌の出ているところにくまなく塗った。背中は大悟に任せた。

白い波を泡のように立てて、クルーザーは沖を目指した。

石雄と私はビールの小瓶をラッパ呑みした。石雄も私も上半身は裸である。大悟の飲み物はコーラだった。

何艘ものヨットが帆に風をはらませ沖に向かっていた。小型のボートも、石雄のよりも大きなクルーザーも航行している。水平線に大型船がかすかに見えた。海にも交番が必要に思えた。

マリーナが遠ざかってゆく。白い建物も里山の深い緑も量感を失い、空だけがあくまで青い。絵心のある素人の描いた凡庸な写生画のような美しさだった。

スピードが上がると、クルーザーがバウンドし、波が怒ったようにさらに白く濁った。飛沫《しぶき》が私の頬を濡らした。

「俺、船酔いするかもな」私が言った。

「冗談だろう？」

「芦ノ湖で船に乗った時は酔った」

「ヤワだね。僕は船酔いなんかしないよ」大悟がつんと鼻を立て自慢げに言った。「ね、パパと小父さんはどっちが喧嘩が強かったの」

「いい勝負だった」石雄が答えた。

「いい勝負って……」

「どっちも強かったってことさ」

「パパの方がちょっとだけ強かった」私が口をはさんだ。

「ふたりは同じ小学校だったんだよね」

「そうだよ」石雄は躊躇《ためら》うこともなく答え、私にウインクした。そして、すかさず話を変えた。「大悟、昨日の夜はどこで何をしてた」

大悟が肩をすぼめ、目を伏せた。

「ママには言わないから安心しろ」

「岩井淳子に頼まれて新宿に行ったんだ。行きたくなかったけど、男が必要って言われて。後は浜崎の小父さんに聞いて」

大悟はそういい残して、操縦している佐々木のところに向かった。

「あいつら何をしてたんだい」

私は知り合った時のことから石雄に教えた。

「岩井の娘が、そんなことを大悟に頼んだのか」石雄の口許がかすかに歪んだ。

「何かあるのか?」

「その子の親父は、東大出の経済コンサルタント。だが、それは表向きの仕事で、本当は総会屋だ。岩井恒夫《つねお》って知ってるだろう?」

「名前だけは」

数年前に老舗の衣料メーカーの乗っ取り事件があった。その時に暗躍したことで週刊誌で取り沙汰された人物である。

「お前とビジネスの上でトラブってるのか」

「いや。俺の会社の株の六十パーセントは親父が持っていて、二十パーセントは、親父の女房が持ってる」

「お前は？」

「七パーセント。義理の妹も同じだけ所有してる。ともかく、岩井と俺の会社は接点すらないよ」

「なるほど、何となく分かってきた。資産家である安藤家としては、胡散臭い実業家とは、どんな形であれ付き合いたくないってことか」

「その通りだ」

「大悟も岩井の娘も小学生だぜ」

「俺の役目は安藤家を守ることだよ」

私は思わず空を見上げて笑ってしまった。

シェービングクリームを、思い切り空にまき散らしたような雲が浮いている。セスナがその雲を掠め、青空に吸い込まれていった。

「柄でもないって言いたいんだろうな。俺自身もそう思ってるさ。だけど、こうなった以上は、そうするしかないんだ」

私は小さくうなずき、石雄の肩に手をおいた。「笑って悪かった。これからは気をつける」

石雄は手摺りに両手をつき、大海原を見つめた。まともに風を浴びた石雄の前髪が逆巻いている。

「お前はいいよな。窮屈なことがなくて」

「その代わり、俺の財布は隙間だらけだ。財布に窮屈な思いをさせてみたいよ」

富士山が雄々しい。陽射しが気まぐれな光を海面に跳ねている。灼熱の太陽が頬を焼き、躰に沈殿した世俗の垢が細胞のひとつひとつから滲み出て、躰が浄化されていくような気分になった。

クルーザーは江ノ島を右に見て、烏帽子岩に向かっていく。

唐突に突き出た烏帽子岩は美しいものではなかった。穏やかな海原に、何かの間違いで舞台裏から顔を出してしまった古い大道具のようにしか見えない。

烏帽子岩の近くでは、スキンダイビングを愉しんでいる者の姿が見えた。

烏帽子岩の周りを回ってから、江ノ島に向かった。

やがて江ノ島の切り立った崖が見えてきた。クルーザーは江ノ島の裏側で速度を落とし、洞窟に近づいた。

江ノ島には岩屋がいくつかあるが、三年ほど前に事故が起こった。そのせいで洞窟探検は禁止になったと聞いている。

江ノ島の裏側を見物した後、七里ヶ浜、稲村ヶ崎を左に見ながら帰路に着いた。

海水浴を愉しむ人たちの姿が遠望できた。ボードからサーファーが滑り落ち、波に呑まれた。サーファーは必死に泳いでボードに戻った。

往復で一時間十分のクルージングだった。

「パパ、初島まで行こうよ」大悟が言った。

「駄目だよ」

「つまんないの」大悟が膨れっ面をした。

マリーナに戻った私たちは佐々木を船に残して陸に上がった。

安藤家の別荘に戻った。早苗は出かけていると、例の品のいい使用人が石雄に教えた。

私はシャワーを浴び、一階に降りた。

ソファーに寝そべって、石雄がビールを飲んでいた。

ベランダは白い光に満たされ、相変わらず蟬が鳴いていた。

「俺はそろそろ失礼する」

石雄が躰を起こした。「晩飯、食ってけよ」

「これ以上、ここにいると怠け癖がつきそうだから帰る。お前は夏の間はずっとこっちにいるのか」

「馬鹿言え。俺にも仕事がある。明後日には東京に戻る。向こうでまた会おうぜ。お前の事務所を見に行くよ」石雄はテーブルの上に置いてあった自分の名刺を俺に渡した。

「大悟は勉強中かな」

「多分」

「ちょっと会ってきていいかな」

石雄は黙ってうなずき、私を子供部屋に案内してくれた。

石雄はノックはせずに、いきなりドアを開けた。

部屋の中央に背中を向けて立っていた大悟の動きが止まった。肩をすくめおずおずとこちらを見た。

大悟は勉強などしていなかった。上半身裸になっていた。だらりと下げた両手にはグローブが嵌められている。

「びっくりさせないでよ。ママかと思ったよ」

「浜崎の小父さん、東京に戻るそうだ」

「もう帰るの？」

「うん」

「大悟、礼を言え」

「ありがとうございました」大悟が頭を下げた。

石雄が廊下の様子を見てからドアを閉めた。

「お前のボクシングを浜崎の小父さんに見てもらうか」

「うん」大悟の目が輝いた。

石雄は洋服ダンスを勝手に開け、しゃがみ込んで何かを取り出した。

練習のためのミットだった。石雄はそれを嵌めた。

私は勉強机の横に移動した。机の上には、教科書やノートと一緒にボクシングマガジンが置いてあった。

〝柴田、辛くも初防衛〟という見出しが目に入った。表紙は柴田の右が挑戦者の顎に入った瞬間の写真だった。

「よし、いつでもいいぞ」石雄がミットを構えた。

大悟は、顎を引き、躰をコンパクトに畳み、構えた。

ストレートが放たれた。ミットがパチンという乾いた音を立てた。石雄は右に左にとゆっくりと移動する。大悟は足でリズムを取りながら、ミットにワンツーを打ち込んだ。

「いいぞ、今のは」石雄が、大悟のやる気をそそる。

大悟のパンチは正確にミットを捕らえた。

三分ばかり親子はボクシングを楽しんでいた。パンチはまだ軽いが、小学生にしては鋭かった。

私は拍手を送った。「すごい、すごい」

石雄はミットを外し、息子の肩に手をかけた。

「パパ、ジムに通ってもいいでしょう？」

「ママに話してみるが、ヒステリーを起こすと大変だろうが」

「ママの尻に敷かれないで」

「こいつ」石雄が白い歯を見せて息子の頭を軽く叩いた。

「最後にいいものを見せてもらったよ。じゃ、俺はこれで」

「東京の家にも遊びにきて」大悟が言った。

「うん」

「大悟、気がすんだろう。勉強しろ」

「はい」

そう言い残した石雄について、大悟の部屋を出た。

ふたりで外に出た時、車の音がした。

早苗が戻ってきたのだ。

「もうお帰りですか？」

「ええ」

石雄がポケットから封筒を取り出した。「少ないがお礼だ。受け取ってくれ」

私は石雄を真っ直ぐに見つめた。首も振らず、口も開かなかった。

石雄はうなずき、封筒をバミューダのポケットにねじ込んだ。

「私、駐車場までお送りしてきます」

「連絡するぜ」

「OK」私は石雄に軽く手を上げ、早苗と共に駐車場に向かった。

早苗が私を送りにきた理由は分かっていた。おそらく、石雄も勘づいていたはずだ。

果たして、早苗は、昨夜、大悟が何をしていたのか訊いてきた。

「奥さんがご心配になるようなことは何もありません」

「ボクシングジムに行ったのね」

「いいえ」

路上でチンピラと喧嘩をした。そう教えたら、ジムに通う方がましだと思ってくれるだろうか。いや、そう簡単ではないだろう。

「じゃ、あの子は……」

「男の子が、ちょっとひとり旅をしてみたかった。それだけのことです」

「私、大悟のことが心配で……」

「ご主人や俺が歩んだ道に迷い込むことはないお子さんだと思いますよ。では、私はこれで。庄三郎さんによろしくお伝えください」

私は早苗に軽く頭を下げ、車のドアを開けた。

車をスタートさせてから、もう一度早苗に会釈をし、木立の影が路上ではだらに揺れている坂道を下りていった……。

翌日、ちょっとした問題が起こった。船酔いはしなかったが、照り返しが強かったせいもあったのだろう、オイルを塗っていたのに、日焼けで頬や腕、そして背中が痛くてしかたがなかった。

日の当たらないマンションで生活している私は、湘南の太陽とは縁がないようだ。

もらった名刺を見ながら、すっかり湘南ボーイの仲間入りをした石雄のことを考えた。

私と同じように戦災孤児から不良の道に進んだ挙げ句、少年院送りになった柿沼石雄が、資産家、安藤庄三郎の実子だと分かり、跡取りとなった。

にわかには信じられない話だが、成りすましではなさそうだ。あれだけの家になれば、突然、現れた実子の存在は親戚筋のみならず、おそらく、政財界人にも驚きをもたらしたに違いない。裏で徹底的に調査したに決まっている。だが、疑わしいところは一切なかったのだろう。

十数年間、贅沢な暮らしをすれば、私も有閑階級の仲間入りができるかもしれない。しかし、そうなりたいとはまるで思わなかった。

石雄は明るく振る舞っていたが、座り心地の悪い椅子に腰掛けているような気分で生きているらしい。

ひりひりする躰を気にしながら、食料品を買いに出かけ、近くの喫茶店でコーヒーを飲み、事務所に戻った。電話は鳴らないし、人も訪ねてこなかった。私は鉛筆削りを始めた。芯を尖らせるのが私の趣味である。

それから夕飯を作った。野菜炒めにご飯。それだけの簡単な食事だった。

ラシントン・パレスで事件が起こったという記事は朝刊にも載っていなかったが、夕刊にも書かれていなかった。何事もなかったようである。

夕刊のトップ記事は、東京の消費者物価の急騰だった。今後、ガスや電話などの料金も値上げするそうだ。

そろそろ自分にも物価高の影響が出てくるかもしれないが、調査料金など、その場で適当に決めているので何とかなるだろう。

扇風機は首を振りながら風を送ってくる。しかし、ちっとも涼しくはならない。

古い扇風機の首が回っているうちは、自分も大丈夫。そんな洒落《しゃれ》にもならないことが頭に浮かんだのも暑さのせいだろう。

テレビをつけた。巨人・大洋戦をやっていた。初回に大洋が三点を取った後は動きはなかった。面白くないので新聞のテレビ欄を見た。

八時から『太陽にほえろ!』をやっていた。タイトルは〝着陸地点なし〟だった。主演は石原裕次郎。大悟の好きな松田優作も出ていた。

九時が近づいてきた。マリリン・モンローの『お熱いのがお好き』を放送するらしい。

以前、観た映画だった。

マフィアに追われたバンドマンふたりが、女装して女だけのバンドに入るラブ・コメディー。暇潰しにはもってこいの映画だが、その夜は観る気がしなかった。

背中が火膨れしそうなくらいに痛いから、〝お熱い〟という言葉だけで、傷みが激しくなったのだ。

テレビを消した瞬間、ブザーが鳴った。古いマンションだからドアスコープはない。小窓を開け、来訪者を見た。

パナマ帽を被った、白髪で目が垂れた男が立っていた。

孫が新宿で冒険を行った翌々日、祖父が歌舞伎町に現れた。

ドアを大きく開けた私は、にこやかに微笑み、安藤庄三郎を中に通した。

（二）

ソファーに腰を下ろした安藤庄三郎は、被っていたパナマ帽を膝の上に載せ、部屋を見回した。紺色のスーツに赤いレジメンタル・ストライプのネクタイを締めていた。ストライプの間に紋章が入っている。

狭くて雑然とした私の事務所に、こんな格調の高い服装でやってきた人物は庄三郎が初めてだった。しかし、服のサイズが若干合っていない。袖は長すぎるし、肩も落ちていた。

一流の仕立て屋を自宅に呼び、採寸させて作らせたスーツだろうから、新調した時は庄三郎の躰にぴったりと合っていたはずだ。腕のいい仕立て屋にかかったら、猫背も隠せると言うから、きっと曲がった背中もそれほど目立たなかった気がする。

時は否応なく流れる。だが、上等なスーツはそう簡単には縮まない。縮んだのは庄三郎の方だろう。

庄三郎は私の用意したバヤリース・オレンジに口をつけた。「雰囲気のある落ち着ける事務所ですな」

お世辞とは思えなかった。庶民の陋屋《ろうおく》に現れた水戸黄門のような老人は本気でそう言っているに違いなかった。

私は礼を言った。そしてこう訊いた。「この事務所に着くまで何度迷いました？」

「一度も迷ってません」そう言った瞬間、目尻がさらに下がった。「嘘です。タクシーで来たのですが、二十分ほど、この界隈をぐるぐる回ってしまいました」

「こういう場所の〝視察〟も刺激になるんじゃないですか？」

庄三郎は、へたった歯ブラシみたいな白い髭を撫でながら私を上目遣いに見た。「待合、いや連れ込み宿というんですか、そこに三組のアベックが入っていきました」

「このマンションの裏にはストリップ劇場があるし、ちょいと行ったところにはトルコもある。暇潰しにはなりますよ」

「額縁ショーっていうのを新宿で見たことがあります。復員した翌年だから、昭和二十二年のことだったね。絵描きの友人に誘われて行ったんです」

庄三郎のしゃべり方はゆったりとしていた。それが脳梗塞のせいなのか、性格からきているものなのかは分からなかった。

「私は観たことないんですが、帝都座の五階の劇場でやってたそうですね」

「女が額縁に収まっておってね。私が観たのはルーベンスの名画そっくりのものだった。ですが」庄三郎はにやりとした。「名画鑑賞はたった三十秒ほどでお終いでした」

「三十秒……。十秒じゃ物足りないし、一分は長すぎる。気を保たせるには、ちょうどいい時間じゃないですかね」

「なるほど。そうも考えられますね。ところで帝都座はもうないですよね」

「日活に変わってます」

「そうだったね」庄三郎がうなずき、バヤリース・オレンジをまた飲んだ。

庄三郎がやってきたのは午後九時過ぎである。そんな時間に、無駄話をしにここにやってきたとは思えなかった。しかし、依頼に繋がる話かどうかは分からない。私がきっかけを作ってやってもいいのだが、ページを捲るのは庄三郎に任せた。

庄三郎の視線が灰皿に落ちた。「浜崎さん、煙草、吸ってください。私、気にしてませんから」

「じゃ、お言葉に甘えて」私はハイライトに火をつけた。

扇風機の風が、庄三郎の方に煙りを流した。私は扇風機の首振りを止めた。

庄三郎が躰を起こした。「実は浜崎さんにお願いしたいことがございまして」

「お伺いしましょう」

「お話をする前に、石雄が、我が家のことをどの程度、あなたに話したか教えてもらえないでしょうか？」

私は思い出せる限りのことを庄三郎に伝えた。話している間に、庄三郎は二度、あんぐりと口を開け、細かな瞬きを三度した。

「……ざっと言えば、こんなところです」

「そこまで詳しくあなたに話したとはね」

「少年院で私と一緒だった石雄は話さずにいられなかったんでしょう。成りすましだと誤解されたくなくて」

「石雄は間違いなく私の血を引いた実の息子です。念のために調査もしました。ですが、今でも、金目当てに私をたぶらかした男だと石雄を冷たい目で見ている者もおります」

「で、私に頼みたいこととは？」

「素行調査です」

私はくわえ煙草のまま、目の端で庄三郎を見つめた。「まさか相手は石雄じゃないでしょうね。いくら何でも友人のことを探るなんてことはできません」

「息子じゃありません。今、浜崎さんの話の中に出てきた娘のことです。悪い噂が立ってまして。それに、ここ十日ばかり家に戻ってないらしい」

煙草の灰を灰皿に落としてから、私はソファーを離れた。そして、窓際の椅子に腰かけた。「まずはお嬢さんの名前を教えてください」

「智亜紀《ちあき》と申します。歳は三十三です」

「悪い噂にも松竹梅がありますが」

「付き合ってる男が、この歌舞伎町を根城にしている与太者だというんです。本当のところは分かりませんが」

「そんな話が、よくあなたの耳に入りましたね」

「房子《ふさこ》が……。房子というのは私の妻です。彼女が、智亜紀が家に戻ってこないと私に電話をしてきました。その時に、智亜紀が付き合ってる男のことを聞きました」

与太者というだけでは、どの程度のワルなのか判断しようもなかった。

「その男の名前、〝クマガミ〟としか分かってません」

「仲間内だけで通用してる渾名かもしれませんね」

「なるほど。その可能性はありますね。妻の話だと、智亜紀は、その男のところで寝泊まりしているのではないかというんです」

「奥さんがそう思われたのには根拠があるんですか？」

庄三郎が首を横に振った。「思い込みかもしれません。房子は思い込みが激しい女なんです」

「思い込みの激しくない女なんていやしませんよ。で、その男の歳はいくつぐらいなんです？」

「三十代だろうということです。房子は男の声しか聞いてないですから、容姿も君に教えて差し上げられない」庄三郎は申し訳なさそうな顔をした。

「智亜紀さんは働いてます？」

「絵描きです。と言っても」庄三郎の片頬が崩れた。「それで食えてはいませんが」

「男の世話にならないと生活できないってことはないでしょう？　生活の保障はあなたがやっているはずですから」

「智亜紀は自由に使えるお金を持ってます」

「房子さんと智亜紀さんは、石雄をあなたが引き取ったことで、本宅を出ていった。それはいつ頃です？」

「かれこれ十年近く経ちます。しかし、没交渉というわけではありません。私が房子のところに行くこともあるし、智亜紀が私のところに来ることもあります」

「奥さんは来られない？」

「私が脳梗塞で倒れた時はしばらくいましたよ。だけど、あれは頑固でね。石雄だけじゃなくて早苗のことも嫌っていて、滅多に家には顔を出しません」そこまで言って、庄三郎は私に視線を向けた。

「断っておきますが、夫婦関係は悪くないんですよ。距離をおいたことで、却って、無駄な喧嘩も起こらず、以前よりもふたりとも本音で話せるようになりました」

「ただし、石雄夫婦のことだけは別。そういうことですね」

庄三郎がふうと息を吐いた。「おっしゃる通りです」

「智亜紀さん、以前から、悪い連中と付き合っていたということは？」

「美大時代から好き放題のことをやってました。私が若い時代に流行った言葉を使わせてもらえば、フラッパーです。ゴーゴークラブに出入りし、お立ち台で上半身裸で踊ったりしていたということです。酒を飲んで東名高速をポルシェで飛ばし、ひっくり返ったこともありました」

「よく生きてましたね」

「奇跡です。右足首の骨折と左肩の打撲ですみました」

「こんなことを言っては失礼ですが、そういうじゃじゃ馬だったら、家を出て与太者の仲間入りをしても不思議じゃないですね」

「いや」庄三郎は躰を前に倒し、口角をきゅっと閉じて首を横に振った。「破天荒な娘ですが、十日も母親に連絡も入れないで遊び回ることはこれまで一度もありませんでした」

「家に戻らなくなる前、お母さんと喧嘩をした。そういうことはなかったですか？」

「察しがいいですね、浜崎さんは。房子は口を濁してましたが、その男のことで言い争いになったようです。房子は気が強いから、かなりのことを言った気がします。しばらくしたら、智亜紀は戻ってくると私は思ってますが、いずれにせよ、智亜紀の交際相手について調べてほしいんです」

「奥さんはどこにお住まいなんです」

「それは……」庄三郎が言い淀んだ。

「私を奥さんに会わせたくないんですね」

「探偵を雇ったなんて知ったら、房子はヒステリーを起こします」

「しかも、その探偵が石雄の幼馴染みだと知ったら、ゴルフクラブか何かで襲いかかられるかもしれないですね」

「房子はゴルフはやりません。趣味は弓道です」

「それってもっと怖いですよ」私は大袈裟に笑ってみせた。

庄三郎の表情が柔らかさを取り戻した。

私の頬から笑みが消えた。「あなたに断りなく、奥さんに近づくことは絶対にしません。ですが、住所と電話番号は教えておいてくださらないと」

「分かりました」

私は庄三郎の口にしたことをメモした。

「智亜紀さんの友人知人で、安藤さんが知ってる人はいますか?」

「そう訊かれて思い出す人はひとりしかいません。大平秀美《おおひらひでみ》さんという美大で一緒だった子がちょくちょくうちに遊びにきてました。でも、それは、智亜紀が私の家にいた頃のことです」

「大平さんは学校を出てから何を?」

「彼女も絵描きを目指してましたが、確か、その頃は銀座のスナックでバイトをしてるって智亜紀が言ってました。でも、そのスナックの名前までは」

「必要ないでしょう。バイトの子が十年近くも同じ店で働いてることはまずないでしょうから」私は短くなった煙草を消した。「大平さんは東京の方じゃなさそうですね」

「なぜ分かるんです?」

「だって、東京出身だったら、スナックでバイトしてる可能性は少ないでしょう?」

庄三郎が大きくうなずいた。「そうですよね。自宅から通っていたら夜の仕事をやるのは難しいですものね。彼女は山形の出身だった気がします」

私は智亜紀の出た美大の名前を訊き、同窓会名簿を手に入れてほしいと頼んだ。

「名簿、家にあるかどうか。でも、なくても何とかします」

大平秀美が、同窓会名簿に掲載されている住所に、今も住んでいるかどうかは分からないが、他のクラスメートに電話をして訊いてみることはできる。

「智亜紀さんが親しかった人、大平さん以外には覚えてないんですね」私は念を押した。

「残念ながら知ってるのは大平さんだけです」

新宿の与太者〝クマガミ〟を捜すと言っても、情報が少なすぎる。前科があれば知り合いの刑事に、こっそり調べてもらえるが……。

電話が鳴った。

受話器の向こうから聞こえてきたのは石雄の声だった。ゆったりとした音楽が流れている。

「今、何してる?」

「別に。日焼けしたところが痛くてね」

「日の当たらない暮らしをしてる奴にはちょっときつかったか」石雄が笑った。

庄三郎と目が合った。

相手が石雄だと気づいた庄三郎は、眉を険しくして、激しく首を横に振った。

「俺は今、六本木にいる。出てこいよ。日焼けの痛みなんか飲めば吹っ飛ぶさ」

「ひとりか？」

「仕事で銀座の店を三軒梯子《はしご》した。疲れたからほっとできるバーで飲んでる。出てくるだろう？」

「これから用があるんだ」

「こんな時間に？　じゃ相手は女だな」

「スカートが似合うが、バグパイプは吹いてない」

石雄が大声で笑い出した。「くわえるものが違うか。じゃ、邪魔はしない。またな」

電話を切った私は元の席に戻った。

「石雄はどこにいるんですか？」庄三郎が訊いてきた。

私は石雄が言ったことを伝えた。それからまた煙草に火をつけた。「今回の件、石雄には知られたくないってことですね」

「あいつだけじゃなくて早苗にも」

「どうしてです？」

「房子に気を遣ってるんです」

私は軽く肩をすくめてみせた。「房子さんに私立探偵を雇ったことがバレるはずはないでしょう？」

「使用人の中に房子と通じてる者がおるんです」庄三郎の口調はあくまで穏やかだった。

「上品で風格のある使用人の方がいましたね。〝お前には安藤家に出入りする資格はない〟。そんな目で見られましたよ」

「それは考えすぎです。高見《たかみ》は、私にも同じ目つきをする」

「それは安藤さんも失格ってことかもしれない」

庄三郎が顔を上げ、鋭く突き出た喉仏を私の方に見せ、笑い出した。深く刻み込まれたシワがかすかに波打っていた。

「そうかもしれんな。高見美士里《みどり》は私の死んだ父に仕えていた女だから。君はヒッチコックの『レベッカ』という映画を観たことがありますか？」

「テレビで。ヒロインが大富豪と結婚したが、前妻レベッカの影に悩まされるって話でしたね」

「レベッカに仕えていた家政婦長がヒロインに冷淡で、意地悪かったのを覚えてます？」

「安藤さんの言いたいこと分かりました。あの家政婦長の雰囲気、高見さんですか、あの人に似てますもんね」

庄三郎が遠くを見るような目をした。「高見を見ていると、ふと死んだ父を思い出すことがあります」

「高見さん、お父さんのお手つきですか？」

庄三郎が口髭をまた撫でた。「それは何とも言えないですね。しかし、あり得ないことはないですな。父は女に手が早かった上に悪食《あくじき》ってやつでしたから」

「奥さんと内通してるのは彼女ですね」

「ええ。壁に耳あり障子に目あり、ですよ。石雄夫婦に教えると、巡り巡って房子に知られてしまうかもしれない。ですから石雄にも秘密にしていてほしいんです。私はあなたの依頼人。それを忘れないでください」

「私以外の探偵に頼んだ方が秘密は完璧に守られますよ」

「探偵社に飛び込む勇気はないです。それに、知り合いの弁護士を介したりすると、余計に秘密は漏れやすくなる。あなたにお願いしたくなった理由は、石雄の竹馬の友というだけじゃありません。お会いした時、信用のおける人物だと思えたし、歌舞伎町に事務所を持っているんですから土地鑑があるでしょうし」

最後の一言は口を濁した言い方に聞こえた。この周辺のヤクザ者と親しいのではないか、と言外に言ったのだろう。

しかし、私は歌舞伎町に精通してはいない。この区域を担当している刑事ではないので情報屋を買っているはずもないし、依頼された調査場所が歌舞伎町の闇の部分だったことは一度もないのだから。

「歌舞伎町は狭いと言えば狭いですが、人の流れが激しいところでもあります。〝クマガミ〟という名前だけを頼りに調査しても成果を上げられないかもしれない。それでもいいんですか？」

庄三郎がうなずいた。「やるだけやってみてください」

「お嬢さんの写真をお借りしたいんですが」

「持ってきました」上着の懐から封筒を取り出した。

私は写真を手に取った。

一番最初に目を引いたのは髪型だった。前髪をきちんと揃えたクレオパトラみたいなスタイルである。アイラインがしっかりと引かれていた。それが映える、大きな瞳の持ち主だった。鼻は少し上を向いているが小さかった。口は、赤ん坊の頃から変わらないような愛くるしいものである。

紫色のベルボトムに花柄のプリントシャツを着ていた。小柄で胸が大きい。耳に丸い金色のイヤリングを下げていた。

画廊で撮ったものらしい。展示されている絵が写っていた。

製図をどうかしたかのような線を際立たせた作品ばかりだった。そのうちの一枚はカタツムリに似ていた。デフォルメされているので決めつけるわけにはいかないが。

「これはいつ頃の写真ですか？」

「二年前の夏ですね。智亜紀が日本橋で個展を開いた時のものです」

「その時から何か変わったところはあります？」

「今に一番近い写真を選んで持ってきました。この頃よりも少し太ってるかもしれませんが」

「面白い絵をお描きになるんですね」

「フランシス・ピカビアというダダイストの作品が好きなんですよ」

「初めてきく名前です」

「横尾忠則はご存じですね」

「ええ」

「彼はピカビアを尊敬していたと聞いています。ピカビアは多様性のあるアーティストなので、時代によって作風がかなり違うんですが、ともかく智亜紀もピカビアに傾倒してるんです。私の影響かもしれませんがね」

庄三郎の顔が綻《ほころ》んだ。娘自慢をしたい父親の表情は総じて同じである。

「とりあえず一週間、調査してみます。その間に、智亜紀さんがお母さんのところに戻られたら、その時はまた相談しましょう」

「同窓会名簿はすぐに探して、見つかったら、必要な部分をコピーしてお送りします」

「あなたに連絡したい時はどうしたらいいですか？」

「そうだ。それをお教えしておかなければ」

庄三郎はプライベート電話の番号を教えてくれた。

「書斎に置いてある電話で、うちの者は誰も絶対に出ません」

私は料金の話をした。普段よりも吹っかけた。庄三郎は何も言わず、財布を取り出した。

「前金を払っておきましょう」

テーブルの上に十万ほどが置かれた。

私は契約書を庄三郎に渡した。至極簡単な契約書だが、きちんとするところはきちんとしておくのが私の流儀である。

私は受け取りを書いた。

庄三郎が老眼鏡をかけた。そして、立派な万年筆で必要事項を埋めてゆく。

「私が有閑階級の人間に会ったのは生まれて初めてですよ」

「有閑階級とは私のことを言っているのかね」庄三郎は契約書から顔を上げずに言った。

「安藤家の皆さんのことです」

庄三郎がサインをし、ペンを懐にしまった。「それは間違いです」

「え？」

「君は知らんだろうが、ヴェブレンという人の書いた『有閑階級の理論』という本が岩波から出ている。そこに面白いエピソードが載っている。フランスの或る王様の、部屋が火事になったんだろうね、火が王様に迫ってきた。しかし、座席を動かす従者がいなかったから、その場を動かなくて、大火傷を負った。この王様の行為の意味が分かるかね。命を失う状態になっても、本物の有閑階級の人間は、自分で何もしないんだよ。労働という卑しいことはやらない。誰もが馬鹿げてると思うだろうが、私はあっぱれだと、この王を賞賛したい。駄ジャレを言う気はないが、勇敢に有閑階級の人間であると証明してみせたんだからね。安藤家など金があるというにすぎないんだ」

「なるほど。私も、その王様に拍手を送りたいですね。そこまで徹底すれば何ものかでありますから」

庄三郎が私を真っ直ぐに見つめた。鋭い目つきである。「君の生まれがよくないのは分かってる。学歴についても何も知らないし、見たところ裕福ではなさそうだ。しかし、今のエピソードに納得できるというのは、君の精神世界は労働者の側にはないということだな」

「確かに。だけど、金持ちの側にも立ってません。立てるはずもないし、大金持ちになったとしても有閑でいられるはずはない。根が貧乏性ですから」

「私立探偵という職業は面白そうだね。少なくとも一般に考えられている労働とは違うから」

「だから、まともな人間扱いされないことが多くて困ってます」

「でも、この稼業を辞める気にはなれないんでしょう？」

「まあ、そうですね。どこにも属していないのが気楽でいい」

「街の底には、君のような人間が回遊してるんだね。勉強になったよ。石雄とはやはり違うな」

「どう違うんです？」

「あいつは幸か不幸か、私が見つけ、安藤家の一員にした。結果、努力して安藤家に馴染もうとしてる。君だったらそうはせずに、素のままで振る舞っていた気がするんだ」

「さあ、それはどうかな？　いずれにせよ、石雄は、あなたのために無理をしてるんですよ」

「それもあるが、あいつは家庭を大事にしてるんだ」

「最初は信じられなかったですが、ワルが改心すると、ああなることって珍しくないですよ。女房の尻にも敷かれてるし」

「早苗はしっかり者だから」庄三郎の言葉に棘を感じた。

「早苗さんって石雄の年上ですか？」

「いいや。三つ下だよ」

「これは失礼」

「私に謝らなくてもいい。早苗は落ち着いてるし、派手な服装もしないから、よくそう間違われる」

大悟を生んだ時、早苗はまだ二十歳、石雄は二十三だった。この間は、驚きが先行して、そこまでは考えなかったが、随分若くして結ばれたものである。

庄三郎は受け取りをポケットにしまうと、安堵の息を吐き、私に微笑みかけた。

「歌舞伎町は魅力的な街のようですね。今回の件は別にして、一度浜崎さんに案内してもらいたいものですな」

「試しに奥様と連れ込みホテルに入ってみたらいかがです？」

「どうせなら、冥土の土産になりそうな人と行ってみたいです」庄三郎がにっと笑った。

「そういう時は財布はしっかり管理してください。寝てる間に金が抜かれるかもしれませんから」

「普段は小銭しか持って歩いておらんから大丈夫」

「帰りのタクシー代、持ってます？　何ならお貸ししてもいいですよ」

「は、は、は」庄三郎がまた笑った。「浜崎さんは実に愉快な方だ」

私は玄関まで庄三郎を見送った。

別れ際、庄三郎は鷹揚な仕草で握手を求めてきた。

よろしく、という意味だろうが、やや大袈裟である。しかし、その大袈裟さが似合ってもいた。

私は、日干しになり縮んでしまった海星《ヒトデ》のような、かさついた手をしっかりと握り返した。

どんな手だろうが、金払いのいい依頼人のものは、いつまでも握っていたいものである。


翌日も蒸し暑い日だった。晴れ間はほとんどなく空は雲に被われていた。

昼食を摂りに外に出、戻ってきただけなのに汗だくだった。

扇風機の風はちっとも涼を運んでこない。

電話機を手許に引き寄せた。

「お久しぶりです」私は電話口に出た榊原《さかきばら》に言った。

「おう。浜崎君か」

「ご無沙汰しっぱなしで」

「あれ以来か」榊原が感慨をこめてつぶやいた。

榊原は四谷署の刑事課のベテラン刑事で、二年前の女優殺しの事件で知り合った。榊原は私の父の後輩で、子供の頃の私のことも知っていた。私は榊原から無理やり情報を取った。探偵とつるんでいることがバレたら榊原はクビになり、恩給も吹っ飛んでしまう。だが、彼は私に押しきられた。私が世話になった先輩の息子だから情に流された面もあったろうが、それだけで、いろいろ教えてくれたわけではない。私から得る情報が警察にとっても大いに役立つものだったからである。

私の父が心臓マヒで急死したのは三年前、七一年の秋だった。享年五十九。榊原の正確な歳は知らないが、退官まで五、六年というところだろうか。

「榊原さん、ちょっとしたお願いがあるんですが」

榊原は黙ってしまった。

丸い縁なし眼鏡の奥の優しい目が困った色に染まっているだろう。

「歌舞伎町を根城にしている〝クマガミ〟という男を捜してるんですが、前科があるかないか調べてもらいたいんです。前科があれば、どんな人物か知りたいんです」

「そいつ、何をやらかした」

「大富豪の令嬢をたぶらかしているらしいんです」

「それだけか」

「それだけのことだから探偵の出番なんですよ」

「〝クマガミ〟って珍しい名前だが、前科者の数は半端じゃないんだよ」

「山田や中村を捜すよりも楽だと思うんですがね」

榊原が鼻で笑った。「相変わらず押しが強いというか図々しいな、君は」

「お忙しいと思いますが、お願いします」

「で、その男の歳は?」

「三十代だろうという話ですが、はっきりしません。漢字でどう書くのかもお伝えできない。下の名前も顔も依頼人は知らないんです」

「そんなんで捜し出せるわけないだろうが」

「だから、榊原さんにお願いしてるんですよ」

「時間ができたらやってみよう」

不機嫌そうにそう言って榊原は電話を切った。

歌舞伎町をぶらついても〝クマガミ〟が見つかるわけもない。

私は安藤房子の家の場所を確認しておくことにした。もしも智亜紀が家に戻り、その後も監視を続けることになれば、先に住んでいるところを覚えておけば役に立つはずだ。

房子と智亜紀は大田区南千束二丁目に住んでいる。

出かける前に住宅地図で調べた。洗足池からすぐのところに〝安藤〟という名前を見つけた。敷地はさしてないが一軒家だった。

私の事務所兼住まいは正確には西大久保一丁目（現在の歌舞伎町二丁目）にある。六〇年代初めに建った古いもので、得体のしれない連中がしょっちゅう出入りしている。私もそのように見られているのだろうが。

マンションの入口を出た右奥に未舗装の空き地があり、そこが駐車場。駐車場の後ろがアパートである。アパートは連れ込み宿とミカドというストリップ劇場に囲まれている。

午後四時すぎ、私は車で洗足池を目指した。明治通り、玉川通り、環七を通り、中原街道に入った。途中でラジオをつけた。

殿さまキングスの『なみだの操』が聞こえてきた。去年から人気を維持している大ヒット曲である。しかし、土曜日の午後、クーラーのない車の中で聴く曲ではなかった。そのまま切らずにいると布施明の『積木の部屋』が流れた。こちらも涼しげなものではなかったが、気が紛れるのでつけっぱなしにしておいた。

大森第六中学をすぎると、ほどなく洗足池がちらちらと見えてきた。左側に電車が走っていた。東急池上線である。

横断歩道橋を越えた。池の端から数えて三本目の一方通行の細い道を入っていけば、目的地に到着するはずだ。

スピードをゆるめ、車を右折させた。

奥に進むほど道幅は狭くなった。やがて右側に池が見えてきた。斜め前方に建つ赤い鳥居が目に留まった。

大きな会社の寮の角を左に曲がった。

寮のはす向かいが庄三郎の妻が住んでいる家だった。

ラジオを消した。

敷地はベニカナメモチの生垣で守られていた。季節を終えたツツジも見られた。

建物はコンクリート造りの二階家で、壁には蔦《つた》が縦横無尽に這い回っている。線を重んじる智亜紀の絵を思い出した。

門の前を通りすぎた。門の奥にスペースがあり、そこに黒いビュイックが停まっていた。運転席に座っているのは痩せた男だった。帽子は被っていなかったが運転手らしい。ビュイックの持ち主は、庄三郎かもしれない。

運転手がちらりと私の方に目を向けた。葉山の別荘で見かけてはいない人間だが、相手は私を見ていたかもしれない。

庄三郎にバレてもかまわないが、彼は機嫌を悪くするだろう。

もう少し前に進んだところで車を停め、家を眺めた。ふと目を向けたバックミラーに人が映っていた。

洗足池の方からアベックが現れた。

男の方は庄三郎に違いなかった。

女は白いブラウスに、だぼっとしたベージュのフレアスカートを穿いていた。髪は肩の辺りで外に跳ねている。日本映画がトーキーに変わりはじめた頃に青春期を送ったハイカラな女。私はそんな印象を持った。

おそらく、妻の房子だろう。

庄三郎は灰色のジャケットに黒っぽいズボン姿だった。シャツではなくて白いTシャツを着ていた。

庄三郎が立ち止まった。そして、額に手を当て、西日を避けるようにして、ベレGを見ていた。

女もこちらに目を向けた。そして、庄三郎に何か言った。しかし、庄三郎は取り合わず、女と共に家の門を潜った。庄三郎は、私に気づいたが声をかけるわけにはいかない。

言い訳しないまま去るのも不自然だから、私は車を路肩に目一杯寄せて、庄三郎が動きを見せるのを待った。

十五分ほどしてから、ビュイックが路上に現れ、私の車の真後ろで停まった。

先に車を降りたのは私だった。後部座席の窓が開いた。

「池の縁にあった赤い鳥居のところで待ってます」

私はそれだけ言ってビュイックから離れた。そして、次の角でUターンした。

池の近くに車を停め、外に出た。ビュイックは、Uターンに手間取っているのか、なかなか姿を見せなかった。

私は煙草を吸いながら庄三郎が現れるのを待った。

しばらくするとビュイックがやってきた。車を降りた庄三郎は小さな手提げ鞄を携えていた。

私たちは挨拶もせず、赤い鳥居の方に歩を進めた。

赤い鳥居の向こうにまた石造りの鳥居があった。何という神社なのか分からなかったが、庄三郎に訊ねている場合ではない。

ボート遊びに興じている者が何人もいた。どこからか若者たちの笑い声が聞こえてきた。

私たちは湖畔を歩いていた。

「どういうつもりなんだ。こんなところをうろついてても何にもならんよ」庄三郎はかなり怒っていた。

私は事情を説明した。そして、〝クマガミ〟に前科があるかどうか、警察の知り合いに調べさせていることを教えた。

「仕事はしてるんだね」

先ほどよりも口調が柔らかくなった。私の説明に納得したが、すぐさま相好を崩すのは面白くない。そんな雰囲気が伝わってきた。

「前科がなければ、歌舞伎町の柄の悪い店を一軒一軒回ってみますよ。ぼったくりバーは避けますがね」

　庄三郎がベンチに近づき、そこに腰を下ろした。私も隣に座った。

「手間が省けたよ」そう言いながら、庄三郎が手提げ鞄を開けた。

　取り出されたのは智亜紀の同窓会名簿だった。彼は老眼鏡をかけ、索引を見てからページを繰った。

「智亜紀は洋画専攻科の三十三期だ。家になかったもんだから房子のところに取りにきた」

「奥さん、変だと思ったんじゃないんですか？」

「まあね。でも、父親が娘を捜したいと言ってるんだから、文句はなかろう。見た通り、私は房子の相手をして、ここを散歩してた。久しぶりに妻とデートしたような気分だった。何だか緊張してしまってね」庄三郎が薄く微笑んだ。

「お抱え運転手に見られてしまったが、大丈夫ですか？」

「諸橋《もろはし》には絶対にしゃべるなと言っておく」

「では、名簿を預からせてもらいます。すぐにお返しできると思いますが、お送りしましょうか？」

「いや、そのうち私が取りに行きます」

「じゃ、さっそく事務所に戻って、電話攻勢をかけます」

「そうしてください」

　私たちは元来た道を車まで戻った。

「私が警察から情報を得ている話はご内聞に」

「余計なことは言いはせんよ」

　庄三郎の姿を認めると諸橋という名の運転手が、後部座席のドアを開け、庄三郎が到着するまで不動の姿勢で待っていた。

　私は庄三郎に軽く頭を下げ、先に車をスタートさせた。


　冷やし中華と餃子の出前を頼み、それを食べてから名簿を開いた。

　名簿は五年前のものだった。

　智亜紀と共に学んでいた洋画専攻科の学生は六十五名ほどだった。名前だけで後は空欄になっているのは五名だけである。

　大平秀美の連絡先は記されていた。結婚していないのか、名前は大平のままだった。勤め先は大京町にある美術出版社。

　土曜日の午後七時すぎ、誰も出ないかもしれないが電話をしてみた。雑誌社だから就業時間は不規則な可能性がある。

　果たして、すぐに受話器が取られた。相手は、がらがら声の年輩の男だった。

「こんな時間に申し訳ない。お宅に大平秀美さんという社員がいらっしゃいますよね」

「大平秀美？　二、三年前に結婚して辞めてるよ」

「そうですか。で、今の連絡先は分かりますか？」

「あなたは……」

「妹が第一女子美術学院で、大平さんと同級だった浜崎と申します」

「彼女、山形に帰ったよ。その後連絡はないから、今どうしてるかは分からんね」

「失礼ですが社長さんですか？」

「そうです」

「安藤智亜紀さんって方はご存じですか？」

「大金持ちの娘で、絵描きをやってる人ね。玄人好みの絵を描いてるな」

「大平さんの大学時代のクラスメートで、ふたりは仲がよかったと聞いてるんですが」

そんな話をしてたことがあったな」

「美術関係者で、彼女と親しい人を知りませんか？」

「大平さんだけじゃなく、安藤智亜紀のことも捜してるんですか？」

「私の妹が亡くなったものですから、

「ああ、そういうこと。生憎だけど安藤智亜紀と付き合いのある人間なんて知らないな」

「すみません。突然、こんな電話をして」

「お役に立てなくて申し訳ない」

「とんでもない」

私は受話器を置いた。

食事をすませてから、名簿に載っている洋画専攻科の同窓生に片っ端から電話をかけた。繋がらないところも多く、家の者が出て、当人は不在だと言われもした。住所が変わってしまっている場合もあった。

〝た〟の行が終わったところで、私は煙草を吸い、缶ビールを飲んだ。

電話が鳴った。榊原からだった。

「長話はできない」榊原は挨拶抜きで言った。「前科者の中には該当するような人物は見つからなかった」

「〝クマガミ〟って人物はいなかったんですか？」

「黙って聞け。新宿区役所の裏通りに『らん山』って喫茶店があるのは知ってるな」

「ええ」

「あの近くに大人の玩具《おもちゃ》を売ってる『宝屋』って店がある。店長は清水成美《しみずなるみ》って女だが、そいつの内縁の夫、毛利《もうり》〝マスロク〟って奴が、〝クマガミ〟って男と付き合いがあるらしい」

「〝マスロク〟ってどんな字を書くんですか」

「負けるの〝負〟に数字の〝六〟だ」

「負六ね。変な名前だな。で、毛利負六は何をやってるんです？」

「ポン引きだったが、一応足を洗ったって言ってる」榊原はそこで一瞬黙った。「私の同僚がそれなりに親しくしてる奴だ」

「情報屋ってことですか」

「余計な詮索は止めろ」

「すみません」

「同僚が『宝屋』で毛利に会った時、電話がかかってきた。その時、〝……俺もクマガミには金を貸したことがあったがなかなか払ってもらえなかった。返してもらってない。他を当たってくれよ〟。そんなことを毛利が言ってたのを覚えてたんだ」

「で、毛利負六はいくつぐらいなんです？」

「四十七だそうだ」

「助かりました」

「どこから得た情報かは絶対に口にするんじゃないぞ」榊原の声がいつになく厳しかった。

「もちろんです。近いうちに一杯やりましょう」

「肝臓の数値が悪くて禁酒してる」

「じゃ食事でも」

「そのうちにな」榊原はそう言って電話を切った。

智亜紀のクラスメートへの電話は中止し、さっそく出かけることにした。

午後八時半すぎだった。カメラは持って出ないことにした。新しい軍手をズボンのポケットに突っ込み、事務所を後にした。不測の事態に備え、いつもそうしているのである。

コマ劇場の方に向かってゆるやかな坂道を下りていった。

省エネという言葉が使われ始めたのは去年の暮れ辺りからである。

歌舞伎町のネオンサインも抑制されている。しかし、私の事務所のある辺りは連れ込み宿ばかりが林立しているので、昔から省エネしているようなものである。

坂を下りきった。

炎症を起こしたような蒸し暑さがじわりと躰に貼り付いてきた。

隣同士のクラブ『スカーレット』、キャバレー『女王蜂』の前辺りで車が渋滞していた。

呼び込みは私に声をかけてこない。しょっちゅう、この辺りをうろついているので、顔を知っているようだ。時々、袖を引くのは、この界隈に流れてきたばかりの新米である。

ネオンが消えていても、人出はやたらと多かった。

クラブ『不夜城』の王城風の建物になぜ蔦を絡ませているのかよく分からない。しかし、ラシントン・パレスと言い、この『不夜城』と言い、個性的な建物が昔はよく造られたようだ。

『不夜城』のところで、通りを斜めに渡り、しゃぶしゃぶ屋『新島』の角から路地に入った。新宿区役所の裏の道である。喫茶店『らん山』の斜め前に大人の玩具屋『宝屋』はあった。

ドアは開いていた。しかし、中は見えない。厚手の黒いカーテンが下がっていた。カーテンの割れ目を探し、中に入った。

奥にいた女がちらりと私を見、読んでいた雑誌に目を戻した。

音楽がかすかに流れていた。青江三奈の『伊勢佐木町ブルース』。

大人の玩具の他にエロ雑誌も並んでいる。マネキンはネグリジェを着、大事な部分が割れているパンツを穿いていた。麻縄や手錠も売られていた。

男の性的活動には〝物語〟が必要欠くべからざるものである。その〝物語〟が、この狭苦しい部屋に押し込められている。家では良き父親である男、勉強の虫である学生、弁舌爽やかな政治家たちが、それぞれの心の隅に、窮屈にしまい込んでいるものを解き放ってくれるものが、ここにはすべて揃っている。

客はひとりもいなかった。

奥にいる女がまた私に視線を向けた。

若い頃は煙草屋の看板娘だったが、紆余曲折を経て、〝大人の玩具屋〟になり果て、ここに落ち着いた。そんな感じの女だった。歳は内縁の夫と同じぐらいに見える。

女は女性週刊誌を読んでいた。

『完全追跡！

　前田美波里　マイク眞木
　離婚といわれる決定的私生活』

そんな見出しが目に飛び込んできた。

女は週刊誌を閉じ、私に目を向けた。

化粧は濃く、眉毛が描かれていた。縮れ髪が四方に広がっていた。かっと見開いた大きな目が私を見た。閻魔大王が怒ったような顔である。しかし、目の奥には繊細さと優しさが潜んでいるように思えた。

　こういう店を預かっているのは大概男である。その方が、買い物がしやすいはずだ。だが、この女なら気にせずに、相談することもできそうな気がした。

「こんばんは」

「何か？」

「清水成美さんだよね」

「……」

「毛利負六さんに会いたいんだけど」

「いないよ」

「どこにいったら会える？」

「あんた見慣れない顔だね」

「サツじゃない」

「でも、地回りのヤクザでもない」

「私立探偵だよ」私は彼女に名刺を差し出した。

清水成美は名刺に目を落とした。「近所で商売やってるんだね」

「ああ」

もう一度女は私をじっと見つめた。「あんたを見たことあるよ。あんたの事務所の近くに『マルス』って喫茶店があるよね。確かあそこで」

『マルス』は天然果汁を売り物にしたちょっと変わった喫茶店である。

「アボカドの生ジュースを飲んで元気をつけてるんだよ」

「で、負六に何の用だい」

「毛利さんが、金を貸してたことのある〝クマガミ〟って男を捜してる。あんたも知ってるだろう?」

「名前だけね」

「毛利さんとはどういう関係なんだい?」

「何で、あんた、その〝クマガミ〟を捜してるんだい?」

「捜し出したら金になるから」

成美の右の描き眉毛が吊り上がった。

「負六もその人のこと、よくは知らないみたいよ」

「知らない奴に、毛利さんは金を貸すのか」

「雀荘で知り合ったって言ってた。ちょいとレートの高い麻雀を、あんたの事務所の近くのホテルでやった。そん時の借金だよ。ここに届けるって言った日に現れなかった。それからのことは知らないね」

「ここで待ってたら、毛利さん、現れるかな」

「どうせ雀荘にいるか、ビリヤードをやってるかだよ」

成美の目がかすかに泳いだのを私は見逃さなかった。

私は雀荘とビリヤードの屋号と場所を訊いた。成美は、どちらの店名も覚えてないという。だが、場所は知っていた。

私は成美の説明を聞いただけで大体の場所は分かった。

「こういう店を預かってるのは普通、男だよね」

「女だと悪いかい？」

「珍しいって思っただけさ」

「あんた、この世界の事情を知らないね。女客もけっこうくるんだよ。満たされない夜を送ってる女って多いんだ」

「なるほど」

「あんた、どんなセックスが好きなんだい？」

「道具は使わないな」

「使ってあげなさいよ。あんたの彼女、喜ぶよ」成美は首を微妙に動かし、媚びを売るような目をした。

「お勧めはやっぱり、〝熊ん子〟かい」

「そうだね」

〝熊ん子〟は二年前に売り出された実寸代の電動式バイブで、週刊誌にも宣伝されている。亀頭の部分が、御利益のありそうな翁の顔になっていて、クリトリス用の部分は可愛い熊の顔をしている。子熊は翁の胴体に蟬みたいにすがりついている。警察の目を逃れるために民芸品として売られているのだ。他の性器具の販売者も、似たり寄ったりの防御策を講じている。

「ガサ入れがあったら、あんたがお縄になるんだよね」

「そうだよ」成美はあっさりと認めた。「常習犯だと別だけど、初犯だとすぐに出てこられるし、礼金がもらえる。だけど、うちはちゃんとしてるからこれまで警察に入られたことはないよ」成美が並びの悪い歯を見せて笑った。

成美の付き合っている負六は情報屋。警察はお目こぼしをしているのかもしれない。

「〝クマガミ〟がすぐに見つかったら、〝熊ん子〟の御利益だと思って、買いにくるよ」

「負六に会ったら、人生をやり直せって言っておいて」

「一緒に暮らしてるんだろう?」

「だから言えないこともある。分かるかい?」

人を食ったような女だが、なかなか面白い。

「毛利さんの名前、変わってるね」

「あんな名前、つける親がいるなんてね。欲望に負けて、六人目を作ってしまったってことらしいけど、あの人、自分の名前を嫌ってるから、余計なこと言わないで」

週刊誌に目を戻した成美に私は軽く手を上げ、店を出た。しかし立ち去らなかった。そっとカーテンの隙間から店の中を覗いた。

成美が手帳を開き、受話器を持ち上げた。

「……負六は来てる？　……そう。ありがとう」

すぐにまたダイアルを回し、相手が出ると同じ質問をした。

負六はそこにいるらしい。そこと言ってもどこだか分からないが。

「……浜崎とかいう私立探偵が、あんたを捜してる……。あんたじゃなくてよっちゃんに用があるらしいけど、気をつけて。一応、そこの場所だけ教えておいたから、会いたくなかったら、すぐに出て」

店の中に戻ろうかと考えたが止めにした。成美を攻めても、負六のいた場所を教えないだろう。お縄になることを覚悟でセックスショップの店長を務めている女である。窮地にでも立たされなければ、口を割るはずはない。

成美に教えられた場所に行っても負六はもういないだろう。しかし、足跡を辿れるかもしれない。

私はコマ劇場の方に向かった。喫茶店『王城』の前を通り、歌舞伎町のメイン通りに出た。

正面にコマ劇場の側面が見えている。去年オープンした馬鹿でかいキャバレー『クラブハイツ』の看板が目を引いた。

午後九時半少し前だった。

歌舞伎町にとってはまだ宵の口。人の流れが賑々しい。サイレンの音が近づいてきた。モナミビルの前で人が倒れていた。若い女だった。暴力事件ではなさそうだ。急性アルコール中毒のようである。

救急車を避けるようにして、『喫茶カドー』の横をすぎ、西武新宿線の線路に向かって歩を進めた。

通りに面した左角のビルの三階に麻雀屋があった。ビリヤード場は四階である。

まず麻雀屋に入った。ブーマン専門の店のようだ。勝負が早くて、その都度、現金のやり取りが行われるギャンブル性の高い麻雀がブーマンである。

店は混んでいた。煙草に火をつけただけで、一触即発、爆発しそうなくらいに店内は殺気に満ちていた。

「さっきまで毛利負六さんがいたはずだけど」カウンター内にいた従業員に訊いてみた。

従業員は、今夜は来ていないと答えた。

「〝クマガミ〟さんは？」

「ここんとこしばらく見えてません」

従業員の様子に変わったところはなかった。カウンターの近くで麻雀に興じている男たちの様子も窺っていたが、いずれの名前にも誰も反応しなかった。

牌をかき混ぜる音が私を刺激した。ここしばらく打ってないので、一勝負したい気分になった。しかし、仕事中である。私は従業員に礼を言い、階段で上の階を目指した。

ガラス張りのドアに『ニューウェスト・ビリヤード』と書かれてあった。玉が突かれる音が踊り場まで聞こえてきた。

五つある台のうち二台がポケットだった。

客はふたり。四つ玉をやっていた。チョッキを着た小柄な男がなかなか上手だった。

ここでも従業員に、雀荘で言ったことを繰り返した。

「毛利さんなら、先ほど帰りました」

「どこにいったか分かるかい？」

「さあ」

チョッキを着た男が、キューにチョークを塗りながら私の方をしげしげと見つめていた。

チョッキの男の対戦者が突いた。比較的簡単に取れる玉の並びだったが、その男は外した。男が舌打ちし、チョッキの男に金を支払った。

私はチョッキの男に近づいた。「ゲーム中、すみません」

男は表情ひとつ変えず、口も開かなかった。

「毛利負六さんのお知り合いじゃないかと思いまして」

「だったら何だい？」

「至急、会いたいんですよ」

「借金取りかい？」

「そうですが、金を借りてるのは毛利さんじゃなくて、〝クマガミ〟って男なんですがね。毛利さんなら居場所を知ってると思って」

「なるほど」男の頰がゆるんだ。「あいつの顔はここんとこ見てない。負六も知らないんじゃないかな」

「ともかく、毛利さんに会って話を聞け、と言われたもんですから」私は男に名刺を渡した。

「ほう。探偵って何でもやるんだね」

「不況ですから」

「ちょっと待ってな」男はカウンターに行き、電話機の前に立った。そして、手帳を見ながらどこかに電話をした。

私は男の後ろに立った。

「客の毛利さんを呼び出してくれないか」

男がちらりと私を見、受話器の端に手を添え、私に背中を向けた。

ほどなく相手が出た。

「……高橋《たかはし》だけど……まだやってるよ。〝クマガミ〟を捜してる男が、ここに来てる。あんたに訊けば、あいつの居場所が分かるって言ってるぜ……。私立探偵だそうだ。名前は……」

「浜崎」私が口をはさんだ。

「……あんた、〝クマガミ〟の居場所、本当は知ってんじゃないのか……。そいつがそう言ったんだ」

私は男に躰を寄せた。「代わってくれないか」

男は案外、簡単に受話器を私に渡した。かすかにリズム・アンド・ブルースが聞こえてきた。

「初めまして、探偵の浜崎です。毛利負六さんですか？」

「〝クマガミ〟はもう新宿にはいないよ」負六は投げやりな調子で言った。

「どこに行ったんです？」

「知らないな。あいつ、周りの人間からちょろちょろ金を借りてる。返せないからふけたんだろうよ」

「会って話を聞きたいんですが」

「会う必要なんかねえだろうが。知らないもんは知らないんだから」

電話がいきなり切られた。私は受話器を見て、眉を顰《ひそ》めた。それから、私の横に立っていた高橋と名乗った男に視線を向けた。

「毛利さん、嘘をついてますね。あの人は〝クマガミ〟の居場所を知ってますよ」

「どうして分かる？」

「探偵だから」

「俺もそんな気がしたな」高橋はつぶやくように言って、顔を歪めた。

「あんたも〝クマガミ〟に金を貸したんですね」

「ビリヤードで負けた金を払ってもらってない」

「いくらです？」

「はあ？　何でそんなことを訊くんだい」

「俺が〝クマガミ〟を見つけたら、あんたに知らせてあげようと思って」

「リベートがほしいのか」

私は首を横に振った。「そんなケチなことは考えてません。毛利さんの居場所を教えてくれませんか。会えばきっと本当のことを話してくれると思います」

高橋が私を上目遣いに見てから目を伏せた。そして、また私に視線を向けた。同じ動きを二回繰り返した。

「ゴーゴークラブにいる。『トップレス』って店だ。場所は……」

私は右手を上げ、高橋の言葉を制した。「場所なら分かります。毛利さんの特徴を教えてくれませんか」

「髪はパンチパーマ。顎が三日月みたいに長い。口髭を生やし、いつもサングラスをかけてる。今夜はアロハを着てたな」

「高橋さんに連絡したい時は、どうしたらいいかな」

「ここは俺の店だよ」

高橋は私に店の名刺を渡した。

私はビリヤード場を出て、やたらと揺れるエレベーターで一階に降りた。点検などまるでしていないようだ。

地球会館の角を曲がり、コマ劇場前の広場に出た。

噴水の周りには、丸い電球が鈴なりになっているポールが数本立っている。灯りに引き寄せられているのは若者たちばかり。不良っぽい者は見当たらない。殷賑《いんしん》を極める歌舞伎町の夜は、暇を持てあました若い連中にとっても憩いの場なのだ。

学生、サラリーマン、職にあぶれた奴、アベック、女同士……。

夏は人を解放する。そのせいで、閉じるべき貝殻が開きっぱなしのまま秋を迎えてしまう者も大勢いるだろう。留年の坂道を転がり始めた学生に、とんでも男を拾って泣きをみたOL。人生の変わり目を迎えようとしている者が、この中にもいるに決まっている。

ミラノ座では『スティング』、それから『悪魔のはらわた』という映画をやっていた。『スティング』の看板にはふたりの男が描かれていた。ポール・ニューマンとロバート・レッドフォードだった。

私はスティングの意味が分からなかった。

今はボウリング場になっているところにスケートリンクがあったのを思い出した。当時、付き合っていた女がスケートが好きだったから一緒に手をつないで滑った。相手は良家のお嬢さんだった。お嬢さんの中には、やさぐれている男に惹かれる者がたまにいる。しかし麻疹《はしか》はすぐに治った。今頃、真面目な会社員と結婚し、子供を二、三人作って、刺激のない幸せな暮らしを送っているかもしれない。

ギターをかき鳴らし、フォークソングを歌っている若いのがいた。

新宿の西口で反戦フォークソングの集会が開かれたのは確か六九年である。あれから五年。過激な事件は散発的に起こっているが、ブームは去ったようだ。全共闘運動の闘士の中には、あっさりと髪を切り、一流会社に就職した者もいるそうだ。

その話を聞いて、私は戦後のことを思い出した。尽忠報国を声高に叫んでいた人間が、世の中が変わった途端、民主主義者に変貌した例は珍しくなかった。

だから全共闘の闘士がバリっとした背広を着て丸の内を歩いていてもまったく驚かない。

コマ劇場の裏側に回り込み、『トルコ　コマ』の角を右に折れた。次の角をまた右に曲がったところにビルが立っている。その六階がゴーゴークラブ『トップレス』である。

友人のスポーツ新聞記者、古谷野《こやの》に誘われて一度入ったことがある。古谷野は後輩に連れてこられたらしい。

低いお立ち台に乗った女たちが、オッパイを出して踊っている店だった。客も踊れるが湿った眼差しで、揺れる乳房を見ている客が大半だった。申し訳程度のスカートを穿いている者もいれば、パンツだけの子もいた。

エレベーターが六階から下りてきた。

ドアが開いた。アロハに白いズボンを穿いた男がエレベーターから出てきた。パンチパーマに口髭、細見の濃いサングラスをかけている。

間違いなくこの男が毛利負六だろう。

声をかけるのを止め、行き先を確かめておくことにした。

毛利負六はヤクザ風の男だと思っていたが、ちょっと違った。ソウル系のミュージシャンだと偽っても通りそうな雰囲気を持っている。負六が盲人でピアノが弾けたら、レイ・チャールズの形態模写ができそうだ。

負六は靖国通りの方面に歩を進めた。『トルコ赤玉』の前で呼び込みのお兄さんに軽く声をかけた。地元のヤクザみたいだが、何だか心許ない。くわえ煙草も、滑り台みたいな撫で肩の揺らせ方も、オーバーすぎて滑稽だった。

負六は次の角を左に曲がった。私は彼を追い抜き、清水成美の店の見える通りに立った。

負六は短くなった煙草を路上に捨て、私の方に近づいてきた。

私が立ち塞がっているので、負六は足を止めた。

私はにかっと笑ってみせた。「毛利さんだよね」

「あんたは？」

「探偵の浜崎」

「話すことなんかねえって言ったろう」

「俺はあんたのことを調べた。やばいことやってるね」

「兄ちゃん、俺にイチャモンつける気かい」

「あんたはサツに情報を流してるそうだな」

負六が落ち着きを失い、周りに視線を向けた。「変なこと言うな。俺がサツの犬だって？　笑わせるな」

「どっかで一杯やってゆっくり話そうぜ」

「〝クマガミ〟の居所は知らないよ」口調に力がなくなった。観念したようである。

「他にも聞きたいことがある」

「分かったよ。俺も実は〝クマガミ〟を見つけたいんだ」

私はメイン通りに向かった。負六が付いてきた。ひとりで歩いていた時の威勢の良さはすっかり影をひそめていた。

私は広めのコンパを選んで入った。

円形のカウンターの端に腰を下ろした。若い女のグループと、ブックバンドで本を結び止めた、学生らしい男が、連れてきた女の子とカクテルを飲んでいた。

ローリング・ストーンズの『悲しみのアンジー』が店内に流れている。

「俺たち、場違いだな」負六が口許をゆるめた。

「ゴーゴークラブに行ってた人間じゃないか、あんたは」

「あそこは別だよ」

負六が頬をゆるめた。毛虫がキスをしているような口髭が微妙な動きをした。

バーテンが私たちの前に立った。私はジンライムを頼んだ。

「日本酒、冷やで」

場違いな注文をしたのは、粋がっているからかもしれない。

バーテンは表情ひとつ変えずに注文を受けた。

「〝クマガミ〟って漢字でどう書くんだい？」

負六は長い顎を突き出し、私の顔を覗き込んだ。「あんた、字が読めないの？」

「書き方、いろいろあるだろうが」

「あ、そういうことか」

〝クマガミ〟は普通に熊上と書き、下の名前は義郎《よしろう》だった。

酒が運ばれてきた。私たちは同時にグラスに口をつけた。

「俺は情報屋じゃねえよ。それだけはもう一度言っておく」負六はきっぱりとした口調で言い、煙草に火をつけた。

「俺は熊上義郎の居場所が分かれば、後のことはすべて忘れる」

「あいつには十日ほど会ってない。どこかに消えたらしい」

「連絡が取れないのか」

「電話したが出ない」

「熊上って何をやって食ってんだい？」

「似顔絵描きだった。芸大を三度落ちたって言ってたよ。多分、嘘だろうがな」

「東大だって落ちることなら、俺たちにだってできるぜ」

「まあな」

智亜紀と接点は絵だったらしい。

「で、今は何をしてる？」

「まともに働いてなんかいねえよ。川崎の競輪場か、戸田の競艇場に行けば見つかるかもな。ともかく、あいつはいつもスッテンテンなんだ」

「似顔絵はどこで描いてたんだ？」

「ちょっと前までは、ここ、歌舞伎町で商売してたけど、その後、小田急デパートの方に移ったらしい。しかし、今はそこにも現れない」

「なぜ、歌舞伎町を出たんだ」

「どんな商売にも元締めがいる。闇マーケットがあった頃から、歌舞伎町で似顔絵を描いてるおっさんと喧嘩したんだ」

「ねぐらは？」

「あんた、何で熊上を捜してるんだ」負六が私の耳許で言った。

「あいつに大金を貸した人がいてね」

「もうちょっとうまい嘘をつけよ。あいつに大金を貸す馬鹿はいねえ」

私はジンライムを喉に流し込んでから、低い声で言った。「安藤智亜紀って女に会ったことあるだろう」

「安藤智亜紀？　聞いたこともない名前だぜ」負六はグラスを空け「お兄さん、お替わり」と大声で頼んだ。

客が一斉に負六に目を向けた。

曲がいつしか、グランド・ファンクの『ロコモーション』に替わっていた。

見た目は、レイ・チャールズを彷彿とさせるが、精神世界はド演歌なのだろう。どちらもソウルフルだから、さして違いはないとも言えるが、ギャップを感じた。

私は智亜紀の写真を負六に見せた。

「おう」

負六がサングラスを少し下げた。手術で何とか開いてもらったような細い目だった。睫が長いので、抜糸がうまくいかなかったような感じである。

「この女なら一度会ってる。和田多津子《わだたづこ》って言うんだけど、違うのか」

智亜紀は偽名を使っていた。大金持ちの娘だと知られたくなかったのだろうか。

しかし、おかしい。智亜紀の母親は熊上の声を聞いていると、庄三郎が言っていた。偽名が途中でバレたのかもしれないが不可解である。

負六が目の端で私を見た。「この女が金を貸したのかい」

「さあな」

「貸すわけないよ」

「どうして？」

「あの女、熊上に貢いでたって話だ。惚れてたのかもしれないね。まあ、トラブルになれば、女はやった金も貸したって言い出すもんだけどな」

「この女も十日ばかり家に戻ってない。熊上と一緒の可能性があるな」

「なるほど、そういうことか。あんたこの女を捜してるんだな」

「誰かに漏らしたら、あんたがサツの犬だって触れ回るからな」

「俺は違うって言ってるだろうが」負六が口早に言った。

「その話はいい。熊上のヤサを教えろ」

「あいつ、家に帰ってねえよ。いつ電話しても出ないんだから」

「家はこの近所か」

「職安通りを越えた、西武新宿線沿いのアパートに住んでる」

「あんたは、和田多津子と名乗った女にいつどこで会った」

「一ヶ月ほど前、熊上が御苑の近所のスタンドバーで女と飲んでた。女はすぐに帰ったけどな。別嬪《べっぴん》には違いないが気位の高そうな女で、俺の趣味じゃなかった」

「熊上がどこで知り合ったか聞いてるか」

「小田急デパートのとこで似顔絵を描いてた時だって。そこにあの女が現れ、自分を描いてくれって言ったそうだ」

「あんたが、その女に会ったのは一度きりか」

「ああ。話だけは熊上から聞いてたけどな」

「どんな話をしてた」

「腹違いの兄貴がやはり新宿で似顔絵描きをしてたって言うんだな。熊上に知らないかって訊いたそうだ」

「兄貴の名前は？」

「〝ふうけい〟」

「はあ？」

「〝風《かぜ》〟に〝鶏《にわとり》〟って書くそうだ。本名じゃない」

「雅号か？」

「そうらしい。熊上は会ったことあるって言ってたけど、俺は初めて聞く名前だった」

「で、女は兄貴に会えたのか？」

「そこまでは知らない。熊上は女のために捜してたらしいがね」

何らかの理由で、ふたりは一緒に姿を消したのか。風鶏という雅号を持つ腹違いの兄を捜して遠方にいった。そんなことがあるのだろうか。風鶏が智亜紀の腹違いの兄ではない可能性もある。では、なぜ、智亜紀はその人物を偽名まで使って捜さなければならなかったのだろうか。

私は煙草に火をつけた。「熊上と和田多津子は関係を持ってたと思うか？」

「あったらしいが、女に気持ちが入ってなかったって笑ってた」

智亜紀は熊上に惚れた挙げ句、貢いだ、と先ほど聞いた。その辺も怪しい感じがしてきた。

「あんたは熊上とやけに親しいようだが、どうしてだい？」

「……」

「あんたの女からの言づてがある。〝人生をやり直せ〟って言ってたぜ」

負六がサングラスを外した。「あいつが、初対面のあんたにそんなことをほざいたのか」

「初対面だから言えたんだろうよ。な、毛利さん、熊上はその女に利用されてる気がする。知ってることは全部、俺に話せ」

負六は肩肘をカウンターにつき、グラスを手に取った。だが酒は飲まなかった。宙に浮いたグラスが静かに揺れていた。

「実は、熊上は俺の母方の甥っ子でね。両方とも岐阜の多治見の出身なんだけど、うちが貧乏してた時、俺たち家族はあいつの家に世話になった。しばらく音信不通だったけど、俺を頼って歌舞伎町にやってきた。少しは恩返しをと思って面倒見てた。俺の親戚だって言わない方がいいだろうと思って人には黙ってたが、俺の方があいつの親戚だって言いたくないほどいい加減な男でな。人は悪くないんだけどね」

私は時計に目を落とした。午前零時近くになっていた。

「今から、熊上のねぐらまで案内してくれ」

「いねえって言ったろうが」

「さっきの説明だけじゃ場所が分からない。ここまで付き合ったんだから最後まで付き合え」

負六はグラスを空けると先に立ち上がった。私は勘定をすませ、負六の後を追った。

歌舞伎町は相変わらず賑わっていた。

私たちは西武新宿線の線路に沿って職安通りに向かった。

「あんた、元の仕事は辞めたのか」私が訊いた。

「当たり前だろうが」

「本当かい?」

「その言い草は何だ。あんた、俺のことを調べてるんじゃねえんだろう?」

「すまなかった」

西武新宿線の駅を出た電車が枕木を叩いて去っていった。

「今はやむなく成美の世話になってる。だが、田舎に帰って百姓やろうって思ってるんだ。目処《めど》は立ってきた」

「それはよかったな」

「信じてないな」

「信じてるさ」

「しかし、よく俺のことを知ってるな」

「調べるのが仕事だから。清水成美、あんたに惚れてるようだな」

「腐れ縁さ。あいつは俺の中学のクラスメートなんだ。昔はあんなんじゃなくて綺麗だったんだよ」

「今でもいい女じゃないか」

「よく言うよ」声が上擦った。「あんた探偵より詐欺師に向いてるぜ。あいつん家《ち》も貧乏でね。俺たちふたりでいい稼ぎをしてたこともあった」

「あんたらはどこに住んでる」

「熊上の家からすぐのところだ」

職安通りに出た。通りを渡り、さらに線路沿いの道を進んだ。線路はかなり高い場所にあった。電車がまた通過していった。かなりうるさい。

モーテルが一軒建っていた。電車の音がよがり声を消してくれるだろう。

小さな建物が肩を寄せあって立っていた。飲み屋なのかちょんの間なのか分からない。多分、その両方なのだろう。

その向こうは空き地だった。この辺りは数年後には見違えるように変わってしまう気がした。

赤いランプがぐるぐる回っているのが目に入った。

「何かあったな」負六がつぶやくように言った。「この間、この辺でガス漏れがあった。またあったのかもしれない」

何台もの警察車両が重なり合うようにして路上に影を落としていた。半端な数ではなかった。路上は警察署の駐車場みたいだった。窃盗や暴力沙汰が起こったのでないのは明らかだった。

野次馬の数は少なかった。ロープが張られている向こうに目をやった。

右側に建つ二階家のアパートを、私服警官らしい人間が出たり入ったりしていた。車に取り付けられた無線で話している者もいる。

「熊上の住んでるアパートで何かあったな」負六は心配顔でつぶやき、制服警官に近づいた。「ちょっとすみません。友だちが第二葵荘に住んでるんだけど、会いに行っちゃ駄目かい？」

「住人以外の人間は立ち入り禁止だ」

「そいつ十日ほど行方が分からないんだよ。ひょっとしてそいつに何かあったのかもしれない」

制服警官は少し考えてから持ち場を離れ、私服に近づいた。

髪を刈り上げた、がたいの大きな刑事が負六のところにやってきた。とてもカタギには見えない負六を、刑事はじろじろと見つめた。「新宿署捜査一課の長沢《ながさわ》です。あなたの友人の名前は？」

「熊上義郎です」

「ちょっとこちらにきてください」

負六は私の方に目を向け、「じゃまたな」と言った。

「事務所にいるから連絡をくれ」

長沢と名乗った刑事は私をじっと見つめた。一緒に来いと言われるかと思ったが何も言われなかった。

ロープの向こうに消えた負六は、焦げ茶色のセダンの後部座席に乗せられた。

「あの男が何かやったんだな」そんな声が聞こえてきた。

「顔、知ってる。この辺に住んでるらしい。どうせヤクザでしょう」

しばらく様子を見ていたが、私は引き上げることにした。熊上義郎のアパートで何かあったらしい。これだけの警察車両がきているということはかなりの事件が起こったとみていいだろう。

負六を乗せたセダンのエンジンがかかった。

制服警官がロープを解き、現場を見ている数名の野次馬をどかしにかかった。私も道の隅に移動した。

焦げ茶色のセダンはゆっくりと現場を離れていった。

私は徒歩で事務所に引き返した。

エレベーターを降り、ドアに近づいた。かすかに電話の呼出音が聞こえた。私の電話が鳴っているらしい。慌てて鍵を開けた。同時に電話が切れた。

午前零時四十五分をすぎていた。負六が連絡してきたにしては早すぎる。

私はウイスキーとグラスを用意し、机の前に座った。

熊上という男は十日ほど前から行方が分からなくなっている。自宅で死んでいたのかもしれない。

また電話が鳴った。私は火をつけようとしていた煙草を手にしたまま受話器を取った。

「浜崎さん……」

相手は庄三郎だった。消え入るような声だった。

「どうかしたんですか？」

「智亜紀が亡くなりました。先ほど警察から連絡があり、遺体の確認に行ってきました。あんな死に方をするなんて」

「安藤さん、落ち着いて順を追って話をしてくれませんか」

庄三郎が黙ってしまった。

「安藤さん」

「すみません。こんな時間に電話をするなんて非常識ですね」

「探偵は、救急病院の医師みたいなものです。何時でも依頼人の相手はします。辛いでしょうが話を……」

「智亜紀は熊上義郎という男に、ピストルで射殺されたんです」

さすがの私も驚いてしまって、すぐには口を開けなかった。

「熊上のアパートで、ずっと前に死んでたんです」

そこまで言って、庄三郎はまた口を噤んでしまった。

私はせっつかずに、庄三郎がしゃべり出すのを待った。煙草に火をつけることもしなかった。

「何でこんなことに……」

「いつ知ったんです？」

「さっきです」

「詳しく話してくれますね」

庄三郎は、どこから話していいのか迷っているようだったが、安藤家に一報が入ったところからしゃべり始めた。

それによるとこうである。

午後九時半頃に、新宿署の署長から電話が入り、智亜紀が、不測の事態で亡くなったと聞かされた。死んだ女の所持品から身元が割れたという。

庄三郎は石雄と共に新宿署に飛んでいった。そこで遺体を確認した。

ふたりは簡単な事情聴取を受け、先ほど自宅に戻ってきたそうだ。

「智亜紀の亡骸《なきがら》は見られたものではありませんでした。お分かりいただけますね」

「ええ」

庄三郎の声が喘《あえ》いでいた。私は彼が落ち着くまで質問は控えた。

殺人事件はしょっちゅう起こっているが凶器が拳銃というのは滅多にない。しかも犯行が行われたのは、昨日今日ではない。

熊上のアパートを見ていないから何とも言えないが、この暑さの中、誰も異臭に今日まで気づかなかったのだろうか。消音器でも取り付けられていたら別だが、安普請のアパートで拳銃をぶっ放したら、銃声を聞いた人間がいるに決まっている。

不可解なことが多すぎる。

「熊上という男はなぜ智亜紀を……」

「警察が、犯人は熊上だと言ったんですか?」

「はっきりとは言ってません。でも、熊上の行方、分かってないんですよ。多分、逃亡したんでしょう」

熊上義郎は重要参考人には違いないが、犯人だと断定はできない。しかし、そのことは庄三郎には黙っていた。

私はもう質問する気をなくしていた。

犯行推定日、凶器に指紋があったか否か。事件が発覚して数時間しか経っていない段階で、警察も把握してはいないだろう。詳細が分かったとしても遺族に話すことはないだろうが。

私と負六が現場に近づいた時は、現場検証の最中で、智亜紀の遺体はとっくに搬送されてしまっていたのだろう。野次馬の数が少なかった理由が分かった。

「浜崎さん、熊上という男を捜し出してください」

「それは警察のやることだし、一介の探偵には荷の重すぎる調査です」

「分かってます。でも、私の気がすまないんです。何もしないで、警察からの連絡を待っているのは辛い」

「親戚筋には、警察庁長官と直接話のできる人もいますよね」

「どういう意味ですか？」

「探偵には入ってこない情報を、そういう人なら入手できる。そちらの方が俺よりも当てになる」

「お分かりいただいてないようですね、熊上を誰が捕まえようが私には関係ない。私は私兵がほしい」

庄三郎のしゃべりにほんの少しだけ力強さが戻ってきた。それだけでも、私は役に立っているようだ。

「あなたは、私に毎日、報告を入れる。それが仕事だと思ってください。こっちで入手できる情報はあなたに渡します」

「この件、当然奥様にも伝わっているんでしょう?」

「房子のところには高見が行っています。明日、警察はこの家と房子のところも調べるそうです。朝一番で私も房子のところにいく予定です」

被害者宅の捜索はガサ入れとはいわないが、令状を取り、強制的に行われるものである。

「浜崎さん、引き受けてくれますね」

「分かりました」

私は警察が入る前に智亜紀の部屋を調べてみたかった。しかし、それはかなわぬことだと諦めた。

「今回もご家族には内緒にしておけと言われると調査はできません。奥さんからも話が聞きたいです」

「……」

「当主のあなたが雇ったと言えば、それですむ。智亜紀さんの行動をこっそり探るのとは訳が違いますよ。じゃないとあなたの私兵になっても意味がない」

「しかたがない。明日、家族の全員に話しておきます」

受話器をおいた私は煙草に火をつけた。そして、グラスに酒を注いだ。

智亜紀は偽名を使って熊上に近づき、風鶏という絵描きを捜していた。

歌舞伎町に智亜紀の秘密が隠されているようだ。

唯一の手蔓《てづる》は毛利負六である。

（三）

ペルシャ絨毯の敷かれたこぢんまりとした居間だった。腰高の窓が三分の一ほど開いていて、庭木をさらさらと渡る風が、ゆるやかに流れ込んでいる。陽の光は庭木に遮られ、部屋までは届かない。ペンダントライトと、チェストの上に置かれたスタンドに灯りが入っていた。チェストには細かな細工が施されている。おそらく、値の張る骨董家具であろう。

蟬があがき苦しむような声で鳴いていた。蟬の命は短い。しかし、それは蟬に生まれた定めである。人間の一生には、確かな法則性はない。赤ん坊のまま命を失う者もいれば、百歳を超えてもピンピンしている者もいる。

安藤智亜紀は三十三歳でこの世を去った。病死なら、それが天命だったと諦めることもできるだろうが、智亜紀は殺された。

蟬だって、乱暴な少年たちの餌食になって殺されることはある。しかし、殺された蟬の場合は運が悪かったですますことができる。が、智亜紀の場合は違う。謎めいた行動を取らずにいたら、おそらく、今もクレオパトラのような髪が、夏の陽射しに艶やかに輝いていたことだろう。

私が、大田区南千束二丁目にある安藤房子の家を訪れたのは、週明けの月曜日だった。日曜日に訪問するつもりだったが、妻も自分も疲れ切ってしまって相手ができないと、庄三郎に断られた。房子は警察の事情聴取を受けた後、寝込んでしまったという。

依頼人にそう言われては引くしかなかった。

出かける前、朝刊に目を通した。

〝大統領信仰　いま崩壊〟

一面は、アメリカ大統領、ニクソンが弾劾勧告を受けた記事だった。

ウォーターゲート事件でニクソンがもみ消し工作を行い、司法妨害したスキャンダルは、連日新聞を賑わせていた。

日本でも、あれだけ人気のあった庶民宰相、田中角栄に対する不信感が強まっている。

私は政治に関心はないし、どんな政権だろうが期待したことは一度もない。

政治に無関心な人間は、意識の低い、〝劣等〟な輩だと見なされるだろう。しかし、どう受け取られようが平気である。

焼岳が二十五年ぶりに噴火したという記事の隣に、安藤智亜紀の殺害事件が報じられていた。

富豪の娘、射殺される　東京・新宿

犯行現場となったアパートの住人を全国に指名手配

クレオパトラの髪をした智亜紀の顔写真が載っていた。

〝東京都新宿区のアパートで、二十七日の夜、異臭がするという通報を受け、大家立ち合いのもと、警察官が中に入った。そこで女性の射殺死体が発見された。死んでいたのは、画家の安藤智亜紀さん（三三）。新宿署は殺人事件と断定し、警視庁捜査一課の応援を得て、捜査に乗り出した。遺体の状況から、安藤さんが殺されたのは十日ほど前だと分かった。事件が起こったと思われる直後に、アパートの住人、熊上義郎（三九）が荷物をまとめて姿を消したことが判明した。警察は、逮捕状を取り、彼の行方を追っている。熊上も画家であり、安藤さんと親しかった模様で、彼女がアパートに出入りしている姿が何度も目撃されている……〟

最後の方で安藤家についても簡単に触れられていた。

逮捕状を取るのが早すぎる気がした。新聞には発表されていない証拠でもあるのだろうか。それとも、被疑者の可能性の高い熊上が失踪したとみて、身柄を一刻も早く確保したく、迅速な処置を取ったのか。後者だとしたら、被害者が安藤家の人間だったことが関係している気がしないでもない。

新聞を読んだ後、大人の玩具の専門店『宝屋』に電話を入れたが、誰も出なかった。店が休みなのか、臨時休業しているのかは分からないが、支配人の清水成美とコンタクトが取れなければ、毛利負六を捕まえることはできない。

月曜日の午前中に庄三郎に改めて連絡を取った。庄三郎は、自分も行くから、房子の家に来てほしいと言った。指定された時刻は午後三時だった。

私は、房子の家の塀沿いに車を停めた。ビュイックが敷地内に停まっていた。

中に入った私は、庄三郎に促され、ソファーに腰を下ろした。庄三郎は肘掛け椅子に座った。ソファー同様、唐草模様の椅子だった。おそらくゴブラン織というものだろう。その椅子の変わったところは、背もたれの両端に、手前に突き出した部分があることだった。座ると耳の辺りだけが囲われるようになっている。聞きたくない話をされた時、便利な椅子である。

同じ椅子がもうひとつ、庄三郎の隣に、やや間隔をおいて置かれていた。

私と庄三郎は相対して、房子が現れるのを待っていた。しかし、なかなかやってこない。

灰皿は見当たらない。煙草は我慢するしかないようだ。

クーラーが取り付けられているが、消されたままだった。

流れ込んでくる風は生暖かく、じっとりと湿っていて、座っているだけで、私は首筋に汗をかいた。

老人は押し並べてクーラーの風が嫌いだが、今の庄三郎の場合は、その例に当てはまらないだろう。娘の死が原因で、心身ともに冷え切っているに違いなかった。

庄三郎は椅子に浅く腰掛け、躰をやや前に倒していた。両手は膝の上。口を半ば開き、顎を軽く突き出していた。瞬きを忘れてしまったかのように、目は開いたままだった。何かを見ているとは思えなかった。

「昨日、警察の捜索はどれぐらいかかったんです?」私が訊いた。

「捜索は中止になりました」

「安藤さんが、誰かに何か言ったんですね」

「被害者の部屋まで捜索する必要があるのか、と弁護士を通じて抗議しました」

弁護士が或る筋の人間に伝え、或る筋の人間が、また或る筋の人間に言い、階段を上っていった抗議が、違う筋を通して、階段を下り、新宿署に伝えられたということだろう。

被害者の家の捜索にも裁判所の令状がいる。令状を取るためには、そうしなければならない理由を警察ははっきりさせる必要がある。

今回の事件は、現段階では、そこまでやるだけの根拠がなかったのかもしれない。

「代わりに事情聴取を受けた際、任意で智亜紀の部屋に残っている電話帳や備忘録、手紙などを提出しました」

私が調べてみたかったものは、いずれにせよ、警察の手に渡ってしまったということである。智亜紀の部屋を漁ることができたとしても、事件に繋がる物は何も残っていないに違いない。

「マスコミ対策は取られました？　私が来た時、家の周りにはそれらしき人間がうろうろしてましたけど」

「私がここに着いた時、質問攻めにあいましたが、無視したよ」庄三郎は奥のドアの方に目を向け、大きく息を吐いた。苛立ち交じりの吐息だった。「房子は何をやってるんだ、まったく。君のことはちゃんと話し、承知させたんだがね」

「心の準備が必要なんでしょう。私はいつまでも待ちますよ」

庄三郎が立ち上がり、奥のドアに向かった。足を上げる気力もないのか、内履きを引きずっていた。

庄三郎はドアを開け、右奥に視線を向けた。「房子、お客様がお待ちだ。早くしなさい」

返事はなかった。庄三郎は、二階を見つめたまま、その場を動かない。

蟬は相変わらず激しく鳴いていた。木漏れ日が庭に戯れている。

ややあって階段を下りてくる足音がした。庄三郎はドアを開けたまま、元の席に戻った。

ほどなく女が居間に入ってきた。黒いズボンに黒いブラウスを着、薄手の茶色いカーディガンを羽織っていた。

一昨日の午後、庄三郎と一緒に洗足池の方から歩いてきた女だった。

私は立ち上がり、挨拶をした。

房子は俯いたまま、名前すら告げずに、空いている肘掛け椅子に腰を下ろし、背もたれに躰を預けた。

彼女の前に名刺をおいたが、房子は見向きもしなかった。唇の端をきゅっと結んでいる。歯医者に連れていかれたが、頑として口を開かない少女のようだった。刈り込みが必要な植木みたいに髪はあちらこちらに跳ねていた。瞼《まぶた》が腫れている。

写真で見た智亜紀は父親よりも母親に似ていた。特に少し上向きの小さな鼻と大きな瞳がそっくりだった。

「房子、浜崎さんの質問にはちゃんと答えるんだよ」

「昨日、警察にさんざん質問されて、私、疲れてるのよ」

「房子、浜崎さんを雇ったのは私だ。それを忘れるな」

「得体のしれない探偵なんか雇うなんて」房子が吐き捨てるように言った。「お金をドブに捨てるようなもんだわ。それに石雄のワル仲間だった人なんでしょう。そんな人を……」

「房子、しつこいよ」口早にそう言ってから庄三郎も背もたれに躰を倒した。

薄暗い部屋が沈黙した。老夫婦が顔を見合わせもせずにじっとしている。

蝉の鳴き声が一段と強くなった。

気詰まりな雰囲気だが、私はまるで平気だった。気になっていたのは、煙草が吸えないことだけである。

「私は一昨夜のうちに、熊上という男のフルネームも住まいも突き止めてました」

庄三郎が躰を起こした。「なぜ、それを早く言わないんだ」

「一昨夜も昨日も、安藤さん、話を聞ける状態ではなかったですよね。それに、私が報告を入れる前に、ああいうことになったから、お知らせする必要もなくなった」

「どうやって、そんな短い時間で調べることができたんだね」

「歌舞伎町を歩き回った結果です」

負六のことも、熊上義郎のアパートの近くまで行ったことも黙っていた。

私に対して敵意に似た気持ちを持っている房子が面倒な反応をするのを避けたかったのだ。

私はメモ帳を取り出した。「さて、そろそろ質問に移りたいんですが、よろしいでしょうか」

「どうぞ、やってくれたまえ」庄三郎が答えた。

房子はそっぽを向いている。

「奥さんは、熊上義郎の声を聞いてる、とご主人から聞きましたが、彼はどんなことを言いました?」

「今更、そんな話をしても何にもならないでしょう」房子は私を見ずに、顔を歪めた。

「私はやれるだけのことはやってみるつもりです。ですから、警察に話したことも含めて、私の質問に答えてほしい」私は強い口調で言った。

房子は目を瞬かせた。やがて目が潤んできた。涙を堪えているのだった。

「房子、辛いのは分かるが、答えてくれ。頼むから」

房子が髪を掻き上げた。「〝智亜紀さんはいらっしゃいますか〟と訊いてきただけです。〝どちら様ですか〃と訊き返したら、〃クマガミ〃と名乗ったわ」

その後、熊上は、智亜紀の行き先を訊ねてきた。房子はそれには答えずに、娘との関係を訊いた。すると、相手は友人ですと答え、帰ってきたら、電話をくれるように伝えてほしいと言った。房子は相手の電話番号を訊いた。熊上は、智亜紀さんが知っていると答え、電話を切ってしまったという。

「その電話はいつ頃あったんです？　智亜紀さんがいなくなる前ですか？」

「あの子が家に戻ってこなくなったのは、先々週の水曜日です。クマガミと名乗る男が電話してきたのは、確か、その二日前でした。家に帰ってきた智亜紀に、電話があったことを教えると、あの子、ちょっと動揺してました。私、付き合ってる男かって訊いたんですけど、智亜紀は、違うとだけ答えて、自分の部屋に引っ込んでしまいました」

「〃クマガミ〃がなぜ、歌舞伎町で暮らしてる人間だと分かったんです？」

房子はしゃべるのを躊躇う素振りを見せた。

「智亜紀さんの電話を盗み聞いたんですね」

房子は答えない。

「房子、本当のこと言いなさい」庄三郎が迫った。

「少しだけ」房子は口早に答えた。

房子が盗み聞いたことは断片的なものだった。智亜紀は、訳を話すと言ったら、相手が待ち合わせの場所を指定したらしい。〃歌舞伎町一番街のね〃と智亜紀が念を押したという。日時も正確な場所も房子には分からなかった。

それだけでは熊上が歌舞伎町で生活していると分かるはずはない。房子がそう思い込んだにすぎなかったということだろう。

「智亜紀さん、お母さんに何も言わずに家を出ていったんですね」

「何にも。無断外泊はこれまでも何度かありましたが、何日経っても連絡もないので、気になって夫に話しました」

「この間も言いましたけど、あの子は、よく遊び回る子でしたから、捜索願いを出すことは考えませんでした」庄三郎が口をはさんだ。「そりゃ心配でたまりませんでした。ですけど、打つ手がなくて、日が経っていったんです」

そこに私立探偵の私が舞い込んできたということらしい。

「死亡推定時刻について、警察は安藤さんに話しました？」

「はっきりとは教えてくれませんでしたが、ここを出ていってすぐに……」庄三郎が言葉を詰まらせた。

智亜紀は和田多津子という偽名を使って、風鶏という雅号を持つ画家を探していた。熊上義郎は、何らかのきっかけで、智亜紀の本名と住まいを知った。智亜紀は、熊上に弁明するために、歌舞伎町一番街のどこかで彼に会った。そういう成り行きだったのかもしれない。

先々週の水曜日は十七日である。智亜紀が熊上に会ったのはその頃だったとみていいだろう。その直後に、智亜紀は熊上のアパートで射殺された。家を出たのではなく、帰ろうにも帰れなかったということらしい。

私は房子に目を向けた。「この一ヶ月ぐらいの間に、智亜紀さんの様子が普段とは違うと感じたことはありませんでしたか？」

「外泊が増えたとか、出かけることが多くなったとか」

房子が小さくうなずいた。「確かに、よく出かけてましたし、帰りが朝になることも、普段より多かった気がします」

「ちょっと変なことがあったな」庄三郎が口をはさんだ。「一ヶ月以上前のことですが、あの子を田園調布の駅近くで見たんです。私は乗っていた車を停めさせ、声をかけました。友だちに会いにきたと言ってました。でも、私に見つかって困ったという顔をして、時間がなくて家に寄れなかったと訊きもしないのに言い訳めいたことを口にしました。大したことじゃないかもしれませんが、気になりました」

「田園調布に住んでる友だちに心当たりは？」

「ありません」そう答えた庄三郎が妻に目を向けた。

房子は黙って首を横に振った。

「智亜紀さんの部屋を見せてもらっていいですか？」

「どうぞ」庄三郎がうなずいた。「でも、さっきも言いましたが、手帳や何かは警察に提出してしまいましたよ」

「それでも自分の目で見てみたい」

「浜崎さん、妻を休ませてもいいですか？」

「ええ」

「私も一緒に部屋まで行きます」房子は私に冷たい視線を向けた。「私、夫と違って、あなたを信用していませんのよ」

「房子、失礼だよ」庄三郎が妻を睨みつけた。

「本当のことを言って何が悪いんです」房子が食ってかかった。「別にこんな人を雇わなくても……」

「私はね……」庄三郎の呼吸が激しくなった。

「安藤さん」私は右手を軽く上げて庄三郎を制した。「依頼人ですら、探偵を全面的に信用してはいません。依頼人が探偵に信頼感を持つのは、事件が解決した時です。しかし、その瞬間に、お互いに会う必要がなくなる。だから、信用されていないって感じる時の方が遥かに多い。探偵稼業はそういうものなので慣れっこです」

「私は、君のことを信頼してる」

「さて、参りましょうか」

私は、安藤夫妻の後について、奥のドアから廊下に出た。廊下の右奥に急な階段があった。階段を上り切ってすぐ左の部屋に入った。庄三郎が電気をともした。窓のカーテンは引かれたままである。

板敷きの十二畳ほどの部屋だった。アトリエを兼ねていた。油絵の具の匂いが漂っていた。イーゼルに描きかけの絵が載っている。幾何学的な線を駆使した作品だった。描かれているのは動物。猫のように見えるが、完成していないこともあってよく分からない。絵の具やパレットなどの絵の道具が置かれた大きな台があった。その向こうの窓のカーテンを、私は断りもせずに開けた。

洗足池の一部が見えた。ボートが何艘も浮かんでいて、湖面に白い陽射しが跳ねていた。

安藤夫妻は木製の長椅子に腰を下ろした。プラットホームのベンチで、なかなかこない電車を待っている老夫婦のようだった。

その長椅子の奥がベッド。枕元に机が置かれていた。壁のスペースを埋めているのは本棚だった。大判の本の大半は画集のようだ。

オーディオはコンポーネントスタイルのものだった。パイオニア製。今年になってから新発売されたものではなかろうか。

机の上のカメラが目に留まった。キヤノンF1という一眼レフ。数年前に発売されたものだが、十万ほどする高級なものである。

画風からすると、智亜紀がメカに凝っていてもおかしくはない。

私はカメラを手に取った。フィルムは入っていなかった。

「引き出しの中を調べさせてもらいます」

「私たちのことを気にせずに好きにしてください」答えたのはむろん庄三郎だった。

上の引き出しから順に開けていった。気になるものはなかった。大半は文房具だった。

左下の深い引き出しには書類やパンフレット、そして写真を貼ったアルバムが突っ込んであった。アルバムを見てみた。個展の時のものだった。事件に関係ありそうなものは見つからなかった。

その引き出しの奥に、小箱が収められていた。蓋はついていなかった。そこに二十四枚撮りのフィルムが一本入っていた。使用されたものである。

警察が捜索していたら、押収されていたかもしれない。が、房子は使用済みのフィルムのことなど頭に浮かびもしなかったのだろう。

「これ、現像させてもいいですか？」

「そこまで娘のプライバシーを、あなたに探られたくないわ」房子が口を尖らせて言った。

私は軽く肩をすくめ、庄三郎を見た。

「私が許可します」

「私、休ませてもらいます」

房子の声は、休む必要などまるでなさそうな力強いものだった。

房子は智亜紀の部屋を出ていった。

「妻の非礼を謝ります」

「気にしてませんから、大丈夫です」

洋服ダンスや下着の入ったハイチェストの中も調べたが、時間の無駄だった。

一階に降りた私は電話を借りた。連絡を取った相手は、古谷野徹《とおる》だった。

古谷野は『東京日々タイムス』というスポーツ新聞の芸能記者で、私の大学の先輩である。

彼に協力を仰ぐのは、女優毒殺事件（本シリーズ第一作目『喝采』）の時以来。詳しい話をしたら、
古谷野は飛びついてくるに決まっている。

古谷野は社にいた。

「古谷野さん、浜崎だけど」

「麻雀か。午後九時すぎじゃないと躰は空かない」

「フィルムを一本、至急現像してほしいんだけど」

「うちはカメラ屋じゃないぜ」

「新宿で起こった射殺事件で何か分かってることはあるかい？」

「何だって」古谷野の声色が変わった。「お前、あの事件を追ってるのか」

「ああ」

「そのフィルム、事件に関係あるんだな」

「まだそこまではっきりしてません」

「社に持ってきてくれれば、すぐに写真部の人間に現像させる」

「そっちに着ける時間が分かったらまた連絡します」

「分かった。待ってる」

電話を切った私を、庄三郎は不安げな顔で見つめた。「電話をした相手は……」

私が本当のことを教えると、庄三郎の表情がにわかに曇った。「君からマスコミに情報を流すのか」

「外で話しませんか」私は奥のドアに目を向けた。

庄三郎は小さくうなずいた。

私たちは外に出た。ビュイックの運転手が慌てて車から出ようとした。庄三郎が手を上げて止めた。

マスコミの連中らしき人間の姿がまだあった。

私は自分の車に庄三郎を乗せた。

「クーラーはないですから我慢してください」

庄三郎は黙りこくったままだった。

私は車をスタートさせた。後を追ってくる車はなかった。

私は煙草に火をつけた。肺の奥まで吸い込んだ煙りをゆっくりと車外に吐き出した。

くわえ煙草のまま、中原街道に出た。そして、建物の影が落ちている路肩に車を寄せた。

「私を信頼してくれてるんだったら、何も言わないでください。安藤家に迷惑をかけるようなことはありませんから」

「そうは言っても相手は……」

「どうせマスコミが騒ぐのを押さえるのは不可能ですよ。一社ぐらい味方につけておく方が得です。向こうからも情報が取れるかもしれないですしね」

「そうだとしても……」

「安藤さん、私はあなたの私兵として動きます。だけど、やり方については口を出さないでほしい。一昨日、実は、熊上の遠縁の男と知り合いになった。そこから得た情報をお教えします」

私は名前は伏せて、毛利負六のこと、熊上のアパートに行こうとしていたことなどをかい摘んで話した。そして、智亜紀が和田多津子という偽名を使って熊上に近づいたことも教えた。

「智亜紀が偽名を使って……」庄三郎は正面を向いたまま、力なくつぶやいた。

「安藤さん、石雄の他に腹違いの息子がいることはないですね」

「はあ？　私に他に息子なんかおらんよ」

「でしょうね」私は眉をゆるめた。

「君は何が言いたいんだ」庄三郎が苛立ちを露わにした。

「智亜紀さんは、腹違いの兄を探していると言ってたそうです」

「そんな馬鹿な」

「おそらく、嘘でしょう。しかし、智亜紀さんが、〝風〟に〝鶏〟と書いて〝フウケイ〟と読ませる雅号を持つ絵描きを探していたのは間違いないと思います。そんな雅号の絵描きに心当たりは？」

「ない。なぜ、そのことを房子に話さなかったんだ。妻は娘と暮らしてたんだよ」

「おっしゃることはごもっともですが、奥さんもおそらく、知らないと思って黙ってたんです。偽名まで使って探している相手のことを母親に話すはずはないでしょう」

「それでも訊いてみるべきだったんじゃないのか」

私は短くなった煙草を灰皿で揉み消した。「奥さんは私を信用していないが、私も彼女を信用していない。だから手の裡《うち》を明かしたくないんです。どこからどう情報が漏れるか分かりませんから」

「房子が事件と関係があると言いたいのか」

「違います。また警察の事情聴取を受けることがあったら、私の言ったことをべらべらしゃべるに決まってます。遅かれ早かれ、私が動いていることは警察にバレるでしょうが、どんなネタを摑んでいるかはできるだけ知られたくない」

「君はひとりで事件を解決して、名を挙げたいんだな。私は言ったはずだ。誰が、真犯人を暴くかなんてことはどうでもいいんだ」庄三郎がポケットからハンカチを取り出し、首筋の汗を拭いた。

「私が警察に知られたくない理由は、調査に当たって、非合法なこともやってるからです」

「なるほど、そういうことか」

「危ない橋を渡らないと、私立探偵は調査ができない。私は毎日、あなたに報告を入れます。あなたがやることは、コネを使って警察の捜査内容を訊き出し、私に教えることです」

「うまく訊き出せるかどうか分からないよ」

「やるだけのことはやってみてください」

私は車を再びスタートさせた。

「今日のうちに、熊上の遠縁にまた会おうと思ってます。熊上からそいつに連絡が入るかもしれませんから」

庄三郎はそれ以上、何も言わなかった。

庄三郎を房子の家まで戻した。

蟬は相変わらず激しく鳴き続けていた。


『東京日々タイムス』のビルは築地橋と入船橋の間の通りに面して建っている。

到着したのは午後六時少し前だった。車を裏通りに停め、徒歩でビルに向かった。

ここに来る途中、電話をしておいたので、古谷野は三階で待っていた。以前、訪れた時と同じように、トイレの隣の小部屋に通された。窓から西日が差し込んでいた。

「暑いな、おい」

古谷野が、大きな鼻の穴を膨らませていった。この世の終わりのような顔をしている。

「夏だから」

「かっ。そっけねえ答えだな」

「これ、すぐに現像してください」

「その前に話を聞かせろ」

「後で」

フィルムを受け取った古谷野が部屋を出ていった。

古谷野は今年四十になる。数年前に女房に逃げられた。二年前に一緒に組んだ事件で知り合った女スリに恋をしたが、相手にされず、今も女っ気なしの暮らしをしている。

小柄な太り肉。縮れ毛の髪《じし》を長く伸ばしている。すこぶる暑苦しい感じの男である。大学に八年在籍したが卒業できずに追い出された。学費を滞納していたためだろうが、卒業証書の代わりに修了書のようなものをもらったという。学生時代から『東京日々タイムス』でバイトをしていて、契約記者から社員になった。

古谷野が戻ってきた。「今、やらせてる。で、何でお前が、あの事件の調査をしてるんだい」

「あらいざらい話してもいいけど、しばらくは記事にしないでほしい」

「分かってるよ。これまでもお前の顔を立ててきたろう？」

「よき先輩を持って、実に嬉しい」

古谷野が鼻で笑った。「早く話せ」

私は煙草に火をつけた。「依頼人は、被害者の父親、安藤庄三郎」

「ほう。由緒ある家柄の上に、富豪でもある人物が、お前に娘の事件を依頼してきた。どうなってんだ？」

「安藤庄三郎に見る目があるってことですよ」私はにっと笑った。

「よく言うよ」

「詳しいことを話す前に、俺のために何か出前を頼んでくれませんか？　腹が減っちゃって」

「自腹だぞ」

「古谷野さんも食べるんだったらおごりますよ」

「鮨にしよう。握りの特上でいいいな」

「並で十分です」

「富豪が依頼人だろうが、ケチ臭いこと言うな」

「節約の時代ですよ」

「お前の減らず口には負けるな」そう言いながら古谷野が手帳を取り出した。そして、テーブルの上にあった電話機を引き寄せると、手にしていた鉛筆でダイアルを回した。

古谷野は握りの並を二人前に鉄火巻きを頼んだ。そして、煙草を口にくわえた。

私は、安藤大悟と出会った時のことから順を追って話した。古谷野はメモを取った。

「……まあ、ざっと話せばそういうことです」

「お前の少年院時代の仲間が富豪の息子ね」

「本当の息子だということは間違いないらしい。で、そっちにはどんな情報が入ってます？」

「使われた拳銃は二十五口径。前のある銃が使用されたかについては、今んとこ発表はない。死因は出血多量。殺されたのは、おそらく今月の十七日ではなかろうかという話だ」

「十七日と特定した根拠は？」

「その日の夜の十時頃に、熊上が旅行バッグのようなものを持って、職安通りでタクシーに乗るところを見た人間がいる。目撃者について警察はノーコメント。被害者の財布は空で、財布には熊上義郎のものと思える指紋がついてた」

熊上義郎には前科はない。財布についていた指紋が、熊上の持ち物から採取されたものと一致したのだろう。

「智亜紀を撃ち殺した熊上は、逃走資金がないから、彼女の財布から金を奪った。警察はそう見てるってことか」

「おそらく、そうだろう」

このことがなかったら熊上の逮捕状を請求できなかったかもしれない。

出前が届いた。私は煙草を消し、古谷野に茶を所望した。古谷野は嫌な顔をしたが、内線で女子社員に茶を持ってきてほしいと頼んだ。

ほどなく茶が届けられた。

私はまず蒸しエビを口に頬張った。次に赤身に手を伸ばした。

「食ってばかりいないで、話を続けろ」

私は茶を啜った。「熊上が犯人だとしたら、動機は何だったんでしょうね」

「智亜紀を殺害する強い動機はなかったんじゃないのか。言い争いをして、頭に血が上り、隠し持っていた銃を取り出した。脅かしのつもりだったが、引き金を引いてしまった」

「で、怖くなって逃げ出した」

「まあ、そんなとこだろうよ」

「家に戻ったら、智亜紀が死んでた。それで慌てて逃げ出したのかもしれないじゃないですか」

「その線も無視できんが、動転したとしても、殺していないんだったら逃げる必要はないと思うがな」

「取り調べを受けたくない理由が他にあったのかもしれない」

古谷野が躰をぐいと私に寄せた。「お前、熊上が犯人じゃないって思ってるのか」

「俺は動機を気にしてる。知り合って一ヶ月ちょっと。殺すほどの恨みや怒りを持ったとは思えない」

「だから、かっとなってやったんだよ」

「争った跡はなかった？」

「なかったようだ」

「薬莢はどうなってるんです？」

「見つかったが、指紋は出なかったそうだ」

「へーえ。それは面白い。熊上が、遊びのつもりで船員とかから拳銃を買った。そういうことはままあることですよね。だとしたら、薬莢に、売った奴か或いは隠し持ってた熊上の指紋がついているのが普通でしょう。かっとなってやった後に指紋を拭き取るというのは極めて不自然だな」

古谷野の眉が険しくなった。「なるほど。確かにお前の言うことには一理ある」

「薬莢に指紋を残さないようにした人間がいるとしたら、計画的な犯行だったとみていいんじゃないですか」

「そういう人間だったら、薬莢を拾うんじゃないのか」

「犯行後、そんな余裕はなかったんじゃないかな」

古谷野は納得したかのように、二度ばかり大きくうなずいた。

「十七日に銃声のようなものを聞いた人間はいないんですかね」

「あのアパート、入居している人間が少ないんだ」

「そうか」私は大きくうなずいた。或ることに気づいたのだ。「古谷野さんは知らないだろうけど、西武新宿線の線路からすぐのところに、熊上のアパートはある。電車が走ってる時にズドンとやったら、二十五口径ぐらいの拳銃だったら、銃声を聞いてる人間がいなくてもおかしくない」

「熊上の部屋は二階の角部屋で、隣の部屋は、その三、四日前まで空き室だったそうだ。異臭に気づいて警察に知らせたのは、新しく引っ越してきた人間だったらしい」

煙草をくわえた時、ドアがノックされた。

女子社員が紙袋を古谷野に渡した。

「ご苦労さん」古谷野は紙袋を受け取ると、中身をテーブルの上においた。

フィルムはA4サイズほどの大きさに現像されていた。ネガもあった。

一枚目の写真が目に入った。個展の模様を撮ったものだった。少女をマンガ風に描いた絵が飾られている。智亜紀の画風とはまるで違う。誰かの個展の会場を写したものらしい。

私はすべての写真を膝の上に載せ、一枚ずつ見ていった。最初のうちは、一枚目と同様、個展会場のものだった。写っている人間に気になる人物はいなかった。

期待せずに順に捲っていった。

十七枚目辺りから、被写体ががらりと変わった。

女がふたり、ベンチに座って話している写真が現れた。

ひとりは知っている女だった。石雄の妻、安藤早苗である。もうひとりの女はサングラスをかけていた。面長の痩せた女だった。歳ははっきりしないが三十代後半というところだろうか。鼻梁が際だっているが、鼻そのものは小さい。唇は厚ぼったく見えた。

早苗がサングラスの女に話しかけている。両方とも笑ってはいなかった。だからと言って深刻な話をしているとは限らない。一瞬を捉える写真は時おり大きな嘘をつくものだ。

池が写っていた。池の中央に鶴の噴水が見えた。日比谷公園の噴水に違いなかった。

いつ撮られた写真かは分からないが、ふたりとも軽装である。池の畔に咲いている花はツツジらしい。五月頃に撮影されたものだと考えていいだろう。

次の写真も、同じようなアングルでふたりの女を撮ったものだった。

その二枚で、早苗とサングラスの女の写真は終わった。次の写真では、早苗は姿を消していた。サングラスの女が、路上に停まっている薄茶色の車に乗るところが捉えられていた。

ロングノーズの大きなクーペ。ポンティアックだろう。排気量のあるアメ車に乗っている人物は、どんな奴だろうと興味を持った。

その興味は次の写真で満たされた。

運転席に座っている男に焦点が当てられていたのだ。男は窓を開け、煙草を吸っていた。その男もサングラスをかけている。

「浜崎、面白いものを見つけたようだな」

写真に夢中になっている私に古谷野が声をかけてきた。

私は古谷野を無視して写真を見続けた。

ポンティアックの男の顔に見覚えがあった。

葉山の別荘に大悟を送り届けた時、ベランダにいた男である。名前は確か玉置だった。へべれけになった連れの女を乱暴に扱っていた胡散臭い男の車に、サングラスの女は乗った。最後の写真には、女が車から降りるところが写っていた。

ポンティアックが走り出した様子はない。車内でふたりは話をしていたようだ。どれぐらい女が車内にいたかは写真では分からない。

女の服装は早苗と会っていた時と寸分違わない。ラベンダー色の薄手のセーターにグレイのズボンを穿いていた。

車の後ろに見える建物は松屋デパートに違いない。

サングラスの女は、早苗と日比谷公園で会い、その足で松屋デパートの前まで移動したらしい。早苗は玉置を知っている。にもかかわらず、玉置に会いにいってはいない。

サングラスの女が誰なのか。庄三郎は知らないかもしれないが、一応、確かめてみることにした。

私は、古谷野に気になる写真について説明した。

問題の写真をすべて見終わった古谷野が言った。「智亜紀は、腹違いの兄貴の女房と付き合いのある人間を盗み撮りしてた。ってことは……」

「ちょっと待ってください。十中八九、智亜紀が撮ったんだろうけど断定はできない。他の人間が撮影し、それを智亜紀に渡したのかもしれないですから」

「まあそうだけど、誰が撮ったにせよ、安藤家の中でトラブルが起こってるってことじゃないのか」

「さっきも言ったけど、智亜紀は石雄夫婦を疎《うと》ましく思っていたようです。だからと言って、家庭内の問題が、智亜紀の死に繋がったとは今のところは言えない。問題はサングラス女だ」

古谷野がもう一度、写真を手に取った。「色っぽい女だが、玄人じゃなさそうだな」

私はテーブルの上の電話機に手を伸ばした。

「ゼロを押せば外線につながる」

私は庄三郎に連絡を取った。庄三郎はすぐに受話器を取った。

「安藤さん、浜崎です」

「何か分かったのか」

「フィルムを現像しました。見てもらいたい写真があるんです。そうですね」私は腕時計に目を落とした。「午後九時頃にご自宅に伺ってもよろしいでしょうか」

「かまわんが。何が写ってたんですか？」

「話は会った時に」

「待ってます」

電話を切った私を古谷野が上目遣いに見た。「安藤庄三郎が、サングラスの女を知ってるかな」

私は肩をすくめた。「駄目元で見てもらいます」

庄三郎が知らなかったら、石雄に見せる気でいた。早苗が写ってる写真はどうするか。見せる場合は早苗自身をその場に呼ぶ方がいいだろう。ともかく出たとこ勝負である。

八時十五分を回った頃、私は腰を上げた。

「結果を俺に知らせろ」

「明日、連絡を入れますよ」

『東京日々タイムス』を出て築地一丁目に向かった。そして、銀座から首都高に乗った。浜崎橋、一ノ橋のジャンクションを通過する。

道は空いていた。東京タワーがオレンジ色に光っていた。節電が叫ばれているが、ビルの窓の灯りは賑やかである。エコノミックアニマルと言われている日本人にとって残業は欠かせないものなのだ。

空いていると首都高を走るのは気持ちがいい。私はアクセルを踏み、たらたら走っている乗用車を二台ほど抜き、さらにスピードを上げた。

荏原で首都高を下り、中原街道を走る。

田園調布には三十分ほどで着いた。

日本屈指の高級住宅街は静寂に包まれていた。車も人も見当たらない。電気が消えている邸もあった。沿道の銀杏だけが存在感を示していた。

昨日は日曜日。愛人をどこかに囲っている主人も、浮気妻も、ミッションスクールに通っている娘も、親の意向で医大を受験するも落ちてばかりいる息子も、飼われている犬も、全員が家にいただろう。

週が明けてからはどうだろうか。窒息しそうな家庭から逃れられた人たちは、まだ帰宅していないかもしれない。

私の車は、扇状に拡がる左端の通りをゆっくりと進んだ。抜き足差し足で歩いているかのように、一ブロック、二ブロックと道の奥に向かってゆく。

下り坂にさしかかる手前の左側の一角が安藤邸だった。かなりの広さがある。正門は坂の手前を右に入ったところだった。

スペイン風の造りをしていて、外壁は白。壁の上の部分だけがくすんだ茶に仕上げてある。門柱も同じ漆喰の白で、門柱の上部に、門灯が取り付けられていた。

私は車寄せにベレットを停めた。

鉄製の格子扉の前に立った。そこから三十メートルほど先に、くすんだ茶色の屋根を持つ、三階建ての建物がでんと控えていた。

私はインターホンを鳴らした。女の声が応えた。若い女ではなかった。

用件を告げてインターホンを切った。ほぼ同時に格子扉がゆっくりと内側に開いた。

車でも玄関まで行ける広いアプローチの真ん中に花壇が設《しつら》えられていた。ほどよく距離を置いて木々が植わっている。木々は真っ直ぐに伸びていて、枝葉は、いくつかの玉の形に分けて刈り込まれていた。

玄関前にもアーチ型の門があり、それを潜ると重厚なドアが待っていた。表面に鋲が打ち込まれた西洋の城にあるようなドアだった。迎えに出てくる人間が、『三銃士』のダルタニアンのような騎士でも驚かないような造りである。

ドアが開いた。顔を出したのはダルタニアンではなかった。背中の曲がった当主自身だった。

「ご苦労だったね」庄三郎が私を見て、小さくうなずいた。笑みはなかった。

玄関ホールは吹き抜けになっていて、両側に廊下があり、中央が弧を描いた階段だった。階段の脇にブロンズ製の大きなオブジェが飾られている。前衛的な作品で、ただの石の塊だと言ってしまえば、そうである。しかし、見ようによっては、頭巾を被った人間だと解釈することもできた。明かり取りの窓はフランス式だった。

庄三郎は三階にある彼の部屋に私を連れていった。

いくつかのドアの前を通過し、廊下を奥に進んだ。邸内はしーんとしていた。庄三郎しか家にいないはずはない。少なくとも使用人はいるはずだし、大悟が夜遊びに出かけているとは考えられない。

動物が息を潜めて隠れている森の中を歩いているような気分になった。

庄三郎の部屋はそれほど広くはなかった。壁一面が本棚だった。洋書も混じっていた。オーディオ機器が置かれ、その後ろの棚にはレコードがぎっしりと収められている。テレビはない。抽象的な絵が漆喰壁に三枚飾られていた。

きちんと整理されているマホガニー製の仕事机の上に、オタールという銘柄のブランデーとグラスが置かれてあった。

庄三郎は飲んでいたらしい。

ソファーに座るように促された。

「コーヒー、それとも紅茶がいいですか？」

「それじゃコーヒーを」

庄三郎が内線電話で使用人に連絡を取った。

灰皿はすでに用意されていた。私は煙草に火をつけた。

「失礼して、私は飲ませてもらいます」

「どうぞ」

庄三郎はブランデーをグラスに注ぐと、私の正面に腰を下ろした。私は煙草をふかしたまま口を開かなかった。

ほどなく、ドアがノックされた。現れたのは高見という名の使用人だった。安藤家を仕切っている執事のような存在の女である。

高見は、カップ、砂糖壺、そしてミルクを私の前に丁寧におき、コーヒーを注いだ。私が礼を言っても、高見は何の反応も返してこなかった。

目鼻立ちは整っているが、葉山でもそうだったが、表情はまるでない。それが却って、生々しい感情を裡に秘めているように思えてならなかった。

私は映画『レベッカ』の家政婦長の顔を思い出そうとしたが、記憶は曖昧だった。目が吊り上がっているところが、高見に似ている気がしないでもないが。

「高見さんでしたね」私が口を開いた。

不意を突かれたのだろう、高見の目が泳いだ。「さようでございますが」

「マスコミがうろうろしていて、使用人にも質問してきたでしょう？」

「そのようですが、一切、話すなと命じてあります」

「高見さんは、房子奥様のところにもよくいらっしゃってると聞いてますが、最近の智亜紀さんの態度に変わったところはありませんでしたか？」

「そういう質問にはお答えしかねます」

「と言うことは変わったところがあったってことですね」

高見が目を細め、私を見つめた。「私はあなた様の質問に答える立場にはないということです」

「何か変わったところがあったのか」庄三郎が訊いた。

「ありません。もう下がってよろしいですか？」

「石雄も奥さんも家にいます？」

高見の視線が庄三郎に移った。

「家の者は全員います」庄三郎が答えた。

高見は、頭を軽く下げると、ドアに向かった。部屋を出る際、私と目が合った。冷ややかさの中に苛立ちが煮えたぎっているような目つきだった。

私はコーヒーを飲んだ。下手な喫茶店で飲むものよりも数段うまかった。

私が普段、飲んでいる〝違いが分かる男〟のコーヒーを、安藤家の人間は口にしたことがあるのだろうか。

庄三郎がグラスを空けると、腰を上げた。そして、レコードをかけた。

部屋にピアノ曲が流れた。

「ラベルの『水の戯れ』という曲でね、私はこの曲が大好きなんだ」

まさか、ドアに耳をつけて、私たちの話を盗み聞いている者がいるとは思えないが、レコードをかけている方が安心して話せるのかもしれない。

庄三郎は元の席に戻らず、私の横に座った。「で、見せたい写真とは」

私は紙袋から、すべての写真を取り出し、庄三郎の前に置いた。

「最初の方は、誰かの個展の会場で撮ったものですが、最後の数枚は違っています」

庄三郎は一枚一枚、ゆっくりと見ていった。早苗とサングラスの女がベンチに腰掛けている写真に行き着いた。

私が写真を覗き込むようにして言った。「そのサングラスの女が誰だか分かります？」

庄三郎が写真から目を離した。「どこかで見た顔だな」

「早苗さんのお友達ですかね」

「うーん」

「残りの写真を見てください」私はコーヒーをすすった。

「この男の顔も知ってる」

「玉置という石雄の知り合いで、この間、葉山の別荘に女連れできてました」

庄三郎が大きくうなずいた。「都内で、クラブだかキャバレーだかを経営してる男だって石雄が言ってたな」

「石雄とは古い付き合いのように見えましたが、この男のこと、以前から知ってました？」

「いや」庄三郎が首を横に振った。そこまで言って、背筋を伸ばした。「葉山で、あの男に名刺をもらったな。でも、どこにしまったか覚えてない。ちょっと探してみる」

庄三郎はマホガニーの机まで行き、引き出しの中をかき回した。それから洋服ダンスを開け、ジャケットのポケットを探り始めた。

ベージュの麻のジャケットの胸のポケットから名刺が出てきた。

「これだ、これだ」

ソファーに戻った庄三郎が名刺を私に渡した。

玉置商事　代表　玉置浩太郎《こうたろう》
東京都千代田区神田鍛冶町1－×
八甲ビル5F
03－251－902×

裏には玉置商事が経営する飲食店の名前が載っていた。

『ハッピーエンド』神田店
『ハッピーエンド』銀座店
『ナイトスポット　ナイアガラ』

『ハッピーエンド』というキャバレーがあるのは知っていた。『ナイトスポット　ナイアガラ』は六本木三丁目にあった。『玉置不動産』と最後に刷られてあった。　不動産事業にも手を出しているようだ。

名刺に記されていることをメモしようとしたら、庄三郎に止められた。必要ないから持っていっていいという。

「あの手の胡散臭い人間と石雄はまだ付き合いがあるんですかね」

「あの男は突然、やってきた。私の知る限り、石雄は、ああいう連中との付き合いを極力避けているはずだ」

「突然、現れたということですが、葉山の別荘に石雄が滞在してるって知ってやってきたんでしょうね」

「その辺のことは、私には分からない。石雄に訊いてみるしかないが」庄三郎が口ごもった。そして、目の端で私を見た。「息子に聞きにくいわけでもあるのか」

「そんなことはないですよ。それより、問題はサングラスの女です」

庄三郎が再び写真に目を落とした。しばらくじっと見ていたが、突然、顔を上げ、首を伸ばした。不審な音に反応した鳥のような仕草だった。

「思い出した。ここからすぐのところに公園がある。宝来公園って言うんだが、私は時々、散歩に出かける。そこで、この女と会った」

「誰なんです？」

「岩井恒夫って知ってますか？」

「ええ。娘に会ってます」

庄三郎が目を瞬かせた。「君が、あの男の娘に……」

「ひょんなことで出会ったんです。名前は淳子でしたね」

淳子が大悟と一緒だったことは話さなかった。

「うん。その淳子が大悟のクラスメートで、うちで大悟の誕生会をやった時に会ってるんだ。写真に写ってる女は淳子の母親だよ。間違いなく彼女だ。公園で娘と一緒にいた時に、娘が私に挨拶をしてきた。その時、この女に自己紹介された」

「名前は？」

「その時聞いたが、忘れてしまったよ」

淳子の母親が石雄の妻、早苗と会い、その足で、石雄と付き合いのある玉置浩太郎と、車の中で話をしていた。その現場を盗み撮りしていたのが智亜紀と断定はできないが、ともかく、智亜紀が彼らに興味を持っていたことは間違いない。

パズルのピースをどこに嵌め込んだらいいのか見当もつかないが、この写真が智亜紀の死と関係を持っているかもしれない。

岩井淳子は、大悟を誘って、本当の父親捜しをしていた。今度の事件と関連があるとは思えないが、ちょっと気になった。

私は電話を借り、大人の玩具屋、『宝屋』に電話を入れた。清水成美が電話に出た。

「探偵の浜崎だけど」

「負六、あんたの事務所に電話してたみたいよ」

「俺も彼に会いたいんだけど、時間が取れなくて。今、彼はどこにいる？」

「家だよ」

「こんな時間だけど、お邪魔していいかい？」

「いいわよ。私ももうすぐ店を閉めて戻るよ」

私は、負六の住まいの詳しい場所を聞いた。電話があるというので番号もメモした。

「何時頃になる？」成美に訊かれた。

「午前零時はすぎるな」

「私から負六に連絡しておくよ」

「よろしく」

電話を切った私は、依頼人である庄三郎に、これから誰に会うか教えた。

「ここでの話、石雄に黙っていた方がいいのかね」

「時がきたら、私が話します。あなたが私を雇った理由を忘れないでください」

庄三郎が唇を嚙みしめ、うなずいた。

私は庄三郎と共に部屋を出た。一階に降りた時だった。左側の廊下に足音がした。石雄だった。黒いポロシャツにジーパン姿だった。

「親父との話は終わったんだな」

「うん」

「俺に会わずに帰る気だったのか」石雄がぼそりと言った。顔つきは神妙だった。

「聞いてると思うが、俺は親父さんに雇われたんだよ」

「ビジネスとプライベートは別だって言いたいのか」

「そんな堅苦しいことは考えちゃいない。だが、今から俺は人に会わなきゃならないんだ」

「今度の事件の関係者か」

「まあな」

「じゃ、引き留めないけど、近いうちに会おうぜ」

「ゆっくり飲めるといいんだけどな」

私が片頬をゆるめると、石雄は優しい目をして微笑み返してきた。

妙なことになったものだ。石雄の妻や知り合いの動きを調査する羽目になるかもしれない。怯むつもりはまったくないが、やりにくいことは確かである。

一旦、車を事務所の駐車場に戻し、タクシーで毛利負六のアパートを目指した。

熊上のアパートの真裏の路地にあると聞いていたから、駐車する場所に困ると考えたからである。

果たして周りに駐車できる場所は見当たらなかった。小さな旅館とアパート、それに民家が窮屈そうに軒を並べている一角だった。

アパートの名前は『大安荘』。縁起の良さそうな名前だが、建物はボロだった。

外階段を二階に上がった。

表札には〝清水〟とあった。毛利という名前は出ていない。古い洗濯機と傘立てがドアの脇に置かれていた。

ドアをノックすると、負六が顔を出した。派手なアロハにステテコ姿だった。頬がほんのりと桜色で、口にはスルメをくわえていた。

「事務所に三度も電話したぜ。あんたまで消えちまったと思ったよ。まあ、入りな」

二歩、進めば終わってしまうほど短い廊下の向こうにカーテンが下がっていた。それを捲った。

一瞬、ぎくりとした。左側に紫色のエプロンをした女が立っていた。いや、生き物ではなかった。マネキン人形だった。

「こんな可愛いメイドを雇ってるとはな」私は、スキンヘッドの頭を軽く撫でた。

「店に置き場がないから、ここに持ってきたの」成美が短く笑った。

六畳ほどの部屋に家具がぎっしりと詰まっていた。ソファーも椅子もカーペットも安物だった。

ヨーロッパにいるような錯覚を覚える安藤家にいた私の目には、負六と成美の住まいは倉庫にしか見えなかった。

負六と成美はニッカウヰスキーをストレートで飲んでいた。

「あんたも飲むか」

「いただこう」

成美がグラスを用意した。負六はスルメにマヨネーズをたっぷりとつけ、むしゃむしゃと食っている。

酒が用意された。一滴も飲んでなかったから、酒が五臓六腑に染み渡った。

「警察ではどんな話をしたんだい」私が訊いた。

「ありのままを話したさ」

「俺のことも教えたのか？」

負六がにっと笑った。「俺たちが現場に近づいた時に寄ってきた刑事に、一緒にいたのは誰だって訊かれたから、時々、麻雀を打つ奴だとだけ答えておいた。あんたが嗅ぎ回ってる話は一切してない」

「なぜ、しなかった」

「なぜだろうね」負六がぐいとグラスを空け、ボトルに手を伸ばした。

「あんた、飲みすぎよ」成美が注意した。

「あと一杯にしておく」負六はグラスから酒が溢れんばかりに注いだ。

琥珀色の液体が表面張力を起こしていた。

負六は口を突き出し、まず零れそうな液体をすすった。それからグラスを手に取り、こう言った。

「俺は、余計なことは言わない主義なんだよ」

「はあ？」成美が天井を見上げた。「よく言うよ。いつだって余計なことばかり言ってるくせに」

「馬鹿野郎。俺は理に適ったことしか言わない。お前が、やるべきことをやらんから、つい口を出したくなるだけだ」

成美が私を見た。「この人、男のくせに、小さいことでぐずぐず言うのよ」

「成美、浜崎さんは、俺たちのことになんか興味ないよ」

「そうね。ごめんなさい」

私は薄く微笑み、負六の言葉を待った。

「俺は義郎が殺ったとは思ってない」負六がきっぱりと言い切った。

「何か証拠でもあるのか」

「そんなもんないさ。だけど、義郎はハジキなんか持ってなかったし、人を殺せるような奴じゃない。金のことでトラブルばかり起こしてる奴だけど、一度も熱くなったことはないんだ。あんたはあいつに会ってないから分かるはずもないけど、暴力とは縁のない優男だよ、義郎は」そこまで言って、負六は私を見つめた。「あんたは義郎を探してた。こういうことになってもそれは変わらないみたいだな」

「いや、少し変わった。依頼人は安藤智亜紀を殺した犯人を探し出したいと言ってる。熊上義郎を見つけ出すことはその一環にすぎない」

「やっぱり、俺の勘は当たってたな。あんたは、この事件を追うだろうと思って、警察に、あんたのことは話さなかったんだ」

「俺に、熊上が無実だという証拠を摑んでほしいのか」

負六が大きくうなずいた。「その通りだ。今も言ったが、あいつには殺しはやれない」

「熊上の写真を持ってるか？」

「警察にも同じこと訊かれたが、ないと思う」

繁華街の底で生きている人間が、スナップ写真を撮ることなど滅多にないはずだ。むしろ、写真を撮られるのを嫌がると考えた方がいい。私自身、探偵になる前から、スナップ写真を撮るような暮らしはしていないし、被写体になるのは好みではない。

「ね、あんた、一度、よっちゃん、履歴書を作って、あんたに渡したことあったわよね。就職できるところがあったら紹介してほしいって言って作ってきたけど、そのままになっちゃって」

「そういうことがあったな。だけど、あの履歴書、どこに仕舞ってあるか忘れちまった。ちょっと待ってくれ」

負六は立ち上がり、奥の襖を開けた。そこが寝室。布団が二組敷きっぱなしになっていた。

負六は押入をごそごそやり始めた。「あったぞ、これだな」

戻ってきた負六が、熊上義郎の履歴書を私に渡した。生年月日等々、必要事項が記されていた。芸大を二度落ちたことまで書かれていた。左上にカラー写真が貼ってあった。

額が広い丸顔。目がアンバランスだった。左目が右目よりも小さいのだ。低い鼻の頭がやけに大きい。ウェーブのかかった長髪で、耳たぶが尖っていた。

人の良さそうな顔には見えないが、悪党面というわけでもなかった。

「これ、借りていいか」

「いいけど、あんたには義郎以外の怪しい奴を探し出してもらいたいね」

「俺も、他に犯人がいるのではと考えてる。熊上が殺った動機がはっきりしないから。だけど、奴のことも調べるのが俺の仕事だ。事件の鍵を握ってるのは確かだからな。あいつが隠れ潜んでる場所に心当たりはないか」

「俺もそれは考えた。だけど、思いつかない。あいつを匿ってくれるような人間がいるとは思えんしな」

「私だったら、土地鑑のない場所に逃げるわね」成美が口をはさんだ。「田舎に立ち戻ったら御用になるだろうし、知り合いのところには刑事が張り込んでるに決まってるからね。地方の飯場辺りにでも潜り込んでるんじゃないかしら」

「頼れる人間は、奴にはいないということだな」

「いないね、俺以外は」負六が淡々とした調子で言った。

私は鋭い目で負六を見た。「あんたにはすでに連絡してきてるんじゃないのか」

「馬鹿を言うな。俺が一番、マークされてるって、あいつも知ってるよ。それに、いくらあいつの無実を信じてるからって、俺は匿ったりはしない。自分の人生が大事だから」

「もしも連絡があったら、俺に知らせろ。奴自身から聞き出せることがあるかもしれないから」

「連絡があっても、会えるとは限らんぜ」

「まあな。ところで、熊上が喧嘩したっていう、歌舞伎町の絵描きの名前は何て言うんだ」

「中村《なかむら》だけど、本名かどうかは分からない」

「いくつぐらいの男なんだ」

「六十ぐらいだ」

「どこに行ったら会える」

「普段は歌舞伎町一番街で仕事をしてる。気をつけろ。元締めはかなり気の荒い男らしいから」

「熊上がそいつと喧嘩した理由を知ってるか？」

「あいつが元締めに断りもなく、好きなショバで商売したからしい。顔をボコボコにされてた」そこまで言って、負六がソファーに横になった。「しかし、何で逃げ出したりしたんだろうな」

「気が弱いからよ」成美が投げやりな調子で言った。

「それにしても……」

「逃げ出したのは、他に後ろ暗いところがあったからじゃないのか。たとえばヤクをやってたとか」

「俺はヤクが嫌いだから、やってたとしても、俺には隠してたはずだ」

「よっちゃん、最近、いつも鼻をぐずぐずさせてたよね」

「確かにな」

「コカインをやってたってことかな」

「さあな。しかし、やってたとしても、殺人と麻薬使用じゃ罪の重さが違う」

「気が動転したのよ」成美が決めつけるように言った。

私は残っていた酒を飲みほした。「こんな時間に邪魔してすまなかったな」

「何か分かったら、俺に教えてくれるかい」

「あんたもな」

私は腰を上げ、玄関に向かった。マネキンの尻を一撫でしてから、部屋を後にした。

翌日の新聞には、智亜紀殺しの記事は載っていなかった。

戦後最大の選挙違反と言われている糸山英太郎一派の事件が社会面のトップだった。

本の広告が目に留まった。

『善人は若死にをする』

大西赤人という人が書いたベストセラー小説のタイトルである。小説の内容は知らないが、智亜紀は若死にした。善人だったかどうかは、事件が解決したら分かるだろう。

私は古谷野に電話をし、簡単にどんなことがあったかを教えた。古谷野からは新たな情報は得られなかった。

今日の自分のスケジュールを立て、昼食を摂りに外に出た。昨日と同じように暑い日だった。冷やし中華を食べ、事務所に戻った。

窓辺に立ち、煙草をふかしていると電話が鳴った。四谷署の榊原からだった。

「先日はお世話になりました」私は外を見たまま礼を言った。

「百人町で起こった殺人事件の容疑者、君が探してた人物だね」

「ええ。思いも寄らない展開になってしまいました。榊原さんの方に何か有力な情報は入ってませんか」

「入るわけないだろう。管轄が違うぐらいのことは知ってるだろうが」

榊原が怒ったように言った。いや、実際、怒っていた。

「あなたのことは誰にもしゃべってませんから、ご安心を」

「その点は君を信じてるが、君は安藤家に雇われて、事件の調査をやってるらしいな」

「役不足ですが、依頼されたものですから。そうかあ、捜査本部から四谷署に俺のことで何か言ってきたんですね」

「その通りだ。探偵の出る幕じゃない。調査を続けてると、君も面倒なことに巻き込まれるよ」

「捜査本部に探偵嫌いがいるようですね」

「今回は、君を庇ってやることはできん。だから、ほどほどにな」

受話器を耳に当てていたが、榊原の声が遠のいたような気になった。

表通りを、コマ劇場の方から歩いてくる人物が目に留まったのだ。

「浜崎君、聞いてるのか」

「聞いてます。ご忠告、ありがとうございます。しかし、引き受けた以上は全力を尽くすしかありません。金になる依頼ですしね。榊原さんに迷惑はかけませんし、警察に協力するつもりもあります。むろん、相手次第ですがね」

話しているうちに気になる人物は視界から消えた。

「しかたのない奴だな」榊原は口早に言って電話を切ってしまった。

私はサンダルを引っかけ事務所を出て、階段を駆け下りた。

通りに目を向けた。

大悟と淳子の後ろ姿が見えた。ちょうどホテル和光を通りすぎようとしているところだった。淳子が大きなビニール製のバッグを左手に提げていた。色はピンクだった。右手に持っているのは区分地図のようだ。大悟は、お上りさんのように、周りの建物を見上げている。

大悟はベージュのコットンパンツに白いポロシャツを着ていた。

淳子の方は白っぽいワンピース姿だった。フレアスカートの丈は短く、肩パッドが入っていた。ベルトは茶色だった。

ロリコンの餌食になりそうなとても可愛い格好である。

何かあった時、タフガイに憧れている大悟が、淳子を守れるか。いや、彼自身も舌なめずりをした男色家に狙われるかもしれない。

いずれにせよ、場違いなふたりだった。

通行人はまばらで、歩いているのは夜の仕事の人間ばかりのようで、全員が俯き加減である。

陽射しが路上の一部に鋭い光を走らせていた。そんな中でも、控え目にネオンをともし、客を誘っている連れ込み宿もあった。

私は小走りに、小さな冒険者たちに近づいた。

「この辺りには遊園地も塾もないよ」

大悟と淳子が同時に振り向いた。ふたりの顔に安堵の笑みが浮かんだ。

「小父さんの事務所、看板が出てないんですか？」大悟が言った。

「看板を出すと客の行列ができちまうから出さないんだ」

「本当？」大悟が上目遣いに私を見た。

「俺に用なんだろう？」

ふたりが同時にうなずいた。

私は大悟と淳子を連れて事務所に戻った。淳子の持っているバッグはかなり重そうだった。

「大悟君、バッグ、持ってあげたら」

「でも……」大悟が嫌そうな顔をした。

色が気にいらないようだ。男が持つと沽券《こけん》にかかわると思っているらしい。

日本のタフガイにはピンク色のビニールバッグは似合わない。高倉健や菅原文太が持ってはいけないバッグである。

女に優しくする〝男らしさ〟は日本の風土では根付かない。レディーファーストなんて、軟派な男のやることなのだ。

しかし、戦争では、レディーファーストの国に完膚無きまでに叩きのめされた。日本の〝男らしさ〟はその程度のものである。

「持とうか」私が淳子に言った。

淳子が首を横に振った。「いいんです。私、自分で持ちますから」

貴重品が入っているようである。なら放っておこう。

彼らを事務所に通した。

「クーラーはないぞ」

扇風機をソファーの方に向け、そこに座るように言った。

淳子は顔を上げなかった。大悟は部屋を見回している。

「バヤリースオレンジ飲むか」

「はい」淳子が答えた。

「大悟君は？」

「僕はいいです」

どうやら、大悟はバヤリースオレンジはあまり好きではないらしい。

「何が飲みたい？」

「何もいりません」

私は冷蔵庫からバヤリースオレンジを取り出し、グラスに注いだ。

グラスを淳子の前におき、私は瓶のままバヤリースオレンジに口をつけた。そして、仕事机の上に腰を載せ、大悟に目を向けた。

「今日も、淳子ちゃんのボディーガードかい？」

「岩井に頼まれたから。本当はこういうことやってる暇はないです。いろいろやることがあるから」

大悟は冷たく言い放った。

「小父さんもいろいろやることがある。用件を手短に教えてくれ」

「岩井、小父さんに本当のお父さんを探してもらいたいそうです」

「そんな暇はないな。大悟君、何があったか知ってるよな」

大悟が目を伏せた。

「智亜紀叔母さんのことはどれぐらい知ってる？」

「あまり知りません。時々、うちに来るけど、挨拶するだけだったから」

「俺は、君のお祖父ちゃんに、叔母さんの事件の調査を頼まれてる」

「聞いてます」

「いっぺんにふたつの事件の調査はできない」

淳子が顔を上げ、訴えるような目で私を見た。「他に頼める人がいないんです」

「無理だって言ったろう」大悟の口調は偉そうだった。

「お金なら、少しだけですがあります」

淳子がビニールバッグから取り出したものは豚の貯金箱だった。

淳子は、それを抱えて、私の前にやってきた。そして、貯金箱を机の上に置いた。

「百円玉がいっぱい詰まってます。千円札も何枚か入ってます」

私は貯金箱を持ち上げた。かなりの重さがあり、空間もほとんどないようだった。

だが、大半が百円玉だとしたら、金額はたかが知れている。貯金箱の重さは、淳子の気持ちの表れと私は理解した。

「もっとお金がかかりますよね。残りはお小遣いから毎月少しずつ返します」

「これだけあれば十分だよ。だけど、時間がない」

「叔母さんのことは警察も捜査してる。向こうのことは警察に任せて、岩井のお願いを聞いてあげてください」

私は隣に立っている淳子の顔を覗き込んだ。「急いでるの？」

「別に。でも、本当のパパがどんな人か、早く知りたいです」

私はバヤリースオレンジで、また喉を潤してから、貯金箱を手にして、大悟の前に移動した。

「淳子ちゃんも座って」

淳子は言われた通りにした。

私は煙草に火をつけた。「すぐに取りかからなくてもいいんだったら、できるだけのことはしてあげよう」

「本当ですか？」

「うん」

「ありがとうございます」淳子がちょこんと頭を下げた。

「淳子ちゃんは、最近になって、本当のお父さんのことを知ったの？」

「いいえ。私が連れ子だってことは小学校に入った頃に教えられました」

「本当のお父さんの記憶はある？」

淳子が首を横に振った。

「お父さんを探そうという気になったのはいつ？」

「前から会いたいと思ってました。でも、探しようがなかったから……」

「岩井は、多摩川園で、お父さんに会ったんです」大悟が口をはさんだ。

「そんなこと言ってないよ。パパかもしれないって思っただけ」

「ちゃんと話してみて」

七月の最初の日曜日、淳子は母親と一緒に多摩川園に出かけた。母親がトイレに行った。その時、淳子に話しかけてきた男がいたという。

「その人、〝淳子ちゃんだよね〟って言ったんです。〝はい〟って答えたら、〝大きくなったね〟ってじっと私を見つめてました。私、誘拐されるかもって心配になって、トイレに駆け込みました」

「お母さんにその話をしたよね」

「はい」

「お母さん、何て言ってた？」

「知らない人と口をきいては駄目って、叱られました。そして、どんな話をしたのかってしつこく訊かれました。ママ、とても変でした。その日の夜、ママに電話がかかってきました。パパは出かけていて、偶然、電話の近くにいた私が出たんです……」。

相手は母親を呼んでほしいと言った。淳子は相手の名前を訊いた。飯島《いいじま》と名乗ったそうだが、その声が、遊園地で会った男のものに似ていたという。母親は自分の部屋で電話を受けた。淳子の部屋は母親の隣。淳子は壁に耳をつけて、母親の話を盗み聞いたそうだ。

「……ママは、相手に〝二度とあんなことしないで〟って言ってました。私、その時、思ったんです。話しかけてきた人が、私の本当のパパではないかって。それで、ママに訊いてみたんですけど、馬鹿な想像だって笑われました。パパに一度会わせてって頼んだんですけど、連絡先は知らないって言われました」

「それで、岩井はお母さんの部屋を調べたんです」大悟が大人っぽい態度でそう言った。

「で、何か気になるものを見つけたんだね」

「私の知らない小さなアルバムが見つかりました。そこに手紙が挟まってました。男の人がママに書いたラブレターでした」

「手紙を書いた人の名前とか住所は分かってる？」

「書いてあります」淳子は、ビニールバッグに入っていたポーチの中から、赤い表紙の小さなアドレス帳を取り出し、読み上げた。

私はメモした。

名前は前島俊太郎《まえじましゅんたろう》。

住所は新宿区新宿二丁目7×　三和荘

地図で確かめなくとも、住所は大悟たちと初めてあった辺りだと分かった。しかし、アパートはもう存在していないはずだ。

「手紙がいつ頃出されたか分かる？」

「はい。消印は昭和三十八年二月二日でした」

「お母さんは、その頃、当然、別の場所に住んでたよね」

「書いておきましたけど、漢字が読めません」

「見せて」

私はアドレス帳を受け取った。

当時、母親は新宿区角筈三丁目××に住んでいた。野々宮《ののみや》方となっているところをみると下宿していたのか。

「この字は〝ツノハズ〟って読むんだよ。今もうこの町名はなくなって、西新宿に変わってるけど。簡単に言えば、西新宿に背の高いビルが建ってるだろう。あの地域に近いとこだよ」

アドレス帳を返すと、淳子は「〝ツノハズ〟ですね」とつぶやくように言い、ポーチからボールペンを取り出し、ルビを振った。

「アルバムにはどんな写真が貼ってあったの？」

「ママの若い頃の写真でした。でも、枚数は十枚ほどしかなかったですけど」

「赤ちゃんだった頃の淳子ちゃんも写ってた？」

「ママが抱いている赤ん坊、多分、私だと思います」

会った時から、淳子のことを聡明そうだと思っていたが、改めて、話してみると、冷静に物事を見る能力を備えていることが実感できた。

「当然、君と一緒に写ってる男の人がいたんだろう?」

「それが……」淳子が口ごもった。

「いなかった?」

「七五三の写真かな。それにパパが写ってたはずなんですけど、その部分だけ切り取られてて、写ってるのは赤ん坊とお母さん、それに死んだお祖母ちゃんだけでした」

「他の写真にも、お父さんと思える男の人は写ってなかった?」

「ええ」

「手紙やアルバムは元の場所に戻したんだね」

「はい。あんなことしたの初めてでしたから、すごく怖かったです」

「お母さんの名前を教えて」

「セツコです」

漢字は節子。旧姓は伊藤《いとう》だった。

ぴんときたことがあった。私は引き出しから、智亜紀が盗み撮りした写真を取り出した。そして、玉置浩太郎だけが写っている写真を持って、元の席に戻った。

「多摩川園で会ったの、この男じゃなかった?」

淳子は写真に目を落とし、首を横に振った。「この人じゃありません」

私の勘は見事に外れた。

「淳子ちゃんのママと大悟君のママは仲良しかな」

大悟は首をかしげた。「岩井のお母さんがうちに遊びにきたことはないと思うけど」

「安藤君のママもうちには来てないな」

安藤早苗と岩井節子はPTAの集まりとか授業参観では顔を合わせている程度の付き合いのようだ。そのふたりが日比谷公園で会っていた。気になるところである。

「時間ができたら調べてみるよ」

大悟が目の端で私を見た。「小父さん、暇そうに見えるけど」

「そうかい？」私は苦笑した。

「事務所にいるし、電話も鳴らない」

私は頭に右の人差し指を当てた。「ここを使ってるんだよ。昨日は夜遅くまで働いてたしね」

「昨日、家に来たでしょう」

「うん」

「小父さんに会いにいこうとしたけど、お父さんに止められちゃった」

「智亜紀叔母さんが死んで悲しくはないのか」

「全然」大悟がそっぽを向いた。「だって、叔母さん、僕たちのこと嫌ってたから。お祖父ちゃんのことは可哀想だって思うけど」

私は淳子に目を向けた。「多摩川園で見た男の人、どんな感じだった。背が高いとか、目が大きいとか」

淳子は唇に手を当て、しばし口を開かなかった。一生懸命考えているらしい。

利発な淳子だが、父親世代の男の特徴を口頭で人に伝えるのはかなり難しいだろう。似顔絵描きに頼めば、何とかなるかもしれないが。

「髪の毛の長い、優しい目をした人でした。でも、はっきりとは覚えてません。急に声をかけられたから」

ちゃんと答えられないのが淳子は悔しそうだった。

「太ってた。それとも痩せてた？」

「普通です」

「服装はどうだった？」

「黒っぽい感じの服装だったと思うけど……」淳子は、追い詰められたような苦しげな表情をした。

私は一呼吸おいて、質問を変えた。「本当のお父さんの仕事が何なのか聞いてない？」

淳子は首を横に振った。

私は腕時計に目を落とした。午後二時半を少し回っていた。

「俺は出かけなきゃならない。君たちはどうする？」

「家に帰ります」答えたのは淳子だった。

「じゃ、新宿駅まで車で送っていこう」

淳子が私に不安そうな視線を向けた。「今日のこと、ママやパパに会っても、内緒にしておいてください」

「心配するな。何も言わないから」私は淳子に微笑みかけ、豚の貯金箱を手に取った。「これ、持って帰りなさい」

「でも……」

「お父さんを見つけることができた時に、たっぷりもらうから」

「浜崎小父さんの言う通りにすればいい」大悟が豚の貯金箱を両手で持ち上げ、淳子のバッグに戻した。

私は扇風機を消し、上着を羽織ると、智亜紀が盗み撮りした写真の入った紙袋を持ち、大悟たちと一緒に事務所を出た。

大悟は、淳子のバッグを持とうとはしなかった。

新宿駅まで車でふたりを送ってやった。

「淳子ちゃん、俺が必ず調査するから、家で大人しくしてるんだよ」

「はい」

「小父さん、今から仕事？」大悟が訊いてきた。

「うん」

「探偵の仕事を見たいからついていっていい？」

「君の仕事は、レディーを家まで送り届けることだよ。女を放り出すなんて、男のやることじゃない」

大悟はつまらなそうな顔をしたが、それ以上何も言わなかった。

ふたりが駅に入っていくのを見届けてから車をスタートさせた。

向かった先は神田鍛治町である。

靖国通りに出た。真っ直ぐ走れば神田に行き着ける。

道は混んでいた。窓を全開にしていたが、ちっとも涼しくはなかった。背中にたっぷりと汗をかいていた。

須田町の交差点を右折して、中央通りに入った。ガードを越え、今川橋の交差点の信号で引っかかった。駅の構内放送と電車の音が風に乗って聞こえてきた。

神田は摑みどころがありそうでない街である。広い通りがたくさん走っているにもかかわらず、何となくゴミゴミし、ガード下の飲み屋街は戦後すぐのニオイがしている。江戸情緒も残っているし、神田外語学院のような専門学校もある。歌舞伎町のような大きな繁華街はないが、女を売り物にしている店も少なくない。もっとも、水商売に女は付きものだから、地方のうらぶれた街に行っても、そういう店が網を張っているものだが。

信号が青に変わった。次の角を右折した。右側に明治時代に造られたと思える建物が目に入った。山梨中央銀行の東京支店だった。この辺りも空襲に遭っているはずだが、その建物は難を免れたのかもしれない。

狭い一方通行の道を進んだ。五十メートルほど走ったところで車を路肩に停めた。

玉置浩太郎が代表を務めている玉置商事の入っているビルはすぐに見つかった。

駐車違反が心配だったが、玉置が事務所にいるかどうか分からないので、駐車場には入れなかった。電話でアポを取ることは考えなかった。不意を突きたかったのである。

五階建てのそれほど大きくはないビルだった。法律事務所、歯科医院、製缶会社の事務所が入っていた。

エレベーターで最上階に上がった。

ドアが三つ、目に入った。すべて玉置商事が使ってるようだ。エレベーターの正面のドアに〝受付はこちら〟と表示されていた。左のドアには『玉置不動産』というプレートが貼ってあった。右の部屋は応接室だった。

私は真ん中の部屋のドアを軽くノックをしてから開けた。チャイムが鳴った。ドアが開くと、音が出るようになっているらしい。

擦りガラスの入った衝立が邪魔をして事務所の様子は見えない。ほどなく女子社員が現れた。キャバレーを経営している会社の事務員にしては目だたない服装をした、地味な顔立ちの女だった。

「社長にお会いしたいんですが」

「お約束は？」

私は首を横に振り、こう言った。「葉山にある安藤家の別荘でお会いした、石雄さんの友人の浜崎だと伝えてください」

一旦、引っ込んだ女子社員が戻ってきた。

「社長は来客中なので、出直してきてほしいとのことです」

「じゃ、廊下で待たせてもらいましょう」

私はそう言い残して、部屋を出た。そして、応接室の方に歩を進めた。誰とどんな話をしているのか興味がないわけではなかったが、聞き耳を立てるつもりはなかった。土台、盗み聞くのは無理だった。廊下の奥の窓が開いていて、そこから、騒音が流れ込んでいたのだ。

私は窓に寄り、煙草に火をつけた。窓から躰を突き出して下に目をやった。私の車が見えた。今のところ駐車違反のキップは切られていないようだ。

十分、二十分と時間がすぎていった。

応接室のドアが開いた。恰幅のいい、縦縞のジャケットを着た男が現れた。目が合うと、躰を固くして私を睨んだ。どんよりとした目の男で、胡散臭いニオイが躰全体から滲み出ていた。悪人だと決めつけることはできないが、日曜日に家族と共に『アップダウンクイズ』とか『スターものまね大合戦』を視ている人物でないことは確かだった。

玉置がドアの端から顔を出した。彼も、応接室の真横に私がいたことに驚いたようだった。引っ込んでいた首を長く伸ばし、唖然とした表情で私を見つめていた。

「それじゃ、そういうことでよろしく」玉置が縦縞のジャケットの男に言った。

男はサングラスをかけ、エレベーターの方に向かった。エレベーターがやってくるのを待っている間、男はずっと私を見ていた。

「どうぞ」

私は応接室に入った。クーラーがよくきいていた。

玉置が内線で飲み物を持ってくるように指示した。

二面の壁が大きな窓になっているので部屋は明るかった。棚にはゴルフコンペでの優勝カップが並んでいた。外国人と握手をしている玉置の写真がパネルにして飾ってあった。相手はテレビの西部劇で有名になったアメリカの俳優だが、名前は思い出せなかった。

来日した際、キャバレー『ハッピーエンド』を訪れたらしい。俳優は葉巻をくわえて笑っていた。いかにも役者らしい作り笑いだった。

先ほどの女子社員が飲み物を持ってやってきた。飲み物をテーブルにおくと、軽く一礼して出ていった。

「お座りください」

玉置は窓から外を見たまま、そう言った。

私は、玉置の勧めを無視して、彼の横に立った。

神田駅のホームがちらりと見えた。

「石雄君の友人だから、会うことにしたが、私は忙しいんだ。用件を言ってくれたまえ」

「石雄から私のことを聞いてます？」

「いや。あれ以来、彼には会ってないし、電話でも話していない」

「私は歌舞伎町で私立探偵をやってましてね」私は玉置に名刺を差し出した。

名刺を受け取る前に、玉置は私の顔を覗き込むようにして見つめた。

「私立探偵がそんなに珍しいですか？」

「その手の輩とは付き合いがない」玉置が窓辺を離れ、ソファーに腰を下ろした。

「〝その手の輩〟ね。まあいいでしょう」

名刺を受け取った玉置は、ろくに見もせずにポケットに仕舞った。「で、用は何ですか？」

「今、安藤庄三郎氏の依頼を受け、娘さんの事件の調査をやってるんです」

「へーえ。石雄君のお父上はよほど世間知らずのようだね。殺人事件の調査を探偵に依頼する人物がいるなんてね」

「娘を失って、ワラにもすがる思いなんでしょう」私は、玉置の前に座り、目の前に置かれたグラスを手に取った。

麦茶だった。

「玉置さんは、死んだ智亜紀さんと面識は？」

「おいおい、私が調査対象だってことかい」

「ええ。智亜紀さん、あんたのことを探ってたようですから」

玉置の眉根が引き締まった。「何だって」

「ポンティアックの乗り心地はどうです？」

そう言いながら、私は玉置と岩井節子が写っているものを選んで、テーブルに置いた。

玉置が写真に手を伸ばした。

「あなたは、総会屋の岩井恒夫の妻、節子と会ってた。写ってるポンティアックは、あなたの車ですよね」

玉置は答えなかった。

「なぜ、智亜紀さん、あなた方を盗み撮りしたんでしょうね」

「そんなこと知るか！」玉置が声を荒らげた。

「手荒な真似は止めてくださいよ。葉山で一緒だった女みたいにされちゃかなわないから」

「強請《ゆす》りか」

「強請られるようなことがあるんですか？」

「……」

「なぜ、岩井節子と会ってたんです？」

「そんなこと君に話す必要はない」

「ごもっとも。ですが、智亜紀さんが、あなた方の何らかの秘密を握ってた。となると、彼女の死が、その秘密と関係してたかもしれない」

「犯人は分かってるんだろうが」

「現段階では容疑者です。新たな事実が出てきたら、警察の見解も変わる可能性がある。岩井恒夫の奥さんと車の中で何を話してたんです？」

「そんなことお前に話すはずないだろうが」玉置が興奮した。

「人に言えないことがあるって考えていいですね」

「お前には生年月日を訊かれても言いたくないね」

「石雄の妻、早苗さんとは親しいですか？」

電話が鳴った。玉置が受話器を取った。

「今、来客中だから、後で連絡すると言ってくれ」

受話器を乱暴な仕草で元に戻したが、すぐには受話器から手を離さなかった。

何か考えているらしい。

私は足を組み、煙草に火をつけた。

玉置が躰を起こした。途端、態度ががらりと変わった。

目尻を下げ、頬の筋肉をゆるめたのだった。

「浜崎さん、写真とネガ、私に売ってくれませんか。あの事件には何の関係もないが、この写真はちとまずい。誤解を招きかねないですから。ネガを含めて五十万で買い取ります。悪い話じゃないでしょう？」

「先月までだったら、きっとあんたの話に乗ってたでしょうね。ですが、今は金に不自由してないんです。依頼人は安藤庄三郎ですよ。事件が解決するまでどれぐらいかかるかは分かりませんが、五十万ぽっちで、依頼人を裏切ることはできないね」

「しゃぶれる相手を見つけたってことか」玉置が低く呻《うめ》くような声で言った。

「金払いのいい人に当たって運がよかったと思ってる」

玉置がゆっくりと躰を起こした。動きに従って、じょじょに表情が険悪なものに戻っていった。

「石雄さんが知ったらどう思うだろうな。俺も彼の友人なんだからね」

「石雄とはいつ頃からの付き合いなんです？」

「長い付き合いだよ。あんたは？」

「石雄と俺は同じ少年院に入ってた」

玉置が唖然とした顔をした。

私は写真を掻き集めると、きちんと揃え紙袋に戻した。

「残念ですね、ちゃんとしゃべってくれたら手間が省けたのに」

「どういう意味だ」

「別に」私は麦茶を一気に飲みほし、「ご馳走さん」と言って、腰を上げた。

廊下に出た私は、トイレに向かった。

玉置がどんな行動を取るか、車の中で監視するつもりなのだ。

探偵にとって、できる時に用足しをしておくことはかなり大事である。

トイレを出た時、応接間のドアがすっと閉まるのが目に入った。

私はエレベーターで一階に降りた。

午後四時半をすぎていた。

空気が炎症を起こしたような暑さは続いていた。

窓から玉置が私の動きを見ているに違いない。私は愛車には近づかず、駅に向かって歩き出した。

（四）

その車はローレルだった。クリーム色のハードトップ。スモークガラスのせいで、車内はよく見えなかった。

午後十時十分。私は六本木にいた。

六本木の交差点から俳優座を越えた次の道を左に入った。右手が三河台中学である。二本目の路地を左に曲がったところで、車を路肩に寄せた。前にはカローラが停まっていた。

玉置浩太郎の事務所を出た私は、愛車には見向きもせずに神田駅に向かった。途中でキャバレー『ハッピーエンド』の看板を目にした。

駅の入口辺りで立ち止まると、枕木を叩く電車の音を聞きながら、煙草を一本吸った。どれぐらい間を置いてからベレットに戻ったらいいのか見当がつくはずもなかった。二本の煙草に火をつけたところで再び歩き出した。

玉置浩太郎の事務所が入っているビルを通りすぎ、ベレットの運転席に躰を滑り込ませた。

それから、きっかり一時間四十分経った時、玉置が表に姿を現した。

午後六時半を回っていた。

玉置はビルの前に立ち、ゆっくりと左右を見回した。慎重に慎重をきして通りを渡ろうとしている人間の仕草に似ていた。辺りを警戒しているのは明らかだった。

玉置が歩き出し、駅に通じている通りに入った。先ほど、私が歩いた道である。

玉置は電車に乗るつもりなのだろうか。それとも、『ハッピーエンド』神田店に寄る気なのだろうか。

私は車をゆっくりとスタートさせ、玉置が曲がった通りに車を入れた。

玉置の行き先は『ハッピーエンド』神田店だった。

店の入口は電飾に飾られていて、赤や青の電球が点滅しながら左から右へと流れていた。サンタの格好をした呼び込みが立っていたら、季節を間違えたかもしれない。

『ハッピーエンド』の立て看が目に入った。〝納涼浴衣祭り〟と書かれていた。蝶ネクタイを締め、水色のハッピを羽織った呼び込みが店の前に立ち、行き交う男たちに声をかけている。早い時間に来店するとセット料金が安いのだろう。サラリーマン風の男たちが次々と店に消えていった。

一時間ほど待たされた。店から出てきた玉置は、店に併設されている駐車場に入った。ほどなくポンティアックが姿を現した。

ポンティアックは次の角を右に曲がり、中央通りをもう一度右折し、日本橋方面に走り出した。

玉置の向かった先は銀座だった。

『ハッピーエンド』銀座店は並木通りにあった。三井銀行の斜め前。神田で目にしたような派手な電飾は見られない。

呼び込みやポーターが歩道に屯《たむろ》していた。

午後九時四十五分になろうとした時、玉置が店から出てきて、路上駐車していたポンティアックに再び乗り込んだ。

この分だと、次は六本木の店に顔を出す気がした。果たして、ポンティアックの目的地は六本木だった。

ポンティアックは三河台中学近くの路地に停まった。斜め前に『ナイトスポット　ナイアガラ』のネオンが見えた。

またぞろ長い間待たされるのかとうんざりしたが、今度は十五分で姿を現した。

その時、ローレルが背後から走ってきて、ベレットの斜め前で停止したのだ。

路肩に車を寄せる気配すらない。道の真ん中で停めたまま、運転者はハザードランプを点滅させた。

後続車がクラクションを鳴らした。しかし、ローレルは動こうとしない。

玉置はポンティアックに乗った。

私のベレットは、道を塞いでいるローレルのせいで動きようがなかった。

ローレルの後ろに三台ほど車が溜まってしまった。怒りのクラクションが鳴り続けているが、ローレルの運転者は動じない。

その間にポンティアックは走り出し、六本木の交差点の方に曲がり、姿を消した。

私は車を降りた。と同時にローレルが走り出した。

私はナンバーを暗記した。練馬ナンバーだった。

やられた、と私は苦笑いをした。

ローレルの運転をしていた人物は玉置の仲間に違いない。尾行に気づいた玉置が手を打ったらしい。手荒な真似はせずに、うるさい〝蠅〟を釘付けにしたのだ。

それにしても図々しいことを考えたものである。ハンドルを握っていた人間は、後続車の運転者と喧嘩になっても追っ払える自信があるらしい。ヤクザとは限らないが、それに類した者に違いなかった。

玉置の尾行には失敗したが収穫がなかったわけではない。玉置は私を警戒している。警戒している理由は分からないが、ともかく、心中穏やかではないらしい。

問題は私の持っている智亜紀が撮ったと思える写真。そこに隠された秘密を暴ければ、智亜紀殺しの事件が思わぬ展開を見せるかもしれない。

事務所に戻った私は、バヤリースオレンジを飲み、暗記したローレルのナンバーをメモした。それから煙草を吸いながら榊原に連絡を取った。警察ならローレルの所有者をいとも簡単に割り出せる。しかし、榊原は署にはいなかった。

テレビをつけた。ニュースはすでに終わっていて、『スパイ大作戦』が再放送されていた。

電話が鳴った。石雄からだった。

「やっと捕まった。どこに行ってたんだ」

石雄は、待ち合わせをすっぽかされた人間のように不機嫌だった。かなり酒が入っているようだ。

「仕事で駈けずり回ってたんだ」

「智亜紀の件か」

「それにかかりきりだよ」

「飲もう。出てこいよ。今夜は断らせないぜ」

「どこにいるんだ」

「六本木」

六本木までまた行くのは面倒だったが、石雄には会っておきたかった。

石雄は『パブカーディナル』にいるという。

三十分後、私は六本木に舞い戻った。

パン屋のドンクの前辺りでタクシーを降り、細い道を渡った隣にあるパブカーディナルに入った。

石雄は、入ってすぐのカウンター席にいた。とろんとした目を私に向け、薄く微笑んだ。

石雄の前には、ショットグラスにマルボロ、そして、灰皿が置かれていた。

灰皿の中の吸い殻は根元まで吸われたものは一本もなかった。つけては消し、消してはつけることを繰り返していたようだ。

私を待つことに痺れを切らせたのか。いや、そうではあるまい。苛々の理由は他にありそうだ。

酒棚には世界の名酒がすべて揃っていると思えるほどのたくさんの瓶が整然と並んでいた。キューバに行かずともエーゲ海をクルーズせずとも、ここにいれば、その気分が味わえるのかもしれない。

音楽が音を抑えて流れていた。グランド・ファンクの『ロコモーション』だった。

カウンターの端で、見たことのある男がひとりで飲んでいた。日活か東映の男優だった。主役級の俳優ではないが、顔はかなり売れている。本物の顔は画面で見るよりも小さく、彫りが深かった。

客の全員が彼に気づいているはずだが、サインを求めたりする者はひとりもいない。どちらかというとみんなそっけない。これが田舎だったら、サイン攻めにあい、下手をしたら写真を一緒に撮りたいと言い出す者もでてきたかもしれない。

しかし、ここは六本木である。そんな野暮なことをする者はいない。

無視されている男優は、ゆっくりとグラスを口に運んだ。誰も見てないと分かっていても、仕草は他人を意識しているように見えた。

「何を飲んでるんだい？」私が石雄に訊いた。

「I・W・ハーパーってバーボンだ」

私は同じものを同じ飲み方で頼んだ。

バーボンがアメリカの酒だということぐらいは知っていたが、飲んだことは一度もなかった。

酒がくると、テーブルに置かれていた石雄のグラスに軽く自分のグラスを当てた。

荒々しい酒だが香りがよかった。

「今夜も今まで仕事だったのか」私が石雄に訊いた。

「取引先の接待で、いつものように銀座を梯子し、適当に女の子をあてがってきた。相手は地方から出てきた奴だったから、はしゃいでたよ」

石雄が、接待にうんざりしているのは訊かずとも分かった。

「社長をやるのも大変だな」

石雄は軽く肩をすくめ、グラスを空けた。そして、お替わりをバーテンに頼んだ。

「お前とは、仕事も家も忘れて飲みたいと思ったけど、そうはいかなくなったな」

二階からカップルが降りてきた。ふたりとも背が高く、嘘くさいほどお似合いだった。

私は煙草に火をつけ、深く煙りを吸い込み、ゆっくりと吐き出した。「俺はお前の親父の私兵になった。おかげで、ここしばらくは日干しにならずにすみそうだ」

「何で親父は、お前を雇ったりしたんだろうな」

「世の中を知らないからさ」

石雄が顎を撫でながら、短く笑った。ゲップに似た笑い声だった。

「親父を騙すのは簡単だよ」

「俺にからむために呼び出したのか」

「お前のことを言ってるんじゃない。親父がそういう人間だと言いたかっただけさ。しかし、世の中なんか知らない方がいいよな。その方がずっと幸せだ」

「俺たちがガキの頃にすごした世界だけが世の中じゃないぜ」

「あれはあれで愉しかった。俺はかっぱらいを繰り返して捕まったんだけど、スリリングで面白かった」

「若気の至りってのは、後で振り返ってみると、昔食ったコロッケがうまかったって思うような気分になるんだよ。きっと今食ったらまずいかもしれないのに。一体、どうしたんだい？　葉山で会った時は、もっと潑剌としてたぜ」

「何もかもが嫌になることがあるんだ」石雄が顎を上げ、つぶやくように言った。

安藤家の跡継ぎになった石雄は、寸法の合わない靴を履いて歩いているような気分でいるようだ。

「世間知らずの親父は、お前を雇って何を見つけたいんだい。犯人は分かってるのに」

「智亜紀さんがどうして殺されたかを知りたがってる」

石雄が鼻で笑った。「そんなの殺した奴に訊かなきゃ分からんだろうが」

「それはそうだが、はい、その通りですって言って引いたら俺は仕事を失う」

「親父からはいくらふんだくってもかまわんぜ」

「息子のお墨付きをもらったからそうさせてもらうよ」

「で、調査は進展してるのか」

「悪いが、お前にも話せない」

「堅いんだな」

「それが俺の売りでね。ところで、この間、葉山の別荘にいた玉置って男とは親しいのか」

石雄の顔つきが変わった。「あいつが事件に関係してるのか」

「智亜紀さんと間接的にだが繋がりがある」

「あいつが？」石雄の口が半開きになり、眉根が険しくなった。

「あいつんとこで働いてたそうだが、長い付き合いなのか」

「知り合ってからは長いが、特に親しいってわけじゃない。俺が大金持ちの息子だって分かってから近づいてきて、資金援助を頼んできた」

「で、援助したのか？」

石雄は首を横に振った。「親父は金持ちでも、俺が自由にできる金はほとんどないって言って断った。そのうちに奴は独立して、都内にキャバレーを持ち、不動産にも手を出すようになった。交差点を渡った向こうに『ナイアガラ』って午前四時までやってる店があるんだが、そこもあいつが経営してる。時々、使ってやってるから、顔はよく合わせてる。でも、智亜紀と関係があるなんて信じられん。だって、智亜紀は、俺が親父と同居してから家を出てったんだぜ。俺と玉置が知り合いだっていうことも知らないはずだ。な、順、俺のこと信用できるだろう？　他言は絶対にしないから、知ってることを話せよ。場合によっちゃ、協力するぜ」

私もグラスを空け、お替わりを頼んだ。

実にやりにくい。石雄の妻、早苗が、智亜紀が撮ったと思える写真に写っていた。このことは今のところ石雄には教えられない。

「智亜紀さんが、玉置を探ってた形跡があるんだ」

「はーあ」石雄が天井を見上げ短く笑った。「何かの間違いじゃないのか」

「かもしれない」

「もったいをつけるなよ」

「お前、この間、ヨットの中で岩井恒夫の話をしてたよな」

「それがどうかしたか」

「玉置は岩井の妻、節子と付き合いがあるらしい」

「お前の言ってることは、話が飛びすぎて理解できない」

「智亜紀さんが探ってたのは玉置だけじゃない」

石雄がぐいと私の方に躰を寄せた。「じゃ何か……智亜紀は岩井の女房のことも探ってたってことか」

「うん。お前、岩井の妻とは面識はあるか」

「知っての通り、岩井の娘が、うちの坊主のクラスメートだから、運動会や何かで会ってはいる。だけど、よくは知らない」

「奥さんは親しいかな」

「俺が、あそこの家とは付き合うなと言ってあるから、親しくはないはずだ」

私は目の端で石雄を見た。「旦那同士が反りが合わなくても、奥さん同士が付き合ってることはありえるぜ」

「親しかったらどうだっていうんだ」石雄がちょっとムキになった。

「別に」

「お前、この間よりも感じが悪くなってる」石雄が冗談口調で言った。「俺を見る目も変わった。俺は旧友とうまい酒を飲みたくて誘ったんだぜ」

「探偵には会いたくないってわけか」

「まあな」

「でも、お前も事件には興味を持ってる。持ってて当たり前だけど」

「ちょっとは知りたいと思ったさ。だけど、お前の話を聞いてるうちに、その話をするのが嫌になってきた」

「お前が嫌になることはないじゃないか。俺はお前のことや家族を調べてるんじゃないんだぜ。玉置浩太郎に興味を持ってる。それだけだよ」

石雄は酒棚の方に目を向けた。「分かってるさ」

「何か不安になることでもあるのか」

「俺はいつだって不安だよ」石雄は自嘲の笑みを口許に浮かべた。

「金の心配はなくて、仕事も順調なようだし、家庭に問題もなさそうだ。だから不安が生まれるんだよ」

「いつまで経っても借りてきた猫みたいな気分が消えないんだ。使用人にも気を遣ってるからな」

「高見とかいう女は確かに扱いにくそうだな」

「高見だけじゃない。使用人の全員に、俺は見下されてる。家にいても何となく落ち着けないんだ」

私は大声で笑った。

「何がおかしい」石雄が私を睨んだ。

「昔のお前だったら、そんな弱音は吐かなかったと思ってさ。負けていても負けを認めない男だったのに」

「あの頃は何も持ってなかった。だから、いつでも強気でいられた。だけど、そういうのって、本当に強いんじゃないんだよな。賭け事と同じさ。負けがこんでる時は、勝ちにいくしかないから迷わない」

「今のお前は、いろんな面で消化不良を起こすぐらい満腹なんだよ」

「街の底をドブネズミみたいに這い回ってるのが、俺には本当は似合ってる」

「今の話、息子には聞かせられないな。親父のことをタフガイと思ってるんだから」

「あいつががっかりするような姿は見せたくない。それも重荷と言えば重荷なんだけど」

「一体、お前はどうしたいんだい」

石雄は口を尖らせて、長い息を吐いた。「どうもしたくないさ。愚痴ってるだけだ」

「奥さんには本当の気持ちを話せるんだろう？」

「あいつは大悟のことしか頭にないから、話しても聞いちゃいない」

「借りてきた猫か。なあ、石雄、人間が本当に落ち着けるのは棺の中だけだぜ。生きてるってのは、借りてきた猫状態に慣れることだと思うけど」

「ふん。お前、世の中が分かったようなことを言うんだな」石雄が小馬鹿にしたように笑った。

「俺には世俗の垢がべったりとついてるから」

カウンターの端で飲んでいた俳優がバーテンに勘定を頼んだ。バーテンが持ってきた明細をろくに見ないで、ポケットから札を取り出し、「ツリはいらない」と言って、店を出ていった。

「事件の話していいか」私が言った。

「俺に答えられることなら何でも答えてやるよ」

「店を持つ前、玉置が働いてたキャバレーの名前を教えてくれ」

「あいつは店を渡り歩いてたから、そう言われても答えられない。俺と一緒に働いた店の名前は『プリンセス』だけど、今はもうない」

「潰れたのか」

「社長が株で大損して、権利を誰かに譲ったって聞いてる」

「玉置は、岩井恒夫と面識があると思うか」

「そんなこと俺に分かるはずないだろう。直接、玉置に聞けないのか」

「夕方、あいつの事務所に押しかけた。だいぶ泡を食ってたけど、肝心なことは何も分からなかった」

「智亜紀が玉置を探ってたとはねえ」

「玉置の過去に何かある気がする。玉置の素性を知りたい」

「学徒出陣で満州に行ったって言ってたな。復員したが復学はせず、進駐軍御用達のクラブかキャバレーに勤めたって聞いてる。戦後の夜の世界を渡り歩いてきた男だよ」

「結婚してるのか」

「二回、離婚してて、今は独身のはずだ」

「自宅がどこだか分かるか?」

「麻布十番だと言ってたが、それ以上のことは知らない」

「葉山の別荘には招待されてもいないのにやってきたんだよな」

「ああ」

「どうやって、お前が葉山にいるって知ったんだろうね」

石雄の目がきらりと光った。「俺が嘘をついてるって言いたいのか」

私は黙って首を横に振った。

「あいつの六本木の店を客の接待で使った時、来週から葉山だと言ったんだ。それをあいつは覚えていてやってきた」

「一緒にいた女は何者なんだ」

「六本木の店で働いてる女だよ。お前も見たから分かるだろうが、玉置の今の彼女だ。あの女は金目当て、玉置は躰目当て。いいコンビさ」

私がお替わりをしようと、バーテンに目を向けた時、石雄が、自分のグラスを私の方に滑らせた。

私はグラスをキャッチした。ほとんど飲まれていなかったが、酒がカウンターに零れることはなかった。

「俺は飲み飽きたから、それを飲んでくれ」

石雄が片頬をゆるめた。少年の頃も、そんな微笑み方をしていたのを思い出した。

グラスがカウンターを滑ってきた時、私はテレビで視た西部劇を思い出した。『ガン・スモーク』『ローハイド』『拳銃無宿』『コルト45』……。saloon（酒場）のスイングドアを勢いよく開いて入ってきたガンマンが、グラスをカウンターに滑らせるシーンがあった。

石雄もテンガロンハットを被り、腰に拳銃をぶらさげている気分になっているのかもしれない。

私は、石雄を見て頬をゆるめ、グラスを一気に空けた。石雄は満足そうだった。

雲が月をゆっくりと隠すように、私の心が翳《かげ》った。石雄の妻、早苗と岩井節子は日比谷公園のベンチで会っていた。ふたりが親しいかどうかは分からないが、ＰＴＡで顔を合わせるだけの関係ではなさそうだ。

「さて行くか」石雄が言った。

「うん」

勘定は石雄が払った。ワリカンにしてもよかったが、私は何も言わなかった。

私たちは一緒に『パブカーディナル』を出た。

「次はお前の事務所に行く」

「いつでも来てくれ」

「ただし、もう俺の前では探偵の顔はするな」

「それは整形でもしなきゃ変わらない」

「いい美容整形の医者を紹介してやるよ」石雄はぽんと私の肩を叩き、目の前にきた空車に手を上げた。

タクシーに乗り込む時、石雄の足が少しふらついた。

シートに躰を投げ出すように座った石雄は、行き先を告げると、私の方をまるで見ずに去っていった。

タクシーに乗った時の彼の横顔は憂いに満ちていた。貧乏人の顔ではなかった。鬱屈を抱えた金持ちの表情にしか見えなかった。


南風が吹いていた。空は高く、陽射しは相変わらず強かったが、湧き上がるような雲が、静かに流れてきて、時折、光を遮った。

遅い朝食を摂り、生あくびを噛み殺しながら新聞を開いた。

社会面を賑わしていたのは、仏壇業者が妻子を刺殺し、無理心中を図った事件だった。木工不況のせいだという。仏像や位牌を安置する仏壇を作っていても、心が鎮まることはないようだ。フランス各地の刑務所で、待遇改善を求めて囚人が暴動を起こし、事態は殺人や放火が起こるまでに拡がっているそうだ。珊瑚を食い荒らすオニヒトデを退治しようとエレクトリックフェンスが設置され、それなりの効果を発揮しているという。

それらはすべて私にとっては遠くで起こっていることにすぎなかった。智亜紀に関する記事は載っていなかった。

榊原に電話を入れた。彼は署にいた。私のベレットの行く手を阻んだローレルの所有者の名前を探し出してほしいと頼んだ。例の事件に関係があるのかと訊かれた。多分。私はそう答えるしかなかった。榊原は嫌そうな声を出したが引き受けてくれた。

番号案内に電話をし、岩井恒夫の自宅の大体の住所を告げた。岩井は電話帳に番号を載せていた。

受話器を置くと、扇風機の前に移動して、岩井宅のダイアルを回した。使用人らしい女が出た。

「私、松屋デパートの顧客サービスを担当しております玉置という者ですが、奥様はご在宅でしょうか」私は、玉置という名前を強調するために、その部分だけゆっくりと話した。

「ちょっとお待ちください」

ややあって、違う声の女が出た。

「岩井ですが、どんな御用でしょうか」

「節子さんですね」

相手はすぐには答えなかった。

「私は、安藤智亜紀さんの事件を調査している私立探偵の浜崎と言います。奥さんとふたりだけでお会いして、お話を伺いたいのですが」

「私とどう関係がありますの？」節子は声を潜めて訊いてきた。

「私がタ・マ・キと名乗った理由はお分かりのはずでしょう。お宅にお邪魔してもこちらはかまわないんですがね」

節子はまた黙ってしまった。

「時間も場所も、奥さんに合わせます」

「宝来公園はご存じでしょうか」

庄三郎が、節子と会ったのはその公園だった。

「安藤家の近くにある公園ですね」

「ええ。公園の中腹に噴水があります。そこに三時に来てください」

「分かりました」

次に連絡を取ったのは古谷野だった。古谷野は外出していた。

取り立てて伝えるべきことはなかったが、庄三郎に報告を入れ、岩井節子と宝来公園で会うことも教えた。

「何か分かるといいね」庄三郎がさして期待していないのは口調で分かった。

「警察の動きはどうです?」

「こっちは何の知らせもきてないよ。警察は熊上が犯人だと断定してるから、奴の行方を探すのに必死で、新しい情報など探してもいない気がします」

庄三郎の言う通りだろう。

朝食はトーストとハムエッグだけだったので、空腹があっと言う間に訪れた。

近くの食堂で焼き魚定食を食べ、事務所に戻った時、電話が鳴った。

榊原からだった。

ローレルの持ち主は、竹下英治《たけしたえいじ》という人物だった。住所は中野区新井町だった。

「竹下には前科がふたつもある。暴行と恐喝。暴力団関係者かもしれんよ」

「そこまで調べてくれたんですか。ありがとうございます」

「例の事件、熊上っていうのがやったと君は思ってないんだね」

「断定はできませんが、違う可能性もあると考えてます」

「君、大事な情報は、捜査本部に教えるべきだよ」

「今の段階では、何を話しても取り合ってはもらえないでしょう。話す時は榊原さんに相談しますよ」

「担当刑事に、大津《おおつ》という男がいる。話すんだったら彼が一番だ」

「大津さんね。頭に入れておきます」

事務所に漫然と留まっていてもしかたがないので、早めに田園調布を目指すことにした。

約束の時間よりも二十分早く、宝来公園に着いた。車を停めた場所から安藤家が見えた。

噴水の場所はすぐに見つかった。周りが広場になっていた。節子はまだ来ていなかったので、園内をぶらついた。木漏れ日が、地面にまだらな光を投げかけていた。起伏のある森のような公園だった。池があった。白い鳥が二羽、目に入った。サギのようである。

二時五十五分に噴水のある広場に戻った。

ベンチに女がひとり座っていた。岩井節子に違いなかった。節子は地面に視線を向け、じっとしていた。自殺しようかどうしようか悩んでいると誤解されてもおかしくないほど雰囲気が暗い。黒い膝下まであるスカートに茶色いVネックのサマーセーターを着ていた。バッグは持っていなかった。手に握られているのは朱色のハンカチだった。

広場にも木漏れ日が戯れていた。節子以外に人の姿はなかった。

私は節子に近づいた。足音に気づいたのだろう、節子が顔を上げた。徹夜明けのような疲れ切った表情だった。

私は黙って節子の隣に腰を下ろした。「お待たせしてしまって。早く着いたので散歩してました」

「私、家を抜けてきたので、そんなに時間がありません。用件を話してください」節子はか細い声で言った。

私はまず名刺を彼女に渡した。ハンカチを膝におき、節子は名刺を受け取った。

私は持っていた紙袋の中から、例の写真を取り出した。

「これを見ていただきたい」

節子は私の名刺を、折りたたまれたハンカチの間にはさみ、写真を受け取った。

一枚目の写真は、玉置浩太郎と車に乗る節子の写真だった。

「これがどうかしたんですか？」節子が他の写真は見ずに、噴水の方に目を向けた。

私も噴水を見た。

宝来公園の噴水は、派手に放水されているものではなかった。

池の端の方に円柱の噴水台が設けられていて、その上に球形の噴水が載っている。噴水の上部から水がちょろちょろと流れ出て、球形の噴水を舐めるようにして円柱の上部に落ちていた。閑寂とした広場に、水の流れ落ちる音がしていた。

なぜ節子は他の写真を見ないのだろう。

以前にこれらの写真を見たことがあるのかもしれない。そうではなかったら、玉置から、私が写真を持って現れるかもしれないと聞いていた可能性がある。

「それらの写真を撮影したのは、殺された安藤智亜紀さんだと私は思っています」

「……」

「玉置とはいつからの知り合いですか？」

節子は口を開かない。

「時間がないんでしょう。さっさと私の質問に答えたらどうです?」

「私、強請られるようなことはしてません」

「私は強請り屋じゃない。智亜紀さんが、密かにあなたの写真を撮っていた。なぜなのか、私は知りたい」

「智亜紀さんを殺した犯人は逃走中なんでしょう?」

「あの男はあくまで容疑者です」

「じゃ、なぜ逃げたんです?」

「さあね。それらの写真には、あなたの過去が隠されてる。違いますか?」

節子の息づかいが荒くなった。

「智亜紀さんが、何らかの理由であなたを脅していたら、あなたに智亜紀さんを殺す動機があったと見られてもしかたがないですよ」

「私に人殺しなんてできません」

写真を持つ手がかすかに震えていて、歯の根が合わない。

「あなたができなくても玉置ならできるでしょう」

「そんな大それた秘密なんか、私にも玉置さんにもありません」

「大きな秘密はなくても、小さな秘密はあるってことですね」

「……」

「時間がかかると、そのうちにお嬢さんが家に帰ってきてしまいますよ」

節子の顔が土気色に変わった。「あなたは何が目的で、私を調べてるんです」

「小さな秘密とは何なんです」私は容赦なく節子を追い詰めた。

「若い頃にキャバレーで働いてました。それだけです。でも夫には話してません。夫は水商売の女が大嫌いなんです」

私は煙草に火をつけた。「確かに、人を殺さなければならないような秘密じゃないですね。もしもご主人にバレても、それで離婚になることもないでしょうし」

「それでも、私、夫には知られたくありません」

「あなたが働いてたキャバレーで玉置と知り合ったんですね」

「ええ」

私は空に向かって煙草の煙りを吐き出した。「話がまるで見えない。智亜紀さんが、あなたに何か言ってきたことがあったんじゃないんですか？」

「ありません。けど……」

「けど、何です？」

「男の人から電話がありました」

「相手は何を言ってきたんです？」

「キャバレーで働いてたことを主人に知られたくないだろう、と言ってました」

「それだけですか？」

「後は根も葉もないことを言われました。私が玉置と関係があったと言うんです。それは嘘です」節子の声に力が入った。

「その電話がかかってきたのはいつ頃ですか？」

「ゴールデンウィーク明けでした」

「それで玉置に連絡を取ったんですね」

「ええ」

「ということは、キャバレーを辞めてからも玉置と連絡を取ってたってことですか」

「いいえ。玉置さんが『ハッピーエンド』とかいうキャバレーの経営者になってることは、電話の男が教えてくれました。玉置さんにも電話をするというものですから、彼に連絡を取りました。でも、そんな電話はなかったって言うんです」

「玉置には、その電話の後で会った？」

「ええ。玉置さんに会って、念のために釘を刺しておきたかったものですから」

「その写真が、その時のものですね」

「はい」

「玉置は、あなたが経済界の大物の奥さんになっていることを知ってました？」

節子は力なくうなずいた。

「その後、男から連絡は？」

「しばらくありませんでしたが、つい先だってまた電話がかかってきて、会いたいと言われました」

「で、会ったんですか？」

「いいえ。会おうとしたんですけど」節子が口ごもった。「待ち合わせの場所に男はこなかったんです」

「待ち合わせたのはいつです？」

「七月二十八日の午前十一時。場所は歌舞伎町の『らんぶる』という喫茶店でした」

「二十八日というと、智亜紀さんの死体が発見された翌日ですね」

「そうです。一時間以上は待ったと思います。家に帰ってから、彼女が殺されたことを知りました。出かける前はバタバタしていてテレビも視てませんでしたから」

電話をしたのは誰だ？　熊上なのか。

負六の話していたことを思い返してみた。

彼の記憶が正しければ、負六が、和田多津子と名乗った智亜紀に会ったのは六月の終わりのことだ。熊上は、その夜、初めて智亜紀と飲みにいったようなことを言っていたらしい。しかし、ふたりが出会ったのは、それよりもずっと以前だったのかもしれない。

そのことを確かめる方法はひとつしかない。逃亡した熊上を、警察が捜し出す前に見つけ出すことだ。しかし、それは不可能に近い。

若いカップルが噴水広場にやってきた。ふたりは手を繋ぎ、寄り添っていた。言葉を交わしてはいなかった。話す必要がないほど、ふたりは通じ合っているように見えた。蜜月。自分たち以外の世界は目に入らないらしく、私たちの方に視線も向けず、噴水の前に立った。私たちがどんな話をしても、彼らの耳には入らないだろう。

私は吸っていた煙草を地面に落とし、靴で踏み消した。

「なぜ、玉置に会う前に安藤早苗に会ったんですか？」

節子の目が泳いだ。「どうして、そんなことまで……」

「写真を全部見てください」

節子は言われた通りにした。写真を見終わると唇を嚙みしめた。

「智亜紀さんは、自分でそうしたか、或いは他の人間を使って、あなたを監視していたと思われます。正体不明の男の電話で動揺したあなたがどんな行動を取るか見ていた。それらの写真が、それを証明しています。安藤早苗に会った理由を教えてください」

「彼女も私と同じところで働いていたから、私から彼女に連絡を取ったんです」

「早苗さんのところにも謎の男は電話していた？」

節子は首を横に振った。「そんな電話はなかったと言ってました。早苗さんは、キャバレーで働いていたことが家族にバレても気にしないですむんです。彼女のご主人も、元々そういう商売をやっていた人だそうですから。玉置さんのこと、ご主人も知ってるらしいし」

節子が嘘をついていないとすれば、智亜紀のターゲットは岩井節子だったことになる。しかし、なぜ、岩井節子を脅すような真似をしなければならなかったのか、さっぱり分からない。

良家のお嬢さんである智亜紀が恐喝に手を染めることはまずないだろう。となると、個人的な動機で、男を使って岩井節子に動揺をあたえたことになる。

目的は何だったのか。謎は深まるばかりである。

「勤めていたキャバレーは『プリンセス』というところでした？」

「いいえ。『ゴールデン・ヴァレー』です」

「歌舞伎町にある店ですか？」

「渋谷の美里町……。今は美里町とは言わないんでしたね」

八年ほど前、美里町は渋谷一丁目に町名が変更されている。あの辺りは、地味だがかつてはクラブやキャバレーがいくつもあり、私は一時、その界隈でよく遊んでいた。しかし、『ゴールデン・ヴァレー』というキャバレーは記憶になかった。

「その店、今でもありますかね」

「私には分かりません」

アツアツのカップルは広場を去っていった。陽の光が木々の葉を通してきらきらと光っていた。ちょろちょろと湧き出るような水の音が広場を満たした。

「よく分からないなあ」私は言葉を放り投げるような調子でつぶやいた。

「何がです？」

「キャバレーに勤めていたことがあったぐらいで、そんなに動揺するもんですかね」

節子が私を真っ直ぐに見た。「あなたは私の主人を知らないから、信じられないのも当たり前だと思います。あの人の母親は、高崎でクラブを経営してたんです。子供の頃から、母親がのんだくれて、男に媚びを売る姿を見て育ち、周りは化粧の濃い女たちばかりだったそうです。ですから、異様に水商売の女を嫌ってるんです」

「ご主人とはどこで知り合ったんです？」

「そんなことまでお答えしなきゃなりませんの？」節子がきっとなった。

「失礼しました。探偵ってのはつい踏み込んだ質問をしてしまう悪い癖があるんです」

余計な質問をしてしまったのは、淳子に頼まれたことが脳裏をよぎったからである。

「神谷町にある骨董品店に勤めていた時に知り合いました。品物を家に届けたのがきっかけです」

「その時は、すでにお嬢さんは生まれていた。あ、また余計なことに触れてしまいましたね」

「あなたは私のことを相当調べたみたいですね」

「ご主人は、あなたが以前、結婚していたことは気にしなかった？」

「ええ」

「前のご主人はあなたがキャバレーに勤めていたことは知ってたんでしょう？」

「彼はそういうことを気にする人ではありませんでした」

「同じような仕事の人だったんですね」

節子が目の端で私を睨んだ。私は眉をゆるめて、すみませんという顔をしてみせた。

「前の主人は画家でした。私は彼のモデルをやったことがあって……」

「画家ですか」私は低い声でつぶやいた。

「それが何か？」

「智亜紀さんも画家だったことを思い出しただけです。元のご主人の雅号、〝フウケイ〟というんじゃありませんか。〝風〟に〝鶏〟と書くんですが」

「〝shun〟とサインしてました。名前が俊太郎ですから」

残念ながら、私の勘は外れた。しかし、智亜紀は〝風鶏〟という画家を探していた。そして、同時に節子に興味を持っていた。その節子の元の主人も画家。ちょっと気になった。

「元のご主人が今どこで何をしているかご存じですか？」

節子の眉が吊り上がった。「知りませんよ。私、あの人の顔も見たくありません。ですけど、何でそんなことまで訊くんです？　私のプライバシーにそんなに興味を持つ理由が分かりません」

「智亜紀さんがあなたの過去に関心があった。だから、調査をしている私も、そのことが気になる。それだけの話です」

節子が腕時計に目を落とした。「私、もう帰らなくては」

「最後にひとつだけ。昨日から今日にかけて、玉置としゃべりましたね」

「いいえ。連絡を取ったこともなければ、向こうから電話してきたこともありません」

「長い間、お引きとめして申し訳なかったですね。でも、また何かあったら、連絡します」

「今回のこと、主人には何も言わないでください」

「もちろんです。電話をする時は、今日と同じように松屋デパートの顧客サービス係を装います」

節子が立ち上がった。そして、挨拶もせずに広場を俯き加減で去っていった。

私はまた煙草に火をつけ、噴水に目を向けた。

何がどうということはないのだが、すっきりした気分にはなれなかった。節子が言ったことを鵜呑みにはできない。

昨日から今日にかけてのどこかで、節子は玉置と話をしている。そんな気がしてならなかった。

節子は、玉置と関係を持っていたのではなかろうか。昨日、玉置は写真を買い取ろうとした。なぜ？　岩井恒夫に、そのことがばれるのを恐れた可能性がある。不動産に手を出し、もっと大物になりたい玉置は、乗っ取り屋で名を馳せている岩井恒夫を敵に回したくないはずだ。

早苗からも話を聞きたい。しかし、石雄に内緒で早苗に会うことには躊躇いがあった。

探偵としては、非情になるべきなのだろうが、特殊な環境で、同じ飯を食った石雄のことを考えると、なかなか一歩が踏み出せなかった。

事務所の玄関ベルが鳴った。

午後八時を少し回った時刻だった。その夜の行動は決めていたが、時間がまだ早すぎた。

ドアに取り付けられた小窓から、訪問者の顔を見た。

懐かしいアルバムに貼られた写真を見ているような気分になった。

ドアを開けた後も、私は相手から目を離さなかった。女は、家出をしていた妻が夫の元に戻ってきたような、照れくさそうな表情をして私を見返した。

「中に入れてくれないの？」

「脱走してきたんじゃないだろうね」

「何て冷たいこと言うのよ」

島影夕子《しまかげゆうこ》は、私の横をすり抜け、黒いパンプスを脱ぎ、さっさと室内に入っていった。

私は後についていった。

島影夕子の生業はスリである。二年前に、彼女のおかげで、重大な手がかりを私は手にした。調査対象になった人物の手帳を私が掏《す》らせたのだ。

その後、彼女はスリの現行犯で逮捕され、実刑を食らった。

夕子は、ショルダーバッグを横に置き、ソファーに躰を投げ出した。ジーパンに黒いTシャツ姿だった。

切れ長の目は昔と変わりなく吊り上がっていた。立派な蝶になりそうな毛虫に似た太い眉も、薄い唇も以前と同じだった。化粧も濃い。

「いつ出所したんだい？」

「十日ほど前だよ。仮出所だけど」

私は缶ビールを用意した。そして、夕子の前に腰を下ろした。

「乾杯しようぜ」

夕子は躰を起こした。「グラスぐらい用意してくれないの」

「仮出所だから」

「浜崎さん、相変わらず口が悪いわね」

私たちは缶ビールで乾杯した。

「ムショっていうのは人を健康にするみたいだな。顔色が前よりずっといい」

「太ったでしょう」

「ムショの食事が合ってたみたいだな」

「ストレス太りよ」

私は夕子を真っ直ぐに見つめた。「会いにきてくれて嬉しいよ」

「古谷野さんどうしてる」

「君を想って、いまだに独身を通してる」

「はあ」夕子は頬を歪め、天井を見上げた。

「で、今も兄さんのところに？」

「他に行くとこあるわけないでしょう？」

「仮出所中は、保護司に会わなきゃならないんだよね」

「月に二回、顔を出すのよ」

「仕事は？」

夕子はビールの缶をテーブルに置き、煙草をくわえた。「定職につかなきゃならないんだけどね」

「仕事がない？」

「あるんだけど、やる気がしない」

「どんな仕事？」

「ポケットティッシュがあるでしょう？　あれに広告をつっこむ仕事よ」

私はにやりとした。「ポケットに手を忍ばせるのが仕事だった人間が、ポケットに物を入れる。罪滅ぼしに向いてる仕事だな」

「よく言うわね」夕子が薄い唇を捲りあげて、私を睨んだ。「あんたに頼まれて手帳を掏ったことはゲロしなかったのよ。恩人をからかうもんじゃないわよ」

「悪かった。あんたは命の恩人でもあるしな」

私が殺されかけた時、助けてくれたのも夕子だった。

「その仕事、したくないの」

「兄貴の雀荘に勤めればいいじゃないか」

「表向きは、それですむけど、お金にならない。だって、兄貴の店も入りが悪くてね。自由になる金がないって辛いよ」

私は上目遣いに夕子を見つめた。「俺に雇ってほしいのか」

「電話番でも何でもやるから雇って」

私は煙草をくわえ、背もたれに躰を倒した。

庄三郎に依頼された仕事が続く限り、人を雇う余裕はある。しかし、住まいを兼ねた事務所に、他人がいるのが鬱陶《うっとう》しかった。

「化粧品もろくに買えないのよ」

「メイク、決まってるよ」

「恩返しができる機会が巡ってきたのよ」夕子が押しつけがましい調子で言った。

パートの時給が三百円から五百円。ホステスだったら日給六千円は取るだろう。

「分かった。一ヶ月は雇うよ。けど、毎日出勤しなくてもいい。必要な時にここに来るか、俺の調査に付き合ってくれればいい。その条件で月五万払う。それでどうだい？」

「願ったり叶ったりよ。それだったら雀荘の手伝いもできるし」

「ただし、常に俺に連絡が取れるようにしておいてくれ」

「うん」大きくうなずいた夕子が目を伏せた。「スリの仕事はごめんだよ」

「絶対にさせない。それよりも心配なのは、あんた自身の気持ちが揺らぐことだ。スリってのは一種の病気だぜ。金輪際しないって誓えるか」

「誓えない」夕子はあっさりと答えた。「誓うとね、やりたくなるんだよ。でも、もうムショはごめんだからやらない」

「今夜は時間あるかい」

「暇だよ」

「じゃ、俺と一緒に行動してくれ」

「いいけど。とりあえずいくらか払って」

「給料の半分は、今、払ってやる」

「本当に」夕子の顔が明るくなった。「雀荘の常連の下駄屋の親父に八千円借りてるけど、これで返せる」

私は机の上に放り投げてあった財布を取り、夕子に二万五千円を渡した。

「で、私、何をしたらいいの？」

八時四十分を回っていた。

「今から或る似顔絵描きを探し出し、そいつの行動を監視する。あんたの仕事はそいつのねぐらを見つけることだ」

「尾行すればいいってことね」

「場合によるけどな」

「どんな調査をやってる最中なの？」

「それは道々話す。出かけるぞ」

私は上着を手に取ると、夕子を先立て、事務所を出た。

相変わらず歌舞伎町は殷賑を極めていた。コマ劇場の前から歌舞伎町一番街を目指した。

その間に、私は夕子に智亜紀の事件について話した。事件については夕子もテレビのニュースで視たそうだ。

「殺された人、ど偉い金持ちの娘らしいわね」

「その親父が依頼人だから、あんたを雇えたんだよ」

歌舞伎町一番街は小さな雑居ビルが建ち並ぶ通りである。

シオン、上高地、ジェスパといった昔からある店を通りすぎた。以前はこの辺にスマートボール屋もあったが、いつしかなくなっていた。

「ネオンが眩しいね。夜の新宿には何年もきてないから」

「目が慣れた頃が危ないな。また悪い癖が出そうだから」

「信用ないのね」

「病気だからな」

「あそこに絵描きがいるよ」

「じろじろ見るな。通りすぎるから」

インドネシア料理屋のところに絵描きがいて、小さな木製の椅子に座り、煙草を吸っていた。赤い半袖の開襟シャツを着、黒いズボンを穿いている。靴は白いスニーカー。

負六の話によれば、元締めは六十くらい。年齢的には、赤シャツの男が元締めの可能性が高い。髪は短く刈り上げていた。顎髭を蓄えている。一昔前に流行ったビート族を彷彿《ほうふつ》とさせる髭である。

彼の周りには絵が飾ってあった。ジュリー、オードリー・ヘプバーン、〝緋牡丹のお竜〟時代の藤純子の似顔絵だった。藤純子は今は寺島純子と名前を変え、『3時のあなた』に出ている。しかし、緋牡丹のお竜のイメージが強くて、テレビを視るたびに、彼女の入れ墨ばかりを思い出してしまう。

絵の周りにはごちゃごちゃと物が置かれ、折り畳み式の小さなテーブルの上には画材が載っていて、足許にずだ袋が置かれていた。そこから顔を覗かせているのは、卒業証書を入れるような丸筒だった。

「あの人?」夕子に訊かれた。

「多分」

私は絵描きの前を通りすぎ、靖国通りまで歩いた。そして、左に曲がった。

靖国通りと歌舞伎町中央通りの角は大和銀行である。

その辺りにも似顔絵描きがふたりいた。先ほど見た絵描きよりもふたりとも若かった。

「しばらく、さっきの絵描きの様子を見る。それから、俺だけが話しかける。あんたはどこかに隠れて待っててくれ」

「いつ店じまいするか知ってるの?」

「分からない。明け方まであそこにいるかもしれない」

「え?」夕子の顔が歪んだ。

「給料の半分は前払いしてあるんだから、俺の言う通りにしろ。嫌なら、金を俺に返して、ポケットティッシュに広告を入れる仕事につけ」

「何でもやるわよ」夕子はあきらめ顔で言った。

一番街に戻ると、絵描きから少し離れた場所に立った。

絵描きが、通りを歩くカップルに声をかけた。しかし、カップルは絵描きを無視して通りすぎた。

十分、二十分と時がすぎていった。私たちに声をかけてくる者もいなければ、からんでくる者もいなかった。歩道に放置されている自転車と何の変わりもなかった。

男が絵描きの前で立ち止まった。絵描きが折り畳みの椅子を用意した。男はそこに座った。その間まったく会話を交わさない。

白いポロシャツに、ゴルフウェアーのような縦縞の入ったズボンを穿いていた。

絵描きはすぐにはキャンバスには向かわず、躰を前に倒した。画を描くのではなく靴を磨くような姿勢である。

絵描きが男に何か言った。

男がうなずいた。

絵描きは、周りに視線を走らせてから、地面においてあったずだ袋から丸筒のひとつを手に取った。そして、中身を男に見せた。すでに描かれた絵だが、何が描かれているのかは見えなかった。

男は丸筒を受け取ると、金を払った。

画料はたった五百円だが、男の払った金はそれよりもかなり多かった。ツリはなし。

男は丸筒を持って、コマ劇場の方に歩を進めた。

「絵描きを見張っててくれ」私は夕子に言った。

「あんたはどうするの？」

「今の客の後を尾けてみる」

「必ず戻ってきてよ」

「うん」

私は男の背中を探した。男はコマ劇場の手前を右に曲がった。そのまま真っ直ぐに進み、建物にぶつかると今度は左に折れた。そして、風林会館の方に進んだ。区役所通りを渡る。

連れ込み宿とキャバレーや居酒屋が建ち並んでいるが、一番街に比べたら人通りは少ない。

『養老乃瀧』を越えたところで男は通りを渡り、目の前に建つビルに入っていった。

私は『養老乃瀧』まで進み、男の様子を窺った。

男はエレベーターに乗った。

私もビルに入った。エレベーターは四階で停まった。階段を駆け上がった。

五階の踊り場から下の様子を窺った。

ドアは三つあったが、男がどこに入ったかは分からなかった。

ほどなくドアを開く音がした。手摺りから少し躰を乗り出し、覗き見ると、エレベーターの前の部屋のドアが閉まるところだった。

エレベーターが動き出す音がした。私は階段を降りた。男はすでにビルを出ていた。丸筒は持っていなかった。風林会館のところで男はタクシーに乗った。

男をさらに尾行しようかどうしようか迷っていると、紫色のパンタロンを穿いた派手な格好の女が私の横を通りすぎた。女の手には、男が持っていたのと同じ丸筒が握られていた。女の行方を目で追った。女は、男が入っていたビルに消えた。

私はビルの前まで戻った。椿山ビルと書かれていた。

エレベーターは先ほどと同じように四階で停まっていた。

一階の表示板に目をやった。四〇一号室には三晃資源開発、四〇三号室には東峰商事という会社が入っていた。四〇二号室、つまり男が出てきた部屋には何の表示もなかった。

エレベーターが降りてきた。私は外に出た。紫色のパンタロンの女は、元の道を戻り、風林会館の斜めにあるビルの地下に入っていった。地下一階はゴーゴークラブだった。

似顔絵描きの元締めが裏で何をやっているのか、おおよその見当がついた。

椿山ビルの四〇二号室は景品交換所みたいなものなのだろう。丸筒を持っていくと、コカインかどうか分からないが、麻薬が手に入るらしい。

熊上はヤクチュウで、元締めの手先になっていた可能性がある。

私は一番街に戻った。夕子は少し場所を変え、煙草を吸っていた。

「遅かったね」

「これでも早い方だ。紫色のパンタロンを穿いた女が丸筒を買ったろう」

夕子が目を瞬かせた。「何で知ってるの」

「風林会館のところで擦れちがった」

「あの絵描き、ヤクでも売ってるの」

「うん。俺は今から奴に似顔絵を描いてもらう」

そう言い残して、夕子から離れた。そして、絵描きの前で足を止めた。

「俺、オードリー・ヘプバーンの大ファンなんだよ。いくらだい、それ」

「売り物じゃない」絵描きの口調は冷たかった。

「じゃ、俺を描いてくれるか」

絵描きが食い入るように私を見つめた。ただの客ではなさそうだと感じ取ったようだ。

「描いてくれないのかい」

絵描きは椅子を用意した。

「五百円、前払いだ」

私は金を払った。

絵描きが私を見つめ直し、デッサンを始めた。落ちくぼんだ目は、どんよりとしていて生気がまるでない。底意の計り知れない悪相である。

「もう少し顎を上げてくれないか」

私は言われた通りにした。

「あんた、中村さんって言うんだよね」

男は答えない。

「以前、ここで商売してた〝風鶏〟って画家を探してる。あんたなら居場所を知ってるって聞いたんだが」

「あんた、何者だい」

「私立探偵だよ。事務所は歌舞伎町にある」

「何で〝風鶏〟を探してる」

「あいつに騙されたって女がいるんだ」

「……」

「歌舞伎町であいつが商売ができなくなったのは、元締めのあんたに義理を欠いたからだって聞いたけど、何があったんだい、中村さん」

「俺に楯突く奴は、ここじゃ商売はできない」

「トラブルの原因は？」

「あんた、本当に歌舞伎町に事務所を持ってるのかい」

「ああ」

「だったらちっとは歌舞伎町のこと知ってるだろうが。奥が深くて、怖いところってことぐらいは」

「芸術家に脅かされるとはな」

絵描きが目を細めて私を見た。「お前、俺を舐めてんのか」

「筆が休んでるぜ」

悪臭を放つ水たまりみたいな目が私を睨んだ。手にしているのが筆ではなくてナイフだったら、一突きされていたかもしれない。

「〝風鴉〟の本名だけでも教えてくれないか」

「俺たちは名もない絵描き。名前なんか訊きやしない。路上生活者と同じだと思え」

「前島俊太郎って言うんじゃないのか」

中村は表情ひとつ変えなかった。

「ところで熊上の噂は聞いてないか」

「あんたの名前は？」

「浜崎だ。名もない探偵だけど、名前はある」

「浜崎、俺からは調査の足しになることは何も出てこない。他を当たりな」

「あんたはこの辺の主だろうが。知ってることを教えてくれ。情報は買い取るから」

中村はちらちらと私を見て、筆を走らせた。

やがて絵ができあがった。絵を見せられた私は苦笑いした。

その絵は確かに私を描いたものだった。しかし、顔の半分は髑髏《どくろ》だった。

「とっとと失せな」

「あんたの俺に対する気持ちは、この絵によく表れてる。〝風鴉〟のことを探られたくないってことだよな」

「あんたを描いてたら死相が見えたんだ」

私は、ずだ袋から顔を出している丸筒に視線を向けた。

「裸で持ち歩くのも何だから、その丸筒を寄こせ。金は払うから」

中村の目つきが一瞬鋭くなった。

「どうした？」

「丸筒は得意客のためのものだ。一見《いちげん》の客には渡さない」

「また寄せてもらうよ」

私は腰を上げた。中村の斜め後ろにスーパーカブが停まっていた。荷台に物が乗せられるように木箱が括り付けられていた。その木箱の隅に青いペンキのようなものが付着していた。ペンキではなく絵の具かもしれない。

私は中村から離れ、コマ劇場の方に向かった。肩越しに中村の様子を窺った。中村は火のついていない煙草をくわえ、私をじっと見つめていた。

夕子が見つからなかった。〝職場放棄〟したとは思えない。何らかの理由で場所を変えたのだろう。

コマ劇場の広場を左に曲がり、地球会館の前で立ち止まった。

ほどなく夕子が姿を現した。

「酔っ払いにでもからまれたか」私が訊いた。

「地回りのヤクザだよ。何してるって訊かれたの」

「で、何て答えたんだい？」

「家出した妹が、この辺で仕事をしてるって聞いたから探してるって言った。そうしたら一緒に探してやるって、そいつしつこかった」

「絵描きの尾行はもうしなくていいよ」

「私を心配してくれてるのは嬉しいけど、やるよ、仕事だから」

私はスーパーカブのことを教えた。

「おそらく、そのバイクで通ってきてるんだろう。ナンバーを暗記したから、少なくともバイクの所有者はいずれ分かる。あんたはもう帰っていい。さっきも言ったが、俺が連絡を取れるようにしておいてくれ」

私は中央通りに向かって歩き出した。

夕子に金を渡し、タクシーに乗せた。

「何かあったら、雀荘に電話して」

「OK」

夕子と別れた私は靖国通りに向かった。角の銀行のところにはまだ似顔絵描きがいた。

ふたりとも髪を長く伸ばした痩せた男だった。ひとりは三十代、もうひとりは四十代に見えた。四十代の方はジョン・レノンがかけているような丸い眼鏡を丸い鼻に引っかけていた。

私は丸眼鏡の男の前に立った。

「あんたはいい男だね。描き甲斐がある」丸眼鏡が笑った。上の歯が二本抜けていた。

「似顔絵を描いてもらいたいが、俺のじゃない。描けたら、金は倍払う」

「誰の似顔絵を描くんだい。あんたの奥さん？」丸眼鏡が笑った。

「あんたらの仲間だった〝風鶏〟って画家のだ」

ふたりの絵描きが顔を見合わせた。その表情で、彼らが〝風鶏〟を知っていることが分かった。

「あんた、警察の人？」若い方が髪を掻き上げながら訊いてきた。

「いや、私立探偵だ。あいつに金を騙された女がいるんだ」

「〝風鶏〟が女を騙した？」丸眼鏡の眉がゆるんだ。「あいつは金には困ってなかったはずだけどな」

「本名を知ってるか」

「いや」丸眼鏡が答えた。

「あんたの方はどうだ？」

「〝風鶏〟さんは物静かな人で余計なことは何も言わなかったよ」

「歳はいくつぐらい」

「俺のちょっと下ぐらいだと思う」丸眼鏡が答えた。

「あんたの歳は」

「四十二」

「〝風鶏〟は何で姿を消したか知ってるか？」

丸眼鏡が首を横に振ると、若い方も少し遅れて、同じ動作を取った。

中村という元締めのことは話したくないようだ。

「よし、ふたりとも〝風鶏〟の似顔絵を描いてくれ。〝風鶏〟に会えたら、どっちの絵が似てるか分かる。分かったら教えにくる」

ふたりはまた顔を見合わせ、うなずいた。そして〝風鶏〟の似顔絵を描き始めた。

男たちの歌声が聞こえてきた。

〝紺碧《こんぺき》の空……〟

早稲田大学の応援歌だった。歩道で数名の男が肩を組んで歌っているのだった。

その横を、ヤクザっぽい男がふたり通りすぎた。学生の無邪気な放吟にガンを飛ばしたが、学生たちは気づいていなかった。遠くでサイレンの音がした。それが次第に近づいてきて、中央通りに入った。喧嘩があったのか、急性アルコール中毒で倒れた者がいるのか。いずれにせよ、歌舞伎町は眠りを知らない。

先に丸眼鏡の男が筆をおいた。

〝風鶏〟の髪も長かった。広い額の一部が禿げ上がっている。唇は厚く、歯並びは悪かった。目がやたらと大きく、鼻は尖っていた。肌の色は浅黒く、肝臓でも病んでいるような感じだった。天才芸術家の似顔絵だと言ったら、誰でも信じそうな異様な顔である。

若い方の絵も出来上がった。感じはそっくりだったが、こちらの絵の方は、生きるのに疲れた、ただの中年男に見えた。

「俺の方が似てるな」丸眼鏡が若い方の絵を見ていった。

「そうかな。青木さんのは、ちょっと精悍すぎる。〝風鶏〟さん、もっとしょぼくれてたよ」

「〝風鶏〟は以前、どんな絵を描いてたか知ってるか」

丸眼鏡が煙草に火をつけた。「見たことはないが、童謡とか唱歌、それからロシア民謡をモチーフにして描いてたらしい」

「彼には言わなかったけど、つまらないテーマだと思った」若い方が口をはさんだ。

「酔うとよく、そういう曲を口ずさんでたね」と丸眼鏡。

「たとえばどんな曲？」

「『赤とんぼ』『ペチカ』『トロイカ』『山のロザリア』とかだよ」

「この辺にある歌声喫茶で歌われるやつですよ。そういうところには、昔、よく民青《みんせい》の連中が集まってたよな」

若い方は学生運動の経験があるのかもしれない。

「〝風鶏〟もそういうところに通ってたのかな」

「〝風鶏〟は行かんだろう」丸眼鏡が答えた。「民青とも関係ありそうもないし、政治になんか興味があったとは思えないから。でも、そういう曲を誰が作ったかとか、知識も豊富だったね」

私は彼らに千円ずつ渡した。

「あんたら、元締めの中村のことは知ってるよな」

丸眼鏡の男の顔に緊張が走った。「知ってなきゃ、ここじゃ商売ができないよ」

「怖い男だって聞いてるけど、本当にそうなのか」

「俺たちには優しいよ」若い方が淡々とした調子で言った。

「中村さんの話は止めてよ」丸眼鏡が力なく言った。

「〝風鶏〟が出入りしてた飲み屋とか、よく行ってた場所とかは知らないか」

「新宿三丁目に〝山小屋〟って居酒屋があるんだ。そこでよく飲んでるって言ってたよ」若い方が答えてくれた。

私は三丁目のどの辺にあるのか訊いた。

明治通りと末広通りの間の道にあり、靖国通りから入った方が近いという。

「仕事が終わった後に寄ってたんだろうね」

「そうだよ」

私は時計を見た。午前零時を少し回った時刻だった。まだ店は閉まってはいないだろう。

似顔絵描きと別れた私は明治通りの方に向かって歩き出した。

新宿五丁目をアートシアターの方に渡り、角に建つ拓殖銀行の次の道を右に曲がった。

『山小屋』という店はすぐに見つかった。地下にある店だった。

入口の大きさに比べたら、中はかなり広く、中二階もあった。

かなり混んでいた。学生風の客が多かった。外国人の姿も見受けられた。終電を気にしていない人間は朝まで飲み続けるつもりなのかもしれない。

コの字を描いたカウンターの奥の席についた。右隣のふたりの客はサラリーマン風の若い男だった。彼らはサントリーの角を飲んでいたので、私も角の水割りをシングルで頼んだ。左隣は外国人の金髪女だった。彼女の向こうにいる日本人の男は連れらしい。

カーペンターズの曲が客のしゃべり声をぬって聞こえてきた。

ウイスキーで喉を潤してから、膝に載せていた〝風鴉〟の似顔絵、丸眼鏡が描いたものを拡げた。

そして、カウンターの中にいる従業員に声をかけた。

「この人、お宅のお客さんだよね」

似顔絵を覗き込んだ従業員の頬がゆるんだ。「ええ。〝風鴉〟さんですよね」

「うん。最近、ここに来てない？」

「ここのところお見えになってません」

右隣のふたりの客が、私たちの会話に興味を持った。私はその男たちにも絵を見せた。

「この人、僕も知ってますよ。しゃべったことないけど」私の真隣に座っていた男が言った。

左隣のカップルも絵に視線を向けた。

意外なことが起こった。

「私、この人に私の顔を描いてもらったことあります」

金髪の外国女がちょっと興奮気味にそう言ったのだ。日本語はすこぶる上手だった。

「最近、見ないな」連れの男が口を開いた。

「私、見たよ」女が言った。

「どこでですか？」私はあまり前のめりにならないように気をつけながら訊いた。

「うちの近所で、昨日、会いました」

「失礼ですけど、あなたはどこに住んでるんですか？」

「世田谷一丁目です」

連れの男が私に目を向けた。「彼がどうかしたんですか？」

「急に新宿から姿を消したので、仲間が心配してまして」

「あなたも画家ですか？」女が訊いてきた。

「そう見えます？」

女はにっと笑って首を横に振った。

「ともかく、彼を探すように頼まれたから、ここに寄ってみたんです」私はメモ帳とペンを取り出した。「彼を見た詳しい場所を教えてほしいんですけど」

女がちょっと困った顔をした。

「あなたに迷惑がかかることは全然ありませんから」

「弦巻電話局の場所、知ってますか？」

「いいえ。でも、調べればすぐに分かります」

「弦巻電話局の近くです」そう言いながら、彼女はメモ帳にペンを走らせた。「……この角が墓場で……この辺りのアパートです」

「アパートの名前は知らないですよね」

「いいえ。でも、行けばすぐに分かります」

「確かに、〝風鶏〟さん、そのアパートに住んでるんですかね。誰かを訪ねてきたのかもしれない」

「スリッパじゃなくて、何だっけ……」女が連れの男の顔を見た。

「サンダル？」そう訊いたのは私である。

「それです。〝風鶏〟さん、サンダルを履いてました」

「話をしました？」

「いいえ。私がアパートの前を通った時は、彼はもう部屋に入ってました」

「そのアパートのドア、通りから見えるんですね」

「ええ。彼の部屋は真ん中でした」そう言ってから女はもう一度似顔絵に目を落とした。「彼、今は坊主頭で頬に髭を生やしてますよ」

「それでも、彼と分かったんですか」

「ええ。間違いなく〝風鶏〟さんでした」女はきっぱりと言ってのけた。

「ありがとう。大いに助かったよ」

「どういたしまして」女は並びのいい大きな歯を見せて微笑んだ。

私は、彼女の日本語を褒めた。ロス出身で、高校の時から日本語を勉強していたという。今は都内の大学に留学中だそうだ。趣味は合気道だとまで教えてくれた。

私はグラスを一気に空け、絵を丸めると、カップルに礼を言い、勘定を頼んだ。

歩いて事務所に帰ることにした。大和銀行のところにいた似顔絵描きは姿を消していた。一番街の入口まで歩を進めた。

中村の姿もなかった。スーパーカブも消えていた。

私は一番街をコマ劇場の方に向かった。人通りはかなり減り、酔っ払いが路上で寝ているのが目に入った。

私ははたと足を止めた。前方から見知った人間が歩いてきたのだ。

先ほど別れたばかりの夕子が、歌舞伎町にいた。どういうことなのだろう。

夕子に近づこうとすると、彼女は通りに面した深夜喫茶に入っていった。

私も中に入った。夕子は一番奥の席に座り、出されたオシボリの封を切ろうとしていた。

目が合った。夕子はオシボリを握ったまま、目を瞬かせた。

私は彼女の前に座った。

「早かったね」彼女が言った。

「何が？」

「事務所のドアにメモをはさんでおいたのよ。見てないの」

「まだ事務所には戻ってない」

「じゃ、どうして、私がここにいることが分かったの？」

私は訳を教えた。

「偶然だったのね」

「うん」

夕子の前にクリームソーダが置かれた。

「珍しいものを頼んだんだな」

「突然、これにしたくなって」

私も同じものを注文した。

「で、何があったんだ」

「いい助手を雇ったと思って」夕子が顎をつんと立てた。

「もったいつけないで早く教えてくれ」

「あの似顔絵描きの住まいを見つけたよ」

「どうやって」

夕子を乗せたタクシーが靖国通りに出た時、目の前を中村がバイクに乗って通ったのだという。機転をきかせ、夕子はタクシー運転手に、荷物を積んだバイクを追うように指示した。中村は一旦、バイクを降り、公衆電話からどこかに電話をした。それから、次の角でUターンし、大ガードを潜り、新宿署のところで右に曲がったという。

夕子が話している間に、私のクリームソーダがやってきた。上に載ったアイスクリームをスプーンで少しすくい、口に運んだ。

「……道沿いに表具屋があるの。その隣のアパートの二階の奥が中村の住まいらしいわ」

「よくやってくれたな」

「中央通りが混んでたおかげよ。すいすい走れてたら、出会わなかった」

私はストローでアイスクリームの溶け混じった緑色の液体を飲んだ。

「たまにはいいね、クリームソーダも」

「絵、見せてよ」

私は黙って、隣の席に丸めておいてあった絵を夕子に渡した。

「誰、これ」

私は、〝風鶏〟の似顔絵を、中村ではない似顔絵描きに描かせたことを教えた。

「今は頭を坊主にして、頬髭を生やしてるらしいけど」

三枚目の絵が私を描いたものだった。

「これは誰が描いたの？」

「中村だよ」

「あんたが、こんな絵を頼んだの？」

「いいや。あいつが勝手に描いた。これ以上、自分につきまとうと、髑髏になるかもって意味だろう。人を脅す時も絵描きは洒落てるな」

「ぞっとする絵ね」

「そうかあ？　漫画チックで面白いじゃないか」私はまたストローに口をつけた。深夜のクリームソーダが、私の疲れを癒やしてくれた。

出かける前、あらかじめ住宅地図で、〝風鶏〟が住んでいると思われるアパートを探した。外国人の協力者が書いてくれたメモと地図を見比べた。墓場は浄光寺という寺の敷地内にあるものだった。

〝風鶏〟が不在だったら、アパートの中を探ってみることにした。泥棒に間違われる、かなり危険な行為だが、躊躇っていては調査が進まない。

七つ道具を鞄に詰め、事務所を出、車で目的地に向かった。

国道二十号線を走り、大原の交差点を左に曲がり、環七に入り、旧東急世田谷線の線路を渡り、さらに直進した。

地下に入る本線を外れ、若林の交差点を右折し、世田谷通りに入った。そして、松陰神社入口という交差点を左折し、駒留通りに入った。

ほどなく電話局が左に見えてきた。右のブロック塀に囲われたところが浄光寺という寺らしい。

墓場の角を右に曲がり、車を停めた。卒塔婆がブロック塀から何本も顔を出していた。

教えられた場所にはアパートは一軒しかなかった。周りは民家だった。

女が言った通り、ドアは通りに面していた。周りに注意を払いながら、真ん中のドアに近づいた。ノックをした。返事はなかった。もう一度周りに目を配った。そして軍手をはめた。鍵は複雑なものではなかった。これぐらいなら、私でも開けられるだろう。念のためにもう一度ノックをした。結果は同じだった。生暖かい風が首筋ににじんだ汗にからみついてきた。

ドアノブを回してみた。開いた。

私は素早く中に入った。

花柄の安手のカーテンが引かれていて、カーテンの隙間から陽射しが差し込んでいた。

三和土《たたき》の右が靴を入れる棚になっていて、その向こうに流しがあった。

室内は玄関から丸見えだった。部屋は整然としていた。テレビもステレオもないようである。部屋の隅の低い机の上に絵の具や筆が置かれ、何枚もの絵が壁に立て掛けてあった。イーゼルは折りたたまれていた。

私は靴を脱がずに中に入った。折り畳み式の卓袱台《ちゃぶだい》の上にスケッチブックが載っていた。

智亜紀と〝風鶏〟の繋がりが何だったのか、家捜しをすることで、手がかりが見つかればいいのだが、どこから手をつけたらいいのかも分からなかった。

絵が一枚だけ、壁に飾ってあった。

王子と姫が砂丘をラクダに揺られて進んでいく後ろ姿が描かれていた。満月が煌々《こうこう》と輝き、打ち寄せる波に光を跳ねていた。

それだけだったら、何てことのない絵だが、その光景をキュビズム風に描いていた。

題名と雅号が右下に書かれていた。

雅号は〝shun〟だった。

節子の前の夫の雅号である。やはり、〝風鶏〟は前島俊太郎だったらしい。

淳子の顔が脳裏に浮かんだ。労せずして、淳子が探していた父親の居場所を突き止めたことになる。

その絵の題名は『月の沙漠』だった。

立て掛けてある絵を見てみた。

『トロイカ』『夏の思い出』などの曲からヒントを得たもので、やはり、キュビズム風のものだった。

私は絵から離れ、卓袱台の前にしゃがんだ。そして、スケッチ帳を開いた。

一ページ目に文字が書かれていた。他のページは真っ新《さら》だった。

読み始めた私の胸に驚きが静かに拡がっていった。

『私は追われています。もう行き場がありません。もう一度娘に会いたい。しかし、もう耐えきれない。私の作品で一番の傑作は『月の砂漠』です。これを娘に渡してください。

前島俊太郎』

焦って書いたのか、字がかなり乱れていた。

〝風鶏〟こと前島俊太郎は、これを書いてどこに消えたのだろうか。

私は立ち上がり、流しの横のドアを思い切り開いた。そこはトイレだったが、〝風鶏〟の死体が転がっているようなことはなかった。

私はスケッチブックの文面を写真に収めた。それから、淳子に残したいという絵にもレンズを向けた。

はっとした。

絵のタイトルは『月の沙漠』。しかし、自殺をほのめかす書き置きの中には『月の砂漠』と書かれている。

〝沙〟と〝砂〟の違いに、私は首を傾げた。

正しい表記がどちらなのかは分からないが、自分で傑作だと言っている絵の題名を書き違えるものだろうか。

自殺を決意しても、動揺が去らず、却って、気持ちが乱れ、書き違えたのか。

いや、そんなことはあるまい。自信作の題名は、自分の名前と同じようなもののはずだ。書き違えるはずはない。となるとわざと書き違えたことになる。

絵の具や筆の載っている台の上を調べたが気になるものはなかった。しかし、念のために写真に収めた。

それから、押入を開けた。下段に段ボール箱が入っていた。中身を調べた。

スケッチブックが数冊押し込まれていた。

すべてに番号が振られている。絵も描かれていたが、日記の役割も果たしていたようだ。

スケッチに出かけた場所や、展覧会の感想が詳しく記されていた。その日の天候まで書かれている。

年ごとに分かれていて、一冊目は昭和二十九年のものだった。最後のものには昭和三十七年と記されていた。

番号を追っていくと不思議なことに気づいた。昭和三十三年と三十四年のものが欠けていた。

このことに意味があるのかどうかは分からないが気になった。

立ち上がり、押入の上段を覗き込んだ。布団が一式入っていた。天井の一部から屋根裏に入れるようだ。私は上段に上り、天井板を持ち上げた。そして中を覗いてみた。何も見つからなかった。

押入から出てカメラを鞄にしまい、もう一度部屋を見回していた時、ドアをノックする者がいた。

隠れようがない。私は鞄を持って窓に近づいた。そして、窓の鍵を外しにかかった。

ドアが開いた。振り向いた瞬間、男がふたり部屋に飛び込んできた。

「お前、ここで何してる」度入りのサングラスをかけた太り肉が言った。

「〝風鶏〟を待ってる。鍵が開いてたから勝手に入らせてもらった」

「人の家に入るのに土足かい」

「あんたらも〝風鶏〟に用があるのか」

太り肉が懐から拳銃を取り出した。

私は短く笑った。「いきなりかい。〝風鶏〟が自殺したくなった気持ちがよく分かった」

「自殺？」

「テーブルの上のスケッチブックに遺言が書かれてる。読んでみろ」

太り肉は拳銃を相棒に渡すと、スケッチブックを手に取った。

「何だ、これは」

「〝風鶏〟の遺書らしい。今頃、どっかで死んでるんじゃないかな」

「お前が書いたんじゃないのか」

「何で俺が」私は鼻で笑った。

太り肉は、唇の両端を極端に下げ、私をじっと見つめた。

「俺は帰るぜ」

そう言ってドアに向かおうとした私の前に太り肉が立ちふさがった。「一緒にきてもらおうか」

「どこに？」

「さあな」太り肉がにかっと笑った。

(五)

久しぶりに富士山を目にした。惚れ惚れするような雄々しい富士山だった。

〝風鶏〟の住まいを見つけ、そこに侵入した私は、〝風鶏〟が自殺をほのめかす書き置きを見つけた。そこまでは順調だったが、退散しようとした時、ふたりの男が部屋に入ってきて、そのひとりに拳銃を突きつけられた。

そして、富士山を目の当たりにできる場所に無理やり連れてこられたのだ。

拳銃を握った男は五十路の坂を少し越えたぐらいの太り肉だった。六・四に分けた髪は量が少なく、出来の悪いすだれのように歪《いびつ》に透いていた。大きな目は飛び出していて、いつでも取り外せる義眼みたいだった。

もうひとりは髪を短く刈り上げた三十ぐらいの若造で、干からびたモヤシみたいに痩せていて、おしゃぶりを欲している乳飲み子のような小さな唇は締まりがなく、大人になっても九九がまともに言えないみたいな、知性のまるでない目をしていた。

〝風鶏〟のアパートから出た私は、墓場に沿って停まっていたクリーム色のワゴンに乗せられた。マークⅡのワゴンだった。若い方がハンドルを握り、私は太り肉に肩をぐいっと押されて、後部座席に乗った。

「リクライニングになるから、目一杯後ろに倒せ」隣に座った太り肉が言った。図体に見合わない甲高い声である。

私はレバーを動かした。

座席がフルフラットになった。寝ている状態なので天井しか見えなかった。

ワゴンがスタートした。

太り肉が、私の左太股に銃口を押しつけた。「頭を上げるな。上げたら、この車が霊柩車に変わる」

私は声を発さなかった。

五分ほど走ったところで太り肉が車を停めさせた。

「電話してくる。ちゃんと見張ってろよ」

若造が小さくうなずいた。

太り肉は拳銃を若造に渡すと、車を降りたが、十分と経たないうちに車に戻ってきて、若造に耳打ちした。

再びワゴンが走り出した。

かなりの時間、車に揺られていた。車窓を流れる風景を見ていたが、目に入ってくるものからどこをどう走っているか判断するのは難しかった。

高速道路は使わなかった。狭い道に入ったり、広い道に出たりしながらワゴンは走り続けた。時々、陽が射し込んできて眩しかった。

大通りを外れ、しばらくするとワゴンが路肩に停まった。

「シートを上げろ」

私は言われた通りにした。

住宅街の一角にきていた。左側に銭湯があった。名前は桜湯。

車から降ろされた私は、銭湯の小さな庭を横切り、裏から銭湯の中に連れていかれた。

私が目にした富士山は風呂場に描かれたものだったのだ。

連れ込まれたのは男湯の方だった。

番台には段ボールがおかれてあった。脱衣所には椅子もテーブルも何もなく、がらんとしていた。

「風呂場に行け」

私は自ら風呂場に通じるガラス戸を引き開けた。

太り肉と若造も風呂場に入ってきた。

湯船には湯は張られていなかった。腰掛けが風呂場の隅に三段に積み上げられていた。鏡は長い間磨かれていないようで薄汚れていた。

「着てるものを脱げ」口を開くのは常に太り肉だった。

「服を脱ぐのは脱衣場でだろうが」

「つべこべ抜かすな」

私と太り肉のやり取りが風呂場に響いていた。

私はまず上着を脱ぎ、次にシャツのボタンを外した。

「全裸になるんだぞ」

私は脱いだものを風呂場の中央の洗い場の鏡にかけた。そして躊躇うことなくパンツを勢いよく脱いだ。

「タオルはないのか」私が訊いた。

「そのままでいい」

私は二メートルほど先に積み上げられている腰掛けに目を向けた。「腰掛けに座っていいか」

「取ってやれ」太り肉が若造に命じた。

腰掛けがタイルの上を滑ってきた。

私は腰掛けの上に尻を乗せ、股を開き、両膝に両手を乗せ、太り肉を見つめた。

太り肉は拳銃を若造に渡してから、私の所持品検査を始めた。

「富士山を描いたのは〝風鴉〟かい？」

私の質問に答えるものはいなかった。

「探偵が、あそこで何をやってた」太り肉が私の名刺を見ながら訊いてきた。

「あんたも裸になれ。裸の付き合いはいいもんだぜ」

「あそこで何を探ってたって訊いてるんだ」太り肉の甲高い声が苛立った。

「脱ぐのが恥ずかしいのか」

「いい加減にしろ！」太り肉が怒鳴った。

「〝風鴉〟に会って訊きたいことがあった。しかし、もうどっかで命を絶ってるかもな。あんたらはどうしてあそこに来たんだい？」

「お前は質問に答えればいいんだ」

「もう答えた。他に話すことはない」

「何でカメラなんか持ってるんだ」

「探偵の七つ道具だよ」

「〝風鶏〟に会って何が訊きたかった」

「この間、百人町で女が射殺されたのを知ってるか？」

「質問はするな」

私は軽く肩をすくめてみせた。「俺は、あの事件の調査をしてる。容疑者の態上って男は〝風鶏〟と同じように似顔絵描きだった。だから、話を訊きたかった」

「それだけか？」

「それだけ？」私は太り肉を上目遣いに見て笑った。「殺人以上にすごい事件なんてないだろうが」

「そうでもないさ」太り肉が大きな目をさらに見開いた。

「〝風鶏〟は売人だったんだろう？」

太り肉の眉根が引き締まった。図星のようである。

「売人が消え、それをあんたらは探してる。ってことは奴は組織を裏切った。ヤクか売り上げを持ち逃げしたとも考えられるな」

太り肉が大股で私に近づいてきた。立ち上がろうとしたが、遅かった。太り肉が右足で私の顔を蹴った。奴の靴が右頬に重く沈んだ。座っていた腰掛けがひっくり返り、私はタイルに仰向けに転がった。

喘ぎながら左脚をくの字に立て、右腕もくの字に曲げた。左腕と右脚はだらりと伸びていた。顔はやや右を向いている。

立ち上がろうと思えば立ち上がれたが、かなりのダメージを受けたような演技をした。

「知ってることを全部吐け。吐いたら帰してやる」

私は倒れたまま口を開かなかった。目を閉じ、ぐったりとなった振りをしていた。

「おい、何とか言え。言わないと今度は土手っ腹を蹴るぞ」

私は口を半開きにして荒い息を吐き続けた。

タイルを踏む革靴の音が聞こえた。太り肉は私の左側から近づいてきた。

「起きろ」

さらに半歩、太り肉が私に近づいた。瞬間、私は左腕を素早く動かし、太り肉の右のズボンの裾を取り、思い切り引いた。

太り肉は左脚で倒れないようにバランスを取ろうとした。

間髪を入れず、私はズボンの裾を握ったまま躰を起こすと、右手も使って、太り肉の右足首を摑んで高く上げた。太り肉が左肩から落ちた。若造が私の背中に蹴りを入れた。私は右肩からまた倒れた。目の前に、拳銃を握った太り肉の右手があった。息が詰まりそうになっていたが、この機会を逃すわけにはいかない。私は、拳銃を握った太り肉の手首を捻り上げ、タイルに強く打ち付けた。若造が飛びかかってくる気配を感じた。体をかわす。若造が太り肉に重なるように倒れた。ふたりがもつれ合っている短い間に、私は立ち上がろうとした。しかし、若造に足をすくわれた。再び転倒したが、半回転して、躰を起こした。太り肉が躰を起こそうとした。動きは鈍かった。

銃を持った太り肉の手を蹴った。拳銃が手から離れた。今度は拳銃を蹴る。拳銃はタイルを滑って積み上げられた腰掛けのところで止まった。若造が立ち上がった。顔面にパンチを沈めた。若造は仰向けに倒れた。私は拳銃目がけてジャンプした。肩が積み上げられた腰掛けにぶつかった。いくつかの腰掛けが、硬い音を響かせて転がった。

銃を手にした私は若造に銃口を向けた。若造の動きが止まった。

太り肉は四つん這いになり、顔を私に向けた。「お前に撃てるはずはない」

若造を銃で牽制しながら太り肉の後ろに回った。そして、思い切り尻を蹴った。太り肉の躰が崩れた。

私は若造に鋭い視線を馳せた。「裸になれ」

「……」

私は撃鉄を起こした。「早くしろ!」

若造が言う通りにした。

「小っちぇな。皮も半分被ったままだし。だからヤクザになったのか」

「殺してやる」若造が低くうめくような声で言った。

「湯船に入って、腹ばいになれ」

若造が渋々湯船に入った。

「おいデブ。お前も脱げ」

「こんなことをしてただですむと思うか」

「立て」

「……」

「また蹴られたいのか」

太り肉がゆっくりと立ち上がった。

「あんたも裸になれ」

太り肉は私を睨んだまま、まず上着を脱いだ。そして、次にベルトをゆるめた。

太り肉が素っ裸になった。

「かなり弛んでるな。胸が垂れて女みたいだぜ。お前も湯船に入って俯せだ」

太り肉も私の命令に従った。

私は彼らの様子を窺いながら、太り肉の上着のポケットを探った。財布の中身をすべて取り出し、金など私にとって必要のないものは湯船に投げ入れた。歯医者の診察券、新宿の喫茶店の割引券、成田山のお札も出てきた。

「あんた、受験する子供のために成田山まで行ったのか」

そう言いながら免許証を見た。

磯貝光太朗《いそがいこうたろう》　五十二歳。本籍地は山梨県だった。現住所は文京区小石川三丁目××である。

磯貝自身の名刺が五枚出てきた。

〝神幸興産　常務〟と刷られていた。会社の場所は新宿二の十七の×だった。

太り肉の所持品検査を終えると、若造のも調べた。

財布の中身も取り出した。金は三千円しか持っていなかった。スナックのホステスの名刺が出てきた。歌舞伎町にあるスナックだった。

免許証を見る。

山辺達也《やまのべたつや》は江東区の生まれで、現住所は墨田区亀沢四丁目だった。

ワゴンのキーがズボンのポケットから出てきた。

ふたりが顔すら上げないのを確認してから服を着た。

「車、拝借するぜ。停めた場所は神幸興産に後で伝える」

私はハンカチを取り出し、拳銃の指紋を丁寧に拭き取り、太り肉の服の間に押し込み、奴らの服をまとめて抱えた。そして、ガラス戸まで後じさった。服を脱衣所の隅におくと、急いで銭湯を出た。

ワゴンに飛び乗ると、すぐにスタートさせた。

自分がどこにいるか分かるのに少し時間がかかった。住宅街を抜け、大通りに出た。都営三田線の春日駅の入口が見えた。白山通りを水道橋に向かって走っているようだ。

水道橋を越えたところで、ワゴンを路肩に寄せた。ダッシュボードを開け、車検証を取り出した。

ワゴンの所有者は太り肉自身だった。

路地に入り、そこでワゴンを乗り捨てた。そして、タクシーで〝風鶏〟のアパートの弦巻まで戻ることにした。自分の車を取りに行かなければならなかったのだ。

汗びっしょりだった。せっかく銭湯に行き、裸になったのに風呂には入れなかった。私はそう思うと自然に頬がゆるんだ。

あの銭湯は営業をしていなかったようだが、なぜだろうか。潰れたのか。そうかもしれないが、銭湯の将来は決して明るくないと見て、マンションか何かに変えようとオーナーが考えたのかもしれない。磯貝という太り肉の住まいは小石川。奴には土地鑑があり、あの銭湯の情報を得られる立場にあったようだ。

弦巻電話局のところでタクシーを降りた。そして、ベレGに近づく前に、〝風鴉〟のアパートの様子を少し離れた場所から窺った。

〝風鴉〟の書き残した文章を思い出した。

『私は追われています。もう行き場がありません。もう一度娘に会いたい。しかし、もう耐えきれない。私の作品で一番の傑作は『月の砂漠』です。これを娘に渡してください』

もしも〝風鴉〟が命を絶ち、身元が判明していたら、アパートに捜査の手が入るはずだ。

十分ほど、焼けつく太陽の下に立っていたが、〝風鴉〟のアパートはあくまで静かで、他の住人の出入りすらなかった。

ベレGの付近に不審な車が停まっていないか確認してから、墓場のブロック塀に沿って歩を進めた。

事務所に帰るのは危険である。磯貝は、私の事務所の住所を知っている。仲間が動き出しているかもしれない。しかし、私には他に行く場所はないし、逃げ隠れしていたら仕事にならない。

私は新宿に向かってベレGを走らせた。

事務所のある通りをゆっくりと進む。周りの様子を調べた。不審な車も人間も見当たらなかった。

車を駐車場に収め、建物に入った。

事務所に入ると、扇風機を回し、上半身だけ裸になった。蹴られた箇所がずきずきと痛んだ。鏡で見てみると右頬が少し腫れていた。冷蔵庫からバヤリースオレンジを取り出し、一気に飲み干した。

午後二時半を少し回った時刻だった。数時間の間にいろいろなことが起こったので、〝風鴉〟の家に忍び込んだのは随分前のことのように思えた。

深呼吸してから、煙草をくわえ、電話のダイヤルを回した。古谷野は社にいた。

「おう、お前か」古谷野の声にはまるで覇気がなかった。

「元気ないですね」

「クーラーが壊れてて、暑くてしかたないんだ」

「直せるクーラーがあるだけましですよ」

「で、どうした、進展があったのか」

「ひとつ朗報があります。島影夕子が昨夜、事務所を訪ねてきましたよ」

「出所してきたのか」

「脱獄はしてないようです」

「俺には何も言ってこないな」古谷野が寂しそうにつぶやいた。

「臨時ですが、うちで彼女を雇いました。だから、いつでも会えますよ」

「今も事務所にいるのか」

「いや。俺が呼び出さないとここには来ません」

「今も兄貴のところに？」

「ええ。でも、彼女の話はそれぐらいにしましょう。実はいろいろ調べてほしいことがあって」私は昨夜、起こったことから〝風鴉〟のアパートに無断侵入したところまでを話した。「……〝風鴉〟の書き置きが気になるんです」

「自殺したら、お前が追ってる線が途切れてしまうな」

「殺されている可能性もある」

「なぜ、そう思うんだ」

私は、絵に描かれていたタイトルが『月の沙漠』で、書き置きに書かれたのが『月の砂漠』だったことを教えた。「書き違えたとは思えない。一番の傑作だと言っている作品のタイトルを間違うなんてありえないでしょう」

「だからと言って殺されたとは限らんだろうが」

「まあね。でも無理やり、書かされた可能性はあるでしょう。だから、不自然なところをわざと残したかったのかもしれない」

「なるほど。しかし、今のところは〝風鶏〟が死んでるかどうかもはっきりしてないじゃないか」

「確かに」私はその後何が起こったかをかい摘んで話し、こう続けた。「新宿二丁目に神幸興産という会社があります。企業舎弟だと思いますが、ちょっと調べてみてくれませんか。おそらく、あの辺にビルがあるということは、東城《とうじょう》連合の下部組織だと思うんですが」

「暴力団に詳しい記者がいるから訊いてみるよ。〝風鶏〟が追われてる理由は、やっぱり麻薬に関係してるんだろうな」

「おそらくそうでしょう。どの組かは分からないが似顔絵描きを売人にしてヤクを捌《さば》いてたのは間違いないですから」

「逃走中の熊上も関係してそうだな」

「多分。でも、麻薬絡みで智亜紀が撃ち殺されたとは思えない」

「それは何とも言えんよ。智亜紀が偶然組織の秘密を知ったのかも。で、熊上が組織に命じられて撃った可能性もある」

「かもしれませんね」

「ところで、今度いつ夕子さんに会う？」

「彼女が必要になったら呼び出します」

「呼ぶ時は俺に連絡してくれ」

「そうします」

電話を切った私は下着を替え、住宅地図で神幸興産の入っているビルの場所を確かめた。

磯貝たちにうろちょろされては面倒だから、私の方から出向いてみることにしたのだ。

神幸興産に行った後は、岩井節子の過去を調べてみるつもりである。

智亜紀は〝風鶏〟こと前島俊太郎を探していた。その男と結婚していたのが節子である。節子をつつくことで何か分かるかどうかは疑問だが、ともかく調べてみることにしたのだ。

節子の娘、淳子がもたらしてくれた情報によれば、昭和三十八年頃、節子は新宿区角筈三丁目××に住んでいた。野々宮方となっているので下宿をしていたのかもしれない。

七〇年を超える前までは角筈という町名は生きていたが、ここ三年ほどの間に少しずつ西新宿に改められていった。

二十三区すべてではないが、死んだ父親は古い住宅地図も持っていた。

古いものと新しいものを照合した。運良く野々宮という家は今も残っていた。

場所が分かった私は事務所を後にした。

神幸興産は新宿ゴルフセンターの裏の小さなビルの四階にあった。

ドアをノックした。足音がして、ほどなくドアが開いた。

ドアを開けた人間は肩をそびやかした。先ほど、裸にしてやった若造、山辺達也だったのだ。

電話中の声が聞こえてきた。

「……俺の失態です」

磯貝の声だとすぐに分かった。

部屋を覗き込んだ。窓際に三人の男がいた。花札をやっている最中だった。

私は山辺達也の鼻先で、ワゴンのキーをぶらぶらさせた。「これを返しにきてやった」

「誰かきたようです。また後でかけます」磯貝が電話の相手に言った。

電話を切ってすぐに磯貝が山辺の後ろに立った。

「貴様、俺たちを舐めきってるな」

花札をやっていた男たちもドアの方にやってきた。

「下手な手出しはするな。警察と新聞社に、あんたらがやったことを話してある。車は千代田区猿楽町二の五辺りに停めておいた。近くに神田女学園ってのがあるからすぐに分かる。車がなかったらレッカー移動されたと思え」

「いい度胸してんな」磯貝がねっとりとした調子で言った。

「俺に手を出すな。俺は、あんたらのやってることに興味はない。変なことをしたら藪蛇になる。さっきも言ったが或る刑事と新聞記者に今日のことは話してある。それを忘れるな」

キーを山辺に渡すと私はエレベーターに向かった。

磯貝が廊下に出てきた。背筋が寒くなったが、何ごともなく私はエレベーターに乗れた。

そこからタクシーで西新宿に向かった。

野々宮という人物の家は東京ガス淀橋整圧所のガスタンクが見える住宅街にあった。路地で少年たちがキャッチボールをしていた。家の前に簡易のプールを作って、そこで海水パンツ一丁になった男の子ふたりが水遊びをしている。

木造家屋の向こうに高層ビルを見上げることができた。

三年ほど前に京王プラザビルができ、今年に入って、住友ビルや国際電信電話の本社ビルが完成した。そして、建設中のビルもある。

しかし、お膝元に住んでいる人たちは昔ながらの生活を営んでいる。西新宿という町名を共有しているが、リアカーと馬鹿でかいコンテナ車が同じ車庫に収まっているようなものである。

野々宮の表札の出た家の玄関口にはアサガオとリンドウの鉢植えが置かれてあった。

引き戸を引いて、私は名前を呼んだ。

ステテコ姿の男が現れた。がに股である。つるっ禿げで、手には団扇《うちわ》を持っていた。歳は七十ぐらいに思えた。

「どなたさん」男の目は興味津々である。

「野々宮さんですね」

「表札に偽りはないよ」男はその場に胡座《あぐら》をかき、団扇をさらに激しく動かした。

私は名刺を渡し、口頭でも何者か伝えた。

「興信所ね。うちには適齢期の男も女もいないよ」

「十一年ほど前に、お宅に伊藤節子さんという方が下宿していたはずですが、彼女について知ってることを教えてもらいたいんです」

「ああ、伊藤節子ね。覚えてるよ。でも、何で今頃になって彼女のことを調べてるんだい」

「子供の頃に生き別れた兄さんが行方を探してるんです」私は口から出まかせを言った。

「で、何が知りたいんだ」

「当時、彼女は何をしてたんですか？」

「甲州街道を渡ったところにある牟田《むた》ガレージっていう自動車修理工場で事務をやってたよ。わしは牟田さんに頼まれて、彼女に部屋を貸したんだ」

「その牟田ガレージは今でもあります？」

「あるけど、彼女はとっくに辞めてるよ」

「なぜ、辞めたんですかね」

「辞めた理由なんか知らんが」そこまで言って、野々宮は含みのある笑みを口許に浮かべた。「彼女、昼間は工場に勤めてたけど、夜はコールガールをやってたそうだ」

コールガール。ホステスをやっていることを夫に知られたくないと節子は私に言った。それぐらいのことで、と私は首を傾げたが、コールガールをやっていたことを知られたくないというのだったらうなずける。

「じゃ、夜はいつも遅かったんですか？」

「週に四日、友だちがやってる喫茶店を夜だけ手伝ってるって言ってた。けど、それは真っ赤な嘘だったらしい」

「どうしてコールガールをやってるのを知ったんです？」

「面白いことが起こったんだよ。牟田さんがコールガールを呼んだら、何と事務員の伊藤節子がやってきたそうだ。ガラの悪そうな男と一緒にね。お互いにバツが悪かったたって牟田さん笑ってたよ。牟田さんはそっちの方が好きで、或るコールガールのクラブの会員になり、しょっちゅう女を呼んでたんだ」

「それはいつ頃のことですか」

「十年以上前のことだけど、正確には覚えちゃいないよ」

「昭和三十八年頃、彼女、妊娠してたはずですが」

「うん。結婚するって言ってここを出ていったんだ。彼女がコールガールをやってたって牟田さんから聞いたのは、彼女がここを出た後だ」

「牟田さんに今から会いにいってもいらっしゃいますかね」

「彼女のことは或る意味、牟田さんの方がわしよりも詳しいかもしれんな。俺が電話してやるよ」

野々宮が奥に引っ込んだ。

「……野々宮だけど、今ね、うちに探偵が来てて……」

野々宮の声は大きいから、話の内容はよく聞こえた。

「……分かった。そう伝えるよ」

ほどなく野々宮が戻ってきた。

「会ってくれるって」

「牟田ガレージの正確な場所を教えてください」

「事務所じゃ話しにくいらしい。ここを出て甲州街道を右に曲がってしばらくいくと、『ネネ』っていう喫茶店がある。そこで会うそうだ。しかし、生き別れた兄貴には、そんな話はできんだろうよ」

「もちろんですが、知り得ることは知っておかないと、彼女を探し出せませんから」

野々宮は私の名刺にまた目を落とした。「探偵ね。昔、『日真名氏飛び出す』ってテレビ番組があったの知ってるだろう」

「ええ」

「わしはあれが好きだった。探偵っていうとあの番組を思い出す」

久松保夫という俳優が演じていた素人探偵ものである。

「日真名氏は、文字通り〝暇なし〟だったようですが、私の方は暇を持てあますことが多いんですよ」

「そうでもなさそうに見えるけどな」野々宮が私の顔をじっと見つめた。「頬が腫れてるのは忙しい証拠じゃないのか」

私は右頬をさすった。「これですか、銭湯で転んだだけです」

「銭湯で転んだ……」野々宮は怪訝な顔をした。

私は礼を言い、野々宮の家を出た。

甲州街道にはひっきりなしに車が行き交っていた。『ネネ』という喫茶店には私の方が早く着いた。

窓際の席で、アイスコーヒーを飲みながら牟田がやってくるのを待った。

五年ほど前に流行ったズー・ニー・ヴーの『白いサンゴ礁』がかかっていた。

十五分ほどして、喫茶店のドアが開いた。

パナマ帽を被った男が入ってきた。

シワの目立つ浅黒い顔で、干し柿に目鼻をつけたような老人だった。

男と目が合った。私は会釈をし、中腰になった。

「浜崎さん？」

「ええ」

私は牟田に名刺を渡した。牟田も名刺を持っていた。

私たちはほぼ同じタイミングで腰を下ろした。

牟田徳太郎《とくたろう》の肩書きは牟田ガレージの会長だった。

「野々宮さんから一通りのことは聞いたが、今頃になって、伊藤節子のことを話すことになるとはな」

そう言った牟田の目は輝いていて、とても愉しそうに微笑んだ。他人の噂話をする時間を持てあましている団地妻の表情にそっくりだった。

牟田はアイスティーを頼んだ。

「伊藤節子はコールガールをやっていて、会長と偶然出会ったんですってね」

「うん。あの頃は派手に遊んだもんだよ。急に衰えたのはやっぱり六十五を超えてからだな」

「今でも行けそうな感じですがね」

「もう全然駄目だよ。っていうか、やる気が失せた。孫と遊んでるのが一番愉しい」

「彼女と出会った時のことを話してくれますか？」

「あんたは仕事柄、そういうクラブのシステムも多少は分かってるんだろう？」

「少しは。ビラにある電話番号にかけ、指定された喫茶店かどこかで待つ。すると、そこに呼び出し電話がかかり、店のシステムを教えられる。それからまたしばらく待つと、女が男と一緒に入ってくる。来た女が気にいると、そこで会員になり、規則を教えられる。そして、男は消え、客は女とふたりきりになる。表向きはデートだが、大概はホテルに行く。そういう感じですね」

「その通りだ。だが、中には悪い女がいて、財布から金を盗む奴もいれば、美人局《つつもたせ》の場合もあるんだ。美人局の被害にあったことはないが、金は二度ばかりやられたよ」

そういう被害に遭うことも、男の勲章である、と牟田は思っているらしく、口振りが誇らしげだった。

私は煙草に火をつけ、アイスコーヒーを啜った。牟田の前にアイスティーが置かれた。

牟田は一口飲んでから話を続けた。「だからね、わしも用心深くなって、使ってみて信用のできたクラブだけに電話をかけるようになった。伊藤節子はそこで働いていたんだよ」

「会ったのは昭和で言うといつ頃ですか？」

「節子とそういう形で会ったのは夏で、確か植木等の歌が流行ってた頃だ。だけど何年かなんて忘れちまったよ」

節子の妊娠を考えれば、昭和三十七年、西暦に直すと六二年の夏のことではなかろうか。

「会ったのは新宿ですか？」

「いや、銀座だ。その手のクラブもやっぱり、銀座の方が品がいいんだ」

「客が、昼間働いてるところの社長だと分かって、彼女は卒倒しそうになったんじゃないんですか？」

「いや、案外落ち着いてたよ。卒倒しそうになったのはわしの方だ。つくづく女って生き物は分からんと思ったよ」

「ふたりとも当然、連れの男の前ではとぼけたんですよね」

「もちろんだ。ついてきたアンチャンに気に入ったといい、そいつを帰し、ふたりきりになった」

「で、どうしたんです？」

「違う喫茶店に行っただけだ。とても、その……やる気にはなれなかったからね。バツが悪かったな」

「それは向こうも同じでしょう」

「喫茶店に行ったら、彼女は詫びてたね。そして、すぐに工場を辞めるって言ったよ」

「で、すぐに辞めたんですか？」

「いや。わしが働いててもいいって言ったんだ。クビにできる立場じゃないだろうが。わしの女房はもういないんだが、あの頃はまだぴんぴんしてた。だから、このことはお互いに黙っていようとわしの方から彼女に持ちかけた。いや、持ちかけたというよりもお願いしたと言う方が正しいかもしれんな」

「当然、彼女は承知した」

牟田がうなずいた。「わしはどうしてコールガールなんかやってるんだって訊いてみた。答えはありきたりだった。金がないって言うんだな。わしは、うちの給料が安くてすまないねって謝ったよ」

牟田は肩を揺すって笑った。

「コールガールは止めた方がいいとは言わなかったんですか？」

「言ったさ。そうしたら好きな人ができたので止めようと思ってるって答えたよ」

その男が前島俊太郎だったとみて間違いないだろう。

「他にはどんな話を？」

牟田が遠くを見つめるような目をした。「どんな話をしたっけな。ともかく、変な形で会ったもんだから、逆に打ち解けてね。喫茶店を出て、食事に行った。わしが興味津々でクラブのことを訊いたら、素直に話してくれた。事務所で待機してるけど、他の女とはほとんど口をきいたことがないって言ってたな。ひとりだけ仲良くなった女がいたけど、両方とも偽名を使ってるとも話してたね」

逃走中の熊上らしき男が、節子の過去について触れてきた。おそらく、コールガールをやっていたことを口にしたのだろう。だとすると、玉置や安藤早苗も、その件に関係していたと考えるのが自然である。

「事務所の名前、覚えてます？」

「エコー企画だよ。何せわしは常連だったから忘れやせんよ。事務所がどこにあるのかは知らなかったが、節子が別れる際に場所を教えてくれた。並木通りのスマートボール屋の二階だったな。ちょうど三井銀行の斜め前のビルだよ。そのビルにはいわゆるホステスクラブも入ってた」

三井銀行の斜め前のビル。同じだと決めつけるわけにはいかないが、玉置の経営する『ハッピーエンド銀座店』もその辺りにある。

「彼女が仲良くなったコールガールの名前、偽名らしいですが、他にその女について何か言ってませんでしたか？」

「いや。何も言ってない」

そこまでは話さないのが普通である。

節子や早苗、そして玉置の写真を撮っていた、或いは撮らせていたのは智亜紀とみて間違いないだろう。

もしも、節子が親しくなったコールガールが安藤早苗だったら、智亜紀の謎の行動に説明がつく。智亜紀は石雄夫婦を嫌っていた。早苗の口にできない過去を調べ上げ、暴露するつもりだったのかもしれない。〝風鶏〟こと前島俊太郎が、その辺の事情を知っている可能性がある。智亜紀は〝風鶏〟からより詳しい情報を得ようとしたのかもしれない。

ひとつ分からないのは、智亜紀がそこに焦点をしぼったきっかけである。噂でも聞かないと、ああいう行動は取りようもなかったろうから。

「懐かしい。最近はとんと銀座になんか出ないから。あんたと話してると十年いや二十年前を思い出すよ。『ショーボート』『モンテカルロ』『クラウン』……。いろんなクラブやキャバレーがあったな」

「新宿では遊ばなかったんですか?」

「たまには行ったが、わしは、身の程知らずの銀座派だった」そう言って、牟田はまたアイスティーを喉に流し込んだ。

「彼女が会長のところを辞めたのは、その不思議な出会いがあってから、どれぐらい経ってからです?」

「辞めたのは翌年の春だったな。お腹がかなり大きくなっておった」

「結婚すると言って辞めたんですね」

「その通りだ」

「結婚相手について何か話してました?」

「絵描きだと言ってた気がするな」

私は煙草を消した。「お時間をさいていただき、ありがとうございました」

「少しは役に立ったのかい」

「大いに」

「生き別れた兄が彼女を探してるってのは嘘だな」

私はにっと笑っただけで答えなかった。


牟田と別れた私は公衆電話ボックスを探し、そこから岩井家に電話をした。

若い女が電話に出た。私は松屋デパートの顧客係を装った。

ほどなく節子が受話器を取った。

「また少しお話を伺わなければならなくなりました」

「もう電話しないでください」

「話の内容はコールガールのことです」私は真っ直ぐに切り込んだ。

「……」

「節子さん、会っていただけますね」

「時間がありません」

「昨日会った公園までなら出てこられるでしょう。今、私は新宿にいます。三十分もあればあの公園に着けますよ」

「分かりました。何とかします」

私は電話ボックスを出ると、タクシーを拾い、田園調布を目指した。

午後四時五十分に公園に着いた。

噴水広場には、すでに節子の姿があり、昨日会った時と同じベンチに腰を下ろしていた。

私は黙って、節子の隣に座った。

噴水広場には他に誰もおらず、ちょろちょろと水が垂れている音が聞こえていた。

風が立ち、木立がさわさわと鳴っている。

遠くで雷鳴が聞こえた。夕立がきそうである。

「あなたが本当に隠しておきたかったことが分かりましたよ」私は節子に目を向けずに口を開いた。

「浜崎さん、私の過去がそんなに気になる理由を知りたいです」節子の声はか細くて、震えていた。

「あなたと玉置の行動を探っていた智亜紀さんは殺された。彼女に過去を知られたくない人間がいたのかもしれない」

「遠回しな言い方は止めてください。あなたは智亜紀さんを殺したのが私だと思ってるんでしょう」

「一雨きそうです。時間の無駄はしたくない。私の質問にだけ答えてください。あなたは牟田ガレージで働いていた頃、コールガールもやってた。間違いありませんね」

節子は躰を前に倒して首を前に垂らした。そして、うなずいた。首が折れたと思えるようなうなずき方だった。

「事務所の名前はエコー企画。社長は玉置だった」

「あなたって恐ろしい人ですね」

「これぐらいで驚いてもらっちゃ困ります。コールガールの中に、ひとりだけあなたが親しくしていた女がいた。その人の名前を言ってみてください。偽名じゃなくて本名を」

「もう分かってるんでしょう。何も私に言わせなくてもいいじゃないですか」節子が言葉をかみ砕くような調子で言った。

「あなたの口から聞きたい」

「私をそんなに苛《いじ》めたいんですか？」

「いいから言ってください」

「早苗さんですよ。若気の至りじゃすまされないかもしれないですけど、あの頃の私は子供でした」

「どんなきっかけで、その道に入ったんです？」

「玉置は、私がアルバイトをしていた喫茶店の客だったんです。雑談を交わすようになった後に、もっと実入りのある仕事をしないかって誘ってきました。すごく迷ったんですが、お金のことを考えて、玉置の誘いに乗ったんです」

「いつ頃からどれぐらいの期間やってたんです？」

「二十歳になった年の夏から一年ぐらいです」

「あなたが二十歳だったのは何年です」

「六一年です」

「早苗さんは、いつ頃から」

「あの人はすでにやってました。私よりも歳下ですけど。でも、六二年頃にはやめてました。きっと石雄さんと知り合ったからだと思います」

「あなたのお嬢さんは十一歳ですよね」

節子は挑むような目で私を睨んだ。娘に触れられたことで、子供を守る母親の本能に火がついたようだ。

「何で娘の話をするんです？」

「黙って聞いてください。十一歳ということは六三年生まれですよね」

雷鳴が先ほどより強くなった。

「……」

「何月生まれです？」

「六月です」

「ということは六二年の秋に妊娠したことになりますね。その時もコールガールをやってたんですか？」

「そんなことあなたの調査にどんな関係があるんです？」節子が興奮した。

「やってたんですか止めてたんですか。どっちなんです」

「止めたのは同じ頃です」

「前の旦那、前島俊太郎とはどうやって知り合ったんです？」

「前島に初めて会った時、彼は早苗さんと一緒にお茶を飲んでました」

私の目つきが変わった。「あのふたりは知り合いだったんですか」

「前島は私が付き合い出した頃、御苑近くのアパートに住んでました。細い路地を挟んだ正面に質屋がありました。その質屋の娘が早苗さんなんです。前島は、十代の頃の早苗さんをモデルにして絵を描いたことがあったそうです。私と待ち合わせをしていた新宿の喫茶店に前島が偶然入ってきて、早苗さんを見つけた。そこに私が加わったんです。その時、前島に勤めてる工場の名前を教えました。前島は翌日、私に電話をかけてきてデートしようと誘ってきました」

「前島は、あなたがコールガールをやっていることを知ってたんですか？」

「結婚してから打ち明けました」

「あなたがホステスをやってたのは本当なんですね」

「ええ。結婚してからやってたんです。前島の稼ぎが悪かったものですから」

「ホステス時代は、コールガールのような仕事はしてない？」私は眉をゆるめ、じっと節子を見つめた。

節子が目を逸らした。

「〝復職〟したんですね」

「ほんの一時だけです。玉置があの商売を辞め、クラブのマネージャーになった後は、本当にホステスだけをやってました。昨日、働いてた店の名前を教えたはずです。疑うんだったら調べてみてください」

「早苗さんとは、前島と結婚してからも付き合いがありました？」

「ありません。玉置の紹介で早苗さんが新宿のクラブに勤めてるとは聞いてましたけど」

「不思議に思うことがひとつあります。質屋は大概金持ちですよね。何で早苗さんは、コールガールをやらなきゃならなかったんです？」

「早苗さんの母親は早くに亡くなり、質屋は父親がひとりでやってたそうです。でも……」節子が口ごもった。

「でも、何です？」

「質屋に強盗が入った時、父親が殺されたんです」

「それはいつ頃のことですか？」

「彼女が確か十五の時だと聞いてます」

早苗は私の三つ下。つまり、一九四三年生まれ。事件は一九五八年に起こったことになる。

「その話、早苗さんから聞いたんですか？」

節子は首を横に振った。「前島から聞きました。あの人の住んでたアパートから、質屋の玄関がよく見えたそうです。だから、警察が来た時もずっと見てたと言ってました」

「早苗さんにはきょうだいはいます？」

「ひとり娘です」

私は小首を傾げた。「ますます分からなくなったな。父親が死んだ後、早苗さんは財産をすべて相続したはずでしょう？　さっきも言いましたが質屋は金持ちのことが多いし、土地家屋も早苗さんが相続したはずですよね」

「物事には例外があるものですよ。これは早苗さんから聞いたんですけど、彼女の父親はギャンブル狂で、競馬、競輪、競艇、麻雀、何でもやってた上に、ヤクザが開帳してる賭場にも出入りしてたそうです。彼女が売られそうになったこともあったらしいです。そんな状態ですから財産なんかなかったし、土地家屋もヤクザに取られたって話です」

「で、その強盗殺人事件の犯人は捕まったんですか？」

「私の知る限りでは捕まってないと思います」

「話を前の旦那に戻しますが、子供ができたと分かった後に結婚したんですよね」

「ええ」

「六三年の始め、つまり、妊娠六ヶ月ぐらいの頃、あなたは角筈の野々宮さんという家に下宿してた。どうしてすぐに結婚しなかったんです？　向こうが嫌がったんですか？」

「そこまでのプライバシーをあなたに話さなきゃならない理由はないでしょう？」

淳子の話が正しければ、前島は六三年の二月に節子に手紙を出している。内容はラブレターだという。正確な内容は分からないが、前島が求婚していたとみて間違いないだろう。

妊娠している節子が躊躇った理由は何だったのか。

「失礼を承知で訊きますが、淳子さんは、本当に前島の子供なんですか？　コールガールをやっていた時に、間違えてできた子かもしれない」

それはいきなり起こった。

節子は私の方に躰を向けた瞬間、右手で私の頬を張ったのだ。

鈍い痛みが頬に拡がった。

銭湯で磯貝に右頬を蹴られ、今度は左頬を節子に引っぱたかれた。

今日は八月一日である。今月は厄日が続く前触れかもしれない。

節子は自分のやったことに戸惑っているようだった。目が潤んでいた。

言い過ぎだということは分かっていたが、引く気はまるでなかった。

「コールガール時代にデートしかしなかったなんて空々しいことを言わないでくださいよ」

「私、十分に注意してました。淳子は間違いなく前島との間にできた子です」

「じゃなぜ、結婚を躊躇ったんです？」

「あの人が貧乏だったからです。気持ちはあっても、お金がなきゃどうしようもないでしょう。でも、彼が好きでした。結婚した後、私、馬鹿みたいに、あの人が有名な絵描きになることを信じてました。だけど、そうはならず荒れた生活をし出したので離婚したんです」

私は淳子のことを考えていた。

前島の子供ではなくて、父親が誰だか分からないのが淳子にとっていいのか、それとも、自殺したかもしれない半端な絵描きが父親だった方がいいのか。どちらも願い下げだろう。

私は深く吸い込んだ息を止め、ゆっくりと吐き出した。

「あなたは調査したことを黙ってはいられないんでしょうね」

「あなたの過去を公表するつもりはまったくないですよ。智亜紀さん殺しが、あなたと関係があれば話は別ですが」

「あるわけないでしょう」

「あなたに電話してきた男は、あなたや早苗さんがコールガールをやっていたことを口にしたんですね」

「ほのめかすようなことを言っただけです」

「そのことを早苗さんに話しましたよね」

「ええ。前にも言いましたが、彼女のところにはそんな電話はなかったそうです」

「彼女は慌ててました？」

「いいえ」

「この間、私があなたに質問したことも、早苗さんに話しましたか？」

「言ってません。あなたは早苗さんには質問しないんですね。私にばっかり……」

智亜紀は、早苗がコールガールをやっていたという確証がなかった。そこで節子に揺さぶりをかけ、話を聞き出そうとしたのだろう。

私は、智亜紀がやろうとしていたことを偶然だが引き継いだ格好になっている。

「前島から連絡はないですよね」

「あるわけないでしょう」

「前島について知ってることを教えてください。出身はどこですか？」

「群馬県の高崎ですが、両親は私が知り合った頃には、すでに車の事故で死んでました」

「兄弟は？」

「妹がひとりいると言ってましたが、会ったことはありません」

「妹さんの名前は？」

節子は首を横に振った。「知りません。渋谷のデパートの洋品売場で売り子をしてるって言ってましたけど。それも、前島が偶然デパートにいった時に出くわしたそうです。だから、付き合いはあまりなかったみたい。でも、どうしてそんなに前島に拘《こだわ》るんです？」

「智亜紀さんが探していた〝風鶏〟という雅号を使っている絵描きは、あなたの前の旦那でしたよ」

「智亜紀さんが前島を？　なぜ」

「前島から訊き出したいことがあったからでしょう」

「何を？」

「さあね」

「あの人、行方不明なんですか？」

「自殺を図ったかもしれない」

「まさか」

「何もはっきりしてませんが、その可能性もある」

「自殺したら、私のところにも連絡がくるでしょうか」

「連絡がくるとしたら、あなたにではなく娘さんにですよ。両親が離婚していても、娘さんは前島とは縁が切れませんから。むろん、淳子さんはまだ子供だから、連絡してくる相手に応対するのはあなたになるでしょうがね」

「私、どうしたらいいんでしょう」節子が弱々しい声でつぶやいた。

「何を」

「分かりません。私、静かな生活がしたいんです。何で今頃になって昔のことが」

節子は愚痴をこぼしているにすぎなかった。

「あなたの過去が事件に関係なければ、すぐに静かな生活に戻れますよ」

「関係があったら？」

「スキャンダルになるかもしれないですね」私は淡々とした調子で答えた。

節子はしばし呆然として、噴水を見つめていた。

雷鳴がまた轟き、急に激しい雨が降り出した。四、五人の若者が湖の方から走ってきて、きゃあきゃあ言いながら噴水広場を駆け抜け、通りに向かっていった。

「もう帰っていいですか？」

「ええ」

節子は肩を落としたまま立ち上がり、別れの挨拶もせずに去っていった。

私はすぐにはその場を離れず、濡れながら、急いで手帳を取り出し、そこに或ることをメモした。

六時十五分をすぎていた。

どしゃぶりの中、私は安藤家に向かった。石雄はまだ帰宅していないだろう。しかし、大悟は家にいる可能性がある。

早苗と話す時は、ふたりきりでなければならない。

安藤家の鉄製の格子扉の前に立った。インターホンを鳴らした。

受けたのは高見という使用人のようだった。

「浜崎です。庄三郎さんはご在宅でしょうか」

「ちょっとお待ちを」

それほど長くは待たされなかった。高見に入ってほしいと言われた。

庄三郎自身が出迎えてくれた。

「雨宿りか」

「急に降り出したから、この有様です」私はハンカチで髪を拭きながら笑った。

「連絡がないからどうなっているのかと思ってたよ。さあ、どうぞ」

庄三郎は私を玄関ホールで待たせ奥に引っ込んだ。戻ってきた庄三郎の手にはバスタオルが握られていた。

「ありがとうございます」

私はタオルで服を拭いた。それから庄三郎について階段を上がった。

部屋に通された。クラシックが流れていた。耳に馴染みやすいゆったりとした曲だった。

吹き降りの音が騒がしい。

「ここまでやってきたところを見ると進展があったようだな」

「誤解しないでください。電話で話すよりもお目にかかった方がいいと思っただけです」

「そんな時間があるんだったら……」

ドアがノックされた。高見ではない若い女が茶を運んできた。

メイドが出ていくと、私は〝風鶏〟のところに忍び込んだことを教え、その後のこともかい摘んで話した。しかし、節子と会ったことは口にしなかった。

「〝風鶏〟という画家が自殺していたら、調査はさらに難航しそうだね」

「今でもかなり困難を極めてます。ところで、今日は大悟君は？」

「家にいるよ」

「帰る前に顔を見たいですね」

「君、夕食は？」

「ここを出たら適当に」

「この雨だよ。うちで食べていけばいい。ひとり分、増えても何とかなるから」

「それは……」

「遠慮することはないよ」庄三郎は内線電話で、一人分の食事が増えることを伝えた。

食事に誘われたのは好都合だった。ここにやってきたのは庄三郎に報告するためでもないし、大悟の顔を見にきたのでもなかった。

早苗と接触できる機会を探しにきたのだった。

「いい曲ですね」私は煙草に火をつけながら言った。

「サミュエル・バーバーというアメリカ人の作曲家が作った〝弦楽のためのアダージョ〟という曲だ。ジョン・F・ケネディの葬式に流れたのはこの曲だよ。家族の者には私の葬儀にはこの曲をかけてほしいと頼んである。しかし、私よりも先に智亜紀が逝ってしまった」

確かに葬儀に向いている曲調である。しかし、私は何も言わずに煙草をふかしていた。

庄三郎がレコードを切った。

「そろそろ下に降りていよう」

庄三郎が向かった先は居間だった。

ビリヤード台を三台置いても、ゆったりとゲームに興じられる広さがあった。高価そうなペルシャ絨毯が敷かれている。一段高くなった奥の部屋がダイニングルームだった。ダイニングの右手にドアがある。その向こうがキッチンらしい。

早苗の姿はなかった。

天井までガラス張りになっている部分の向こうは庭だった。庭園灯がすでにともされていて、芝生の緑に鈍い光が跳ねていた。芝生の奥は野趣に富んだ庭だった。

雨は激しく稲光も走っていた。

庄三郎に勧められてソファーに腰を下ろした。座ったら最後、二度と立ち上がる気がしなくなるほど気持ちがよかった。働くということが人間の営みにとって大切だということを忘れてしまいそうなソファーである。

居間のドアが勢いよく開いた。

大悟だった。「小父さん」

「こんばんは。元気にやってるか？」

大悟が私の隣に座った。「今日はね、プールに行って泳いだんだ。バタフライがやっとできるようになったよ」

「それはすごいな」

早苗がキッチンから姿を現した。薄茶色のパンタロンに花柄の開襟シャツを着ていた。

私は早苗に挨拶をした。

「もうじき食事ができます。ゆっくりなさっていてください」

早苗の声は相変わらず鼻にかかったがさがさしたものだった。

借金だらけの父親を十五歳の時に殺され、その後、コールガールをやっていた。そんな女が、富豪の家に嫁ぎ、家を仕切っている。石雄同様、座り心地の悪い椅子に腰掛けているような気分で日々を送っているのだろうか。いや、早苗は過去のことなどすっかり忘れてしまっている気がした。

「小父さん、ママがね、ボクシングジムに通ってもいいって言ってくれたの。だから、明日から通うよ」

「それはよかったね」そこまで言って私は早苗に目を向けた。「心境の変化ってやつですか？」

「今でも本当は反対なんですけど、主人に何度も言われて根負けしたんです」

「今度、練習をパパと一緒に見にきて」

「時間があったらね」

「で、どうなんです？　調査の方は」早苗が訊いてきた。

「進んでるとは言えませんが、いろいろ面白いことが分かってきましたよ」

私は真っ直ぐに早苗を見て、含みのある言い方をした。

「面白いこと？　そう言われると聞いてみたくなりますわね」

「残念ながら依頼人の許可なしには話せません」

私は早苗を見つめていた目を、他の人間には気取られないようにして、ドアの方に意味ありげに向けた。それから、トイレはどこかと訊いた。

「ご案内しますわ」

そう言った早苗を遮るように大悟が立ち上がった。「僕が案内する」

私は大悟の後について居間を出た。

「小父さん、岩井のお父さんのこと何か分かりました？」大悟は周りを気にしながら小声で言った。

「お祖父ちゃんに頼まれたことで忙しいから、なかなか手が回らないんだ。ごめんな」

「僕はどうでもいいんだけど、岩井が気にしてるから」

「何か分かったら、君に知らせるよ」

「パパやママに分からないようにしてね」

「うん」

トイレは男性用と女性用に分かれていた。大理石がふんだんに使われていた。

先ほど早苗に目で合図を送ったが、通じたかどうかははっきりしない。

ともかく、私は一瞬でいいから、早苗とふたりきりになりたかった。

トイレを出た。早苗が階段を降りてきた。私を待っていたようだ。

私は、公園でメモしたものをポケットから取り出した。

「主人の会社に電話したんですけど、もう会社を出てました。銀行の人間と会食だそうです」

「あいつもよく働きますね」

私はそう言いながら、右手に握っていたメモをそっと彼女の手の方に持っていった。

「これを読んでください。連絡を待ってます」

「何なんです?」

居間のドアを開いた。こちらをじっと見ていたのは高見だった。

「石雄とはまた別の機会に会いますよ」

私はそう言い残して、先に居間に戻っていった。

メモにはこう書かれてあった。

〝あなたがエコー企画で働いていた時代についていろいろお伺いしたいことがあります。ふたりきりで会えるように時間をやりくりしてほしい。連絡を待っています〟

夕食の仕度ができた。メインディッシュは仔牛のカツレツだった。仔牛の肉は、普通の肉屋ではなかなか手に入るものではない。レストランでも出すところは極めて少ない。豪華な料理とは言えないが、やはり金持ちの家の夕食だと私は改めて思った。

静かな会食だった。事件のことを話題にする者は当然ひとりもいなかった。大悟がボクシングの話を私にした。いずれは大会に出るのだと息巻いていた。

早苗はすでに私の渡したメモを読んでいるはずだ。私は彼女の様子を窺っていたが、動揺している様子は微塵も見せなかった。

智亜紀殺害の動機はなんだったのだろうか。早苗が智亜紀を亡き者にしたとすると、早苗のコールガールをやっていた過去が問題だったに違いないが。

安藤家という富豪の家に入った女がコールガールだった。週刊誌が摑めば大いに書き立てるだろう。これは安藤家にとっては由々しき問題である。

同じことは節子にも当てはまる。岩井家にとっても、節子のいかがわしい過去は何があっても封印したいに決まっている。

智亜紀が標的にしたのは早苗に違いないが、節子としても落ち着いてはいられなかったはずだ。だが、今ひとつぴんとこない。

コールガールをやっていたという過去は、殺人の動機としては弱い気がするのだった。しかし、切羽詰まった人間には魔の時が訪れるものだ。大半の殺人の動機は、他人からみると、納得のいくものではないことが多い。こんなことで殺さなくても、と首を捻るものばかりである。そう考えると、早苗や節子にも動機があることになる。

食事を終えると私は頃合いを見計らって、安藤家を後にした。その頃にはぴたりと雨は止んでいた。

事務所に戻った私は、着替えをすませてから夕刊を開いた。

社会面を開いた瞬間、どきりとした。

『新宿絶壁　死のダイブ』という見出しが目に飛び込んできたのだ。

〝風鴉〟が、と思ったのだ。しかし、違っていた。住友ビルの外壁をよじ登り、三十五階辺りから飛び降り自殺したのは女だった。身元は分かっていないようだ。

その記事の下の方に二件の転落死が報じられていた。ひとつは品川のホテルの窓から落ちた男の記事だった。この件については身元もはっきりしているし、窓の具合を調べた結果、警察は事故死と断定したようだ。

三件目の転落死に私は興味を持った。

一日、午前五時頃、中野区東中野五丁目××にある〝イースト・セントラル・マンション〟の植え込みに人が倒れているのを配達人が見つけ、警察に通報した。警察が調べた結果、その人物がマンションの屋上から転落したことが分かった。転落した正確な時刻は不明だが、一日の午前一時頃に、悲鳴のようなものを聞いた者がいた。身元は分かっていなかった。中肉中背の男で、黒い開襟シャツに灰色のズボンを穿いており、坊主頭で頬髭を生やしていたという。事故死か投身自殺かも判明していない。

坊主頭に頬髭。新宿の居酒屋で外国人の女が教えてくれた〝風鴉〟の風貌と一致する。

警察まで出向いて、〝風鴉〟のことを話すのは憚られた。不法侵入したことが発覚する恐れがあるからだ。

私は中野署の電話番号を調べてから、もう一度服を着直し、事務所を出た。そして、新宿区役所の近くの公衆電話ボックスに入った。電話に出たのは女だった。

「お知らせがあります。東中野のマンションから転落死した男は、前島俊太郎という人物かもしれません」

「あなたは？」

「そんなことはどうでもいいです」

「係の人間に代わります」

「私の言ったことを係に伝えてくれるだけでいいです。その男の住まいは世田谷区……」

私は口早に〝風鶏〟の住所を教え、電話を切った。

転落死した男が〝風鶏〟かどうか判明し、そのことが新聞に載るまでには少し時間がかかるだろう。問題のマンションに行くのは、転落死した人物が〝風鶏〟だと断定されてからでも遅くはない。もしも〝風鶏〟だったら事故死では絶対にない。自殺か或いは自殺に見せかけて殺されたに決まっている。

出かけたついでに、大人の玩具屋『宝屋』に寄ってみた。店は閉まっていた。

大した用はないが、負六から何の連絡もないので気になった。自宅に電話をかけてみたが、誰も出なかった。


午前十一時すぎまで寝ていた。

ベッドから這い出た直後に電話が鳴った。古谷野からだった。

「神幸興産について調べがついたよ。お前が言ってた通り東城連合の企業舎弟で、新宿で飲食店の経営をやってる。だがそれは表向き。売春組織を仕切ってる会社らしい。磯貝って男は東城連合の下部組織、花泉組の構成員で、暴行傷害で二度捕まってる。花泉組は名前は可愛いが武闘派揃いの組だよ」

「ありがとう」

「そっけない返事だな。で、昨日はあれからどうした？」

「古谷野さんが涎《よだれ》を垂らして飛びつきそうなネタを仕入れましたよ」

「ほう。早く話せ」

「絶対に記事にしないでくださいよ」

「絶対に？」

「ええ」

「ともかく教えろ」

私は昨日の午後、知ったことを詳しく古谷野に話した。

「そのネタいけるな。富豪の安藤家の嫁と、総会屋の岩井の妻がコールガールをやってた。つまりはふたりとも売春婦だったってことだからな。取材をしっかりやって、きちんとした記事を書いたら連日、載せられるネタだぜ」

「ふたりとも子供がいる。俺はその子供たちを知ってる。だから、絶対に書いてほしくないんですよ」

「うちの社が書かなくても、他の社に知れたら書き立てるに決まってるじゃないか。特オチはしたくない」

「どう転がるか分かりませんが、智亜紀殺しと、彼女たちの過去が関係してる気がしてならない。だから、一応、古谷野さんには教えたんですよ」

「今のところは静観してるよ。だけど、書かないと約束はできん」

「早苗の実家である質屋が襲われた事件について知ってる記者がいるかもしれない。訊いてみてくれませんか」

「誰かが覚えてるはずだ。訊き回ってみよう」

「もうひとつあります」私は〝風鴉〟のメモについて話し、東中野のマンションで起こった転落死についても教えた。

「……俺は匿名で中野署に知らせておいたから、今頃、アパートを調べてるはずです。死んだ男が〝風鴉〟とは限ってないが、その点も調べてみてください。このネタは書いてもいいですよ」

「俺は指図されるのが嫌いなんだよ。分かってるだろう」

「近いうちに夕子に会わせますよ」

「嫌な男だな、まったく」古谷野が短く笑った。

電話を切った私はハムエッグで遅い朝食を摂った。新聞を開いたが気になる記事は載っていなかった。新聞を畳むと出かける準備を始めた。

広尾の有栖川公園内に去年できた都立中央図書館に行くつもりなのだ。

図書館は、学生だけではなく探偵にとっても役に立つ場所である。古い新聞の検索もできるし紳士録も見られる。

上着を着た時、電話が鳴った。

「浜崎さん？」

声を聞いてすぐに誰だか分かった。安藤早苗である。

「連絡を待ってましたよ。会う場所も時間もあなたに合わせます」

「今日の午後でしたら、いつでも」

私は時計を見た。午後零時半を回っていた。

「じゃ、午後三時に広尾まで来てください。ナショナルマーケットはご存じですか？」

「ええ」

「じゃ、マーケットの入口で待ってます」

「分かりました」

私は電車で広尾に向かった。

図書館には一時すぎに着いた。

新聞の閲覧室に入り、一九五八年の縮刷版をすべてテーブルの上に運び、一月から索引を見ていった。

事件は八月十日の夕刊に載っていた。

『質屋の店主刺殺される』

社会面に大きな見出しが横に走っていた。

『十日の午前一時頃、新宿区新宿二丁目の××、丸福質店に、ふたり組の賊が侵入した。物音に気づいた店主の青柳光男《あおやぎみつお》さん（四三）が二階から店に降りてきたところを、刃渡り二十センチほどの刃物で胸を一突きされた。当夜、二階には光男さんの娘、早苗さん（一五）が眠っていたが、騒ぎで目を覚まし、一階に降りた。その時、賊はちょうど店から逃げ出そうとしていた時だった。男たちは覆面をしていたそうだ。帳場のところで俯せに倒れている父親を発見した早苗さんは警察に通報した。光男さんは警察が到着した時にはすでに亡くなっていた。店の奥の扉がこじ開けられていて、時計など数点が盗まれたようだが、被害額は不明。四谷署は警視庁捜査一課、および同鑑識課の応援を得て、同署に強盗殺人事件特別捜査本部を設け、本格的な捜査を開始した。現在のところ、有力な目撃証言はなく、ふたりとも若い男だったということしか分かっていない』

質屋の写真が大きく掲載され、周りには警察車両と警官が写っていた。事件の起こった場所を示す地図、それから店内の見取り図も載っていて、見取り図には早苗の父親が倒れていた場所が×印で示されていた。

その後、事件の捜査がどうなったか、ページをくってみたが、捜査が難航していることしか書かれていなかった。その年と翌年の新聞を調べ、後追い記事が載っていないか見てみたが何もなかった。この事件は、智亜紀殺しと関係があるはずはない。しかし、よく知らない早苗という女に質問をするためには、この事件のことを知っておくのは決して無駄にはならないと私は思った。

四谷署の管轄で起こった事件である。最初から榊原に訊くつもりだったが、その前にある程度の知識を得ておこうというのも、図書館にきた理由だった。

時間が余った。

私は『月の沙漠』と『月の砂漠』の違いを調べてみることにした。

少し手間がかかったが、説明されている本を見つけた。

曲は後でつけられたものだった。最初は挿絵画家の加藤まさをという人物が詩を書き、絵を描いたそうだ。沙には砂浜の意味もあるという。

海岸の柔らかい砂は、砂漠のイメージではないので、沙漠と表記するようにしたらしい。『月の砂漠』と書くのが一般的だが、間違いだとその本には書かれていた。

童謡に詳しかった〝風鶏〟が誤記したとは考えにくい。

調べが終わってもまだ三時にはなっていなかった。

私は少し早めに図書館を出て、有栖川宮記念公園を通り、ナショナルマーケットに向かった。

約束の時間の十五分前に着いた。入口で待っていると早苗に後ろから声をかけられた。

白いノースリーブのワンピースに鍔《つば》が波打っているライトグリーンの帽子を被り、サングラスをかけていた。

高級なマーケットに買い物にきた奥様を地でいく服装だった。

紙袋を手にしている。早苗は早めにやってきて、マーケットで買い物をしていたのだった。

「ここは外国の大使館員たちが使うマーケットでしょう？　普通には手に入らないものを売ってるの。ちょうど良かったわ」早苗は平然とそう言い「ちょっと待っててください」と私から離れた。

何をするのかと思ったら、駐車場に停めてあったベンツのトランクに買った品物を積み込み始めた。

肝の据わった女だと私は感心した。節子とは大違いである。

私は早苗のところまで歩を進めた。

「喫茶店に行きます？」早苗が訊いてきた。

「いや、車の中で話しましょう。適当に走ってくれればいい」

「分かったわ」

私はベンツの助手席に乗った。早苗は帽子を脱ぎ、髪を軽く撫でつけてからエンジンをかけた。

ベンツがマーケットの駐車場を出て、広尾の駅前を目指して走り出した。

クーラーの涼しい風が頬を撫でた。

先に煙草に火をつけたのは早苗だった。「浜崎さん、石雄はあなたと再会したことをすごく喜んでます」

「私もですよ」

「特殊な場所で同じ釜の飯を食ったふたりには特別な繋がりを感じるわ」

「探偵になってから、今回の調査が一番気乗りがしませんよ」

「だったらお辞めになったらどう？」早苗は軽い調子で言った。

私は目の端で早苗を見た。「辞めてほしいということですか」

「その通りよ。私の過去を暴いても何にもなりません」

私も煙草に火をつけた。「殺された智亜紀さんは、石雄とあなたが家に入ったことを嫌がっていた。あなたたちを家から追い出したいと思っていたに違いない」

広尾橋の交差点で赤信号に引っかかった。

「そのために、智亜紀さんが私の過去を探っていたとおっしゃりたいの」

「お義父さんが、あなたの過去を知ったらどんな反応をするでしょうね。コールガールと横文字で言うと、生々しさが薄れますが、要するに売春婦のことですよ」

早苗は尖った顎を上げ、煙草の煙りをゆっくりと吐き出した。「それって友だちの妻に向かっていう言葉かしら」

「石雄のことは考えないようにしてます。ともかく、智亜紀さんが殺されたこととあなたの過去が関係してるかもしれない」

「私が智亜紀さんを亡き者にしたと言いたいんですか？」

信号が青に変わった。ベンツは左折した。

「犯人が誰かはまったく分からない。私の推測もまったく当たっておらず、逃走中の熊上が何らかの理由で智亜紀さんを殺害したのかもしれない。しかし、私の前にごろりと重い石のように転がってきた謎は、あなたと岩井節子さん、そして玉置に関係してる。あなたは今年の五月、日比谷公園で岩井節子と会っていた。節子さんのところに男から連絡があり、あなた方がコールガールをやっていたことをほのめかした。それで慌てて、彼女はあなたと玉置に連絡を取った。俺の言ってることは当たってるでしょう?」

「その通りよ。節子さんはだいぶ慌ててた。夫に知られたら大変なことになるって言ってね」

「あなたはどうやって彼女を落ち着かせたんです?」

「その時点では金の要求はなかったけど、いずれ何か言ってくると思った。だからその時になって対策を練ればいい、と言っただけ」

「あなたはまったく動揺しなかったみたいですね」

「そんなことはないわよ。あのことは一生隠し通したいことですもの。でも、いざとなったら私は夫に本当のことが告白できます。知っての通り、石雄は清廉潔白な人生を送ってきた人間じゃない。話を聞いたら嫌な思いはするでしょうけど、目を瞑ってくれると思う。節子さんの場合だって、夫が許さないとは限らない。あの人が異様に気にしているだけよ」

「石雄が、あなたの過去を知って、あなたを家から叩き出すとは思えない。だから、あなたは節子さんほど気にしないですむのかもしれない。しかし、大悟君に知られたらどうですかね」

早苗の目が吊り上がった。「あなたって最低ね」

「節子さんも同じだが、週刊誌ネタにでもなれば、子供たちの耳にも入る。それは避けたいと考えるのが人情でしょう。あなた方を疎ましく思っていた智亜紀さんは、そこまで視野に入れて探っていたのかもしれない。マスコミだって、もたらされたネタを確認もしないで記事にすることはない。智亜紀さんは証拠を握りたくて、節子さんに揺さぶりをかけたんじゃないですかね。標的はあくまであなたで、まずは外堀から埋めようとした。そんな気がします」

「そうだったとしても、智亜紀さんが殺されたことと繋がりはありますの？」

「それを目下調査してるんです」

「お義父さんが余計なことをするから面倒なことになったのよ」早苗が吐き捨てるように言った。

ベンツは天現寺をまた左に曲がり、古川橋に向かっていた。

「玉置がエコー企画のオーナーだった。彼も売春の斡旋をしていたことを世間に知られたくないはずです。今は実業家気取りで、もっと上を目指してますからね」私は煙草を消した。「話は変わりますが、あなたは節子さんの元の夫、前島俊太郎をよく知ってるそうですね」

「私が子供の頃に可愛がってくれた人です」

「あなたが、あのふたりを引き合わせることになったらしいですね」

「節子さんから何でも聞いてるのね」

「智亜紀さんは前島俊太郎を探してた。理由は分かりませんが、それもあなたの過去と関係していると私は思ってます」

「なぜ、私だけなんです。節子さんは前島さんの先妻ですよ」

ベンツは古川橋でも左折した。落ち着いた運転で実にハンドル捌きが上手だった。

「智亜紀さんが岩井家に騒動をもたらそうとする理由がありません。前島俊太郎は、節子さんがコールガールだったことを知ってる。ということは、あなたのことも分かっていると考えるのが自然ですね」

「そんなこと私に訊くより、前島さんを見つけて直接話せば分かることでしょう？」

「彼は行方知れずです。もう死んでるかもしれない」

「死んでる？」早苗の眉根が険しくなった。

「遺書めいたメモを残していなくなったんですよ」

早苗が私をじっと見つめた 「どうしてあなたがそんなこと知ってるんです？」

「前を向いてて下さいよ」

「あなたって一筋縄でいく男じゃないわね」早苗が口を歪めて笑った。お里の知れる品のない笑い方だった。

遺書めいたメモのことは節子には黙っていたが、早苗には話す気になった。不法侵入して手にいれた情報だから言わないに越したことはないが、この女が前島のことで警察の事情聴取を受けることはまずないと判断したのだ。

「前島さんの今の雅号は〝風鶏〟です。風に鶏と書くんですがね。最近、あなたは彼と会ったことあります？」

「ずっと会ってないわよ」

「連絡は？」

「あるわけないでしょう」

「前島さんは、あなたをモデルにして絵を描いていたことがあったそうですね」

「節子さんっておしゃべりね。で、それがどうかしたの？」

「別に」

「石雄があなたのやってることを知ったら怒り狂うでしょうね」

「事情を知ったら、あいつは理解してくれると思いますよ」

「どうだかね。あなたの方が私よりも知ってるはずですが、あの人、かっとなると手がつけられないんですよ」

「今の石雄は少年院時代の石雄じゃないでしょう」

「良心が痛みません？」

「石雄に内緒であなたに質問をしてることを言ってるんですか？」

「そうよ」

「嫌な気分がしてますが、あなたに質問をしないですませるわけにはいかなかった」

「降ろすの、六本木でいいかしら」

「ええ」

ベンツは新一の橋を越えた。

「ところで話は変わりますが、あなたの家に強盗が入り、お父さんが殺されたそうですね」

「私の身の上話を聞きたいわけ？」早苗の上唇が捲れ上がり、歯がむき出しになった。

「その後は誰があなたの面倒をみたんです？」

「何が知りたいのよ」

「俺も同じような境遇で育ったもんだから聞きたくなっただけです」

「あなたの父親も殺されたの？」

「戦争でね」

「私は父方の親戚に預けられた。高校には進学させてもらったけど、やっぱり居づらくて家を飛び出したの。ひとりで生きていくためには何でもやったわ」

「そこも俺と同じですね」

「ね、浜崎さん」早苗の態度が急に柔らかくなった。「私の過去をほじくり返すのは止めてくれないかしら。私、コールガールをやったことぐらいで、人を殺したりはしない。私は浅はかな女よ。でも、そこまではやらない。私は荒れた生活も送ってきたし、人に言えないこともやってきた。だけど、バレても居直るぐらいの覚悟はある。あなたに人を読む力があったら、何となく勘で分かるはずよ。確かに息子には知られたくないけれど、何とか言い逃れをしてうまくやっていく自信はあるわ」

早苗の言っていることには説得力があった。秘密を暴かれたと分かってもマーケットで買い物のできる女なのだから。

飯倉片町の手前の坂道を通りベンツは外苑東通りに出た。

ほどなく六本木の交差点に着いた。

ベンツが路肩に停まった。

「降りて」

「また呼び出すかもしれませんよ」

「これからも私に付きまとうつもり？」

「必要とあらばね」

早苗が鼻で笑った。

私が降りると、早苗はベンツの鼻先を無理やり、後ろを走っていたシビックの前に突っ込んだ。シビックがクラクションを鳴らした。しかし、早苗は手を上げて謝ることもせず、私に目を向けることもなく、去っていった。

（六）

早苗と車の中で話した翌日の夕方、私は自由が丘にあるボクシングジムにいた。

午前中に大悟から電話があり、父親と一緒に自分の練習風景を見にきてほしいと言われた。

大悟に付き合うのはかまわないが、早苗と密かに会った直後ということもあって、石雄に会うのには躊躇いがあった。

私が迷っているようなことを口にすると、石雄が電話に出た。

「大悟の練習を見た後、お前の事務所に寄りたい。いいだろう？」

「うん。分かった。そうしよう」

陽はまだ落ちておらず、暑さは続いていた。

ジムは自由通りから少し外れた場所にあり、経営者は元フェザー級日本チャンピオンだった。

ジムは思ったよりも狭かった。何人かの人間が練習中だった。縄跳びをやっている者、鏡の前でシャドーボクシング中の者とそれぞれがあたえられたメニューをこなしている。

大悟はコーチの指導を受けながらサンドバッグにパンチを沈めていた。

石雄の隣に淳子が立っていた。それは私にとって意外だった。石雄は岩井家の人間と大悟が付き合うのを嫌っているはずだが。

「やっときたな」石雄がじっと私を見つめた。笑みはなかった。

淳子に挨拶された。

「君も誘われたのか」

「うーん、うん」淳子が首を横に振った。「話を聞いてたから、勝手にきたんです」

「ガードが下がったぞ……。そう、その調子」コーチの声が大悟に飛んだ。

「今、大悟を指導してるのが、ここのオーナーの住吉《すみよし》さんだ」

「どうだい、ボクシングは?」私が淳子に訊いた。

「何が面白いのかよく分かりません」

はっきりとした答えに私は苦笑した。

「倅、なかなかやるな」石雄が満足げにうなずいた。

休憩になった。

「小父さん、来てくれてありがとう」大悟の目が鋭く輝いていた。

「将来は世界チャンピオンだな」私は冗談口調で言った。

五分ほど休んでまた練習が始まった。

私は途中で外に出て煙草に火をつけた。

淳子がやってきた。

「ごめん。君に頼まれたことはまだちっとも進んでないんだ」

淳子は俯き、黙っていた。

「どうかしたの？」

「小父さん、ママに会ったでしょう」

「どうして知ってるんだい」

「一昨日、パパとママが大喧嘩してました。その時に、小父さんの名前が聞こえてきたんです。パパが〝なぜ、そんな奴に会うんだ〟って怒鳴ってました」

私と節子が会ったことを、夫の岩井恒夫が知った。どのようにして分かったのか。家の近所の公園で会っていたから、家の誰かが見ていたのかもしれない。岩井家にも、主人に忠実な使用人がいるということらしい。

「小父さん、私のために何もやってないって言ってたけど……」淳子が口ごもった。

「ママには別の用で会ったんだよ。君にも君の家にも関係ないことだから気にしないで」

「大悟君の家のこと？」淳子がおずおずと訊いてきた。

「そうじゃないけど、今は誰にもそのことは言えないんだ。君は俺がここに来ることを知ってたの」

「大悟君が、小父さんを呼ぶって言ってたから」

淳子は大悟の練習風景を見にきたのではなくて、私に会いにきたようだ。

「もう戻ろう。戻らないと変に思われるから」私は淳子の頭を軽く撫でてから煙草を消した。

大悟の練習が終わったのは、私がジムに戻って十分ほど経ってからだった。

オーナーが私たちのところにやってきた。

「坊ちゃんは才能がありますよ」

「お世辞はなしですよ」石雄が眉をハの字にゆるめて笑った。

「いや、本当です」

「住吉さん、紹介しておこう。こいつは俺のガキの頃の友だちで、同じ釜の飯を食ったことのある男なんだ」

私は自己紹介した。

住吉の瞼は腫れ上がっていた。かなり打ち込まれても耐えて勝ってきたボクサーだったような気がした。

「住吉さん」石雄がオーナーを上目遣いに見つめた。「とんでもないことだって分かってる。だけど、たってのお願いがひとつあるんだ」

「何でしょう」

「俺と浜崎とどっちが強いか、大悟に見せたいんだ」

「はあ?」住吉が顎を突き出し、石雄を見つめた。

「つまりだな、俺と浜崎にボクシングをやらせてほしいんだ」

「石雄、何てことを言い出すんだ」私が口をはさんだ。「見ろよ、俺の右頬がまだ腫れてるだろう。いろいろあって怪我をしてるんだ」

石雄は私を無視して、こう続けた。「ガキの頃、こいつとは何度もやり合った。その決着がまだついてないんだよ」

「安藤さん、ボクシングは喧嘩のためにあるんじゃないですよ」

「二ラウンドでいいからやらせてくれ」そこまで言って、石雄は私に目を向けた。「お前、まさか断りはしないよな」

大悟が私に視線を向けた。「僕、見たい。小父さん、パパの挑戦を受けて」

「大悟にそう言われちゃ、引けないだろうが」

「安藤さん、怪我でもされちゃ、こっちが困る。いくら安藤さんのお願いでもそれだけは……」

「住吉さん、たった六分だよ。今は誰もリングを使ってない。あんたに迷惑はかけないよ。男なら一度はリングに立ってみたい。ヘッドギアをつけてやるから事故なんか起こりはしない。頼むよ」

住吉は深い溜息をつき、私を見た。「やりますか？」

「小父さん、逃げないでしょう？」

大悟の一言に私は負けた。「分かった。受けて立つよ」

「じゃ、着替えてください」

私たちは更衣室に向かった。シューズもマウスピースも借りることができた。

「俺は黒いTシャツにする。お前は赤にしろ」石雄の眼差しは真剣そのものだった。

「気がしれないな」

私の言ったことに石雄は無反応だった。

下腹部を守るカッププロテクターもつけ、バンデージを巻いてもらい、ヘッドギアをつけてリングに上がった。

練習をしていた人間すべてが私たちに注目していた。

レフェリーは住吉。他の従業員が私と石雄にそれぞれひとりずつついた。

ゴングが鳴った。

右のコーナーから石雄が勇んで飛び出してきた。気圧《けお》されていた私は立ち上がることすら遅れていた。

見よう見真似でファイティングポーズを取った。石雄がワンツーを繰り出してきた。私の頰をパンチがかすめた。

「小父さん、足が止まってる」大悟の声が飛んだ。

石雄の目を見た。鋭い光を放っている。遊びとはとても思えなかった。昔、やり合った時と同じ目つきだ。

赤いものを見た闘牛のように、石雄は私に向かってきた。

闘争本能に火がついた。石雄のパンチをかわし、ボディを狙った。石雄の動きは軽やかでなかなかヒットしない。

石雄の右が私の顎をとらえた。足がふらついた。腹に重いパンチが沈んだ。

前のめりになった時にゴングが鳴った。

息が上がっていた。石雄と目が合った。私を睨みつけている。異様な雰囲気だ。

最終ラウンドのゴングが鳴った。

石雄に負けじと飛び出した。私のパンチが石雄の顔面をとらえた。しかし、石雄はそれでも前に出てきて、顔と腹を滅茶苦茶に殴り始めた。私は一昨日蹴られた頰を庇っていることもあり、防戦一方だった。私の足も石雄の足も止まっている。

壮絶な打ち合いと言ったら聞こえはいいが、もうボクシングではなくなっていた。ただの殴り合いである。

私はコーナーに追い詰められた。ヘッドギアを嵌めていても、首が捻れるほどの重いパンチを食らった。頭がぼうっとしてきた。

石雄は力をゆるめるどころか、嵩にかかって打ってきた。

ゴングが鳴った。それでも石雄は私を殴り続けた。住吉が、石雄を止めに入った。

私たちはリングの中央に呼ばれた。住吉が石雄の腕を高々と上げた。

拍手は起こらなかった。ボクシングの体を成していない闘いだったことを、重い沈黙が証明していた。

私は石雄をまじまじと見つめた。石雄に勝者の笑みはなく、殺気立った瞳をリングの床に落としたままだった。まるで打ちのめされたボクサーのようである。石雄の態度は明らかにおかしい。

しばらく休んでから、私たちはジムを出た。

「パパの方が断然強かったな」大悟が私に言った。

「パパの方がタフガイだよ」

「でも、ふたりともボクシングになってなかった」大悟は不満そうにつぶやいた。

「これから小父さん、パパと出かける。君たちはどうするんだ」

「電車で帰ります」

石雄は私たちの前を歩いていた。石雄のトライアンフに、傾きかけた陽の光が当たっていた。

石雄が足を止めた。そして、肩越しに振り返った。「大悟、淳子ちゃんをちゃんと送ってくんだぞ」

「分かってます」

石雄のトライアンフは私のベレGについてくることになった。

大悟と淳子に沈みかけた陽がまともに当たっていた。ふたりとも眩しそうな目をして私たちを見ていた。

私は軽く大悟と淳子に手を上げ、車を出した。

石雄のトライアンフがついてくる。

事務所の前で私は車を降り、石雄に駐車場の場所を教えた。トライアンフが去っていった。

私は先に事務所に入ると、扇風機を回した。そして、窓辺に立ち、煙草を吸った。右脇腹に鈍い痛みが走っていた。

後味のよくないボクシングだった。心臓をコンクリートに擦りつけたようなざらざらした気分がしている。

ドアが開く音がした。ほどなく石雄が事務所に入ってきた。

石雄が辺りを見回した。

「ここが俺の城だ。何か飲むか？」

石雄は黙って首を横に振り、ソファーに腰を下ろし、煙草をくわえた。だが、火はつけなかった。

「石雄、お前、俺に何か言いたいことがあるんじゃないのか」

石雄は答えない。煙草にも火をつけない。

扇風機の唸り音だけが部屋を満たしていた。

「お前は俺を殴りたかった。ボクシングにかこつけて、俺を痛めつけたかった。違うか？」私は石雄に背中を向けたまま、脳裏を掠めたことを口にした。

「正義感の強い探偵か。笑わせるぜ」

私は肩越しに石雄を見た。石雄はくわえていた煙草をふたつに折って、灰皿に投げ入れた。

「言いたいことがあるんだったら、はっきり言え」

石雄が私に近づいてきた。そして、いきなり右手で私の胸ぐらを摑み、ぐいと引いた。石雄の顔が目の前にあった。

「まだ殴り足りねえよ、俺は」

私は石雄を睨んだ。「俺のやってる調査がお前を怒らせたんだな」

「汚い野郎だよ、お前は」

「手を離せ。俺はお前とやり合う気はまったくない」

「俺の怒りをどうやって収めてくれる」

私は胸ぐらを摑まれていた石雄の手を思い切り払った。

石雄はそれ以上、何もしてこなかった。

私は石雄から遠ざかり、ソファーに躰を投げ出した。

「こっちにこいよ」

そう言ったが石雄は窓辺に立ったままだった。

「俺の調査に文句があるんだったら、依頼主の親父に言え」

「夕べ、早苗から話を聞いた。お前は早苗をだいぶ苛めたらしいな」

「質問をしただけだ」

石雄の肩が怒った。見えなかったが、両手は拳を作っているように思えた。

「早苗がどんな女でも俺の女房だ。お前は友だちの女房を取り調べた。よくもそんなことができるな」

「今度の事件に奥さんは深く関係してる。除外するわけにはいかなかった」

「心が痛まなかったのか」

「嫌な気分がした。だけどな、俺の仕事は事件を追うことだ」

「早苗は事件には関係ない。智亜紀が殺された夜、早苗は俺と一緒にいた」

身内の証言など誰も相手にしない。そう言いたかったが、さすがに控えた。

「そうなら何も心配することはないじゃないか」

「犯人は逃亡中の熊上とかいう奴だろうが。お前が鼻面を突っ込む必要などどこにあるんだ」

「依頼人がいる。依頼人が引かない限りは俺は調査を続ける」

石雄が窓辺を離れ、デスクとソファーの間に立った。

「いい金になるから手を引く気なんかねえんだろう。友情を台なしにしても、端金《はしたがね》がほしい。お前も地に落ちたもんだな。少年院にぶち込まれてた時も、俺たちは喧嘩をした。だけど、一方では仲間でもあった。しかし、今度は違う。お前はデカと同じで、俺は探られる方の立場だ」

「俺はお前のことは調査してないぜ」

「早苗をいびることは、俺をいびることと同じだ」

石雄がきゅっと唇を結んだ。相当力が入っていたらしく、顎の骨が軽く突き出た。

「いいから座れ」

「ここでいい。これ以上、お前に近づくとまた殴りたくなるかもしれんから」

私は背もたれに躰を倒した。「俺にどうしてほしいんだ」

「親父を説得して、今度の事件から手を引け」

「……」

「損失は俺が補う」

「何でそうガタガタするんだい」

石雄が一歩、私に近づいた。私は素早く躰を起こし、身構えた。

「石雄、俺を痛めつけることは簡単だ。だけど、解決にはならない。この件は仲間内のもめ事じゃないんだぜ」

石雄が険しい顔をし、口を半開きにして長い息を吐いた。「分かってるさ。だけどお前を殴りたくなる。早苗が犯人じゃなくても、お前の摑んだ情報が世間に知れたらどうなる。早苗に打ち明けられた時は居たたまれない気持ちになり、夕べはよく眠れなかった。だが、もう忘れることにした。だから俺はもういい。だけど大悟のことを考えると……。分かるだろう?」

私は大きくうなずいた。

「スキャンダルになったら、学校で噂になり、大悟の耳にも入るに決まってる。そうなったら、あの子はどう思うか。考えるだけで俺は震えがくる。大悟はお前にも懐いてる。そういう子を不幸な目には遭わせたくないだろうが。あの子の一生がかかってるって言ってもおかしくないことなんだぞ、これは」

「俺は例の件を公表する気はないが、事件に関係してたら隠し通せないだろう。俺が手を引いても、それで万々歳とはいかないぜ」

「俺はお前が友情を踏みにじったことに怒ってるんだ。お前が一言、親父に調査は行き詰まり、これ以上続けても無駄だから手を引くと言えば、それですむことじゃないか」

「親父を説得するのはお前の役目だろうが」

「馬鹿言え」石雄の口から唾が飛んだ。「早苗がやってたことを親父に教え、スキャンダルにならないようにしようって言うのかい。そんなことできるわけないだろう」

「お前は俺を殴りたくてジムに呼び出したのか」私は一呼吸おいて話題を変えた。

「いや。ここに来てから殴ろうと思ってた。でもリングを見たら我慢ならなくなってな。な、順、俺の頼み、きけるだろう？」

自分の瞬きが激しくなっているのに気づいた。動揺しているのだ。石雄の申し出を聞こうか聞くまいか迷っているのではなかった。気持ちは決まっていた。

「石雄、調査は続ける」私は石雄から目を逸らさず、きっぱりと言ってのけた。

石雄の呼吸が見る見るうちに荒くなった。またぞろ殴りかかってくるのか。いや、そんな気配はなかった。石雄の憤慨は、もう殴ることで晴らせるようなレベルのものではなくなったように思えた。

「順、そこまでこの事件に関わる理由はなんだ」

「俺の仕事だからさ。他に理由はない」

「そこまで融通のきかない奴だったとはな。二度とうちの家族に近づくな。近づいたら叩きのめす」

石雄が低く呻くような声で言い、事務所を出ていった。

その後ろ姿は決して精悍なものではなかった。敗者の背中だった。

私はデスクを回り込み、椅子に腰を下ろした。煙草をくわえたが、石雄と同じように火はつけなかった。

石雄の怒りは理不尽とは思えなかった。私の調査が進めば、早苗の過去が表に出る可能性はある。私も石雄同様、大悟のことを考えていた。だが、揺るがなかった。それはなぜだろう。よく分からない。この事件の犯人が誰だろうが、私には関係ないことだ。事件がどんな形であれ終われば、さして時を経ずに忘れてしまうだろう。にもかかわらず、石雄の申し出を言下に断った。

そこまで非情になれたのは、二年前の元女優の毒殺事件の際に、言い尽くせぬ悲しみを経験したからかもしれない。

あの事件の時に味わった苦い思いが、私に探偵という仕事を自覚させたとも言えるだろう。

しかし躰がひどく汚れているような気分を拭い去ることはできなかった。

酒が飲みたかった。しかし、我慢した。酒を飲むよりも他にやることがある。私は玄関まで行き、夕刊を手に取った。

東中野のマンションでの転落死の記事が小さく載っていた。

死んだのはやはり前島俊太郎だった。警察は自殺と断定していた。気になることが付け加えられていた。前島俊太郎の持っていた鞄からコカインが出てきたそうだ。

電話が鳴った。榊原からだった。

午前中に榊原に電話をし、十六年前に起こった質屋の店主殺しの件について話した。榊原はその頃、警視庁の捜査二課にいたから何も知らなかった。

「当時、捜査に当たった刑事に会いたいんですが、何とかなりませんか」

「そんな昔の事件の調査をやってるのか」

「今、調査中の件の関係者が、質屋の娘なんですよ」

「あの事件は十六年経ってる。だから時効だよ」

「別にあの事件の調査をしてるわけじゃないんです。だけど、当時のことをできたら知っておきたい」

「訊いてみるが、見つかるどうかは分からんよ」

「ともかくやってみて下さい。お願いします」

その頼み事の答えが返ってきたのだ。

「ひとり適任の人物が見つかったよ」

「現役の人ですか？」

「いや。すでに警察官は辞めて、今は交通安全協会で働いてる男で、私とも何度か仕事をしてる。それに、その人は君の親父さんのことも知ってる。私が彼に電話したら、明日の夜、自宅まできてくれれば会うと言ってたよ」

「助かりました。名前と連絡先を教えてください」

私は榊原が告げたことをメモした。

名前は鈴谷長一《すずたにちょういち》。住まいは北区赤羽南一丁目××だった。

「鈴谷さんはね、あの事件に警察官を辞めるまで拘っていたそうだから、よく覚えてると思う」

「犯人の目星もついてるんですかね」

「そこまでは私は分からん。本人に訊いてくれ」

私がもう一度、礼を言って受話器をおこうとすると、榊原がこう言った。

「安藤智亜紀殺しと関係してるのか」

「ええ」

「君、何か摑んでるんだったら警察に教えるべきだよ」

「むろん、そうするつもりですが、こっちの調査は曖昧模糊としてて、今、特に話すことはありません」

「本当かね」

「警察は熊上を捜してるんでしょう？　そんなところに曖昧な話を持ち込んでも相手にされないに決まってます。しっかりとした事実が摑め、熊上が犯人ではないという可能性が出てきたら知らせますよ」

フックを押して電話を切り、すぐに『東京日々タイムス』のダイアルを回した。

古谷野は社にいた。

「お前か。ちょうど電話をしようと思ってたところだ」

「夕刊、読んでますよね」

「お前の勘が当たってたみたいだな」

「〝風鴉〟はコカインを所持していたようですが、他に、そっちで分かったことはありませんか？」

「担当記者の話では特にないらしい。警察はコカインの出所を捜査していて、もう前島の自殺には興味を持ってないようだ」

「自殺ね」私は小さな声でつぶやいた。

「お前は他殺だと思ってるのは分かったが、証拠がないよ」

「自殺の可能性もあると思ってますよ」

「自殺だよ」

私は長い息を吐いた。

「何だか元気がないな」

「別に」

「浜崎、たまには飲まないか。夕子さんを誘って」

「今から出かけなきゃならないんです。今度にしましょう」

受話器を置いた私は、すぐに事務所を後にした。近くの定食屋でさっさと夕飯をすませ、タクシーで、〝風鶏〟が死んだマンションに向かったのである。

小滝橋の交差点から神田川に沿ってタクシーを走らせた。

イースト・セントラル・マンションは住宅街の一角にあった。辺りには立派な家とそうでもない家が混在していた。

タクシーを降りた。人影はなく、街路灯が道に影を落としていた。

問題のマンションは八階建ての細長い建物で、外壁がかなり傷んでいた。昨日今日建ったものでないことは明らかだった。

午後八時半を少し回っていた。

入口の脇に自転車が何台も置かれていた。団地を連想させる庶民的なマンションだった。

エントランスの右側に管理人室があった。すでに業務を終えていて、カーテンが引かれていた。管理人が常住しているかどうか調べた。一階の一〇一号室が管理人室で、加山《かやま》という表札が出ていた。

私は一〇一号室の前に立った。室内からテレビの音が聞こえてきた。野球中継を観ているようだ。今夜は阪神・巨人戦が甲子園で開かれている。

ブザーを押した。

「どなたです?」不機嫌そうな女の声が訊いてきた。

「私、新宿で探偵事務所をやっている浜崎というものです。このマンションの屋上で起こった転落死について、少しお話を伺いたいのですが」

「ちょっと待ってください」

待っている間に私は名刺を用意した。

いきなりドアが開き、五十代と思える男が顔を出した。管理人の仕事はサボりっ放しで、毎日プールに通っているのでは、と疑いたくなるくらいに日焼けしていた。頬骨が張っていて、口は小さく、目は引っ込んでいた。丸っこい鼻を、毛の生えた指で軽く撫でながら男は私をじっと見つめた。

私は名刺を差し出した。「亡くなった方が前島俊太郎さんという方だと聞いて飛んできたんです。私が探していた人だったものですから」

「絵描きだってね」

「新宿で似顔絵描きをやってた人です。管理人さんは、以前から前島さんを知ってました?」

「知ってるわけないだろう。このマンションの住人じゃないんだから。迷惑な話だよ、まったく。自殺したいんだったら自分の家でやればいいのに」

「屋上に通じるドアは開いてたんですか?」

管理人はちょっと嫌な顔をした。「本当は鍵をかけておくことになってるんだけど、まさか人が飛び降りるとは思わないから、ずっと開けっ放しだったんだ」

「前島さん、そのドアに鍵がかかってないことを知ってたんですかね」

「そんなこと私に聞かれても分からないよ。写真を見せられたけど、見たこともない男だった。で、あの男を何で探してたんだい？」

「依頼人に見つけてほしいと言われまして。でも、相手が死んだんですから、私の仕事もお終いです。

ただ報告書には、どこでどう死んだか書かなくてはなりませんので、ここまで足を運んだんです」

「あの男は勝手に入ってきて、勝手に屋上から飛び降りた。それだけの話だよ」

「これまで、屋上から飛び降りた人はいなかった？」

「はあ？」管理人の顔がかすかに歪んだ。

「いやね、ここが自殺の名所だと聞いて、前島さんがやってきたのかもしれないと思って」

「ここは東尋坊じゃないんだよ。東尋坊、知ってるよね」

「福井にある自殺の名所ですね」

「うん」

「当夜、前島さんらしい男が、ここに入っていくのを見た人はいませんか？」

「いたよ。二階に住んでる人が見たって言ってた」

「何ていう方ですか？」

「小田《おだ》さんっていう人だけど、佐賀に住んでる父親が死んだそうで、今日の午後、家族で向こうに行ったから今はいないよ」

「小田さんから、その男のことについて直接聞いたんですか？」

「そうだよ」

「どんなことを話してたか教えてくれませんか？」

「坊主頭で頬に髭を生やしてたから、目に留まったって言ってた。それに険しい顔をしてたから気になったともね。大きなショルダーバッグを肩にかけてたそうだ」

「それは何時頃ですか？」

「旦那は午後十時頃に帰ってきたら、その男がエレベーターが降りてくるのを待ってたそうだ」

「じゃ、小田さん、その男とエレベーターで一緒になったんですね」

管理人は首を横に振った。「小田さん、エレベーターを待つのが面倒だったから、階段を使ったって言ってた」

「その男は大きなショルダーバッグを肩から提げてたって話ですが、前島さんが死んだ後、屋上に置きっ放しになってたんでしょうね」

「警察がきた時、俺も屋上に上がった。確かに茶色いバッグが屋上の隅に置いてあったよ」

テレビの中で歓声が上がった。

「もういいですか？　野球を観てた途中なんですよ」

「最後にひとつだけ。屋上に通じるドアは今も開いてます？」

「うん。警察が出入りしてたからそのままにしてある」

「ありがとうございました。ゆっくり野球を愉しんでください」

「屋上に行くんですか？」

「報告書にどんな場所で亡くなったか書かなきゃならないので」

「部外者を屋上に上げるわけにはいかないよ」

「ちょっと見るだけです。飛び降りたりはしませんから」私はにっと笑った。

またテレビの中が騒がしくなった。

「まあいいか。長居はしないでちょっとだけにしてください」

「ありがとうございます」

私は頭を下げ、廊下の奥に向かった。

エレベーターの前に着いた時には、もう管理人の姿は部屋に消えていた。

八階までエレベーターで上がった。そして、非常階段と書かれたドアを開け、階段で屋上を目指した。

屋上に出た。生暖かい風が頰を撫でた。

西新宿の高層ビルが見えた。

屋上にはフェンスはなかった。縁は一段高くはなっているが、飛び降りることも、突き落とすことも簡単にできる。

私は真下に目を向けた。植え込みが見えた。ここから落ちたら、奇跡でも起こらない限り絶命するだろう。

煙草に火をつけ、西新宿の高層ビルに視線を向けた。

仮に〝風鶏〟が自殺したとして、なぜこのマンションの屋上を選んだのだろうか。

ふらふらと歩いていて、屋上にフェンスがないことに気づき、ここを死に場所に選んだのか。

突き落とされた場合はどうだろうか。

犯人も、突き落とすのに最適な屋上をたまたま見つけ、このマンションを選んだのか。

私は首を捻った。

自殺にしろ他殺にしろ、〝風鶏〟或いは突き落とした人間は、このマンションと何らかの繋がりがあったはずだ。

〝風鶏〟が突き落とされたのではないかと疑っている根拠は、〝月の砂漠〟と〝月の沙漠〟の違いだけである。他には何もない。根拠としては弱すぎる。

あの文章を書いたのが〝風鶏〟で、今回の事件が殺人だとしたら、どのようにして書かせたのかを解明する必要がある。

私は、〝砂漠〟と〝沙漠〟の違いに拘りすぎているのかもしれない。しかし、あっさりと自殺だと割り切ることはできなかった。

〝風鶏〟が突き落とされたとしたら犯人はこのマンションに〝風鶏〟を来させる必要があった。遺書めいた文章は〝風鶏〟のアパートで見つかっている。犯人は殺す前に、自宅で〝風鶏〟に遺書を書かせ、このマンションに呼びつけて突き落としたというのは、はなはだ不自然である。

管理人の証言が正しければ、〝風鶏〟はこのマンションに午後十時頃にひとりでやってきた。悲鳴が聞こえたのは、それから三時間ほど後のことだ。悲鳴を上げたのが〝風鶏〟だったとしたら、三時間もの間、どこで何をしていたのだろうか。犯人とこの屋上で会い、話をしていたとは思えない。

自殺だとしたら、辻褄が合わないことはない。死を決意して屋上に上がってきたが躊躇いが生じた。そこでコカインを使い、気持ちを楽にした。そんなことをやっていたら三時間なんてすぐに経ってしまうだろう。

他殺説には無理がありすぎる。私は煙草を消し、屋上を後にした。

問題のマンションを後にした私は新宿に戻り、一番街に向かった。

似顔絵描きの元締め、中村がいまだ商売を続けているかどうか確かめにきたのだ。

中村の姿はなかった。似顔絵描きがいなくなっても一番街の賑わいに変わりはなかった。ホステスが、占い師が、キャバレーの呼び込みが、宿無しが消えても、ネズミの姿が見えなくなったのとさして違わないのが、この街である。

中村は路上での商売を止めたのだろうか。そうだとすると私が嗅ぎ回っていることと〝風鶏〟の自殺が影響していると見て間違いないだろう。

一番街を離れた私が次に向かったのは大人の玩具屋『宝屋』だった。

分厚いカーテンを開くと、店を任されている清水成美が、私に目を向けた。相変わらず化粧は濃く、描き眉毛が目を引いた。

入口に背中を向けている男がいた。ゴルフウェアーのような縞々のズボンに白いポロシャツを着ていた。負六である。ちょうど手にしていた札がズボンのポケットに仕舞われるところだった。

客がひとりいた。丸眼鏡をかけた謹厳実直そうな中年男だった。見合い結婚をし、子供をふたり作り、安い給料を妻に全部預け、毎日、少ないお小遣いをもらって会社に出ているような人物に見えた。

男は私が入ってくると、手にしていたエロ雑誌を元に戻し、逃げるようにして店を出ていった。

負六は私を見ると相好を崩した。口髭が微妙に動いた。作り笑いとしか思えない笑みだった。両手はズボンのポケットに突っ込まれていた。

「浜崎さんじゃないか。どうしてるかって成美と噂してたんだよ」

成美が開いていたレジを静かに閉めた。負六は成美に金をせびりにきたところだったのかもしれない。

「情報屋の仕事は続けてるのかい」私が訊いた。

「その話は噂だって言っただろうが」

私は軽く肩をすくめてみせた。

「何か御用かしら」成美が改まった調子で訊いてきた。

「最近、あっちの方、とんとご無沙汰だから、ここに来て気分を高めようと思っただけさ」

成美が軽口を叩くかと思ったが、何も言わなかった。何となく落ち着きがない。

「まずいとこに来てしまったかな」私が言った。

「そんなことはないよ」負六が歯を見せてまた笑った。

黄ばんだ歯だった。その歯を見たら、負六が嘘をついているような気分になった。

私がここにきた理由は負六の居場所を訊こうと思ったからである。手間が省けたということだ。

「俺もあんたに連絡したかったんだ」負六が言った。

「なぜ?」

「なぜって、分かるだろうが。あの事件に関わったもんだから、調査の進み具合を知りたかったんだよ」

「熊上から連絡はないのか」

半ば冗談で訊いたが、成美の目が泳いだ。ひょっとすると熊上から負六に連絡があったのかもしれない。

　客がひとり入ってきた。今度は、三浪しても志望の大学に入れずにいる浪人生のように見える若者だった。勉強の合間に、ガス抜きをする〝道具〟を求めてやってきたのかもしれない。

「俺がここにいると営業の邪魔になる。負六さん、一杯飲みにいこうぜ」

「いいね」

　負六は私の誘いに間髪を入れずに乗った。

「邪魔したね」私は成美にそう言い残し、出口に向かった。

　成美の表情は硬かった。

　負六が私に躰を寄せてきた。「女の子がいるところにするかい？」

「人に話を聞かれないところにいきたい」

「分かった」

　私は負六についてコマ劇場の方に歩を進めた。負六は肩で風を切って歩いている。呼び込みが負六に挨拶をした。

　先ほど、店にいた丸眼鏡の中年男が歩いていた。呼び込みに声をかけられても俯いたままである。ネオンが流れるいかがわしい場所をふらふらしているだけで憂さが晴れるのかもしれない。

　負六に連れていかれたのは『トップレス』という店だった。最初に負六を探しにいこうとした店である。

「いらっしゃいませ。どうもいつも」支配人らしい若い男が負六に挨拶をした。「今日はあいにく、典子《のりこ》は休みなんですけど」

「いいんだ」負六は店の奥に目をやった。「あの端っこの席がいい。女の子はいらない」

「分かりました」

ゴーゴークラブの形式を取っているが、接客を中心にした店らしい。

私たちは男に案内され、右側のどんづまりの席についた。

フロアーの中央に円形の舞台があり、店名の通り、踊っている女たちはトップレスだった。ミニスカートを穿いている者もいれば、ショートパンツ姿の者もいた。舞台の周りでは客の男たちが踊っていた。

私たちはウイスキーを水割りで頼んだ。

ジェームス・ブラウンの『セックス・マシーン』がかかった。

私と負六は並んで座っていた。周りに客はいなかった。ひそひそ話をするにはもってこいの場所である。

負六が躰でリズムを取り出した。「やっぱり、ジェームス・ブラウンは最高だな」

注文した酒が運ばれてきた。

私はウイスキーで喉を潤すと煙草に火をつけた。「熊上はどうしてるだろうな」

「さあね」負六は躰の動きを止め、グラスを手に取った。「あんたは、あの事件の犯人は熊上じゃないって考え、調査してるんだよな」

「熊上が殺ったかもしれないとも思ってるよ」

「熊上以外にも、あの女を殺害する動機を持ってる人間がいるんだろう？」

「いるよ」

「それは誰なんだ」

私は負六の方に躰を寄せた。「何人かいる。それよりも、熊上だが、警察が血眼になって探してるのに見つからないのは、やっぱり匿ってる奴がいるからかもしれないな」

「前にも言ったろう。そんな奴はいないって。あいつに惚れてる女もいなかったし、友だちだっていない。人徳がない奴だから、誰も相手にしないよ」

「警察は、あの男が立ち回りそうな先を張ってるはずだ。あんたの家もな」

「それには気づいたよ。不審な車がいつも家の近くに停まってた」

「停まってた、というのは今はいないってことか」

「ここ二、三日は見てない」

「俺は熊上に会いたい」

負六が私をまじまじと見つめた。「へーえ、何で」

「あの男は死んだ智亜紀のやってたことをかなり知ってるはずだ。智亜紀が熊上を動かしていた形跡があるんだよ」

「熊上はあの女のために何をしたんだい？」

「彼女の代わりに脅しの電話をかけてたようだ」

「誰を脅してたんだ。詳しく教えてくれないか」

「そんなこと聞いてどうする？」

「別に」負六が私から目を逸らした。

私はグラスを空け、舞台に目をやった。

大きな乳房が垂れ気味の女に目が留まった。躰をシェイクする度に乳房が胸を激しく叩いていた。ぶつかった部分が赤く腫れ上がるのでは、と私は思った。余計な心配である。

「熊上は或る女に電話をして、彼女が昔やってたことを口にした。女は人に知られたくないことをやってた。今、トップレスで踊ってる子たちの中にも、こういうことをやってるって知られたくない子がいるだろうね」

「相手の女はトップレスダンサーだったのか」

「いや。それ以上のことをやってた。今度の事件は、その昔の秘密に関係があるかもしれない。熊上から話が聞けると、調査がさらに進むんだけどね」

「熊上のためにも、しっかりと調査してくれ。俺は奴が殺ったとは思ってないって言ったろう」

曲が『セックス・マシーン』から同じジェームス・ブラウンの『マザー・ポップコーン』に変わった。

「歌舞伎町の似顔絵描きの何人かが、中村に言われ、コカインの売人をやってた。智亜紀が探してた〝風鴉〟って絵描きもそのひとりだった。おそらく、熊上も売人だったんだろうな」

「〝風鴉〟って絵描き、自殺したんだろう？　あんたの追ってる事件と関係があるのか」

私はポップコーンが弾けるみたいに大声で笑い出した。

「何がおかしいんだい」

「あんたのおかげで調査が進みそうだから喜んでるんだよ」

「何を言ってるんだ」負六の眉根が険しくなった。

「〝風鴉〟が自殺したってどうやって知ったんだい？」

「新聞に載ってたよ」

「新聞には前島俊太郎って本名しか載ってない。どの新聞にも雅号なんか書かれてないはずだ」

負六が口を開け、目を瞬かせた。

私は負六に鋭い視線を馳せた。「誰から〝風鶏〟の自殺を聞いた」

「だから新聞だよ。前に義郎から〝風鶏〟の本名が前島って聞いたことがあったんだ」

「初めて会った時、そんなことは言ってなかったな。あの時の口振りじゃ、あんたは〝風鶏〟のことは何も知らないって感じだったぜ」

「……」

「前島の自殺が新聞に載った後、あんたは熊上義郎と接触してる。あんたが奴を匿ってる可能性もあるな」

「冗談じゃねえよ。逃亡犯を匿ったら、俺もお縄になるかもしれんだろうが。そんな馬鹿なことはしない」

「あんたは、あいつに恩義を感じていて、これまでも面倒を見てきた。拝み倒されて、しかたなくどこかに奴を匿った。そうだろう？　本当のこと言え。俺はあんたの味方だぜ」

負六が肩を落とした。「奴から電話があった。でも、どこにいるかは知らない」

「電話で〝風鶏〟の話をしたのか」

「そうに決まってるじゃないか」負六がグラスを空けた。

私は負六の顔を覗き込み、じっと見つめた。「熊上に会わせてくれ。俺は警察に垂れ込んだりはしない。直接会って話を聞きたいんだ。熊上が俺に正直に話すことで、奴の無実が晴らされるかもしれない。熊上はどこにいる。今からすぐに会わせろ」

負六はボーイを呼んで酒のお替わりを頼んだ。私も付き合うことにした。

ストロボが焚かれた。トップレスの女たちが、光の点滅の中で消えたり浮かび上がったりし始めた。動きがぎこちない。

酒が来ると、負六は一気に空けた。

「成美さんも、このことは知ってるよな。ふたりで熊上をどこに隠した」

負六は躰を縮め、右の掌で、鼻から唇にかけてを撫で回した。本当のことを言おうかどうしようか迷っているように見えた。

私は酒を口に運んだ。熊上に会うということは、私自身も犯人を隠匿した罪に問われる可能性がある。しかし、ここで引くことはできない。

フロアーでは光と影がサイケな雰囲気を作り出していた。

「熊上はあんたに会うのを嫌がるかもしれない」負六がぼそりと言った。

「何も言わずに俺を隠れ家に連れていけ。後は俺が話す」

「成美に相談してみる」

「何で彼女に」

「匿うことはふたりで決めたから」

「彼女が何を言おうが俺は引かないよ」

負六が立ち上がった。

「ちょっと待て。勘定をすませてしまうから」

ボーイを呼ぼうとしたが、ストロボのせいもあってなかなか気づいてもらえなかった。

ほどなくストロボが止まった。私はボーイに声をかけ勘定を頼み、腰を上げた。

負六は店の出入口の横にある電話機に向かった。私は電話機の横に立った。

「俺だけど、あいつを浜崎さんに会わせることにした。いろいろ訊きたいことがあるそうだ……。そうか、お前もそう思うのか……。その心配はない。奴には知らせるなよ」

受話器を置いた負六は私を見て薄く微笑んだ。「成美はあんたに相談したかったそうだよ」

エレベーターで一階に降りた。

「奴はどこにいるんだ」

「来れば分かる」

私は負六の後についていった。

驚いたことに、負六の向かった先は『宝屋』だった。

「あいつは店の奥に隠れてる」負六はそう言いながら、カーテンを開けた。

成美がじっと私を見た。私は声を殺して笑うと、彼女の頬もゆるんだ。

客はひとりもいなかった。

負六が奥に通じるドアを開けた。細い通路があった。右側にはスチール製の棚が置かれていて、そこにはバイブの入った箱や雑誌などの在庫品が積み上げられていた。

「義郎。俺だ」負六はそう言いながら棚の向こう側に回った。

マネキンが目に入った。その後ろに人の気配がした。その人物は蹲《うずくま》った格好で、マネキンの尻の後ろからこちらを窺っていた。

「どういうことなんだ、負六」男の声はか細くて上擦っていた。

「義郎、心配するな。この人はお前の味方だ」

「負六、お前、俺を売ったのか」

「違う。この人はお前の味方だって言ってるだろうが」

男が急に立ち上がった。その時、マネキンにぶつかった。マネキンが私の足許に向かって俯せに倒れてきた。

丸顔の男だった。左目が右目よりも小さい。潰れた鼻の頭が大きかった。しかし、髪は長くはなかった。坊主頭である。

足音が聞こえた。成美だった。物音に驚いてやってきたらしい。

「誰だ、こいつは」熊上義郎は恐怖におののいた表情で負六を見た。

「熊上さん、警察には知らせない。代わりにいろいろ訊きたいことがある」

「この人は、あの殺人事件を調査してる探偵で、殺った人間は他にいるって考えてる人よ」成美が口をはさんだ。

私は名前を告げ、智亜紀の父親に依頼されて事件を追っていることを伝えた。

「俺はあの女を殺してない。家に戻ったら死んでたんだ。嘘じゃない」熊上は口早に言った。

「大声を出すな」負六が口早に注意してから成美に目を向けた。「お前は店に戻ってろ」

「よっちゃん、大丈夫よ」成美は包み込むような優しい調子で言い、店に戻っていった。

「話を聞かせてくれるな」

熊上は人を信用できない野良猫のような表情で私をじっと見つめた。

「義郎、お前がやったんじゃないって分かるかもしれないんだ。彼の言う通りにしろ」

「分かった。何でも訊いてくれ」熊上がその場に腰を下ろし、躰を壁に預けた。熊上の横に寝袋が置かれていた。吸い殻で一杯になった灰皿もあった。

「椅子がないが我慢してくれ」負六がマネキンを元に戻しながら言った。

私は床に胡座をかいた。負六も棚を背もたれにして座った。

「あんたは和田多津子と名乗った女に声をかけられ親しくなった。そして、〝風鶏〟という画家を探すのを手伝った。間違いないね」

「ああ」

「金はもらったのか」

「もらったよ。探偵気分で絵描き仲間を回って、〝風鶏〟の行方を探した。だけど、手がかりすら摑めなかった」

「彼女の名前がずっと偽名とは気づかなかったのか」

「いや、すぐに本名を知った」

「それはいつ?」

「四月の半ば頃だったと思う」

「どうやって知ったんだい? 本人がばらしたのか」

「いや。俺はこっそり、彼女のバッグの中を調べた。免許証を見て初めて知った」

「なぜ、そんなことをしたんだ。女と知り合うと、相手の持ち物を調べるのが趣味なのか」

「謎めいた女だったからさ。どこに住んでるのかも教えてくれないのに、俺には妙に優しかったし、人懐っこくもあった。泊めてと言われたこともあったよ」

「で、泊めたのか」

「当たり前だろうが。あんないい女が俺に寄ってきた。有頂天になったよ。だけど、どっか信じられないところがあってね」

「だから、バッグの中身を調べた」

熊上が力なくうなずいた。

「お前があの女を俺に紹介したのは六月だったな。そん時は和田多津子って紹介したよな」負六が口をはさんだ。

「本名は伏せておいてほしいって言われたからそうしたんだ」

「彼女と関係は持ったんだろう?」私が訊いた。

熊上は後頭部までしっかり壁につけて顔を上げた。「誘ったけど、全然相手にされなかった」

「襲いかかろうと思えば襲えたろう」

「あんた、名前何だっけ」

「浜崎だ」

「浜崎さんは俺のことを知らないからしかたないけど、俺はそういうことのできる人間じゃないんだ」

「その通りだな」負六がうなずいた。「義郎は意外と大人しい。ギャンブルだけだよな、お前が目の色を変えてのめり込むのは」

「絵を描く時ものめり込んでるよ」

負六が鼻で笑った。「そんなとこ見たことないな」

「なぜ泊めてほしいと言ったのか分かるか」私は話を戻した。

「新宿って街が好きになったから、朝から晩まで見てみたいと言ってた。気持ちは分かったよ。新宿は二十四時間、発情してる街だからね。彼女、本当にこの街に刺激を受けたらしく、朝から歌舞伎町に出かけたりしてた」

絵描きとしての一面が頭をもたげたということなのか。よく分からないが、〝風鶏〟を探すだけなら、何も朝からこの街をほっつき歩く必要はないはずだ。

庄三郎の話からすると、智亜紀はかなり破天荒な人間だったらしい。だから、よく知らない男の家に泊まり、そのような行動を取っても不思議ではなさそうだ。

「本名を知ったことを、彼女には教えたようだが、彼女はどんな反応をした」

「勝手にバッグの中を見たことに怒ってたけど、〝知られたんだったら、それはそれでいいわ〟ってすぐに居直ったね。〝風鶏〟が兄貴だってのも嘘だろうって言ったら、あっさりと認めた」

「あんたは、〝風鶏〟探しの他にも、智亜紀から頼まれたことがあったな」

「彼女に言われて或る人間に電話をかけた」

「相手は岩井節子って女だな」

「うん」

「どうして岩井節子に電話するのか、詳しいことを彼女はしゃべったか」

「岩井節子は、総会屋の岩井恒夫の女房だが、昔、コールガールをやってたはずだって教えてくれた。俺は強請りの片棒を担がされると思ったよ。だけど違ってた。岩井節子は本命じゃなくて、彼女の義理の兄貴の女房、安藤早苗という女を追い詰めたいんだって言ってた」

「〝風鶏〟の存在が智亜紀の目的とどう関係してるのか分かるか？」

「ああ。〝風鶏〟の本名は前島俊太郎で、岩井節子の前の夫。しかも、安藤早苗のこともよく知ってるって言ってた。だから、〝風鶏〟から話が訊き出せれば、安藤早苗のことがさらに詳細に分かる。そういうことだったらしい」そこまで言って、熊上が私に目を向けた。「〝風鶏〟は自殺したらしいな」

「その話は後でしよう。それよりも、俺が知りたいのは、〝風鶏〟と安藤早苗が知り合いだったことを、智亜紀がどうやって摑んだかだ。その点について、何か分かってることはあるか」

「松林巌《まつばやしがん》って画家を知ってるか」

「いや」

「具象画からポップな作風に変えて売れっ子になった男なんだけど、松林は売れない頃、〝風鶏〟と仲が良かった。その松林と智亜紀は知り合ったらしい。話は松林から聞いたようだが、それ以上、詳しいことは知らない」

松林巌という画家は、売れっ子になってからも、似顔絵描きの前島俊太郎とは、付き合いがあったようだ。前島の雅号が〝shun〟から〝風鶏〟に変わっていることを知っていたのだから。〝風鶏〟という雅号を智亜紀が耳にしたのは松林がしゃべったからだろう。

智亜紀は熊上を使ってまず岩井節子に揺さぶりをかけた。そして、節子或いは早苗の様子を監視した。

「熊上さん、あんた、節子を見張れと言われたろう」

「どうやってそこまで調べたんだ」

「それはいい。あんたは節子の動きを監視してたことがあったんだな。レンタカーか何かを借りて」

「その時は智亜紀も一緒だった」

「じゃ、彼女が日比谷公園で写真を撮っていたのを、あんたは知ってたってことだな」

「俺は車の中で待機させられてた」

「よくそこまで付き合ったな」

「だらだらした生活を送ってた俺にとってはとても面白いことだったし、一回一回、数万の金をもらえたからやったんだ。犯人は智亜紀に過去を探られた人間の中にいるんだよ」

「俺はその線を洗ってる」

「俺の話、参考になったろう。頼むから浜崎さん、犯人を見つけてくれ」

「精一杯のことはやってみる。ところで、あんたは七月十五日だと思うが、その日に智亜紀の家に電話をしてる。出たのは智亜紀の母親だった。なぜ、電話をしたんだ」

「しばらく連絡がなかったからかけてみた。最初から嘘をついていた女だったから、本当にそこに暮らしてるかどうかも知りたくてね」

「その後、あんたはまた節子に連絡を取った。そして、会いたいと言った。それも当然、智亜紀の差し金だったんだろうが、彼女の目的は何だったんだ」

「節子に会って、いろいろ訊き出すつもりだったようだ」

「でも、会えなかった。その時点ではすでに彼女は死んでたんだからな」

「過去を探られた人間、つまり岩井節子か安藤早苗が殺ったんだよ。タイミングがぴったしじゃないか」

「そこまで確信があるのに、あんたは逃げ出した」

「怖くなったんだ」

「智亜紀はあんたのアパートの合い鍵を持ってたのか」

「いつでも使っていいって渡しておいた」

「節子に智亜紀の死体を見つけたのは、いつでどういう状況だったか詳しく教えろ」

「智亜紀に二度目の電話をしたのは七月十六日の夕方だった。翌日、俺は伊勢崎までオートレースをやりに行った。帰ってきたのは夜になってからだ。アパートのドアには鍵はかかってなくて、智亜紀が血まみれになって死んでた。自分の家で智亜紀が死んでたもんだから、俺はさっきも言ったが怖くなって、とりあえず持ち出せるものを鞄に詰めて家を出たんだ」

「あんたがそこまで怖くなったのは、似顔絵描きの元締め、中村に頼まれてコカインの売人をやってたからだろう」

熊上は深い溜息をついた。「ほんの短い間だけだ。中村と些細なことで喧嘩してからはやってない」

私は目の端で熊上を見た。「あんた自身もコカインの常習者なんだろう」

「……」

「そうじゃなかったら、逃げる必要なんかなかったろうが」

「やってたよ」熊上はうなだれた。「〝風鶏〟ほどじゃなかったけどな。智亜紀の死体を見つけた時も、微量だが家に隠し持ってた。叩けば埃が出る身だから逃げた。逃げている間に真犯人が挙がると信じて」

「自ら出頭して、今の話をすれば、捜査の流れが変わるかもしれない」

熊上が怯えた表情で、首を横に振った。「警察は俺だと決めてかかってる。俺が何かを言ったってまともには取り合ってくれないよ。安藤の家の人間は政治家や経済界に何人も知り合いがいる。警察庁長官だって動かせる家柄だぜ。岩井恒夫もコネをいくらでも持ってるだろう。警察に外圧がかかるに決まってる。そう思わないか」

「その通りだな。だが、逃げたのはまずかった。犯人だと自ら言ったも同然だから」

「浜崎さん、俺が逃げ回るのにも限界がある。何とか早く、犯人を見つけてくれ」

「俺からもお願いするよ」負六が言った。「こいつに拝み倒されて匿ってるが、成美も俺もひやひやもんなんだ」

「〝風鶏〟が歌舞伎町から姿を消した理由が分かるか」

「あいつはかなりのコカイン中毒だったから、おそらく商品のヤクを自分で使っちまったんじゃないかな」

「神幸興産って会社を知ってるか」

「名前だけ。中村を使ってる会社だろう。その会社は花泉組と関係があるって聞いてる」

「〝風鶏〟が死んだ件だけどな、警察発表通り自殺だと思うか」

「俺は思わないけど、意外な人間が自殺することは珍しくないからな」

「あんたは〝風鶏〟が自殺じゃないって思ってるのかい」負六が私に訊いてきた。

「何とも言えないな。智亜紀は〝風鶏〟を探してた。その彼女が殺された。犯人が〝風鶏〟を自殺に見せかけて殺したという線も無視できない」

「ってことは〝風鶏〟が犯人の弱味を握ってたとも考えられるな」負六が続けた。

「だからさっきから言ってるだろう。安藤早苗か岩井節子が、昔のことを探ってた智亜紀を殺し、当時の事情をよく知ってる〝風鶏〟を亡き者にしたんだよ」熊上が興奮気味にまくし立てた。

かすかに電話が鳴っているのが聞こえた。ほどなくドアが開け閉めされ、成美がやってきた。

「あんた、橘《たちばな》さんから電話があった。あんたを探してるんだって」

負六は渋い顔をした。

「私にも中村って絵描きのことを知らないかって聞いてたよ」成美が続けた。

「橘って誰だ？」

「知らなくてもいい人物だ」

「ひょっとすると四谷署の刑事か」

「違うよ、そんなんじゃない」

私は吸っていた煙草を消し、腰を上げた。「負六さん、ちょっと話がある」

「何だよ」

「いいから一緒にきてくれ」

「俺の前でしゃべれないことか」熊上が不安げな表情で私を見た。

「心配はいらない。あんたには関係ないことだから」

私が腰を上げると、負六も立ち上がった。

「浜崎さん、何とか俺を助けてくれ」

熊上の必死な声が背中に貼り付いた。

「努力してみる」

私はそう言い残して、棚の端を回ってドアに向かった。負六がついてきた。

成美が店を閉めているところだった。

「あんたが情報屋だってこと、熊上は知らないんだろう」

「何度言ったら分かってもらえるのかね。俺は……」

私は右手を上げて、負六のしゃべりを制した。

「四谷署に橘って刑事がいるかどうか、電話で確かめてみるかい」

「そんなこと事件に関係ないだろうが」

「死んだ〝風鶏〟の持ち物からコカインが見つかった。出所を警察は捜してる」

「管轄は中野署だろうが。四谷署のデカが動くかい？」

「中野署が協力を頼んだんだろうよ。情報屋は使われてる刑事にじゃないと口を割らない。そうじゃないのか。すぐに橘って刑事に電話して、会って話を聞け。俺は警察の動きを知っておきたい」

成美が私たちのところに戻ってきた。「あんた、浜崎さんには本当のことを話せばいいじゃない」

負六は舌打ちし、その場を離れた。そして電話機の前に立ち、メモ帳を開いてダイアルを回した。

果たして負六が電話をした先は四谷署だった。

ほどなく負六は橘と話し始めた。今すぐに相手は『宝屋』にくるようだ。

私は再び奥のドアに向かった。

「何をする気だ」負六が慌てた。

「ドアの向こうで、あんたらの話を立ち聞きする。今あんたが立ってる場所で話をしてくれ」

私はそう言い残して、ドアの向こうに姿を消した。

再び現れた私を見ると、熊上の表情が強ばった。

「そうびくつくな」

「ここで何をしてる」

「いちいち説明するのは面倒だ。黙ってそこに蹲ってろ」私はまた煙草に火をつけた。「今から負六に刑事が会いにくる。だから、静かにしてる方がいいぜ」

「俺のことを……」

「違う。中村のことを相手は聞きたいらしい」

「ともかく、俺は殺っちゃいない」

「〝法も時としてめしいることがある〟」

私はふと、デビッド・ジャンセンの『逃亡者』というテレビ番組を思い出し、決まって流れる冒頭のナレーションの一節を口にしてみたのだった。

私がにっと笑うと、熊上の口許もかすかにゆるんだ。

「時々、あのテレビドラマのことが頭に浮かぶよ」熊上がつぶやくように言った。

「キンブル先生は逃亡者でも、あんたより堂々としてる。少しは見習ったらどうだ」

「現実はドラマみたいにはいかないよ」

「俺という人間の出現は、ドラマみたいじゃないか」

熊上はそれには答えず、煙草をくわえた。

私ももう口を開かなかった。熊上はマネキンと同じくらいに微動だにしない。

シャッターを叩く音がかすかに聞こえた。

私はドアに近づいた。

シャッターが開けられた。

「私、先に戻ってるわ」成美の声がした。

足音がした。

「どうも、お久しぶりです。中村って絵描きのことだそうですが」負六が口を開いた。

「姿を消した。家にもいない。奴と親しかった人間の名前を教えろ」

橘という刑事の声はしゃがれていた。しゃべり方は高圧的である。

「俺は中村のことはよく知りません。逃走中の熊上とは親しかったですけど」

「熊上はコカインをやってたか」

負六が短く笑った。「いや、あいつはやってなかったと思いますよ。橘さん、どんなことを調べてるんですか？」

「〝風鶏〟という画家が自殺した。お前は奴と面識があったか」

「いや」

「奴はコカインを所持していた。うちは前々から新宿署と協力して、コカインの密売ルートを洗ってる。最近になって、歌舞伎町の似顔絵描きが売人をやっていたことが分かった。元締めは中村こと川《かわ》原繁雄《はらしげお》らしい。そいつが逃亡した」

「お札、すでに取ったんですか？」

「明日には取れるだろう」

「中村は神幸興産って会社と接触してるって話は聞いたことありますよ」

「うん。俺もその情報は摑んでる。ともかく毛利、中村と関係のあった奴がいるかどうか訊き回ってくれ」

「分かりました」

「頼むぞ」

「できるだけのことはやってみます」

「度が過ぎることはやるなって清水成美に言っておけよ」

「はい」

足音が遠のいた。しばらく店は静まり返っていた。

「もういいぜ」負六の声がした。

私と店内に戻った。

「あんたの役に立つ情報はなかったな」

「そうでもないさ。じゃ、俺は行く。何かあったらすぐに連絡しろ」

負六が黙ってうなずいた。

私は『宝屋』を出て、帰路についた。

橘という刑事の話によると、似顔絵描きを使ったコカインの密売事件は解決に向かっているらしい。

私の調査には直接関係はないが、中村を使っていた神幸興産の連中とやり合ったから情報を得ておきたかったのだ。神幸興産にまで捜査の手は及ぶだろうか。及ばないにしろ、磯貝たち、神幸興産の連中はやきもきしているはずだ。そうなれば私のことなど忘れてしまうに決まっている。奴らに恨みを買っている私は、奴らが自分を襲うことに警戒心を募らせていたのだ。

事務所に戻った私はビールを飲み、扇風機を回して涼を取った。

熊上が言っていたように、智亜紀殺しの犯人は安藤早苗か或いは岩井節子なのだろうか。岩井の線は弱い気がした。残るは安藤早苗である。

しかし、あの図太い女が、過去にコールガールをやっていたことぐらいで、人を殺すだろうか。息子に知られたくないと強く思っているのは間違いないが、それでも何となくしっくりこない。

石雄と争った嫌な記憶が甦ってきた。

和解の手立ては唯一、私が事件から手を引くことだが、そうしたとしても修復は難しいかもしれない。

私は重い気持ちを抱いたままベッドに潜り込んだ。

（七）

路上には白い光が跳ねていた。走っている車ですら、暑さにへたっているように見えた。ベレGを運転中の私は汗びっしょりだった。

何度も生あくびが出た。午前三時すぎに地震があった。起こされてしまった私は、その後、なかなか眠れなかったのだ。

暑さと地震に関連性があるはずもないが、地も空も膨れ上がっている気がした。

私は〝風鶏〟の画家仲間だったという松林巌の家に向かっていた。

父親が残してくれた紳士録に松林巌は載っていた。住まいは武蔵野市御殿山二丁目だった。電話番号は記されていなかったので、一〇四にかけて訊いた。今も松林がそこに住んでいることが分かった。

電話をかけると本人が出た。

〝風鶏〟こと前島俊太郎について訊きたいというと、松林は大層興味を持ち、午後四時頃に家に来てほしいと言った。

御殿山二丁目は吉祥寺駅と三鷹駅の中間ぐらいに位置していて、松林の家は、井の頭公園の一角に造られた井の頭自然文化園から目と鼻の先にあった。

いまだ雑木林が残っている閑静な住宅街。駐車場などありそうもなかったが、松林邸には車寄せがあった。

片流れの屋根を持つ白亜の二階家だった。

玄関周りはゆったりしていた。

チャイムを鳴らすと、ほどなくドアが開いた。

「お電話しました浜崎です」

現れた男は背が高く、やや猫背だった。エメラルドグリーンとピンクの縦縞の開襟シャツを着ていた。ズボンは赤。靴下は黄色だった。

南米に生息していそうな鳥に似た服装だが、男にはよく似合っていた。

その人物が松林巌だった。両端が上に鋭く上がったサングラスをかけていた。コウモリの耳みたいなフレームである。

浅黒い肌の男で、眉が濃かった。サングラスの奥の目は腫れぼったかった。

玄関ホールの正面には絵が飾られていた。

カラフルな水玉が数個、ふわりふわりと浮かんでいる絵柄だった。

おそらく松林の手によるものなのだろう。

居間に通された。そこにも水玉の絵が飾られていた。赤と黄色と緑のプラスチック製の肘掛け椅子が置かれている。テーブルも色彩豊かだった。

目が変になりそうで落ち着かなかった。

松林はひとりではなかった。九官鳥が飼われていて、「どうもどうも」と甲高い声で言った。

「座っててください。こいつ、うるさいから、隣の部屋に連れていきます」

「馬鹿」九官鳥が悪態をついた。

松林は鳥かごを持って、部屋を出ていった。

しばらく待たされた。灰皿がないので我慢することにした。

クーラーがきいているので涼しかった。

松林が戻ってきた。九官鳥が鳩に変わっていた。松林は紅茶と鳩サブレを運んできたのだ。

松林はひとり暮らしのようだ。

私は松林に名刺を渡した。

「まあどうぞ」

私は紅茶に砂糖を少し入れ、一口飲んだ。

「前島が自殺したって新聞で読んでびっくりしてたところです。浜崎さんは前島の自殺の件を調べてるんですか」

「いえ。或る事件の調査の過程で、彼の名前が浮上してきたものですから」

「或る事件というと？」

私は松林をまっすぐに見つめた。「安藤智亜紀という女性の殺害事件です」

「ああ、あの事件ですか」松林は意外だという顔をした。「こんなことを言うのは失礼に当たるでしょうが、私立探偵が、殺人事件の調査をするとは驚きです。それに、あの事件の犯人は分かってるんじゃなかったですかね」

「独自の調査を望んでいる人物がいるんです。私自身、逃亡中の男が犯人ではない可能性もあると思っています」

「警察が握っていない新たな証拠をお持ちなんですか？」

「いや。でも、あの事件は奥が深い気がしています。松林先生は、〝風鶏〟と或る時期、親しかった。そして、殺された安藤智亜紀とも付き合いがあった」

松林がくくくっと笑った。「それだけ聞いたら、私が容疑者リストに載っているように思えてきますね」

私は笑い返した。「まさか。で、〝風鶏〟こと前島俊太郎とは、いつ頃どんな付き合いをしてたんですか？」

「美大で一緒だったんです。前島も私も、授業が面白くなくてさぼってばかりいて、結局私もあいつも中退しました。ふたりともコンクールに作品を送ってましたが、前島も私もてんで相手にされませんでした。あいつはアルバイトで食い繋いでましたよ。看板屋の仕事なんかをしてね」

「先生は？」

「私は親許にいましたし、両親が理解者だったものですから、バイトをせずにすみました」

「おふたりが中退したのはいつ頃ですか？」

「二十一の時ですから一九五六年ですね」

「前島俊太郎は当時、どこに住んでました？」

「雑司ヶ谷です」

「新宿二丁目のアパートにいたと聞いてますが、それはその後ですね」

「ええ。新宿二丁目のアパートにはかなりいたと思います。ともかく、暇でしたから、よくあいつのアパートに行って、飲んでは絵の話をしてました」

「それからもずっと交流があったんですか？」

「いや。六〇年代に入ってから、私が作風を変え、或るコンクールで最優秀賞を取りました。そうしたら名のある画商がつきましてね。その頃から前島とは少しずつ疎遠になっていきました。前島は私の新しい作風を認めなかった。彼はポップアート風のものが嫌いでしたから。前島はデッサン力のある画家でした。ちょっと目にしただけのものでも、正確に描くのが得意でね。似顔絵を描かせたら、まるで写真みたいでしたよ」

『月の沙漠』という作品をご覧になってます？」

「ほう」松林が目を瞬かせた。「あなた、前島のことをよく調べてるみたいですね。あの絵は彼の自信作でした。コンクールに出品して佳作に入ったんです。でも、絵は売れなかったし、画商はついたんですが、その画商が作品にごちゃごちゃ注文をつけるから前島はすぐに喧嘩別れしてしまいました」

『月の沙漠』の〝さ〟はサンズイですよね。それが正しいようですが、前島俊太郎はそのことに拘ってました？」

「ええ。あいつは童謡や唱歌が好きだったので、『月の沙漠』に〝砂〟という字を使うのは間違いだと言ってました。でも、それがどうかしたんですか？」

「ちょっと気になっただけです」私は紅茶をすすり、話題を変えた。「新宿二丁目のアパートに彼が暮らしていた頃、目の前の質屋の娘をよく描いてたようですが、ご覧になりました？」

「ええ。当人にも会ったことがありますが、瓜二つでしたよ。そう言えば面白いことがありました。今だから言えることですが。前島は暇にあかせて、二階の窓から通りをよく見ていて、通行人をスケッチしてました。質屋に出入りする人間もね。あの質屋の主人が殺されたことはご存じですか?」

「ええ」

「前島は事件があった夜も、窓から外を見てたそうです」

「じゃ、犯人を目撃してるってことですか」

松林が大きくうなずいた。「質屋から飛び出してきたふたりの男は、通りで覆面を取った。それを見ていて、記憶を頼りに絵にしたんですよ。微細なところまで描いたものでした。そのうちのひとりに見覚えがあるとも言ってたね。質屋に出入りしてた人間だって」

「警察には届けなかった?」

松林は首を横に振った。

「なぜ?」

「前島は、質屋の主人と大喧嘩してたんです。質草のことでももめてたし、娘を連れ出して勝手に絵のモデルにしてたことに、父親が怒ってたんです。娘の方も途中から、前島のモデルになるのを嫌がり、冷たくしてたようですが。前島は恨みっぽいところがある男でね。主人が殺されたと聞いて、〝いい気味だ〟と笑ってました。私は警察に届けるべきだと強く言ったんですが、彼は俺が描いたものが似てなかったら、却って捜査を混乱させることになると言って、聞き入れてはくれませんでした。私は犯人を見たわけではないですから、その絵に描かれていた人物が犯人かどうかは分からないし、いくら腕がいいとはいえ、暗がりで一瞬見た人間を微細に描けるかどうかは疑問でしたから、誰にも言わずにいました」

「質屋の娘や、強盗殺人犯を描いた絵は、まだどこかに残ってますかね」

「さあ、そこまでは分かりません。もう破り捨ててるかもしれませんね」

智亜紀の事件とは関係ないだろうが、その絵が残っているのだったら、是非見てみたいという気になった。

「先生はずっと前島俊太郎と会ってなかったのに、今の雅号が〝風鶏〟だと知っていた。最近、お会いになったんですね」

「ええ。滅多にいかない歌舞伎町のバーに誘われた帰り、前島が似顔絵を描いているのに遭遇したんです。懐かしくて、私は連れを帰して、前島と飲みました。その時に雅号を変えたことを知ったんです」

「昔話に花が咲いたんでしょうが、その時に質屋の娘のことや強盗殺人犯を目撃したことも話題になりました？」

「ええ。質屋の娘が安藤家という富豪の家に嫁いでると言ってましたよ。私が彼に会ったのは去年の十月なんですけど、その頃、東京国立近代美術館で『近代美術史におけるパリと日本』という展示会が開かれてましてね。前島はそれを観にいった。その時に、質屋の娘が、老人と夫らしい男、それに子供と一緒に観にきていた。前島は女に声をかけたんですが、女の方は人違いだと言ったそうです。前島は老人の顔に見覚えがあった。安藤庄三郎という富豪でした。前島は美術雑誌で安藤庄三郎のインタビューを読んでたんですよ」

「無視された前島さんは何か言ってました？」

「化けの皮を剝がしてやりたいって笑ってましたよ」

「化けの皮を剝がす、ですか」私はにやりとした。

〝風鶏〟は早苗がコールガールをやっていたことを言っていたのだろう。

強請りの材料にはなるが、〝風鶏〟はそれを実行に移したのだろうか。今のところそういう形跡は見つかっていないから何とも言えない。

「岩井節子という女の話は出ませんでしたか？　前島さんの前の女房なんですが」

「してたな。前の女房は岩井って総会屋の妻になってると言ってましたよ」

「先生は、安藤智亜紀とはいつ頃知り合ったんです？」

「今年の三月頃です。知り合いの画家の個展の打ち上げに出たら、彼女が来てました」松林が含み笑いを浮かべた。「変な出会いでした」

「変な出会いとは？」

「その画家は、ロートレック気取りで酒場の女や売春婦を描いてるんです。そいつ自身が好き者でね。展示されていた絵に描かれていた女のひとりが、誰かに似ていると思ったら、前島がモデルにしてた質屋の娘だった。私は、その画家に、この女と知り合ったのはどこでだと訊いたら、昔、コールガールをやってた女だと教えてくれたんです。私は前島の話をして、彼から聞いたことを教えた。それを傍で聞いていた女がいた。画家が困った顔をして、私を会場の隅に連れていき、女の正体を教えてくれた。それが安藤智亜紀だったんです。その直後、彼女が私たちのところにやってきて、こう言ったんです。〝とても興味深い話を聞かせてもらってありがとうございます〟ってね。私は大いに困ったが、彼女は嬉しそうに笑ってましたよ」

やっとこれで、智亜紀が〝風鶏〟を探すきっかけが分かった。

では、岩井節子がコールガールをやっていたことはどうやって摑んだのだろうか。

「先生は、前島の元の奥さんの顔は知らないですよね」

松林は首を横に振った。

「その画家は、他のコールガールも描いてたはずですね」

「もちろんです。そう言えば、安藤智亜紀は、或る女の絵に興味を持って、描いた画家に、これはいつ頃描いたものかと訊いてました」

その絵に描かれていた女が岩井節子だった可能性は大いにある。

智亜紀は、早苗と節子が知り合いかもしれないと考え、まず岩井節子に揺さぶりをかけた。結果、節子が早苗に連絡を取り、玉置も呼び出した。

早苗と節子の繋がりを確認した智亜紀は、外堀から固めていくように、さらに節子に脅しまがいの接触を試みた。

その後、何が起こったのか。それが分からない。智亜紀が殺されるに至る過程を暴ければ、自然に犯人に辿りつく気がした。

しかし、何であれ、松林の話は大いに参考になった。

鳩サブレを一枚食べてから、私は腰を上げた。九官鳥のお見送りはなかった。

榊原に紹介された鈴谷長一の家は、東部赤羽自動車練習所の裏手にあった。赤羽公園や赤羽郵便局からもすぐのところである。

近くに駐車場は見つからなかった。自動車練習所の近くに路上駐車し、徒歩で鈴谷の家を目指した。鈴谷には前もって電話をしておいた。

鈴谷は、早苗の実家で起こった強盗殺人事件を捜査していた元刑事である。

私はあの事件の調査をしているわけではないが、安藤早苗という女のことはできるだけ知っておきたかった。

智亜紀は石雄夫婦を嫌っていた。何とか安藤家から追い出したかったはずである。早苗がコールガールをやっていたことを摑んだ智亜紀は、それをネタに早苗を脅した可能性は否定できない。早苗が智亜紀の口を封じた。今のところ何の証拠もないが、私は早苗が本ボシではないかという強い思いを抱いている。

鈴谷長一の髪はデッキブラシのようだった。眼光が鋭い。首も太い。警察をいつ辞めたのかは分からないが、まだまだ現役で働けそうな立派な体格の持ち主である。

玄関の片隅に竹刀が立て掛けてあった。剣道をやっているらしい。

奥の部屋に通された。畳敷きの八畳ほどの部屋だった。扇風機が回っていた。縁側があり、開け放たれた窓から風が流れ込んできていたが、ちっとも涼しくはなかった。

嫁らしい女が麦茶を用意してくれた。

座卓の上には大学ノートが一冊置かれていた。

私は改めて自己紹介し、時間を割いてもらった礼を口にした。

「お父さんとは特に親しかったわけじゃありませんが、或るホステス殺しの捜査を一緒にやりました。温情派のいい刑事でしたよ。だから、警察を辞めて探偵になったと聞いた時はびっくりしました」そこまで言って、鈴谷は私をじっと見つめた。「目許がお父さんにそっくりだな」

私と父親に血の繋がりがないことを鈴谷は知らないようだ。しかし、目許が似ているのは確かで、これまでも何度かそう言われた。

「息子さんが跡を継いだ。天国にいるお父さん、さぞや喜んでおいででしょうな」鈴谷がしみじみとした調子で続けた。

「さっそくですが、十六年前に起こった強盗殺人のことですが」

「お話しするのはかまいませんが、どうして今頃になって、あの事件を追ってるのか知りたいですな」

私は智亜紀の事件について話し、関係者のひとりが、あの質屋の娘だということを教えた。

「……別に、その女が犯人だというわけではないんですが、知りうることは知っておきたいと思ってお邪魔したんです」

鈴谷が大きくうなずいた。「関係ないと思えることでもすべて調べる。大事なことです。私も、容疑者の過去はできる限り洗いましたから」

「で、あの事件ですが、犯人の目星はまるでつかなかったんですか?」

「いや。絶対にこいつだと思う人間がいたんですがね」鈴谷の口調に悔しさが滲み出ていた。

「でも、逮捕には至らなかった」

鈴谷が座卓の上に置いてあった煙草入れを開け、フィルターが白い煙草を一本取り出し、火をつけた。

「犯人はふたりだったが、そのうちのひとりはほぼ間違いなく私の睨んだ男だと思ってました」

「その男はどうしたんですか？」

「交通事故であっさりと死んじまったんですよ」

「それは本当に交通事故だったんですか？」

「それは間違いありません。或る金持ちの奥さんが、アクセルとブレーキを踏み間違えて、車を歩道に乗り上げてしまった。車の下敷きになったのが、その男で、脳挫傷で亡くなったんです。私が同僚と尾行中に起こった事故でした」鈴谷は煙草を灰皿に置き、老眼鏡をかけ、ノートを開いた。「男の名前は小柳守《こやなぎまもる》。少年の頃から窃盗を繰り返していた札付きでね」

「その男に目をつけた訳は？」

「目撃者がいましてね」

「ちょっと待ってください。私が新聞で読んだ限りでは、目撃者はいなかったようですが」

「地道な捜査の結果、ふたりの男が質屋のあった路地から飛び出してきたのを見た人物が見つかったんです。ひとりは背の高いがっしりとした男で、もうひとりはずんぐりむっくりのチビだった。目撃者の話によると、路地を出たふたりは、別の方角に逃げた。目撃者が顔を見たのは、チビの方だけでした。小柳もずんぐりむっくりのチビでね。犯行の当夜のアリバイはなかった。それに、店の奥の扉のこじ開け方が、奴が少年の頃に関わった押し込みの時とよく似てました」

「もうひとりの男については、何も分からなかったんですか？」

「小柳の周辺を徹底的に洗ったんですが、それらしい人物は浮上してこなかった。それまでほとんど繋がりのない人間同士が組んで犯行を犯した可能性もありますから」

「当時、質屋の前にアパートがあったのを覚えてますか？」

「もちろん。あそこの住人にも聞き込みをやりましたよ」

「ちょうど質屋の出入口が見える部屋に絵描きが住んでました」

「おう」鈴谷が目を丸くした。「いましたね。しかし、浜崎さん、よくそんなことを調べ上げましたね」

私は〝風鶏〟のことをかいつまんで話した。

「中野で起こった投身自殺のことは新聞で読んだ記憶がありますが、詳しいことは忘れてしまいました」

「私が調べたことによると、その画家は、犯人をスケッチしてたようです」

「何ですって！」鈴谷の背筋がぴんと伸び、黒い瞳がさらに鋭い光を放った。

私は松林から聞いたことを鈴谷に話した。

鈴谷の顔が歪んだ。「十六年前に、そのことが分かっていたら」

灰皿に置かれっぱなしになっていた煙草が燃え尽き、白いフィルター部分が座卓にぽとりと落ちた。

私がそれを手に取り、灰皿に捨てた。そして、煙草に火をつけた。

「そのスケッチの在処は分からないんですか？」

私は首を横に振った。

「今更、見つけても、何もできないが、私は是非見てみたい」

「ふたりのうちのどちらかが、あの質屋の客だったらしいですよ」

「犯人は必ず下見をするので、あの質屋の客については調べました。だけど、客の応対をしてた当の本人が死んでるから、何も摑めなかった」

「娘には訊いたんでしょう？」

「訊いたには訊いたが、十五歳の少女は店のことは何も知らなかった」そこまで言って鈴谷はまたノートに目を落とした。「青柳早苗って名前の子だったが、今はどうしてるんですかね。結婚してるのかな」

「ええ。姓は安藤に変わってます」

鈴谷の眉根が険しくなった。「じゃ、殺された女の……」

「義理の姉です。青柳早苗はどんな子でした？」

「暗い感じの子だったね。父親が殺されたというのに涙ひとつ見せずに、淡々と質問に答える、よく言えば、しっかりした子だった」

「呆然としてしまって、そんな態度を取ったんじゃないんですか？」

「そうかもしれんが、ともかく落ち着いてたよ。私には冷徹な子に見えたね」

「犯人は覆面をしてたという話ですが、彼女は人相をまったく見てなかったんですか？」

「躰の大きな方の男の覆面が取れかけたと言ってました。でも、よく覚えてなかった。目が大きな男だったそうですが、それ以上のことは。浜崎さんは、青柳早苗、いや、安藤早苗に興味があるようですね」

「ええ」

「安藤智亜紀殺しの犯人ではないかと考えてるんですか？」

「かなりの疑いを抱いてます。でも、確証は何もありません。私の勘のようなものです」

鈴谷はにやりとした。「勘は大事です。科学捜査が進んでも、人間の勘は尊重しなければならない、と私のような古い人間は思ってます」

「勘はよく外れますがね」

「まったくその通りです。しかし、あなたが追ってる事件と、質屋での強盗殺人が繋がってるわけではないんでしょう」

「まったく関係ないです。安藤早苗の少女の頃の性格を知ったところで何の役にも立たないでしょうが、鈴谷さんにお話が伺えてよかったと思ってます。お宮入りした事件ですが、探偵として私も興味がありますから」

「あなたの調査の過程で、私たちに嘘の証言をした画家のスケッチが見つかることを願ってます」

「それを手に入れることは難しいでしょうが、私の手に入ったら、鈴谷さんにお見せしたいですね」

鈴谷が遠くを見るような目をした。「是非、見たい。少なくとも、小柳に似た人物が描かれていたら、私は満足です」

私は煙草を消し、鈴谷に暇を告げた。

路上駐車した車にキップは切られていなかった。

自分は安藤早苗に拘りすぎている気がしないでもなかった。石雄という幼馴染みの妻を、そこまで疑う自分の気持ちが嫌になった。

事務所には九時少し前に着いた。

ドアの鍵を開けようとしていた時、かすかに電話が鳴っている音がした。

慌てて部屋に飛び込み、受話器を取った。

「やっと戻られましたね」

相手は庄三郎だった。

「報告をしなきゃと思ってました」

「私、今、歌舞伎町にいます」

「探索でもしてるんですか？」

「あなたのお帰りを待ってたんです。今から事務所に寄りたいんですが」

庄三郎は、私の冗談を無視して、真面目にそう言った。

「お待ちしています」

庄三郎が日曜日のこんな時間に私に会いにくる。何かあるはずだ。

私はバヤリースオレンジを飲み、灰皿に溜まった吸い殻を捨て、肘掛け椅子に腰を下ろした。

電話を切って十五分ほどで庄三郎がやってきた。灰色の麻のジャケットに黒いズボン姿だった。ネクタイは締めていない。

庄三郎は汗だくだった。ソファーに座った庄三郎に扇風機を向けた。

「ビールでも飲みますか？」

「いえ。水を一杯くださらんか」

私は、たっぷりと氷を入れた水を用意した。

「歌舞伎町のどこにいたんです？」

「喫茶店です」

「私がそちらに行けばよかったですね。クーラーのない、ここよりも数段快適なはずですから」

庄三郎は水を三口飲み、グラスをテーブルに置いた。そして、ぼんやりと正面を見つめた。

「報告することはさしてありません。やはり、探偵には荷が重すぎる仕事ですね」

「止めたいとお思いでしょうか」

庄三郎は相変わらず、正面を見たままである。目が空虚な色に染まっているように思えた。

「止める気はないですよ。犯人は逃走中の熊上ではないと私は思ってますから」

庄三郎が目の端で私を見てから俯いた。様子がおかしい。

「どうしたんですか、安藤さん」

庄三郎はジャケットの内ポケットから、封筒を取り出した。封筒は分厚かった。金が入っているように思えた。

「浜崎さん、これ以上の調査は無駄な気がしてきました」

「つまり、調査を中止しろということですか?」

庄三郎がこくりとうなずいた。

私は、庄三郎の前に腰を下ろした。庄三郎は私に目を合わせない。

「依頼人の言ったことには従いますが、何かあったんですか?」

庄三郎は口を開かない。私も黙っていた。

扇風機の音だけが部屋を満たしていた。

「犯人が見つかっても、智亜紀が戻ってくるわけではないですから」庄三郎がか細い声で言った。

「ご無理なお願いをして申し訳なかったですね」

「きちんとした報告書は数日後に郵送します」

庄三郎が顔を上げ、首を横に振った。「そんなものは必要ないです。浜崎さんがよくやってくれていたことは分かってますから。報告書を読んだら、余計に嫌な気持ちになるでしょう。私はすべてを忘れてしまいたい」

「この件について、石雄君と話しました？」

「彼と何を話すんです？」庄三郎に動揺が見られた。

「身内に起こったとんでもない事件ですから、避けては通れない話題じゃないですか？」

「だからこそ、誰も触れないんです」

「なるほど」

庄三郎がテーブルに置かれた封筒を手に取った。「調査料がここに入っています」

「随分、気が早いですね。こちらで明細を作ってからで結構ですよ」

「三週間分の調査費用が入っています。これで足りないということはないと思いますが」

「多すぎます」

「いいんです。突然、私から中止をお願いしたんですから、受け取ってください」

「それだけ支払うんだったら、調査を止めることはないじゃないですか？」

「止めていただきたいんです」庄三郎の語気が荒くなった。

「改めて計算し、多い分はお返しします。金のことは綺麗にしておかないと」

「浜崎さんのいいようにしてください」そう言ってから、庄三郎はふうと息を吐いた。

そろそろ帰ると言うだろうと思ったが、庄三郎は何も言わず、立ち上がる素振りも見せなかった。

沈黙が続いた。扇風機の風が、庄三郎の髪を揺らせていた。

「浜崎さんは誠実な方だ。これから何か困ったことが起こったら、あなたに相談にきます」

「今も困っていることがあるんじゃないんですか？」

庄三郎は上目遣いに私を見て、頬をゆるめた。「私は穏やかな晩年を迎えたい。それだけです」

私は薄く微笑み返し、煙草を消した。

「こんな時間にお邪魔して失礼しました」庄三郎がゆっくりと腰を上げた。

私は玄関まで庄三郎を見送ることにした。

ドアを開けた庄三郎が肩越しに私を見た。「もうこの件は、浜崎さんも忘れてください。お願いします。それでは」

庄三郎はそう言い残して姿を消した。

事務所に戻った私は、庄三郎が座っていたところに腰を下ろし、封筒の中身を調べた。

ピン札を数えた。働きに見合っていない大金だった。

庄三郎はなぜ、調査を中止したくなったのだろうか。

答えはひとつしかない。智亜紀の事件に身内が深く関係していることを知ったからだろう。

石雄が、妻、早苗の秘密を庄三郎に話し、私の調査が、安藤家に波風を立てることになると訴えたのか。それとも、何かの拍子に、庄三郎が石雄夫婦の会話を聞き、これは由々しき問題になると考え、自ら調査の中止を決めたのか。

いずれにせよ、庄三郎は安藤家の当主として、家を守ろうとして、私を訪ねてきたに違いない。

庄三郎が調査の中止を申し出てきたことで、さらに安藤家のことを探りたくなった。

しかし、依頼人が引けば、探偵の私も引く。小説の中の名探偵のように、無関係なのに、事件に鼻面を突っ込み嗅ぎ回ることはしない。

事件が自分の手を離れた瞬間に、関係者は遠い人となる。

しかし、今回の場合は少し状況が違っている。石雄は幼馴染みである。調査を通して知り合った人間ではない。

一緒に臭い飯を食った石雄と再会したことで、途切れてしまっていた友人関係がまた始まるかと思われた。しかし、庄三郎の依頼を引き受けたことで、石雄の妻の過去を知り、彼女を追い詰めることになった。結果、石雄との間にヒビが入った。座礁したタンカーから海に流れ出した重油が足にまとわりついてきたような嫌な思いがしたが、調査を止める気にはならなかった。

だが、依頼人が調査の中止を望んでいる以上、止める外ない。それでもって石雄との関係が修復できるとは思わないが、少なくとも、もうぶつかり合うことはないだろう。それがせめてもの慰めである。

私はぼんやりと煙草を吸っていた。石雄の妻を疑っていることに変わりはない。フィニッシュまで持ち込める自信はないが、本当はできるだけのことをして、白黒がはっきりするまでは調査を続けていたかった。

それに熊上との約束がある。私は、彼の無実を晴らすために動いてもいたのだ。

依頼人である庄三郎を無視して調査を続けるか。いや、それはやってはいけないことである。探偵は依頼人がいるから探偵なのだ。

とはいうものの、私は迷っていた。

報告書を書くことにした。庄三郎に渡すものではない。自分のための報告書である。

親父も扱った調査を克明に記していた。私も同じことをやっているにすぎない。

おさらいをすることで、何か新しいことを発見できるかもしれないと期待している自分がいた。しかし、長い時間、机に向かっていたが、頭は堂々巡りしただけだった。

報告書を書いたことで、神経が冴えてしまい、飲まないと寝られなかった。夜が白み始めるまで独酌は続いた。


目が覚めたのは午後一時すぎだった。その日も暑くて、寝ている間に汗びっしょりになった。

ハムエッグを作り、食べた。それからシャワーを浴びた。

パンツ一丁で、扇風機に当たり、新聞を開いた。

昨日の未明に起こった地震のことが書かれてあった。埼玉県東部が震源地で、推定震度は五だった。

杉並区では病弱だった二十歳の女がショック死していた。

庄三郎が用意してきた金はそのままテーブルの上に置かれていた。

決して裕福ではないのに、大金を放りっぱなしにしている自分が馬鹿に思えた。

金をもって外に出た。銀行に預けるつもりなのだ。私が使っているのは新宿の東口にある三菱銀行だった。

シャワーを浴びてすっきりした躰は十メートル歩いただけで、噴き出した汗に襲われた。

銀行の帰りに『宝屋』に寄った。

外は焼けつくような陽に晒されているのに、『宝屋』は暗くじめじめしていた。

客はひとりもいなかった。

店番をしているのは成美ではなく、負六だった。

「成美さんはどうした？」

「夏風邪を引いたから、俺が代役だ」

負六に用があった私にとっては、好都合だった。

「暇そうだな」私は負六に笑いかけた。

「今日はひとりの客も来てないよ。やることがなくて飽き飽きしてる」

「あいつはまだ裏に隠れてるのか」

負六がうなずいた。

「裏にいる〝熊〟に会ってくるが、あんたも来てくれ」

「なぜ？」

「いいから来てくれ」

私はそう言い残して、奥のドアに向かった。

「心配するな。浜崎だ」私はそう言って通路を進んだ。

熊上は、この間と同じようにマネキンの後ろに隠れていた。

負六がやってきた。

私は熊上の前に立った。

熊上の髭は伸び放題に伸びていた。異臭がした。熊上は長らく風呂に入っていないのだろう。このままの姿だったら、路上生活者になっても、誰も逃亡犯だとは分からない気がした。

「ちゃんと飯は食ってるのか」

「彼女が用意してくれてる。いい知らせか」

「悪い知らせだ。依頼人が調査を中止しろと言ってきた」

「じゃ、もうあんたは」

「お払い箱になったってことだ」

熊上は気ぜわしげに頰髭を撫で始めた。「じゃ、もう調査はやらないのか」

「そのつもりだ」

「簡単に引いちまうんだな。俺の無実を信じてくれてると思ったのに」

「今でも信じてるさ」

「つまりは金にならなきゃ、やらんてことか」

「金はたっぷりもらった」

熊上が顎を上げ、じっと私を見つめた。「じゃなぜやらない」

「依頼人がいないからだ」

「あんたに期待してたわけじゃないけど、冷たいもんだな」熊上は投げやりな調子でつぶやいた。

「そんなことをあんたに言われる筋合いはない」

「義郎の言う通りだ。乗りかかった舟っていうのがあるだろうが」負六が口をはさんだ。

私は地べたに腰を下ろした。

「手を引いたのに、まだ俺に用があるのか」熊上はふて腐れたような調子で言った。

「依頼人さえいれば、俺は調査を再開する」

熊上は首を傾げてから、はっとしたように私を見た。「依頼人だったら俺でもなれるってことか」

「いや、あんたは逃亡中だ。そんな人間を依頼人にしたら、後で俺が窮地に立たされるかもしれない」

「依頼人、負六でもいいのか」

「もちろん」私は負六に目を向けた。「金を払ってくれればね」

熊上が深い溜息をついた。「あんた金のことしか考えてないんだな」

「金が介在するから、依頼人と探偵の関係が生まれる。金をもらわずに働いたら慈善事業みたいになっちまうじゃないか。線引きは必要だ」

「俺は余分な金なんか持ってない」負六が言った。

熊上が身を乗り出した。「で、いくら払えばやってくれるんだ」

「場合によりけりだ。探偵の料金なんてあってないようなものだから。そうだな、今度のケースは、俺が事件を解決できたら三万だな」

「たったそれだけでいいのか」と熊上。

「誰の懐から出ようが俺の知ったことじゃないが、負六さんが俺に依頼してくれたら、その料金で頑張るよ」

熊上が負六を見た。「あんた引き受けてくれるだろう?」

「俺が金を払うのか」負六が不服そうに口を尖らせた。

「晴れて無実と分かったら、三万ぐらいだったら、何とかする。その間、俺に貸しておいてくれないか」

負六が私を見た。「浜崎さん、俺が依頼人になったとしてだが、面倒に巻き込まれることはないのか」

「それはない。依頼人の名前は絶対に明かさないから」

「分かったよ。俺が依頼人になればいいんだろう」

「浜崎さん、早く本当の犯人を見つけてくれ。俺はもうこんな生活に耐えられなくなってきてる」

「こんな生活だって。贅沢を言うんじゃねえよ。俺に泣きついてきた時のことを忘れたのか」負六が怒った。

「熊上、俺が真犯人を見つけられる保証はない。そのつもりでいろ」

「見つけられなかったら、俺はどうなるんだ」

「お前をいつまでもここに置いておくわけにはいかないぜ」負六が言った。

「自ら出頭することも考えておけ」

「それだけは絶対に嫌だ。誰も俺の言うことなんか信じてくれないに決まってる」

店の方から物音がした。客がきたようだ。

負六が店に向かった。

「あんたが逮捕されたら、俺は調査したことを警察に教える」私は小声でそう言った。

「相手にしてくれないよ」

「かもしれないが、そうする外ない。ともかく、調査を続行するから、ぐじゃぐじゃ言わずに負六さんの世話になってろ」

熊上は壁に背中をつけ、口を大きく開け、目を閉じた。

私は立ち上がり、熊上から離れた。

客はＳＭ雑誌をぱらぱらと見ていた。

私は負六に軽く手を上げ、外に出た。歩いて事務所に戻った。部屋はむっとしていた。扇風機など何の役にも立たなかった。

上半身裸になり、氷水を飲みながら考えた。

早苗を疑ってはいるが、彼女を追い詰める手段はない。

自殺とされている〝風鶏〟の事件に私は拘りたかった。

あれが他殺で、どのようにして、あのマンションを使い、自殺に見せかけたかが解明できると、調査は大きく進展するはずだ。

早苗以外に犯人がいるとしたら……。

そこまで考えた時、嫌な空気が胸に流れた。脳裏に石雄のことが浮かんだのである。

妻のために石雄が犯行に及んだ可能性は否定できない。彼のアリバイを調べる必要があるが、安藤家の恥が表沙汰にならないために石雄が動いたとも考えられる。

幼馴染みに疑惑の目を向けるなんてことはしたくない。しかし、可能性がある限り、見て見ぬ振りはできない。

電話が鳴った。

「俺だよ」石雄が沈んだ声で言った。

「暑いな」

「夏だからね」

「ビアガーデンにでも行きたい気分だよ」

つまらない会話だが、私は重みを感じていた。石雄が電話してきたのには理由があるはずだ。

「お前と仲良くやれそうな状態になったな」石雄が言った。

「親父さんと話したんだな」

「ああ。お前、調査から手を引いたんだろう？」

「それを確かめに電話してきたのか」

「そうじゃない。俺は、お前に頭にきたが、今は何も思ってない。それを伝えたかったんだ」

「親父さんに、あらいざらい話したのか」

「話すわけないだろう。でも、親父は察した。お前の調査が、安藤家にとって由々しきものになりそうだってな」

「お前と女房の会話を盗み聞きしたのかな」

「かもしれん。ともかく、この件はもうお前とは関係なくなった。そうだろう？」

「智亜紀さんが殺された夜、お前は本当に女房と一緒にいたのか」私は落ち着いた調子で訊いた。

「何だと！」石雄が声を荒らげた。「お前、依頼人が下りたのに、調査を続けてるのか」

「俺の質問に答えてくれないか」

「答える必要がどこにある」

「この件から手を引けなくなった」

「どういうことだ」

「新しい依頼人が現れた」

「そんな馬鹿な」

「本当の話だ」

「信じられるか。そんなに都合良く、依頼人が現れるはずはない。お前は友情を無視しても、功名心に駆られて、この事件を追ってる。そこまでゲスな野郎だとは思わなかったぜ」

「もう一度訊くが、智亜紀さんが死んだ夜……」

電話はいきなり切られてしまった。

私は置いた受話器を握ったまま、その場に立ち尽くしていた。

石雄が激怒するのはもっともなことである。これで石雄との関係を修復する機会はなくなった。また石雄に殴られることがあってもしかたがないと思った。しかし、いくら殴られても、真実を摑んだら公表するつもりである。

熊上なんて男は、私にとってどうでもよい人間だ。しかし、やってもいない罪で裁かれることはあってはならない。

そこまで熊上の無実を信じる根拠はあるのだろうか。何もない。しかし、奴と話せば話すほど、犯人ではないと思えてくるのだった。

私は肘掛け椅子に躰を投げ出し、煙草に火をつけた。

一時間半ほど経った時、玄関ブザーが鳴った。

私は脱いだ下着とシャツを着て、玄関に向かった。

小窓から来訪者を見た。

相手と目が合った。

「話がある。入れてくれ」

玉置は紺色のスーツ姿だった。黄色いネクタイを右手の指でいじっていた。

ドアを開けた。

玉置が目尻に笑みを溜めた。小狡《こずる》そうな顔である。

私は玉置を部屋に通した。玉置は部屋を一瞥し、顔をほんの少ししかめた。

彼にとって私の部屋は、ビルの地下のボイラー室のようなものにしか見えないのかもしれない。

「暑いのは我慢してくれ。で、何の用だ」

「座っていいか」

私は黙ってうなずいた。

玉置はソファーに腰を下ろすと、マルボロに火をつけた。

「お世辞にも綺麗な部屋だとは言えないな」

「そんなきちんとした格好をしていたら、脱水症状を起こすかもしれないぜ。上着ぐらい脱いだらどうだ」

「俺は暑さにも寒さにも強いんだ」

「成功者は強靭だな」

「浜崎さん、こんな部屋から出られるチャンスがある」

「聞こうじゃないか」私は、玉置の前に座った。

「例の件から手を引いてくれないか。悪いようにはせんから」

「俺が動き回るのが目障りなようだな。六本木では上手に俺を撒いた。俺の愛車の行く手を阻んだローレルの持ち主は、確か、竹下英治という男で、中野区新井町に住んでる。竹下には前科がふたつもあるそうじゃないか」

玉置がゆっくりと手を叩いた。「あんたは思ったよりも優秀だな。それだけ優秀な探偵は、もっと報われるべきだよ」

「例の件って何を指して言ってるんだ」

「とぼけるな」

「はっきり言えよ」

「俺が昔、やってたことを忘れてほしい」

「何をやってたんだい」

玉置が舌打ちした。「社交クラブをやってたのはあんたも知ってるだろうが」

「そんな上品なものをやってたなんて知らなかったよ。客は紳士、淑女で、ワルツやタンゴを踊ってるクラブ。あんたには似合わないな」

「舐めた口をきくんじゃないよ。この暑さだけでも苛立つのに」

「じゃ、帰れ」

「そうはいかない。社交クラブをやっていたことが表沙汰になると、都合が悪いんだ。これから先のことを考えると」

「売春クラブの親玉だったと分かると、商売に響くのかい？」

「今、商売で付き合ってる人間はみな上品でね、お堅いんだ」

「金持ちの中には見る目のない者もいるんだな。あんたの過去なんか知らなくても、あんたを見れば信用できないと思うのが普通だがね」

玉置は唇を噛みしめた。

私に手を引いてほしいと思ってやってきたわりには、玉置の態度はでかい。

私は煙草を吹かしながら、玉置の次の言葉を待った。

「社交クラブのことをすべて忘れてくれたら、一千万払う」

私は口笛を吹いた。

「大金だろうが。郊外に一軒家を持てる金額だぜ。クーラーなんて何台でも買える。もったいつけないで承知しろよ」

「そんなに社交クラブをやってたことが気になるとはな」

「金はすぐに用意する。今夜、届けてもいい。裏金だから税金はかからない。いい話だろうが」

「あんたのポケットからそんな大金が出てくるのか。奇術師が上着の内側から鳩を出すよりもびっくりだぜ」

「四の五の言わないで受けろ」

私は上目遣いに玉置を見、ぐいと彼の方に躰を寄せた。「誰に頼まれた」

「俺の一存で決めた」

「安藤早苗から話を聞いたんだな」

「その通りだ。だけど別に彼女を助けるために金を払うんじゃない。俺がスキャンダルに巻き込まれたくないからだ」

「早苗は売春をやってたことを相当気にしてるらしいな」

「いや、そうでもなかったよ。石雄に話したって言ってたから」

「玉置さん、せっかくの話だが、お断りするよ」

玉置の背筋が伸びた。「なぜだ？　一千万だよ」

「買収されるのが面白くないんだ」

「何を突っ張ってるんだ。そうか、もっと欲しいってことか。欲張るのもいい加減しろ。それだけの金があれば、小奇麗な事務所を借りて、秘書も雇える。それに、友だちの石雄も喜ぶだろう」

私はくわえ煙草のまま腕を組んだ。

庄三郎が依頼したことを中止させたことを石雄は知っている。早苗にも伝わっているはずだ。新しい依頼人が現れたことも石雄に話した。石雄が玉置に連絡を取り、彼を駒に使ったのだろうか。電話で、そういう話をする時間はあったはずだ。私が事務所にいることを石雄は知っていたから、玉置は私に電話も寄こさずやってきたのか。

よく分からない。しかし、一千万という金額は、出す人間が誰だろうが、その人物がかなり焦っている表れに思えた。

「な、浜崎さん、俺の言う通りにするのが一番いい」

「帰ってくれないか。俺はこれから出かけるところがあるんだ」

「本気で断るのか」

「人を間違えたようだな、玉置さん」

「呆れるぜ、まったく」玉置が吐き捨てるように言って立ち上がった。

ほどなく荒々しい音を響かせて、玄関のドアが閉まった。

取る物も取りあえず、私も事務所を出た。そして、忍び足で階段を降りていった。

玉置が車で来たのか、そうではないのかは分からない。

建物の陰から表通りを見た。玉置の後ろ姿が見えた。歌舞伎町に向かって坂道を下ってゆく。私は後を尾けた。

玉置は坂を下りきったところで立ち止まった。タクシーを拾うつもりなのかもしれない。私は少し急ぎ足になった。

果たして、玉置は空車に手を上げた。そのタクシーの真後ろには軽トラックが走っていた。軽トラに続いてもう一台空車がやってきた。私はそれに乗った。

「前の前を走る黄色いタクシーの後を尾けてくれ」

「お客さん、警察の人？」

「紛いもんだ」

「紛いもん？」

「いいから黄色いタクシーを追ってくれ」

玉置を乗せたタクシーは風林会館のところを右折した。そして、靖国通りに出ると左に曲がった。

玉置は自分の事務所に戻るだけかもしれないが、ともかく、行き先を見届けたかった。

やがて、問題のタクシーは新宿通りに出て、四谷方面に向かった。

玉置が神田の事務所を目指していないことだけははっきりした。

タクシーは新宿通りを走り続け、半蔵門に達すると右に折れた。そして、日比谷でまた右折した。

玉置の行き先は帝国ホテルだった。

タクシーを降りた私は、ホテルの中に入った。

玉置は館内電話で誰かに連絡を取った。それから階段を上がっていく。そして、中二階にあるバーに歩を進めた。

オールドインペリアルバー。

確か四年前に帝国ホテルが大改装した際にオープンしたバーである。

私はバーの入口から少し離れたところに立った。

サラリーマン風の男がふたり、躰のでっかい外国人を連れてバーに入っていった。それから数分後に、パナマ帽を被り、ベージュのスーツを着た男がやってきた。盲人がかけるみたいな濃いサングラスをかけていた。

どこかで見たことのある男だった。すぐに誰だか思い出した。週刊誌でこの男の顔を見たことがあったのだ。

岩井恒夫。節子の夫である。

謎は解けた。私を買収しようとした張本人は岩井恒夫だったらしい。しかし、玉置とどう繋がるのかは分からない。

分からなければ、当事者たちに直接訊けばいい。私もバーに入った。

バーの中は小暗かった。ほどよい数の客が飲んでいた。バーテンダーの動きはきびきびとしているが柔らかい。ぼそぼそと話している客の声が溶け合って、店内に煙りのように漂っている。

壁際の席で、玉置と岩井恒夫は相対していた。私はつかつかと彼らに歩み寄った。

玉置が目を瞬かせて躰を硬くした。

「お前がどうしてここに」

「静かで上品なバーが俺の好みなんだ」

岩井がじっと私を見つめた。

「こいつが浜崎です」玉置が口早に言った。

「玉置さん、あんたは間抜けなんだね」岩井はそう言ってから、胸ポケットから葉巻を取り出し、火をつけた。

「ご一緒させてもらってもよろしいでしょうか」

「望むところだ」岩井が落ち着いた口調で言い、葉巻をくゆらせた。

玉置の前には水割りが置かれていたが、飲んだ形跡はなかった。

私は玉置の横に腰を下ろした。岩井の注文した酒が運ばれてきた。オンザロックだった。私は、すぐに退散するから水だけでいいと従業員に言った。

「君は下戸なのか」

「こんな時間に飲むようなゆとりある生活は送ってないんですよ」

「探偵は昼間から飲むものかと思ってたがね」

「そういう探偵はとうの昔に死滅してます」

「つまらん世の中の影響を探偵までもが受けているということか」岩井が鼻で笑った。「で、なぜのこのこ私の前に現れたんだ」

「玉置さんと親しかったんですね」

「君が嗅ぎ回ってる件がなければ会うこともなかったろう」

「奥さんから私のことを聞いたんですね」

岩井が玉置の方に目を向けた。「君は遠慮してくれないか」

「え?」

「君にはもう用はない」

「分かりました」

私の前ではふんぞり返っていた玉置だが、岩井の前では萎《しぼ》んだ風船のように情けなかった。

「何をもたもたしてるんだ。早く行け」

玉置が上目遣いに岩井を見た。「あのう、例の話ですが、よろしくお願いします」

「考えておこう」

「私は是非、岩井会長と……」

岩井は葉巻の煙りを追い払うように腕を動かした。煙りが鬱陶しかったわけではない。玉置が目障りのように見えた。

「それでは私、これで失礼します」

玉置は岩井に深々と頭を下げて、席を離れた。

岩井は玉置の方には目もくれず、私に顔を向け、サングラスを外した。切れ長の小さな目には威圧感が波打っていた。

「妻が、妙な男と家の近所で会っていると聞いたから問い詰めた。そしたら、君と会ってることを白状した」

「奥さんは、大っぴらにされては困る過去を持っていた。その話を無理やり聞き出したんですね」

「会っていた理由をはっきりさせるのは、夫として当たり前だろうが」

「往復ビンタでも食わせて、告白させたんですか?」

岩井の頰が歪んだ。お世辞にも上品な顔とは言えない。老舗のホテルのバーには似合わない表情である。

「君は私を誤解してる。私は暴力を振るうような人間ではない」

「節子さんの話だと、あなたは水商売を嫌っているそうですね」

「その通りだ。私は、銀座のクラブのようなところには絶対に顔を出さん」

「で、節子さんの告白を聞いて……」

岩井が右手を軽く上げて、私の言葉を制した。「私の女房を気安く名前で呼ぶな」

「失礼しました。奥様の告白を聞いて、あなたはどう思いました」

「ショックだった。女を売る商売をしている女を妻にしたと思うと腹が立ってしかたがなかった」

「女を売っていない女なんていやしない。事務員も女社長も女子バレーボールの選手も自然に女を売ってる。男が男を売ってるように」

「君は理屈っぽいんだな。私は理屈っぽい奴は信用しない」

「私はあなたに信用されたいとは思ってない」

岩井はにやりとした。「私に向かってそれだけのへらず口が叩ける。君は玉置なんかよりもずっと優秀そうだな。ケチな探偵をやってるのはもったいない」

「真相を知ったあなたは、これからどうするんです？　節子さん、いや、失礼、奥様を家から追い出すんですか？」

「それも考えた」岩井がグラスを手に取り、一気に飲み干した。

「しかし、止めた」私が口をはさんだ。

「ここでガタガタしたら、マスコミが興味を持つ。ともかく、君が摑んだ情報が表に出ないようにするのが先決だ」

「一千万もの大金を払っても闇に葬りたいってことですね」

「君さえ騒がなければ、おそらく、今回の件は表沙汰にはならんだろう。一千万では不服か」

「私は奥様に二度会ってる。なかなか感じのいい人です。ですから、彼女の過去をほじくり返す気などないですよ。ただ今やっている調査が問題なだけです」

「安藤早苗も、女房と同類の女だった。君の狙いは彼女か」

「それは言えませんが、岩井家のことを探る気は毛頭ない。安藤智亜紀の殺害事件に奥様が関係しているとは思えませんから」

「安藤早苗のことを君が暴けば、芋づる式に、女房のことも明るみに出るだろう」

「そうとは限らない。私は、奥様のことを頭において慎重に行動しますよ」

「君はブンヤとも付き合いがあるんだろう？」

「あります」

「そこにはもう情報がいってるんだろうよ」

「ええ。ですが、どんな状況が訪れても、奥様の件は書かせないようにします」

岩井がじろりと私を見た。「君にそんな力があるとは思えんがな」

「他のネタを流すことで取引できます」

「信じられんな」

「信じるしかないですよ。あなたがいくら金を使っても、押さえられないことはあります。ですが、逆に金なんか使わなくても、相手を黙らせることはできる」

「君は案外、生真面目なんだな」

「私はお嬢さんの淳子ちゃんも知ってる。お嬢さんを意味もなく不幸にするような真似はしたくない」

岩井が驚いた顔をした。「なぜ、淳子を知ってるんだ」

「同じ小学校に通ってる安藤大悟君と一緒にいる時に会った。なかなかしっかりしたお嬢さんですね」

私は、淳子が本当の父親を探していることについては話さなかった。

「ともかく、私は、この件だけは、どんなことをしてでも公にはさせない」

「淳子ちゃんの実父が死んだことは、ご存じですね」

「新聞で読んだよ」

「淳子ちゃんにも伝わってるのかな」

「いや、母親は何も話してないようだ。でも、なぜ、君がそんなことまで知ってるんだ」

「調査の途中で分かったんです」

「知っても、淳子はそれほどショックは受けんだろうよ。父親のことはほとんど覚えてないようだから」

私は煙草に火をつけてから、水を口に運んだ。「なぜ玉置なんかを使ったんです？」

「私から奴に連絡を取り、この件を口外するなと言ったんだ。問題はなさそうだった。奴が私に近づきたがっているのが感じ取れた。だから、ふと思いついて、君を買収できたら、或る不動産取引を任せてもいいと持ちかけた。奴は乗ったよ。しかし、あの男は駄目だな。君に尾行されてることにも気づかず、私のところにやってきたんだから。脇が甘すぎる」

「でも、仕事を回してやるんでしょう?」

「どうってことのないものをな」

「よくこのホテルを使うんですか?」

「商談の時にホテルを使うんだ。特に私は、このホテルが気に入ってる」

私はまた水を口に含んだ。

「君は車か?」

「いいえ」

「じゃ、なぜ飲まない」

「これからいろいろやることがあるので。酒臭くては、会ってくれる人も会ってくれないでしょう」

「玉置の話だと、君は安藤石雄の友だちだそうだな」

「幼馴染みです」

「それなのに、安藤家の人間を嗅ぎ回ってるのか」

「私は依頼された調査をやってるだけです」

「手を引いたらどうだね。友だちのためにも」

「周りから手を引けと言われれば言われるほど続けたくなる」

「職業意識が高いことはけっこうだが、部外者に迷惑がかからないようにやってくれ」

「先ほども言いましたが、いい奥様だ。離婚はしない方がいいと思いますよ」

岩井は細い目をさらに細め、右の人差指で私を指した。「余計なことを言うな」

「失礼」

岩井はもう私を見ずに、葉巻の煙りを思い切り吐き出した。

私は黙って立ち上がり、一礼するとバーを出た。

外は猛烈な雨になっていた。雷も轟いている。

私はタクシーで事務所に戻ることにした。

岩井恒夫と会っても、調査は進展しないことは分かっていたが、会っておいてよかったと思った。淳子のことを気にしていたのである。本当の父親が死んだことを、淳子はまだ知らないらしい。

今回の依頼が舞い込んできたのは、新宿二丁目の路地で大悟と淳子に会ったのがきっかけだった。それが思わぬ展開を見、今に至っている。先行きはまるで見えない。ドアのない部屋に放り込まれたような気分がしている。どこかをこじ開けなければ、進展はないだろう。

事務所に着くまで雨は降り続いていた。

躰を濡らした私は、部屋に入るとバスタオルで髪を拭いた。濡れた服を脱ぎ、新しいものに着替えた。それから鮨の出前を頼んだ。鮨が届いた頃には、夕立は上がっていた。

食事を終えると私は岩井家に電話をして、節子を呼び出した。もう偽名は使わなかった。

「どんな御用でしょうか」節子の声はかすかに震えているようだった。

「元の旦那が死んだこと、淳子ちゃんに教えました？」

「いいえ。でも、それがあなたに何か関係あるんですか？」

「教えてあげた方がいい。彼女は、本当の父親に会いたがってた。なぜ、そんなことを俺が知ってるかなんてどうでもいい。ともかく、話してあげるべきだ」

「……」

「俺はそれを伝えるために電話をしたんです」

「もう私に関わらないでください」

「そうします」

節子はそれ以上、何も言わず受話器を置いた。

次にやることは決めていた。もう一度、〝風鶏〟こと前島俊太郎が自殺したとされるマンションに行ってみるつもりなのだ。

〝風鶏〟の死が自殺ではないとしたら、あのマンションに何かの謎が秘められている気がしている。

私は必要なものを鞄に入れ、事務所を出た。

今回は自分の車を使った。

十五分ほどで、〝風鶏〟が飛び降りたとされているマンションに着いた。路上駐車し、マンションに入った。

加山という管理人の部屋のブザーを押した。部屋からは野球中継の音は聞こえてこなかった。月曜日だから、プロ野球はやっていないようだ。代わりに女の可愛い歌声が聞こえてきた。山口百恵の声に思えた。

ドアが開いた。

日焼けした顔の管理人の眉根が険しくなった。

「またあんたか。今日は何だい？」

「ここから飛び降りた画家は、このマンションに知り合いがいたらしいんです」私は大嘘をついた。

「本当か。それは誰だい」

「それが分かってないんですよ」私は鞄の中から、早苗と節子の写っている写真を取り出した。「このマンションに、ここに写ってる女の人が住んでるかもしれないんですけど」

管理人が写真を見た。「写真が小さくてよく分からないけど、ふたりとも見たこともない女だな」

軽い落胆を覚えた。私はこう考えたのだ。

犯人が偽名で、このマンションの一室を借りていた。〝風鶏〟をおびき寄せるために。

〝風鶏〟がこのマンションにやってきたのは午後十時頃で、その三時間ほど後に悲鳴が聞こえている。その三時間、〝風鶏〟が、このマンションの一室にいた可能性もあると推理した。

その部屋に、〝風鶏〟は犯人と一緒にいた。飛躍のありすぎる仮説だが、私は一応、当たってみることにしたのだ。

「ごく最近、部屋を借りた人間はいませんか?」

「いるよ。二、三週間ほど前に、七〇一号室を借りた女がいる」

「確かに女ですか?」

「男と女の区別ぐらいつくよ」管理人がむっとした顔で答えた。

「どんな女です?」

「髪の長い女だよ。俺が見た時は帽子を被り、サングラスをかけてた」

「歳格好はどれぐらいです」

「三十代だな。頬に大きな黒子《ほくろ》があったよ」

「その女はまだ七〇一号室を借りてるんですか」

「引っ越しするなんて話は聞いてない」

「今、いますかね」

「さあね。住まいは山梨で、上京した時にだけ使うって引っ越してきた時に言ってた」

「引っ越しの荷物は？」

「それが変なんだ。引っ越し業者を使った様子はないんだ」

「女の名前は何て言うんです？」

「本山《もとやま》さんだよ」

私はもう一度、早苗と節子の写真を見せた。「このふたりのどちらかに似てることはないですね」

「ないよ。ふたりとも髪は長くないじゃないか」

私は黙ってうなずくしかなかった。

「自殺した人が、ここの住人と付き合いがあったことが問題なの？」

「問題なんかひとつもありません。ただ、自殺する前の前島さんに会っているかもしれない。その時のことを聞いてみたくてやってきたんです」

「そこまで調査するんですか？」

「依頼人がしつこい人でね」私は頭をかいてみせた。

管理人と別れた私は、一旦、外に出る振りをして、またマンション内に戻った。

七〇一号室の郵便受けを調べた。ダイレクトメールしか入っていなかったが、その量はそれほど多くはなかった。二週間も三週間も放っておいたらもっと溜まっているはずだ。

エレベーターで七階を目指した。左端の部屋が七〇一号室だった。ブザーを押してみた。応答はない。

鍵の具合を仔細に見た。開けるのにそれほど手間のかかるものではなかった。

エレベーターのドアが開く音がした。背広姿の男が私の方に歩いてきて、ふたつ隣の部屋の前に立った。

「ちょっとお伺いしたいんですが」私は男に近づいた。

男はキーホルダーを手にしたまま、怪訝な顔をして私を見た。

「七〇一号室の本山さんを訪ねてきたんですがいらっしゃらないようで。何度も来てるんですが、いつも不在なんです。最近、彼女を見たことあります？」

「ええ。昨日の夜、部屋から出てくるところを見ましたよ」

「そうですか。じゃ、遠出はしてないってことだな」私は考え込むような振りをして、そうつぶやいた。

鍵を開け、部屋に入ろうとした男を呼び止め、早苗と節子の写真を見せた。

「本山さんに似てる人が写ってませんか？」

「ふたりとも全然、似てないですよ」

私は男に礼を言い、エレベーターに向かった。

車に乗ると煙草に火をつけ、問題のマンションに目を向けた。

早苗が偽名を使い、変装し、このマンションの部屋を借りた。そして、そこに〝風鶏〟を呼んだ。

その後の展開はよく分からないが、ともかく、〝風鶏〟を自殺に見せかけて殺すために、早苗が大芝居を打った。本山という女の話を管理人に聞いた時は、その可能性が大いにあると思った。しかし、七階に住む男の話だと、本山という女を昨日、見たという。それが早苗だったら、何をしにやってきたのだろうか。

私の勘はまったく当たっておらず、頬に黒子がある髪の長い女は実在するのかもしれない。

自分の仮説に自信を失った私は、煙草を消すと車をスタートさせた。

〝風鴉〟の死体が発見されたのは八月一日の早朝である。前日の三十一日の午後十時頃に、〝風鴉〟らしき人物がマンションに入っていくのが目撃されている。

もしも早苗が、〝風鴉〟殺しの犯人だったら、部屋を慌てて用意したことになる。あのマンションを選んだのは偶然であるはずはない。前々から、あのマンションのことを知っていたからだろう。殺された智亜紀に〝風鴉〟が接触したという情報はない。だから、智亜紀の殺害事件がきっかけとなり、〝風鴉〟が早苗に近づいたという可能性は極めて低い。〝風鴉〟は、智亜紀の事件とは関係なく、早苗の過去のことで彼女に近づいたのかもしれない。

私は、早苗を限りなく黒だと思っているのだが、何度考えても動機が弱い。コールガールをやっていたことを知られたくないだけで、ふたりもの人間を殺すだろうか。

私の調査は完全に手詰まりである。

庄三郎は手を引いたし、石雄に絶交状を突きつけられたも同然だから、安藤家に出入りできない。こうなったら、こちらから仕掛けていくことも考えるべきだろう。でも、何をやったらいいのか、見当もつかない。

私は舌打ちをし、アクセルを踏み、前を走っていたセリカを一気に抜き去った。

（八）

　ブザーが鳴った。午後一時を少し回った頃だった。

　溜まった新聞を読んでいた私は、新聞をテーブルの上に放り投げると玄関に向かった。

　小窓を開き、来訪者を見た。

　風采の上がらない小男が立っていた。禿頭だが、往生際の悪い髪がところどころに残っていて、湖面にたなびく霧のようにたゆたっていた。臙脂色のポロシャツに薄茶のズボンを穿いていて、手には黒いアタッシェケースが握られていた。

　ドアを開けた。

「ちょっとご相談がありまして」

　依頼人らしい。

　私は男を事務所に通した。男はタオル地の灰色のハンカチで首筋を拭きながら、私を見つめた。開いているかどうかよく分からない細い目が、私の頭のてっぺんから足の先までを二度往復した。

　私は男を見返した。「どうかしましたか？」

男はそれには答えず、ソファーに腰を下ろした。

麦茶でも出すのが礼儀だろうが、そんなものは用意していない。バヤリースオレンジをグラスに入れ、男の前に置いた。

「探偵の浜崎さんですね」

「ええ」

「暑いですな」男が言った。

それには応えず、私は男の前に座った。「お名前は？」

「河野一平《こうのいっぺい》と申します」

「で、河野さん、どんなご用でしょうか？」

「私、新宿四丁目でアパートを経営しているんですが、何ヶ月も家賃を溜めている女がいましてね。再三にわたって出ていってくれと言ってるんですが、出ていかんのです。おまけに、柄の悪い男を部屋に引っ張り込んでいて、その男が私を脅したんです」

「どんなことを言われたんです？」

「〝俺を怒らせるな。怪我をしないうちに帰りな〟ってにやにやしながら言ってました。私ひとりじゃ、その男と渡り合えません。手を貸してくれませんか」

「その男と話をつければいいんですね」

「それじゃ足りません」河野は勢いよく言った。

「何をしてほしいんです？」

「二度と、あんな脅し文句が言えないように叩きのめしてほしいんです。あなたは立派な躰をなさってる。あなたなら、あの男をぎゃふんと言わせることができると思います」

私は眉根をゆるめて河野を見た。「そういう依頼は探偵にするんじゃなくて、ヤクザにするもんじゃないんですかね」

河野が意外だという顔をした。「あなたなら、何でもやってくれると思ったんですが」

「私が、暴力団紛いのことをやってるという噂でも流れてるのかな」

「いいえ。でも、こういう場所で探偵をやってる人は、街の掃除人のような役割を担ってるんじゃないですか」

連れ込みホテルやストリップ劇場のある界隈に事務所を持っている私を、悪質な探偵だと、河野は決めてかかっているようだった。

「ドブネズミの駆除は保健所に頼んでください。私、こう見えて、暴力が嫌いなんですよ。頭を使う方が好きでね」

河野が肩を落とした。「もったいない。そんないい躰をしているのに。宝の持ち腐れですな」

「ともかく、生憎ですが、あなたの依頼は引き受けられない」

「あなたが、そんな腰抜けだとは。がっかりしました。暑い中、四丁目の外れからここまで歩いてきたのに」

私は肩をすくめてみせただけで、何も言わなかった。

「お知り合いに、こういう仕事を引き受けてくれる人はいませんか。いたら紹介してほしいんですが」

「私の周りには血の気の多い人間はいません。以前は何人かいたんですが、ムショに入ってるか、死んでるかのどちらかです。中には性転換して女になった者もいますよ」

口から出任せに決まっているが、河野は本気にしたようで、「ああ」と溜息をついた。

また玄関ブザーが鳴った。

「お役に立てずすみません」

私が立ち上がると、河野が後ろからついてきた。

やってきたのは制服警官だった。警察官と一緒にいる人間を見てびっくりした。

大悟と淳子が神妙な顔をして立っていたのだ。

ドアを開けた。

警察官が何か言おうとしたが、それを右手を上げて制した。そして、依頼人に目を向けた。

「河野さん、ちょうどいい相手が来ましたね。相談してみたら」

河野は憮然とした表情をし「見込み違いだった、まったく」とぶつぶつ言いながら去っていった。

私は警察官に視線を向けた。

かなり若い警官だった。おそらく、警察学校を出たばかりなのだろう。

私は大悟に微笑みかけた。「まさか迷子になったんじゃないんだろうな」

「違うよ。このお巡りさんに呼び止められたんだ」

「この辺は子供がぶらつくところではないので、本官が職務質問をしたんです」

警察官が口をはさんだ。張り切っているのが伝わってきた。路上に唾を吐く者があれば注意し、歩道に自転車を停めただけで一言言い、ズボンの後ろポケットから財布が顔を覗かせている通行人を見つけると、スリに気をつけろと忠告しそうな警官だった。

「仕事熱心ですね。素晴らしい」私は警官を褒めた。

「浜崎さんのところに行くと言っても、お巡りさんが信用しなくて」大悟が警官を睨みつけた。

「そのまま放っておけず同行しました。ところで、この子たちとはどういう関係ですか？」

「依頼人です」

「こんな幼い子がですか？」

「依頼人に年齢制限はありません。お小遣いで私を雇ったんです」

警官は口を大きく開けたまま、汚れに冒されていない目が私を見つめた。

この青年が警察官を続けていれば、これから、もっとびっくりすることがいくらでも起こるだろう。そうなった時、初々しさは跡形もなく消え、猜疑心に目が暗く淀んでいく。そうやってヤクザか刑事か判断がつかない人間に変わっていく気がした。

「浜崎さんに用があってきたんです。もう帰ってください」そう言ったのは淳子だった。口調がかなりきつかった。

「私は彼らの親も知ってます。責任を持って預かりますから、もういいでしょう」

「……」

「ふたりとも入った、入った」私はドアを大きく開けた。

大悟たちが中に入ると、私は「ご苦労様でした」と警官に言い、ドアを静かに閉めた。

事務所に戻った私は、彼らをソファーに座らせ、扇風機を彼らに向けた。

大悟は白いポロシャツにベージュの半ズボンを穿いていた。淳子は花柄の黄色いワンピース姿だった。

雑誌に出てもおかしくないほどお似合いのふたりだった。

「何か飲む？」

「いりません」大悟が答えた。

「何かあったの？」私はふたりを交互に見て訊いた。

大悟が淳子にちらりと目を向けた。

私は淳子に微笑みかけた。「お母さんからお父さんのこと聞いた？」

淳子がこくりとうなずいた。

「何の役にも立たなくてごめんな」

淳子は首を横に振った。

どんな用があって、彼らがここにきたのかは見当もつかなかった。

それを訊き出そうとした時、電話が鳴った。

相手は、〝風鶏〟が身を投げたとされているマンションの管理人、加山だった。

「ああ、あなたでしたか？　何かあったんですね」

「大したことじゃないんだけど、情報、買ってもらえます？」加山はおずおずとした調子で訊いてきた。

「有力なものならね」

「本山さんに会いたいですか？」

「もちろん。今夜にでもまたマンションを訪ねてみようと思ってた」

「彼女、今、帰ってきましたよ」

「ありがとう。すぐに行くよ」

「情報料の件ですが」

「一万でどう？」

「それでOKです」

電話を切った私は、大悟たちに視線を向けた。「小父さん、今から出かけなきゃならないんだ。で、用件は？」

「岩井は、お父さんの死んだ場所に行きたいって言ってるんです。浜崎さん、知ってます？」

「なぜ、お父さんが死んだ場所に行きたいのか教えてくれる？」私は淳子を覗き込むようにして訊いた。

「自殺したって聞いたけど、本当なんですか？」

「まあね」

「私、お父さんを探してたでしょう。だから、ショックでした。新聞にも載ってたって聞いたけど、死んだことが信じられなくて。死んだ場所に行けば、私のお父さん探しが終わる。そんな気がして……」

十一歳の少女が、こんなことを言うとは。しかし、子供を侮ってはならない。私たち大人が考える以上に、しっかりしている場合もある。

「今の電話はね、お父さんが死んだマンションの管理人からだった。どうせ今から行くから、ついてきなさい」

私は必要なものをズボンのポケットに詰め、念のために早苗たちが写っている写真を紙袋に入れた。

そして大悟たちを連れて事務所を後にした。

ベレGの中はサウナ風呂のようだった。

淳子を後部座席に乗せ、大悟を助手席に座らせた。

窓を全開にしたが、涼などまったく取れなかった。

私は職安通りを目指して車を走らせた。

「ボクシングの方はどうだい？」私が大悟に訊いた。

「続けてるよ」

「今日は練習はないのか？」

「うん」大悟はどことなく元気がなかった。

職安通りを左に曲がった。

「小父さん、お父さんと喧嘩したの？」大悟が正面を向いたまま訊いてきた。

「お父さんに何か言われたのか」

「小父さんにはもう会うなって言われた」

「ちょっとしたすれ違い。誤解があってね」私は煙草に火をつけた。

大悟の顔を見ると、心苦しくなった。私は、彼の母親を疑っているのだから。

「お父さんに禁じられたのに、俺に会いにきたね」

「しかたなかったんだよ。岩井に一緒に来てって頼まれたから」

「私のお母さんも、小父さんに会うなって言ってた。どうして？」

「小父さん、いろんなところで嫌われてるみたいだな」

「私、小父さんのこと好きです」淳子が真面目な口調で言った。

「ありがとう」

「僕も。お願いだから、お父さんと仲良くして」

「できたらそうしたいけどね」

小滝橋通りにぶつかると右に折れた。

もしも、本山という女が早苗だったら、大悟に多大なるショックをあたえることになる。だから、本山という女が部屋にいても、大悟たちに会わせるつもりは毛頭なかった。

しかし、早苗と対面することになったら、大悟と一緒に来ていることを告げるだろう。そうやって一気に早苗を追い込む。非情なことだが、それぐらいやらないと早苗は落ちない気がした。

大悟にいい顔をしながら、そんなことを考えている自分が嫌になった。

小滝橋の交差点に着くと、神田川に沿った道を左折した。

加山から電話を受けて十八分でマンションに着いた。

マンションの入口近くに車を停めた。

加山は受付にいた。子供を連れていることに驚いたようだった。

「本山さんは今も」

「出かけた様子はないよ」

私は財布から一万円を取り出し、そっとカウンターの上に置いた。加山は辺りを気にしながら　さっと札を手に取った。

「また屋上も見させてもらうよ」

「いいけど、先客がいるよ」

「先客？」

「女がきて、屋上に献花したいっていうから許可したんだよ」

「どんな女です？」

「上品そうな女だった」

大悟と淳子を連れてエレベーターに向かった。

八階まで上がり、屋上に通じる階段を上った。

ドアを開け、私は先に屋上に出た。女がこちらを向いた。

「お母さん」

娘に呼びかけられても、岩井節子は絶句したままだった。

屋上の端の方に花束が置かれていた。百合の花だった。花びらが風にかすかに揺れていた。車の流れる音が聞こえている。

「あなたでしたか」私は頬をゆるめ節子に近づいた。「なぜ、ここに？」

「それはこっちが訊きたいことです」節子は唇を捲れ上がらせて、私を睨んだ。「あなたは頭がおかしいの？　娘をこんなところに連れてきて」

「お嬢さんは、自分の父親がどこで死んだかを知ることで、気持ちの整理をつけようとしてるんです」

節子は私から離れ、娘の前に立った。「ここに来たかったんだったら、お母さんに言えばいいでしょう」

淳子は目を伏せた。

「どうして浜崎さんに頼んだの？」

「お母さんに言ったら、駄目って言われると思ったから」

「節子さん、私はちょっと用があるので消えます。ここを動かずに待っていてください。必ず戻ってきますから」

「あなたを待つ理由は私にはないわ」

「事件のことが気になりませんか？」

「前島が亡くなったことが関係してるんですか？」

「まだはっきりはしませんが」私はそう言い残して屋上を離れた。

階段を駆け下り、七階に向かった。

七〇一号室の前に立つ。中にいるのが早苗だったら、どんな行動に出るだろうか。ドアスコープから見れば、やってきた人間が誰だか分かる。

おそらく居留守を使うに違いない。しかし、私に、カラクリがばれたことで、早苗はもう逃げられないと思うだろう。

玉手箱を開けるような気分で、私はブザーを押した。

足音がして、ほどなくドアチェーンが外される音がした。

ドアが開いた。髪の長い、サングラスをかけた女が顔を出した。サングラスに度が入っているのが分かった。早苗とはまるで似ていない女だった。

私が落胆しなかったと言ったら嘘になる。

「何でしょう？」

私は紙袋から、早苗と節子の写真を取り出し、気を取り直して職業と名前を告げた。

「私の調査に協力してください。写真に写っている女のどちらかを、このマンションで見かけたことはないですか？」

女は写真に目をやった。「いいえ。私、ここには住んでません。東京に来た時だけ利用してるので、住人の方のことは全然知らないんです」

「そうですか。お手間を取らせました」

私は七〇一号室を離れた。

調査は振り出しに戻ってしまった。しかし、このマンションの一室が使われ、〝風鶏〟が自殺に見せかけられて殺されたという仮説に私は拘り続けていた。

屋上に戻った。節子と淳子が並んで、屋上の端に立っていた。大悟は少し離れた場所でつまらなさそうにしている。

私は節子に近づいた。

「何か分かったんですか？」

「当てが外れ、サプライズはありませんでした」そこまで言って、私は淳子に目を向けた。「大悟君と一緒に向こうで待ってて。小父さん、お母さんにちょっと話があるんだ」

淳子はその場を動こうとはしなかった。唇をかんで、私をじっと見つめている。

「淳子、大悟君と遊んでて」

「何をして遊ぶのよ、ここで」

「すぐにすむから、お母さんの言う通りにして」

淳子は母親を一瞥してから、その場を離れた。

「まだ私に訊きたいことがあるんですか？」

「どうしてここに？」

「あなたに言われて、あの子に前島のことを話したら、死んだ場所に行き、手を合わせることぐらいはしていいんじゃないかって思ったんです。いい思い出はありませんが、一時は一緒に暮らしてた人ですから」

「私は、あなたのご主人に偶然会いました」

節子の顔つきが変わった。

「或るホテルのバーで。ご主人は、あなたの過去が公になることをすごく心配してた」

「知ってます。彼が恐れているのはスキャンダルですから」

「死んだ前島さんがあなたのご主人を、そのことで強請ったかもしれませんね」

「まさか。私が自分で主人に話したんですが、彼は顔色を変え、私を大声でなじりました。前島に強請られていたんだったら、その時すでに私の過去を知ってたことになるでしょう。だったらあんな態度は取らなかったと思いますし、その時に、強請りの話をしたに決まってます」

私は節子の見解は正しいように思えた。〝風鶏〟が強請っていたとしたら、早苗だけだったのかもしれない。やはり、元の妻は避けたのだろう。

「その後、ご主人とはどうなんです？」

「あれ以来、夫は家に戻ってきていません」

「ホテルにいるんですか？」

「ええ。でも、この間は葉山の別荘にいました」

「お宅もあっちに別荘があるんですね」

「早苗さんところの別荘からそれほど離れてないところに。あそこほど大きくはありませんが。私、家から追い出されるかもしれません。覚悟はできてます。そうなったら……」節子がちらりと淳子を見た。「あの子とふたりでやっていきます」

「あなたが、このマンションに来るのは今日が初めてなんですね」

節子がぽかんとした顔をした。「当たり前でしょう」

「前島さん、自殺するような感じの人でした？」

節子が鼻で笑い、挑むような視線を私に向けた。「自殺するような感じがする人になんて、私、お目にかかったことないわ。浜崎さん、あの人は自殺したんじゃないって考えてるんですか？」

「他殺の可能性もあると思ってます」

「根拠があるんですね」

「ちょっと気にかかることがあるだけです」

「殺されたとしたら、智亜紀さんの事件に関係があるのね」

「よく分かりません。私の推測の裏付けになるものは、吹けば飛ぶような小さなものなんです。ところで、前島さん、若い頃に描いた絵やスケッチを保存してました？」

「はい。描いたものは一切捨ててないと思います。物持ちのとてもいい男でしたから。でも、なぜそんなことを訊くんです」

「彼は、かなり前の話ですが、質屋殺しの犯人をスケッチしてたようなんです」

「質屋殺しというと、早苗さんの家で起こった事件のことですか？」

「前島さん、何か言ってたんですね」

「早苗さんの父親が殺された時、彼は、質屋の前のアパートに住んでたらしいです」

「犯人をスケッチした話はしてました？」

節子は首を横に振った。

質屋殺しは、私の調査とは関係がない。にもかかわらず、気になるのだった。未解決事件だから興味をそそられているのか、早苗が関係者だからなのか……。今ひとつよく分からない。

「そろそろいいですか」

「どうぞ。淳子ちゃんと大悟君を連れて帰ってくれます？」

「もちろんそのつもりでした」

私と節子は大悟たちに合流し、屋上を後にした。

「小父さん、用があるからここに残る。後のことは淳子ちゃんのお母さんに任せるからね」

「小父さん、ありがとう」淳子がちょこんと頭を下げた。

「少しは気分がすっきりした？」

淳子は目を伏せ、私の問いには答えなかった。

エレベーターで一階に降りた。節子は子供たちを連れて去っていった。

「お知り合いだったんですか、あの女の人と」加山は興味津々の目をしていた。

「死んだ画家の元の奥さんだよ」

「へーえ。気持ちの温かい人なんだな。俺の女房だったら、別れた後に私が死んでも、花を手向けたりはしないだろうね」

「加山さん、もう少しいいですか？」

「まだ知りたいことがあるのかい」加山が小狡そうな目をして頬をゆるめた。

「情報料は払います」

加山は顎を撫でながらうなずいた。

「今、空き室はどれぐらいあります」

「賃貸の部屋はすべて埋まってる。会社が持ってるもので空き室はあるけどね」

「いくつぐらい」

「調べてみるから、ちょっと待って」

加山は戸棚から綴じ紐で結ばれた書類を取り出し、椅子に腰掛けた。そして、指に唾をつけて捲っていった。

かなりの時間がかかった。

その間に、住人が何人か出入りした。その都度、加山は顔を上げ、住人たちに挨拶をした。

「五室空いてる。いずれも東豊第一塗料って会社の持ち物だね。あ、間違えた。一室だけ、一ヶ月ほど前に名義変更がされてるね。諸橋靖《やすし》って人のものになってる」

諸橋……。どこかで聞いたことのある名前である。しかし、すぐには思い出せなかった。

私は東豊第一塗料の住所を加山に訊き、メモした。

台帳を閉じた加山が目の端で私を見た。物欲しげな目つきである。

私は、加山にまた一万円を渡した。加山は周りに目をやってから札をシャツの胸ポケットに押し込んだ。

「余計なことかもしれないけど、何で自殺した人間のことを、金まで払ってしつこく調べてるんだい」

私は加山の方にぐいっと躰を倒した。「自殺じゃないかもしれないからだよ」

加山が目を瞬かせた。「じゃ、殺人か」

「まだはっきりはしてないけどね。加山さん、このことは誰にも言わないでくださいよ。俺がこの件を調査している間は、またあんたに金が入る可能性があるんだから」

「言わないよ。大体、そんなことを話す相手もいない。心配ご無用だよ」

私はあらぬ方向に目を向け、躰の動きを止めた。

「どうしたんだい？」加山が私を覗き込むようにして訊いてきた。

「諸橋靖さんに名義変更された部屋は何号室です？」

「八〇四号室だよ。でも、まだ彼は引っ越してきてない。八月二十日に入居するって聞いてる」

「諸橋さんの今の住所や職業は分かります？」

加山が首を横に振った。「東豊第一塗料の総務の人間が電話をしてきて、そう言っただけだから詳しいことは何も知らない。そいつが殺人に関係してるのかい」

「念のために訊いただけだよ。また何かあったら協力してくれるね」

加山がにやりとした。「いいよ。知りたいことは何でも話してあげるよ」

「ありがとう」

私は加山に軽く手を上げ、マンションを出た。

外は強烈な光の中にあり、蝉が狂ったように鳴いていた。

加山と話している時、諸橋という名前をどこで聞いたか思い出した。

私が房子の家を見に行った時、庄三郎に偶然会った。庄三郎は運転手つきのビュイックに乗っていた。その時、庄三郎が一度だけお抱え運転手の名前を口にした。

その名前が諸橋だった。

当然、下の名前は知らない。諸橋という苗字はどこにでもあるものだとは言えないが、特に珍しいわけでもない。

もうじき入居するという男が、庄三郎のお抱え運転手と決めつけるのは早計である。しかし、気になる情報だった。

車に戻った。エンジンをかけ、ハンドルを握っただけで汗が噴き出した。

私は浜松町に向かって車を走らせた。東豊第一塗料の本社を訪ねてみることにしたのである。

小滝橋通りに戻り、目的地を目指した。

三十分ほどで貿易センタービルの近くに到着した。

住宅地図を持っていないので、浜松町一丁目の路地に車を停め、表示されている番地を頼りに歩いて探した。

東豊第一塗料の本社ビルは線路沿いにあった。

一階の受付には、制服を着た若い女が座っていた。涼しい目をした綺麗な女だった。

「私は新宿で探偵事務所をやってる浜崎と言いますが、総務部の方にお会いしたいんですが」

「どのようなご用件でしょうか」

探偵と聞いて受付嬢の涼しげな目に好奇心が波打った。

「東中野にあるイースト・セントラル・マンションにお宅の会社が部屋を持っているんです。そのことについて少しお伺いしたいことがあります」

受付嬢は内線で総務部に電話をかけ、私の言ったことを伝えた。

相手にされないだろうと思っていたが、果たして、けんもほろろに会うことを拒まれた。

「空き室で重大な問題が起こった可能性があるんです。もう一度、そのことを伝えてくれませんか」

受付嬢は嫌な顔をして、再度受話器を耳に当てた。

今度は会ってくれるという。

フロアーの隅に置いてある椅子にかけて待っていろと言われたので、そうすることにした。

ひっきりなしに通る電車の音が聞こえていた。

煙草を吸って待っていると、ふたりの男が現れた。

先に椅子に座った男はやたらと耳が大きかった。数十メートル先を飛んでいる蚊の音も聞き取れそうである。もうひとりは体格のいい人物で、耳が変形していた。おそらく、柔道をやっているか、やっていた男のようである。

私はふたりに名刺を渡した。

「私は宮下《みやした》、こっちは関根《せきね》と言います」耳の大きな男が言った。

ふたりとも私に名刺を出す気はまるでないらしい。

「うちが所有しているイースト・セントラル・マンションの空き室で重大な問題が起こっているとい

うことですが、具体的にはどんなことなんでしょうか？」宮下が続けた。

「あのマンションで飛び降り自殺があったのはご存じですね」

宮下が小さくうなずいた。「聞いてます」

「その自殺者が空き室に入った可能性があるんです」

「そんな馬鹿な。空き室の鍵は当社がきちんと管理しています。だから、そんなことは絶対にあり得ない」

また電車が枕木を叩く音が聞こえてきた。宮下の眉根が険しくなった。音が聞こえすぎる彼には耐えきれないのかもしれない。

「八〇四号室を諸橋靖という方に売りましたね」

「あなたの狙いは何なんです？」耳が変形している関根が口を開いた。

「私は、あの自殺は偽装だと思ってます。死んだ人間は、殺される前に、お宅の会社が所有している空き室にいたと考えてるんです」

宮下と関根は顔を見合わせた。それからふたりは同時に私に視線を戻した。

「妙な言いがかりをつける気だったら、警察を呼びますよ」そう言ったのは関根だった。

「私はゴロ新聞でも総会屋でもない。お宅の会社を脅す気などまったくないですよ」私は、関根を見て薄く微笑んだ。「協力してくれると助かるんですがね。なぜ、お宅の会社が、東中野のマンションの部屋を持っているのか教えてくれませんか」

「社員寮のようなものでした」宮下が答えた。「でも、今は使ってません」

「だから、随時売却してるんですね」

「まあそういうことですが、私たちには分かりません」

「あのマンションの部屋の売買は誰が決めてるんです?」

関根が宮下を見、怒ったような顔をした。「宮下さん、答える必要はないですよ」

「いいじゃないか。この人の言ってることが本当だったら、関係者として知っておいた方がいい」

「関根さん」私が口をはさんだ。「あなたは、私が頭がおかしいか、金にしようとして根も葉もないことを言ってきていると思ってるようですが、それは間違ってる。鍵の管理を社でやっているのであれば、空き室が使われたという私の仮説は外れてることになる。だが、諸橋靖さんに売却したものは別だ。ひょっとしてその諸橋さんって、資産家で有名な安藤家の運転手をしてる人じゃありませんか」

今度は宮下が態度を硬化させた。「お引き取り願いましょう。我々は、諸橋さんという人物が何者かはまるで知らない。すべて上の人間が決めたことですから」

「じゃ、決定した人に会わせてくれませんか」

「あなたにお話しすることはこれ以上ありません」

宮下が先に立ち上がった。そして、関根を従え去っていった。

彼らがエレベーターに乗ると、私も腰を上げた。

宮下の態度が変わった理由は何なんだろう。安藤の名前を出したからかもしれない。

庄三郎はディレッタントで、実業の世界とは無縁である。しかし、安藤家の人間はいくつもの会社を持っている。その中に東豊第一塗料が入っているのかもしれない。

帰路に着いた私は途中で本屋を見つけ、そこに入った。それほど大きくない本屋だったが、会社四季報は置いてあった。それを買って路上駐車しておいた車に戻った。

東豊第一塗料が上場していれば、載っているはずである。

塗料の項目を調べた。東豊第一塗料は上場していた。

私の勘は当たっていた。株主の上位に安藤産業の名前があった。それだけではなかった。安藤庄三郎が二・一パーセントの株を持っていた。

〝風鶏〟の自殺と安藤家が繋がった。

庄三郎が急に調査を打ち切りたいと言ってきた訳はここにあったのだろう。

事務所に戻らず、私は安藤家に向かった。

田園調布に着いたのは午後四時半を回った頃だった。

安藤家の鉄の門は開いていた。私はインターホンを鳴らさずに敷地内に入った。

左奥のガレージの前にビュイックが停まっていて、運転手が洗車中だった。

私は運転手に近づいた。

長靴を履き、シャツ一枚になってスポンジでボンネットを洗っていた運転手が私をちらりと見た。

この間は帽子を被っていたので分からなかったが、猫っ毛の髪は薄く、額がかなり後退していた。

面長で顎がしゃくれている。色白で眉は薄かった。印象に残りにくい顔の男である。歳は四十五、六というところだろうか。

「やあ、一度会ってるよね」

「……」

「諸橋靖さんですよね」私はさらりとした調子で訊いた。

運転手が顔を上げた。陽の光が目に入ったのだろう、眩しそうにして小さくうなずいた。

「小耳にはさんだんだけど、東中野のマンションに引っ越すんだってね」

諸橋はスポンジを握ったまま、口を半開きにし、助けを求めるように邸の方に目を向けた。

「今はここに住んでるのに、引っ越すってことは、運転手を止めるからかい？」

諸橋が不安そうな眼差しを私に向けた。「どうしてそんなことを訊くんです？」

「別に意味はないさ。違う人の運転手になるのかな」

「弟と一緒に中野で自動車修理工場を始めるんです」

「あのマンションの部屋、買うといくらぐらいするんです？」

「知りません。旦那様からいただいたものですから」

「退職金の代わりに」

「いいえ。退職金は別です。よくやってくれたご褒美だと旦那様はおっしゃっていました」

「庄三郎さんは、いい人なんだね」

「素晴らしい方です」

ドアが開く音がした。足早にやってきたのは早苗だった。ジーパンに黒いTシャツを着ていた。

諸橋は洗車に戻った。

「浜崎さん、ここで何をしてるんです？」早苗の目は尖っていた。

「庄三郎さんに会いにきたんです」

「お義父様は外出しています」

「どこに行かれたんです？」

「そんなことあなたに教える必要はないでしょう」鼻にかかったがさがさした声が腹立たしげに答えた。

私は煙草をくわえ、上目遣いに早苗を見た。「いやに嫌われたものですね」

「煙草を吸うんだったら、この邸を出てからにしてください」

「分かりました」

「調査は中止になったんじゃないんですか？」

「新たな依頼人が出てきたので、続行することになったんです。石雄にはその話をしたんですが、ご存じなかった？」

早苗はそれには答えず、ちらりと諸橋を見てから「運転手と何を話してたんです？」

「気になります？」

「お帰りください」

私はうなずき、門に向かった。早苗がついてきた。

「岩井節子さんの元の旦那が自殺したマンションに、庄三郎さんの運転手が引っ越すとはね」

「それがどうかしたのかしら」

「あなたはあのマンションに行ったことはないんですか？」

早苗が鼻で笑った。「あるわけないでしょう。浜崎さん、今更、お義父様に会ってどうするつもりなの？」

「東豊第一塗料って会社のことを訊きたかったんですよ。庄三郎さんがあの会社の大株主のひとりだと分かったものですから」

門の前に着いた。

「その会社がどうかしたんですの？」

「運転手の名義になっている部屋の前の所有者はその会社なんですよ」

「前島さんの自殺と関係があるのかしら」

私は空を見上げた。「前島さん、本当に自殺したんですかね」

「あなた、そんな突拍子もないことを考えて調査してるんですか？」

「疑問が生じたら、晴らさないと気がすまない性格なんです」

「警察が断定したことを覆したら、浜崎さんは一躍有名になるかもしれませんね」

「それを狙ってるんですよ」私は早苗にウインクした。

「売名行為がうまくいくといいわね。それじゃこれで」

「ちょっと待ってください。石雄は、私のこと何か言ってました」

「最悪の男だって憤慨してました」

そう言い残して、早苗は後ろを振り向きもせずに邸に通じるアプローチを進んでいった。

くぐもった雷鳴音が聞こえた。

一雨来そうである。諸橋の洗車は無駄に終わりそうだ。

土砂降りになったのは、もう少しで事務所に着こうとしていた時だった。

駐車場に車を停め、ぬかるみを避けてマンション内に飛び込んだ。

着ていたものを脱いで、バスタオルで髪を拭いていると電話が鳴った。

古谷野からだった。古谷野は、調査の進展具合を訊いてきた。

「いろいろ分かったことはあるが、決め手になるものは見つかってない。そっちは？」

「こっちには、お前が飛びつくような情報はまったく入ってきてない。まだ〝風鶏〟他殺説に拘ってるのか」

「ああ」私は、庄三郎の運転手が問題のマンションに引っ越すことや、東豊第一塗料について教えた。

「なるほど。それは面白いネタだな。ところで夕刊読んだか」

「まだだ。今帰ってきたばかりだから」

「似顔絵描きを使ったコカインの密売ルートが暴かれ、元締めの中村を始め、似顔絵描き二名、それから花泉組の構成員が三人、捕まったよ」

「〝風鶏〟のことには触れられてないのか」

「一般紙には載ってない。だから、うちでは〝風鶏〟のことにちらりと触れようと思ってる。社会部の記者に、お前が調査してることを少し教えたら、他殺説の噂があるって書きたいそうだ。困ることはないよな」

「俺の名前や詳しいことに触れなければいいよ」

「ところで、今夜九時頃、空いてるか」

「用はないけど」

「夕子さんと会うことになったんだけど、来るかい？」

「古谷野さんは彼女とふたりだけで会いたいんじゃないんですか？」

「そんなことはないよ」古谷野が口早に否定した。「俺と夕子さんは単なる友だち。分かってるだろうが。お前を呼ぼうかと提案したのは俺なんだよ」

「どこで会うんです？」

「六本木の『パブカーディナル』にした。来るか？」

「行きますよ」

電話を切った私は、すぐに夕刊を開いた。

『似顔絵描きの麻薬密売ルート暴かれる　歌舞伎町』

社会面のトップに大きくそう出ていた。

内容は古谷野から聞いたことと同じだった。私を拉致した磯貝光太朗と山辺達也もお縄になっていた。

ご飯を炊き、ステーキを焼いた。副菜などない味気ない夕食をすませると、シャワーを浴びた。

扇風機に当たりながら煙草を吸っているとまた電話が鳴った。

「安藤です」庄三郎の声は沈んでいた。「私に用があったそうですね」

「あなたが突然、調査を中止したいと言ってこられた理由が分かりました」

「……」

「運転手の諸橋さんに、長年勤め上げたご褒美に、イースト・セントラル・マンションの一室をプレゼントしたそうですね」

「浜崎さん、調査はもうしないと約束してくれたじゃないですか？」

「石雄から、新しい依頼人が現れたことは聞いてませんか」

「そんなこと誰が信じます？」庄三郎の語気が荒くなった。

「諸橋さんが引っ越す部屋は、東豊第一塗料からあなたが買い取ったんですね」

「これ以上、何を訊かれても答えません。ともかく、我が家のことを探るのは止めてほしい。うちの人間につきまとったら、警察を呼びます」

私は声にして笑った。「あなたがなぜそんなに焦っているのか想像がつきますよ」

電話が切られた。

私はふうと息を吐き、煙草を消した。

嫌な気分が胸の底にたゆたっていた。

庄三郎のような人柄のいい人間を苦しめるのは本意ではない。できることなら目を瞑ってやりたいが、石雄と絶交してでも、調査を続けることにしたのだから引き下がる気は毛頭なかった。

着替えをすませ、事務所を出た。雨はかなり前に上がっていた。

タクシーで六本木に向かった。

古谷野と夕子はすでに来ていて、カウンターの端で飲んでいた。

私は周りを見回した。石雄が来ているかもしれないと思ったのだ。しかし、そんなことはなかった。有名人もいなかった。

私は夕子の隣に腰を下ろした。

「変わりないかい？」

「私を雇ったのに、全然、使ってくれないのね」

「あんたを必要とする用がないんだよ。でも、この間、中村っていう絵描きを尾行してくれたのは君だ。あれだけでも雇った価値がある」

「私、退屈なの。何でもやるから使って」

「何かあれば手伝ってもらうよ」

ふたりはウイスキーのソーダ割りを飲んでいた。私は、この間、石雄に勧められたバーボンを頼んだ。

酒がくると、グラスを合わせた。

「今、古谷野さんと話してたんだけど、死んだ画家は絶対に自殺じゃないのね」

「俺は違うと確信してる」

私はもう一度、今日調べ上げたことを話した。

「……安藤庄三郎は、あのマンションの八〇四号室を買い取った。その時点で部屋の鍵を手にしたはずだ。ということは、鍵は安藤家に置かれていたとみていいだろう」

「その鍵を誰かが利用して、八〇四号室に〝風鴉〟を呼び出した、とお前は考えてるんだな」

「その通りだ」

夕子が煙草に火をつけた。「鍵を手にできるのは安藤家の人間しかいないんだから、容疑者は三人にしぼられるわね。安藤石雄、早苗、庄三郎」

「庄三郎は外していいよ」と古谷野。「浜崎の推理が当たっていたら、その部屋を利用したのは早苗か石雄のどちらかだろう」

夕子が古谷野を見た。「動機は？」

古谷野が躰を前に倒して、私に視線を向けた。「その点はどうなってるんだい？」

「〝風鴉〟が早苗を強請った。それが動機だろうが、証拠は何もない」私はグラスを空けた。

古谷野が軽く首を傾げた。「証拠が出てくるかな。〝風鴉〟はすでに死んでるんだぜ」

「明日、〝風鶏〟が住んでいたアパートにもう一度行ってみる」

「すでに荷物は出されているんじゃないのか」

「荷物を誰が引き取ったか。〝風鶏〟の妹が引き取ったのかどうかは分からないが、ともかく相手を探し出して、〝風鶏〟の遺品をきちんと調べてみたい」

「お前の言う通り殺人だったら、すでに犯人が自分に不利になるものを手に入れてしまってるかもしれないぜ」

「早苗が一番怪しいから、彼女を脅してみたら」夕子が淡々とした調子でそう言った。「私が彼女に電話をし、浜崎さんが推理したことを口にして、どこかに呼び出すっていうのはどう？　彼女が出てきたら、犯人だっていうことになるわよ」

「俺もそのことは考えた。だけど、今日、彼女に会って思った。あの女は強《したた》かだから、絶対にそんな手には乗ってこないってね。おそらく、俺が後ろで糸を引いてるって考えるだろうな。あの部屋のことを知ってる部外者は俺だけだから」

「浜崎さん、意外と悲観的なのね。やってみてそれでうまくいかなくても損はないでしょう」

「うん。でも、それは最後の手段にしよう」

「いいアイデアだと思ったんだけどな」夕子が悔しそうにつぶやいた。

「ところで、あんたの悪い癖、出てないんだろうな」

「もうムショはごめんだって言ったでしょう」

「でも、あんたの手があんたの意思とは別の行動を取るかもしれない」

「信用ないのね」

私はにっと笑って、吸っていた煙草を消した。

それからはもう事件の話はしなかった。

沈黙が流れると、突然、古谷野は、ウォーターゲート事件のもみ消し工作の一部を認めたニクソン大統領を話題にした。

もう少し気のきいた話ができないものかと思ったが口には出さなかった。

夕子はウォーターゲート事件のことすら知らなかった。

古谷野が丁寧に説明した。

夕子は黙って聞いていたが、興味がないのは明らかだった。

店に人が入ってくる度に、私はそちらに目をやった。

気にしないでおこうと思っても、石雄のことは頭から離れなかった。


〝風鶏〟が住んでいたアパートに着いたのは翌日の午後一時すぎである。どこにもアパートの名前を示す表示は出ていない。しかし、〝風鶏〟の自殺を知らせる新聞には書かれていた。『内灘荘』というらしい。大家が石川県の出身なのかもしれない。

炎暑は続いていた。

念のためにドアをノックしたが返事はなかった。ドアノブを回してみた。鍵はかかっていた。裏に回ってみた。

〝風鶏〟の部屋のカーテンがなくなっている。中を覗いてみた。イーゼルも机もすべて姿を消していた。左隣の窓には洗濯物が干されていた。臙脂色のブラジャーに花柄のパンティーが目を引いた。

その部屋の窓が大きく開いた。

「何をやってるの？」女が血相を変えて、私を睨んだ。

眉のない女で、目が落ちくぼんでいた。般若を連想させる顔である。

「前島さんのところを訪ねてきたんです」私は答えた。

「隣の部屋に住んでた人のこと？」

「ええ」

「何で裏に回ってきたのよ」

私の頬がゆるんだ。女は私のことを下着泥棒ではないかと疑っているらしい。

私は女に近づき、名刺を差し出した。「私、前島さんのことで調査を頼まれている探偵なんですよ」

女は近眼なのか、名刺を異様に目に近づけた。

「隣の人って自殺したんじゃないの」

「だからいろいろあるんです」

女の表情が少しだけ穏やかになった。「私、てっきり下着泥棒だと思って。二度もやられてるのよ」

私は、風に揺れる洗濯物に目を向けた。「私の経験からいうと、魅力的な人の下着は狙われやすい」

「冗談言わないでよ。私に魅力があるんじゃなくて、カラフルな下着が不埒な奴の心をそそるだけよ」

「そんなことはありません。私は二度、下着泥棒を捕まえていますが、被害者はいずれも素敵な人でした」

「あなた探偵を辞めても食いっぱぐれないわね。下着のセールスマンをやったら成功するわよ、きっと」

「前島さんの部屋の荷物がなくなってるようですが、いつ頃誰が整理にきたか分かりませんか」

「三日ほど前だったかな、荷物を出してるのを見たわ。男が業者に指示してた」

「どんな男でした？」

「顔は見てない。声を聞いただけ」

「このアパートの大家さん、或いは管理してる不動産屋の名前と住所を教えていただけませんか」

「大家はこの近くに住んでるよ。アパートの前に寺があるでしょう？　それに沿って行くと、右角に吉野《よしの》って家がある。そこが大家の家よ」

私は用意してきた紙袋の中から、智亜紀が隠し撮りした早苗たちの写真を取り出した。

「写真に写っている人物をこの近くで見たことはないですか？」

女は受け取った写真を、また目を細めて見た。「いいえ」

「ありがとうございました」

「ちょっと」

写真を返してもらい、踵を返そうとした私を女が呼び止めた。

「何があったの？」

「遺産問題がありましてね」

「あの人、金持ちだったの？」

「らしいです」私は軽く女に手を上げ、表に向かった。

車を寺の敷地が切れるところまで移動した。右側の角に数寄屋造りの家があった。

車を降りた私は、その家に近づいた。吉野という立派な表札が出ていた。

玉砂利を敷いたアプローチを進んだ。右側に白い花をつけた背の高い木が立っていた。木肌はすべすべしていた。夏ツバキらしい。

ブザーを押すと、奥から「はーい」という女の声がした。

ほどなく格子戸が引かれ、白髪の女が顔を出した。

「吉野さんですね」

「そうですけど」

私は名刺を渡し、名乗った。

「まあ、探偵さん」女は歯を見せて笑った。

探偵だと教えて、こんなににこやかな表情で迎えられることは滅多にない。

綺麗に並んだ歯がやけに白い。女はゆうに七十を超えている。おそらく入れ歯だろう。

「内灘荘に住んでた前島俊太郎さんについて少しお伺いしたいんですが」

「汚くしてますけど、どうぞ、上がって」

通されたのは茶の間だった。

板敷きの部屋に、ごつい焦げ茶色のテーブルがでんと控えていた。テーブルの上にはごちゃごちゃと物が置かれている。食器棚の辺りも同様だった。大型テレビだけが新しい。隣の部屋とを仕切っている襖が開いていた。畳の部屋の奥には立派な仏壇が置かれていて、線香が焚かれていた。涼しい風が畳の部屋から流れてくる。その部屋にクーラーが取り付けられているのだった。

「ちょっとお待ちになってね」

老女はガラス戸の向こうに消えた。そこは台所だった。彼女はスイカを切り始めた。部屋はたくさんありそうだが、老女の他に誰も住んでいないのかもしれない。

老女がスイカと麦茶を用意して戻ってきた。

「知り合いからスイカを丸ごといただいたんですけど、ひとり暮らしだから食べきれなくて。どうぞ召し上がって」

「いただきます」

私はスイカにかぶりついた。

「どう？　お味の方は」

「うまいですよ。子供の頃、海水浴の時に食べたのと同じ味がします」私は目を少し上げ、彼女を見て微笑んだ。それから、畳の部屋に視線を向けた。「ご主人はお亡くなりに？」

「五年経ちます。私、毎日、お線香を上げてるんですの」

「吉野……何ておっしゃるんですか？」

「信代《のぶよ》です」

「前島さんが、あのアパートに引っ越してきたのはいつでした？」

「正確な日にちは忘れてしまいましたが、四、五ヶ月前です。絵描きさんだと聞いて、私、ちょっと嬉しかったです」

「どうしてです？」

「私、芸術家に弱いんです」

「彼が自殺したことは知ってますよね」

「ええ。警察の方から聞きました」信代の顔が曇った。「芸術家だから繊細だったのね。麻薬をやっていたと新聞に書いてあったので、びっくりしましたけど、芸術家だからしかたがないかもしれないわね」

「三日ほど前、アパートの荷物を引き取りにきた人がいたそうですが、前島さんとどんな関係にある人だったんです？」

「お兄さんだと言ってました」

「名前、覚えてます？」

信代は隣の部屋に行き、右手にある簞笥の引き出しを開けた。契約書の束を持ってくると、椅子に座り直した。

「あ、これね」契約書にメモがホッチキスで止められていた。「前島市郎《いちろう》っていう人で、住所は世田谷区下馬です」

〝風鴉〟に妹がいるとは聞いていたが、兄の話は知らなかった。

「入居する際の保証人もお兄さんでした？」

信代が契約書に目を落とした。「いいえ、妹さんです」

「ちょっと見ていいですか？」

「構いませんが、浜崎さんは具体的には何の調査をなさってるんです？」

「芸術家だから前島さんは自殺した。吉野さんはそう思われているようですが違うかもしれないんです」

「どういうこと？」

「殺された可能性がある、と考えている人がいまして、その人に依頼されて調査してるんです」

「殺された……」信代が目を瞬かせた。

「まだはっきりしたわけじゃないですよ。今、調査中ですから。荷物を引き取りにきた人はお兄さんだという話ですが、相手は証明するものを吉野さんに見せました？」

「いいえ。残った荷物をどうしようかと思い、妹さんに連絡しようとしていた矢先に、お兄さんがここに訪ねてこられたんです。相手を疑いはしませんでした」

「何をなさっている人だと言ってました？」

「そんな話もしてません。家賃の未払い分も綺麗に精算してくれたものですから、私、お兄さんだと思ってました。でも、違うんですね」

「どんな感じの男でした」

「と言われても……」信代が困った顔をした。

「太ってるとか、背が高いとか」

「太ってもいないし、それほど背が高くもありませんでした。色艶のいい、四十二、三の男の人でした。ちょっと目が怖い感じはしましたけど、話し方は優しかったです」

「眼鏡はかけてました？」

「いいえ。帰る時にサングラスをかけましたけど」

私は、先ほど眉のない女に見せた写真を取り出し、テーブルの上に置いた。

「ここに男が写ってますが……」

「あ、この人」信代の声が裏返った。

「間違いありませんか」

「ええ」

荷物を引き取ったのは玉置だったらしい。

「この人、前島さんの兄さんじゃないんですね。関係ない人に遺品を渡してしまった。どうしましょう、私」

「前島さんの兄かもしれません。その点はまだはっきりしてないんです」

信代の動揺が激しかったので、私は嘘をついたのだ。

「ちょっといいですか？」

私は契約書に手を伸ばした。そして、メモにある住所を手帳に書き取った。それから保証人の欄に目をやった。

大野《おおの》千春《ちはる》　豊島区上池袋4の8の××。

電話番号は記されていなかった。〝風鶏〟が本当の妹の名前や住所を書いたかどうかは分からないが、それも控えておいた。

「この契約書を前島さんのお兄さんに見せました？」

「ええ。見たいと言ったから」

玉置はなぜ、契約書に興味を持ったのだろうか。私と同じように、妹の住所を知りたかったのかもしれない。

私は写真を紙袋に仕舞った。

「もうお帰りになるの？」

「まだ何か？」

「別に何もありませんけど」信代が口ごもった。

「何か不安なことでも」

「殺人と聞いて、気持ちが落ち着かなくなりました」

「まだそう決まったわけじゃないんですよ。それにそうだったとしても、吉野さんには関係ない」

信代の目が急に輝いた。「おいしいお饅頭があるんですけど食べませんか？」

「いや、結構です」

「あら、そう」信代はがっかりした顔をした。

信代は私を引き留めたがっている。殺人という言葉を聞いて、不安になったからだろうか。それもあるかもしれないが、それだけではない気がした。

信代はひとり暮らしである。おそらく、訪ねてくる人もほとんどいないに違いない。得体のしれない探偵を笑顔で迎え入れ、スイカを振る舞ったのも、単純に話し相手がほしいからだろう。

私は、信代に小さな騒ぎを持ち込んだ。それによって、静かな湖面のような暮らしが波立った。その波が消えてしまうと、孤独が忍び寄ってくる。

それを避けたいがために、饅頭で私を釣ろうとしたのだろう。可愛い努力に報いてやりたいが、そんな暇は私にはなかった。

「スイカ、おいしかったですよ」

私は信代に優しく微笑み、腰を上げた。

信代は玄関まで私を送りにやってきた。私が別れの挨拶をすると「またいらっしゃってください」と寂しそうな表情で言った。

車に戻った私は公衆電話を探し、そこから玉置の事務所に電話をした。

玉置は不在だった。

「何時頃、お戻りですか?」

「どちら様でしょうか?」応対に出た女に訊かれた。

「前島の兄だと言って下されば分かります」

「社長は三時には戻ってくる予定です」

私は玉置の事務所に向かうことにした。

道は混んでいたが、三時少し前に事務所の入っているビルの前に着いた。だが、駐車する場所がなかった。

少し進むとスペースが見つかった。縦列駐車をするしかなかった。

後続車に謝って、ベレGを尻からスペースに入れた。

エンジンを切った時、歩道を歩いている男の姿が目に入った。

玉置だった。

クラクションを鳴らした。玉置が私の車の方に目を向けた。

車を降りた私を見ると、玉置の頬が醜く歪んだ。

「重要な用があってあんたに会いにきた」

「俺は忙しいんだ」

「汗だくなんだ。あんたの事務所でクーラーに当たりたい」

「馬鹿を言うな」

玉置が立ち去ろうとした。

私は行く手を塞ぎ、玉置をねめるように見つめた。「あんたの別名は前島市郎っていうんだってな」

「……」

「事務所で話を聞こう」

「何も話すことはない」

「あんたのやったことは立派な窃盗だぜ」

玉置が舌打ちした。「三十分だけ時間をやる」

私は玉置の後について、ビルに入った。

応接室に通された。クーラーがつけっぱなしになっていた。私はソファーに腰を下ろした。玉置は部屋の中を動き回っていた。

「あんたは前島の遺品に興味があったようだな」

「俺は頼まれただけだ」

「落ち着かないから座れ」

「俺の事務所だ。俺の好きにする」

私は煙草に火をつけた。「誰に頼まれたか言え」

「お前に話す必要なんかない」

「ひとりで窃盗の罪を背負い込む気かい？」

玉置が急に動きを止め、私の前に腰を下ろした。そして、頭を抱えた。「勘弁してくれ」

「早苗に頼まれたのか」

「……」

「岩井は、女房の過去が表沙汰になることを気にしてた。あいつの命だったとも考えられるな」

玉置が顔を上げた。「岩井さんじゃない。それだけは言っとく」

「じゃ早苗しかいないじゃないか」

「……」

私は躰を起こした。「ひょっとすると石雄が裏にいるのか。早苗じゃ、あんたに見返りは渡せないもんな」

玉置は、目を伏せたまま長い溜息をついた。

それが暗黙の答えだと私は受け取った。

「石雄は、何て言って、あんたに汚れ役を引き受けさせたんだい」

「石雄も、妻のスキャンダルを恐れてるんだ。だから、前島の持ち物を調べたいと言ってた」

「生きていた前島が、石雄か早苗をそのことで強請った。そういう話はしてなかったか？」

「俺は詳しいことは聞いてない」

「この件で、あんたはいくらもらった」

「一銭ももらってない」

私はにやりとした。「なるほど。で、石雄にどんな見返りを要求したんだい」

「そんなことどうでもいいだろう？」

「一流の実業家にのし上がるためには、岩井だけじゃなく、石雄も大事だもんな」

玉置は何も言わず、背もたれに躰を倒した。目は虚ろだった。

「持ち出した荷物はどこに運んだ？」

「後は石雄と話してくれ」

「全部、吐いちまえ」

「何であんたは、友だちのことをそこまでしつこく調べるんだ」

「探偵だからだよ」

「ご立派なんだな」

「で、荷物はどこに」

「葉山の別荘だよ」玉置は投げやりな調子で白状した。

「ところで前島の妹のことはどうした？　妹の家にも行き、前島の遺品がないか調べたのか」

「俺は行ってない」

「契約書に書かれていた妹の名前と住所、石雄に教えたか」

玉置が力なくうなずいた。「調べてこいと言われたからね」

「大家は人のいい婆さんだから何の疑いも抱かずに、あんたに何でも教えたんだろうね」私は信代の顔を脳裏に浮かべながら言った。

玉置は天井を見たまま答えなかった。

私は煙草を消し、膝を軽く叩いて立ち上がった。

「浜崎さん、今回のことはあんたの腹に収めておいてくれないか」

「俺から警察に通報する気はないよ。だけど、枕を高くして寝てられるかどうかは保証しないぜ」

そう言い残して、私はクーラーのきいた気持ちのいい部屋を出た。

一旦、事務所に戻った私は、陽が暮れてから前島の妹と思われる大野千春の家に向かった。

大野千春は路地裏の見窄《みすぼ》らしい一軒家に住んでいた。

灯りは消えていた。念のためにドアをノックしたが返事はなかった。

車の中で一時間ほど待ってから、もう一度訪ねてみたが、結果は同じだった。

そこから田園調布に回った。

午後九時すぎに、安藤家の門の前に車を停めた。

インターホンに出たのは、高見という使用人のようだった。

「浜崎と申しますが、安藤石雄さんに至急お会いしたいんですが」

「ちょっとお待ちを」

邸の二階の右奥の部屋に灯りがともっていた。庄三郎の部屋である。カーテンが少し動いた。庄三郎が様子を窺っているのだろう。

「浜崎さん」先ほどの女の声がインターホンから聞こえてきた。「お引き取り下さい。あなたに会う用はないそうです」

インターホンは切られてしまった。

もう一度鳴らしたが、もう誰も出なかった。

私はしばらくその場に立ち、邸を見つめた。

ほんのこの間まで、この邸では幸せな暮らしが営まれていた。

しかし、今は波風が立っている。誰もが顔に出しはしないが、以前とは大きく違っているはずだ。

原因を作ったのは私なのか。

そうではない。智亜紀が殺されたことで変わったのだ。

そう自分に言い聞かせたが、私の気分がよくなるはずもなかった。

(九)

〝風鶏〟の妹、大野千春の住まいを再度訪ねたのは、翌日の午後二時すぎだった。

空は雲に被われていたが、暑さはいっこうに解消されていなかった。蒸しタオルを顔に押しつけられたような暑さである。

私は、交通の邪魔にならない場所に車を停め、徒歩で大野千春の家を目指した。

道の両側に小さな家が犇《ひし》めき合うように建っている。

通りかかった家の玄関先で、五十代と思える女がふたり立ち話をしていた。女のうちのひとりは犬を連れていた。

「……奥さん、丸富士の方が五円は安いわよ。品物もいいし」犬を連れた女が押しつけがましい口調で言った。

「でも、ここからだいぶあるでしょう。つい億劫になってしまって」玄関前に立っていた女が、長芋のようなほっそりとした首を軽くくねらせながら頬をゆるめた。

その家から大野千春の住まいはよく見えた。

「私、運動のつもりであそこまで歩いてるの。奥さんも、そのつもりで行ってみたらいいのに」

丸富士とはスーパーマーケットの名前らしい。

犬を連れた女は太っていた。遠くのマーケットまで、痩せたくて歩いているようだが、その効果はまるで現れていない。柴犬の雑種らしい犬は、とろんとした目をし、舌を出し、その場に座り込んでいる。

この暑さの中、五円の節約と運動のために歩いている飼い主に付き合わされている犬に、私は同情したくなった。

大野千春の家の前に立つと、二階に目をやった。カーテンは閉まっていた。仕事に出ているのかもしれない。

玄関をノックしてみた。返事はなかった。もう一度叩いてみたが結果は同じだった。

おしゃべりをしていた女たちの視線を感じた。

私は女たちに近づいた。

「すみません。大野千春さん、昨夜もいらっしゃらなかったんですが、旅行か何かに出かけてるんですかね」

「ここんとこ見かけてないわね」犬を連れた女が口を開いた。

長芋のような首の女が目の端で私を見た。「お宅は……」

私はふたりに名刺を渡した。「大野さんのお兄さんのことを調べている者なんです」

「お兄さん、自殺したんでしょう」太った女の目が好奇の色に染まった。

「葬式は、妹さんの家で行われたんですかね」

「違う場所でやったんじゃないかしら。あの家で行われていたらすぐに分かるもの」

「あなたはどうして死んだ人のことを調べてるんですか?」首の長い女が訊いてきた。

「彼が画家だったことをご存じかどうかは分かりませんが、彼の絵に興味をもっている人がいまして」

「借金のカタにするのね」太った女が軽い調子で言い切った。

「大野千春さんには借金があるんですか」

首の長い女が大野千春の家の方に目を向けた。「詳しいことは知らないけど、柄の悪い男がよく来て、金返せって玄関で言ってるもの」

犬の視線を感じた。いい加減におしゃべりを止めて家に連れて帰ってもらいたいようだ。

しかし、ここで質問を止めるわけにはいかない。犬には我慢してもらうしかない。

「大野さん、ひとり暮らしなんですか」

「夫と死に別れたって聞いてるわ」答えたのは首の長い女だった。

「彼女、今でも渋谷のデパートで働いてるんでしょうか?」

「今は何もしてないわよ」太った女の言い方には棘があった。「夜の仕事をしてたみたいだけど、それも辞めちゃったらしいわ。あの人、パチンコに狂ってるの。池袋のパチンコ屋を回ったら見つかるかもしれない」

「でも」首の長い女が太った女を見た。「一昨日ぐらいから窓は閉めっぱなしよ。旅行に出かけてるんじゃないかしら」

「この数日で、大野さんの家で変わったことはなかったですか? たとえば荷物が運び出されるとか」

首の細い女が目を丸くした。「トラックが来てたわ。私、引っ越しかなって思ったんですけど、違ってた」

「何が運び出されてたんです？」

「絵じゃないかしら。厚みのあまりない段ボール箱が積み込まれていたから。大きさはいろいろだったわね」

「それはいつ頃のことです？」

「私が親戚の家に行った日だから、一昨昨日《さきおととい》よ。一昨昨日の夕方。間違いないわ」

「トラックには運送会社の名前が入ってました？」

「そんなこと覚えてないわよ」

「また来てみますが、大野さんが戻ってきたことが分かったら、私に電話をくれませんか」

「人の家を見張るなんてちょっとね」首の長い女がそう言って、相づちを求めるように太った女を見た。

「そうよ。私だってそんなことしたくないわ」

「電気がともったかどうかぐらいは見張ってなくても分かるでしょう」

「それはそうだけど」首の長い女がまた大野千春の家を見た。

「そんなに大事なことなの？」太った女に訊かれた。

「大野さん、行方不明かもしれない。夜もいないようですから」

「まあ」太った女が口に手を当てた。

「ともかく、帰ってきたことが分かったら、名刺にある番号にかけてください」

ふたりの女は、そうするともそうしないとも言わなかった。

突然、犬がワンと吠えた。

「いいですよ、何かあったらお知らせします」

犬の一吠えが引き金になったかどうかは分からないが、首の長い女が承知してくれた。

私は女たちに礼を言い、車を停めた通りに戻っていった。

肩越しに後ろに目をやると、女たちは、私の方をちらりと見ながら話をしていた。おしゃべりは続きそうである。

犬は当分、家には帰れないだろう。

私は車に乗ると、窓を全開にし、事務所に向かって走らせた。

一昨昨日、トラックが来て絵らしきものが大野千春の家から運び出された。トラックを手配したのは十中八九、石雄だろう。

〝風鶏〟のアパートから持ち出された遺品は湘南の別荘に運ばれたと玉置は言っていた。ということは、大野千春の家にやってきたトラックも湘南に向かったに違いない。

〝風鶏〟が妹に預けた絵に、石雄は興味を持った。なぜなのだろうか。

早苗が昔、コールガールをやっていたというのは安藤家の恥である。その恥が表沙汰にならないように石雄は必死で動いていた。しかし、〝風鶏〟の絵が、そのことと関係しているのだろうか。早苗と節子がコールガールをやっていた頃、〝風鶏〟との付き合いはなかったはずである。〝風鶏〟の描いた絵の中に早苗がコールガールをやっていたことを示すものがあるとは考えにくい。しかし、その判断は、あくまでこれまでに得た情報を元にしたものにすぎない。私の知らないことがまだまだありそうだ。

石雄は〝風鶏〟の絵を妹から買い取ったのだろう。借金があるという大野千春は、兄から預かっていた絵を喜んで手放したに違いない。

大野千春が、口封じのために殺された可能性はあるだろうか。おそらくないとは思うが、これから先も、大野千春が家に戻ってこないとなれば、そういう疑いを抱かざるをえなくなるかもしれない。

事務所に戻ったのは三時半すぎだった。上半身だけ裸になり、扇風機の前に胡座をかいた。べったりと皮膚にまとわりついている汗はなかなか引かない。

気持ちが悪いが、それ以上嫌なことが、胸にたゆたっている。

大野千春の話を聞いたら、どんなことをしてでも石雄に会うつもりでいる。会ってどうするのか。分からない。石雄の怪しげな動きについて、私が知っていると教えるだけである。それ以上、踏み込んだことを口にすることがあるだろうか。それは石雄次第だ。

電話が鳴った。扇風機から離れた私は受話器を取り、肘掛け椅子に躰を預けた。

「浜崎さん、すぐに来てくれ」

電話の主は負六だった。

「どうした」

「義郎がおかしくなってるんだ」

「泡でも噴いたか」

「ヒステリーを起こしてる。こんなところにはもういたくないって言ってな」

「俺に宥《なだ》めろっていうのか」

「あいつはあんたの調査に期待してたが、何の連絡もないから苛々して、気が変になったみたいなんだ。何とかしてくれ。俺じゃどうにもならんのだよ」

「分かった。すぐにいく」


『宝屋』の分厚いカーテンを捲った。店には客もいなかったが、成美の姿もなかった。

私は奥に通じるドアを開けた。「俺だ」

棚の端から成美が顔を出した。

「不用心だな、店に誰もいないのは」

「それどころじゃないんだよ。さっき、義郎が大声を出してね。そん時いた客がびっくりして」

「ここで秘密のエロ映画の上映会が行われてると疑ったかもな」

「声を出したのは義郎よ。女じゃないわよ」

「男が折檻されるマニアックなやつもあるだろうが」

「冗談はよしとくれ。本当に私たち困ってるんだから」

私は成美の後ろを通り、棚の後ろに回った。

負六がマネキンの横に立っていた。その向こうに熊上の姿があった。髭は前にあった時よりも伸びている。床に座り、口を大きく開き、舌を出していた。目は虚ろである。ちょっと見ないうちに、頬がげっそりとこけていた。

同じような感じの人間を最近見たような気がした。違った。人間ではなかった。太った女が連れていた犬に、熊上は似ていた。

「浜崎さんが来てくれた。調査の進展具合を訊いたらどうだ」負六が、子供に言い聞かせるような優しい口調で言った。

熊上は口を開かない。

「犯人の目星はついてる。だけど、証拠がない。もう少し時間をくれ」

「もう何もかもどうでもいい。ほとんど眠れないし、飯も喉を通らないし……」

熊上はかなりまいっているようだ。ノイローゼなのかもしれない。

「もう少し我慢しろ」

熊上が私に食ってかかった。「すぐに解決するようなことを言ってたじゃないか」

「そんなことを言った覚えはない」

「嘘だ！」

「大声を出すな」負六が声を殺して怒った。

私は熊上の前にしゃがみ込んだ。途端、私の眉根が険しくなった。耐えられないくらいに熊上は臭かった。

私は煙草に火をつけ、熊上にも勧めたが、彼は首を横に振った。

「熊上、これからも俺を信じていけるか」

熊上の目が落ち着きを失った。

「信じられないんだったら、それでもいいが」

「あんたを信じ続けるといいことがあるのか」

「多分」

「これじゃ、ドブネズミと変わりない。もう俺は耐えられない」

「じゃ、出てけ」そう言ったのは負六だった。

「そうよ、私たちだって……」

成美の言葉を、私が右手を上げて制した。

「ふたりとも黙っててくれ」

「私、店に戻る」成美はそう言って、去っていった。

「熊上、お前の気持ちはよく分かる。ここにいたら、もっとおかしくなっちまうだろう。ここから抜け出す方法はある」

「どうすればいいんだ」

「警察に行くんだ」

「馬鹿を言うな」熊上がそっぽを向いた。「俺は殺ってないんだぜ」

「お前が勾留されてる間に、俺が犯人を挙げればいいんだろう」

「確約できるか」

「いや」

「だったら自首なんかしない」

「自首とはちょっと違う。警察に自ら出頭するだけだ。出頭して無実だと言え」

「そんなのどっちだって同じだよ」

「じゃ、負六さんや俺に迷惑をかけないって誓って、ここを出ろ。浮浪者が集まってる場所に行けば、一生、捕まらずにすむかもしれない」

「……」

「ここにいたくないんだったら、警察に行くか、それともここを出るかしかないだろうが」

「無実の罪で服役するなんて嫌だ」

「俺が一生かかってでも、お前の冤罪を晴らしてやる」

「よく言うよ」

「あんたが、智亜紀の死体を見て、逃げ出さなかったら、こんなことにはなってない。コカインをやってることぐらいで、ビビったのがいけなかったんだ。警察に出頭し、無実だと主張しろ。警察は、あんたがやったという決定的な証拠は握ってないんだからな」

「ちょっと待て」負六が口をはさんだ。「義郎が出頭したら、警察は、どのようにして逃げ回っていたのか調べるに決まってるじゃないか。義郎がしゃべったら、俺だけじゃなくて、あんただって困るだろうが」

　私は熊上の肩に手をおいた。「あんたが大人しくここにいれば問題はないんだよ」

　熊上は黙りこくってしまった。

「何とか言えよ！」負六が声を荒らげた。

「俺はもう疲れた」熊上がつぶやくように言った。「あんたの言う通りにする」

　負六が焦った目を私に向けた。「本気で、こいつを警察に行かせるつもりか。そんなことをしたら俺たちだって捕まっちまう」

「あんたらのことは何があっても話さない。それだけは約束する」熊上が言った。

「熊上、犯行を否認したら、後は黙秘しろ。何を訊かれても、脅かされても、口を開くな」

「うん。分かった。そうするよ」

「こんな堪え性のない奴が、刑事たちを相手に黙秘なんてできるわけがない。浜崎さん、あんたの提案は自分の首を絞めるようなもんだぜ」

「あんたがしゃべったら、調査はそこで終わってしまう。俺を信用して、頑張り通すんだ」そこまで言って、私はにやりとした。「やればできるさ」

「警察に行くのはいいが、ひとりじゃ心細い」

「俺がついていってやる。その前に口裏を合わせないとな」

私は腕を組んで考えた。

逃走中の熊上が、今日、負六に電話をしてきた。居場所を訊いても言わない。負六は自首を勧める。しかし、熊上は言うことをきかない。そこで、負六は、智亜紀の事件を調査している私のことを教え、相談してみてはどうかと持ちかける。熊上が私に連絡を寄こす。私は熊上に事務所にくるように促す。熊上は言われた通りにする。そこで、私は出頭しろと説得。逃走に疲れた熊上は、私の言ったことに従う。

「……こんな感じでどうだ」

負六が長い溜息をついた。「俺のところにも警察が来るな」

「来たってかまいはしないじゃないか。あんたは、警察の情報屋なんだから、刑事には慣れてるだろうが」

「成美とも口裏を合わせておかなきゃな」

「そっちの方はあんたに任せる」

私は再び熊上に視線を向けた。「何か言いたいことがあったら言え」

熊上が首を横に振った。

「警察の追及は厳しいだろう。覚悟はできてるか」

「風呂に入って、よく眠りたい」熊上がぼんやりとした口調で言った。

負六はあきらめ顔で私を見、小さくうなずいた。

私が先に腰を上げた。「よし。行くぞ」

熊上がゆっくりと立ち上がった。

「逃げ出した時に、あんた、旅行バッグのようなものを持ってたんじゃないのか」

熊上は部屋の隅に置いてあったバッグを手に取った。

私たちは店に向かった。客の姿はなかった。

「あんた、どうしたの？」成美が心配そうな顔をした。

「話は後でする」

「先に俺が出る。通りで待ってるから合流しろ」私はそう言い残して店を出た。

ほどなく熊上が現れた。

私たちは並んで、コマ劇場の方に向かった。

一切、口をきかずに西武新宿の駅の方に歩を進めた。

熊上を警察に出頭させる。苦肉の策だった。

ノイローゼのようになっていた熊上は、何が何でも近いうちに『宝屋』を出るだろうと予測した。

しかし、行き場はない。熊上の様子を見た時、自殺する可能性もあると思った。そういう事態を招かないようにするには警察に預ける他はない。

熊上が捕まれば、自分にも火の粉が飛んでくるリスクは大いにある。黙秘をしろと言っておいたが、熊上が持ち堪えられるかどうかは分からない。

私の犯した罪は犯人蔵匿か隠避。最高で懲役二年だが、おそらく罰金刑ですむはずだ。逮捕されるのは御免だが、捕まることを恐れてはいなかった。

窃盗で少年院送りになった私は留置場に放り込まれることぐらいは平気だった。家族がいるわけでもないし、無実だと信じている人間を匿ったことぐらいで私立探偵という職業に傷がつくはずもない。

大ガードを越え、青梅街道を新宿署を目指した。

蒸し暑さは収まらず、冴えない曇り空が拡がっていた。

西新宿は至るところで、高層ビルを建てている。私たちは工事現場の横を通り、新宿署に近づいた。

「熊上、もしも罪が晴れても負六に匿われていたことや、俺と会ったことは口にするんじゃないぞ」

「どうしてだい？」

「捜査を妨害した罪で、俺たちが警察に引っ張られるかもしれないから」

「分かった。絶対に言わない」

新宿署は数年前までは淀橋署という名称だった。だが、建物は変わっていない。

署の入口のところに半円形の庇が突き出ていて、コンクリートの丸い円柱で支えられていた。

〝女性画家殺人事件捜査本部〟

円柱の一本に、達筆な墨文字でそう書かれた看板が設置されていた。

熊上は不安げな表情で建物を見上げた。

「心配はいらない。さあ行くぞ」

私は熊上を先立て署に入った。

制服警官が、汚らしい熊上を見ながら「何か?」と訊いてきた。

「この男が、〝女性画家殺人事件〟で指名手配されている熊上義郎です。私に促されて出頭してきた」

目つきが変わった制服警官が慌ててどこかに電話をした。

署内が騒然となった。

ほどなくエレベーターと階段を使って数名の刑事が私たちのところに飛んできた。

髪がM字に禿げ上がった刑事が、浮浪者にしか見えない男を目を細めて見つめた。「君が熊上義郎か」

「はい。でも、僕は彼女を殺してません」熊上の声が震えていた。

日向くさい顔をした四十ぐらいの刑事が私を見た。「君は?」

「新宿で探偵事務所をやっている浜崎という者です。彼が私に相談にきたから、出頭するように説得した。ひとりでここにくるのが心細いというもんですから同行したんですよ」

三人の刑事が先に熊上を連れてエレベーターに向かった。熊上が肩越しに私を見た。情けない表情を見たら、取り調べが始まって五分と経たないうちに、何でもしゃべってしまいそうな気になった。

やや遅れて、私もエレベーターに乗った。

刑事課は四階にあった。熊上の姿は通路にはなかった。

私は奥の取調室に連れていかれた。

鉄格子の嵌まった窓からは高層ビルはまったく見えなかった。住宅や小さなビルが目に入っただけである。

私の事情聴取に当たったのはふたりの刑事だった。ひとりは一階で私に声をかけてきた日向くさい顔の刑事。名前は大島《おおしま》と言った。

もうひとりは小森《こもり》と名乗った。色褪せた貝殻のような顔色の悪い男である。歳は大島とそれほど違ってはいないが、軽い猫背のせいもあり、人生に疲れ切っている感じがした。

私は改めて名乗り、彼らに名刺を渡した。

まず熊上との関係について訊かれた。毛利負六の名前を出し、彼から連絡があったことを教えた。負六と知り合った経緯も話し、彼の居場所も口にした。

「なぜ、毛利さんはあなたに連絡したんですか？」大島が訊いてきた。

「今、言ったように、私があの事件を独自に調査してたからです」

「独自の調査だって」小森が小馬鹿にしたように眉をゆるめた。

普段は依頼人の名前は出さないのだが、今回は安藤庄三郎のことを口にした。

被害者の父、しかも、政財界と通じている人物が依頼人だったと聞いて、刑事たちは黙った。

「調査は打ち切りになりましたが、私は熊上義郎は犯人ではないと思ってます」

大学ノートにペンを走らせていた大島が顔を上げた。「それはまたどうしてです？」

「熊上に安藤智亜紀を殺す動機があったんでしょうかね」

「動機は取り調べれば、すぐに分かるよ」小森は自信たっぷりである。

「凶器の銃も出てきてないんでしょう？　動機も分からず、凶器も発見されていない。起訴しても公判は保たないんじゃないんですか」

「浜崎さん、弁護士みたいな口をきくんだね」小森が頬を歪めて笑った。

「我々が知らない情報を持ってるんだったら教えてください」大島が言った。

「まずあなた方がどんな情報を握ってるのか知ってからじゃないと話しようがない」私は肩をすくめてみせた。

ふたりの刑事は顔を見合わせた。

「熊上以外の線を警察は洗ってないんですか」

「そんなことあんたに答える必要はない」小森が陰険そうな眼差しを私に向けた。

「熊上とは今日、初めて会ったんですね」大島が訊いてきた。

「ええ」

「逃亡中の人間を匿っていたら大変なことになるよ」

そう言った小森に私は笑いかけた。「それぐらいのことは分かってます」

大島が一瞬考え込んだような素振りを見せてから、私に目を向けた。「私立探偵の浜崎順一郎。二年前に起こった女優の毒殺事件に関わってましたね」

「記憶力がいいですね」

「あの事件、世間を騒がせましたから」

「でも、みんなが覚えていた時期は極めて短い。世の中はそんなものですがね」

「今回のことでまた、あんたは名を挙げるね。容疑者を出頭させたんだから」

「私が真犯人を見つければ、もっと有名になる」

小森が鼻で笑った。「売名行為が好きらしいね」

私は曖昧に笑って煙草に火をつけた。「ともかく、私の勘じゃ熊上はシロですよ。自白を強要するなんて真似は止めた方がいい。後で恥をかくことになるから」

大島が上目遣いに私を見た。「警察と張り合おうっていう気ですか？」

「いいや。真犯人の目星がついたら連絡しますよ」

「いい加減な情報は困るよ」

小森は私の言っていることを端っから信じていない。そういう警官が大半だから驚きはしないが。

私は煙草を消すと、小森を指さした。「俺が電話してきたら、どこにでも飛んで来い。じゃないと、警察の面子《メンツ》が潰れるぜ」

私の口調がぞんざいになったことにふたりは驚いていた。

「もう帰っていいですか？」

小森はそっぽを向いた。大島が大きくうなずいた。

私は取調室を出て、階段で一階に降りた。歩いて事務所に戻ることにした。

しかし、なぜ、自分は突然、刑事たちに対して荒々しい言葉を使ったのだろうか。

刑事が私立探偵を見下したような発言をするのには慣れている。普段だったら、皮肉でも言ってすませてしまっていただろう。

私は苛立っていたのだ。熊上を救うために、自分がこれからやろうとしていることを考えると、蜘蜘蛛の巣に引っかかった小虫のような気分に陥ったのだ。

外で食事をすませ、事務所に戻った私は、鉛筆の芯を削った。一本一本、丁寧に削った。意味のないことに熱中することが、心を解放する一番の方法である。

四本目の鉛筆を手に取った時、電話が鳴った。

「俺だ」古谷野はのっけから不機嫌だった。

「何か用ですか？」私はさらりとした調子で訊いた。

「熊上が自首したそうだが、同行したのはお前だって話じゃないか。一体、どうなってるんだ」

「正確に言うと、熊上は自首したんじゃない。警察に出頭したんです」

「そんなことはどっちでもいい。なぜ、俺に事前に知らせてくれなかった」

「そんな時間はなかった。急にそういうことになったから」

「困ったことがあると、俺に泣きついてくるくせに」

「素晴らしい先輩を持って嬉しく思ってます」

「俺をおちょくってるのか。今からでも遅くない、どういうことがあったか教えろ」

私は古谷野に本当のことを話した。

「熊上がしゃべったら、お前自身が逮捕されるのを承知でそうしたのか」

「熊上はかなり精神的にまいってましたから。このままだと自殺もあり得ると思ったんですよ」

「考えすぎじゃないのか」

「かもしれませんが、留置場は、今の彼にとって安息所になると思ったんです。古谷野さんには本当のことを話したけど、警察には違うストーリーを話してます」私はその内容を伝えた。「……書くんだったら、俺が作った話を書いてくださいよ」

「そこまでやったからには、石雄か早苗に関して重要な情報を手に入れたってことだな」

私は、〝風鶏〟のアパートから荷物を持ち出した人間が誰だったか、〝風鶏〟の妹のところからも〝風鶏〟の作品と思える絵が持ち出されたことを教えた。

「……裏で糸を引いているのは石雄のようです」

「だとしても、智亜紀の殺人事件と関係があるかどうか分からんだろうが」

「問題は早苗が過去にコールガールをやっていたことにある。智亜紀は早苗の様子を探っていた。〝風鶏〟もそのことで早苗を強請っていた。〝風鶏〟の遺品の中に、石雄と早苗が表沙汰になっては困る何かがある気がします。コールガールをやっていたことぐらいで、殺人までやるのかという疑問はありますが、ともかく、石雄は〝風鶏〟の遺品を手に入れた。何もなければそんなことはしないでしょう」

「確かにな。しかし、今回の事件はお前にとって過酷なものだな」

私はそれには答えずこう言った。「近いうちに石雄と会います。どんな話になるかは分かりませんが、古谷野さんには教えますよ」

「そうしてくれ」

電話を切った後、テレビをつけ、ニュース番組にチャンネルを合わせた。杉並で起こった強盗事件が報じられた後に、智亜紀殺害事件のことが流れた。

熊上は犯行を否認し、黙秘しているという。同行した私については、名前も住所も公表されていた。

また電話が鳴った。今度は負六からだった。

「警察に呼ばれたから行ってきた」

「事情聴取はどうだった？」

「どうもこうもないよ。警察はしつこかった。俺が義郎を匿ってたんじゃないかって疑ってた。俺は否定し続けたがね。あいつ本当に大丈夫かな」

「今更、そんなこと心配しても始まらない」

「成美にも同じことを言われたよ」

「成美さん、肝が据わってるね」

「浜崎さん、早く真犯人を見つけてくれ」

「努力はしてみる」

「頼りない発言だな」

「今はそうとしか言えない」

負六と話し終えた直後に、また電話が鳴った。

「浜崎さんでしょうか」緊張した女の声だった。

「そうですが」

「私、市毛《いちげ》です」

「市毛さん？」

「そう言ってもお分かりになりませんわね。今日の午後、あなたと話した人間です」

声の感じからすると、長芋のような細い首の女のようである。

「大野さんが帰ってきたんですね」

「家に電気がともってます」

「お知らせくださってありがとうございます」

「私から聞いたって言わないでくださいよ」

「余計なことは一切しゃべりません」

私はもう一度礼を言い、受話器をおき、出かける準備をした。念のために、智亜紀が撮った写真と金を用意した。金を用意したのは大野千春に借金があると聞いたからだ。現金を目にすると、固く閉ざした口がゆるむかもしれない。

大野千春の家の近くに車を停めたのは午後十時少しすぎだった。

徒歩で彼女の家に向かった。

一階に灯りがともっていて、向かって右側の窓が少し開いていた。

私はそっと窓に近づき、中を覗いた。女がソファーに座り、ビールを飲みながらテレビを視ていた。

玄関をノックした。

「何です?」

愛想よく迎えてくれそうもない声である。

「大野千春さんですね」

「そうですけど」

「私、安藤石雄さんの友人の浜崎という者です。何度か訪ねてきたんですが、ご不在だったので、こんな時間にお伺いすることになってしまいました」

玄関が開いた。そこから女が顔を覗かせていた。

白地に何艘ものヨットが描かれた、半袖のワンピース姿。髪は短い。ちょっと古い言い方をすればセシル・カットである。撫で肩で痩せている。頭が異様に大きく見えた。鼻は胡座をかいていて、目は腫れぼったい。飲んでいたせいだろうが、頬は桜色に染まっていた。

「入って」

玄関脇に電話機を乗せた台が置かれていた。〝風鶏〟の住んでいたアパートの大家に見せられた契約書には電話番号は記されていなかった。隠れ潜んでいた〝風鶏〟は、念のために、妹にすぐに連絡を取れないようにわざと電話番号を書かなかったのかもしれない。

居間に通された私は、勧められるままに肘掛け椅子に腰を下ろした。扇風機が首を振っている。

テレビの中で千葉真一がしゃべっていた。『ザ・ボディガード』というドラマだと分かった。珍しい顔が目に入った。吉永小百合の相手役として一世を風靡した浜田光夫が出ていたのである。

「安藤さんの使い？」

「ええ」私は話を合わせた。

「残りの絵は、明日、ここに着くように送ったわよ。スケッチは持ってきたけど」

「どこに置いてあったんです？」

千春が怪訝な顔をした。「安藤さんの使いだったら知ってるはずでしょう？」

「すみません。テレビ、消してくれませんか」

「私、千葉真一の大ファンなのよ」千春は不服そうな声で言いながら、テレビを消した。

「安藤さんからは詳しいことは聞いてないいんです。彼が、あなたのお兄さんの遺品に興味を持ってることしか」

「私、高崎の出身なんですけど、兄さんの絵を全部、ここに置けないから一部を、向こうの親戚に預かってもらってたの。安藤さん、それも買い取りたいって言ったから、取りにいったんですけど、持って帰るにしては量が多すぎて」

「安藤さん、お兄さんの大ファンだったようですね」私は当てずっぽうでそう言ってみた。

「そうなの。どこがいいのか分からないけど、全部、売ることにしたの」そこまで言って、千春はグラスを空けた。「あなたも飲みます?」

「いいえ」

「で、安藤さん、何で使い寄こしたの? この間は自分できたのに」

「安藤さんはお忙しい身ですから」

「彼、兄の遺品すべてに興味を持ってるの。どうして?」

「コレクターは、異様な執着心を持つものなんですよ」

「私には理解できない」

「お悔やみを申し上げるのが遅れてすみません。急に兄さんを亡くされて、さぞやお悲しみのことでしょう」

「ずっと音信不通だったんですけど、私が働いてた渋谷のデパートで偶然、会ったんです。でも、頻繁に行き来するようになったのは、私の夫が死んでから」

「その頃から、彼の絵を預かるようになったんですか」

「そう。置き場ないからって持ってきたの」

「最後に会ったのはいつ頃です？」

千春の目がきらりと光った。「何でそんなこと訊くんです？」

「私、お兄さんに会ってるものですから」私は大嘘をついた。

「あなたが？　どうして？」

「知り合いの絵描きさんに紹介されまして」

「そうだったの。兄に最後にあったのは六月の半ば頃だったわ。絵が売れて金回りがよくなるようなことを言ってたのよ」千春の声が湿り気を帯びた。

「特に大事にしてた絵は、すでに安藤さんが買い取ったんですよね」

「私、どの絵が一番大事かなんて全然分からない。でも、兄さん、高崎の親戚のところに預けた絵のことをすごく気にしてた。私が勝手にそうしたからでしょうけど、何を持っていったかここに来て調べてた。こっちに戻す？　って訊いたら、向こうに置いておけばいいって言ってたけど」

「持って帰られたスケッチ、見せていただけますか」

「いいわよ」

隣の部屋に消えた千春は、ほどなく紙袋をふたつ持って戻ってきた。

「でも、どうして使いのあなたが見たがるの？」

「調べてみろと、安藤さんに言われたものですから」

「あなた画商か何か？」

「絵のブローカーです」

私はまず手前に置かれた紙袋の中からスケッチブックを取り出した。

全部で七冊あった。一冊ずつ開いていった。

「大野さん、テレビ視てていいですよ」

千春がテレビをつけた。千葉真一に夢中の彼女はもう私のことなど気にしていなかった。

童謡をモチーフにしたスケッチの他に風景や人物を描いたものも多数あった。どのページにも日付が入っている。最初の七冊は五九年から六一年の作品だった。

気になるスケッチは一枚もなかった。

ふたつ目の紙袋には六冊のスケッチが詰め込まれていた。

四冊目までは興味をそそるものはなかった。

五冊目を開いた時、少女をスケッチしたものに目が留まった。早苗にどこかしら似ている。間違いなく早苗の少女時代のものである。

昔、〝風鶏〟と仲が良かった画家、松林が言ったことを思いだした。〝風鶏〟は早苗をよく描いていたのだ。

しかし、この絵が事件と繋がるはずはない。

六冊目を開いた。ここにも早苗らしき少女が描かれていた。

玄関口に置かれた電話が鳴り出した。

「せっかくいいとこなのに」千春はそう言って腰を上げ、玄関に向かった。

聞き耳を立てながら、ページを繰っていた私の手が止まった。私は目を細め、スケッチに見入った。

これは……。驚きが全身を駆け巡った。

「……安藤さん、今、使いの方がここに見えてますけど……。浜崎さんという人です」

石雄からの電話に違いない。

私はそのスケッチブックを持って立ち上がった。そして、少し開いている窓に寄り、スケッチブックを隙間から外に落とした。

電話を切った千春が居間に戻ってきた。私は窓を背にして立っていた。

千春は目を大きく見開き私を睨んだ。薄い唇が捲れ上がっていた。「よくも私を騙したわね。安藤さん、あなたをすぐに追い出せって言ってた。出てかないようだったら、警察を呼ぶわよ」

私は千春に右手を軽く上げ、玄関に向かった。

靴を履くのに手間がかかった。私の背後に千春が立っていた。テレビの中で男の大きな声が聞こえた。千葉真一が何か言っている。

千葉真一もタフガイである。そう思った時、ある人間の顔が目に浮かんだ。石雄ではない。大悟だった。

外に出た。千春は玄関から顔を覗かせてこちらを見ていた。私は車を停めた方に歩き出した。玄関が閉まる音がした。私は素早く踵を返し、スケッチブックを捨てた場所に向かった。

スケッチブックを手に取った時、テレビの音をぬって千春の声がした。誰かと電話で話しているらしい。

私は、建物の側壁に躰を寄せ、聞き耳を立てた。

「……帰りました……。あの男は何者なんです？　絵のブローカーだって言ってましたけど。……しがない探偵？　探偵がなぜ……。すみません。余計なことを聞いてしまって。……スケッチブックをちらちら見てましたけど、大して興味を持ってませんでした……。荷物が着き次第、連絡します。それで……」千春が口ごもった。「お金はいつもらえます？　……分かりました。待ってます」

声がしなくなった。私は窓辺を離れた。

事務所に戻った私は、石雄の家に電話を入れた。若い女の使用人が出て、家族で葉山の別荘に行っていると教えてくれた。

私は明日、葉山に向かうことにし、酒の用意をした。そして、盗んだスケッチブックを手に取ったが、開かなかった。

私はそのスケッチブックから重大な情報を得た。しかし、新たな謎が私の頭を混乱させている。

混乱した頭に酒を流し込んだ。ちっとも酔いは回ってこないが、謎が解き明かされることもなかった。

グラスを空けると矢継ぎ早に注いだ。注いでは飲み、飲んでは注いだ。

ベッドに潜り込んでからも飲み続けた。

いつしか眠りが訪れた。

夢を見た。

私は高い崖を降りていた。つま先を預けた岩が崩れ、危うく滑落しそうになった。「大丈夫だ。俺がいる」下から声をかけてきたのは、石雄だった。石雄は白い歯を見せて笑っていた。その笑顔が私は怖かった。

翌日、まだ酒が残っているのは分かっていたが、かまわずにハンドルを握った。

葉山に着いたのは午後二時すぎだった。

空には雲が湧き、強い陽ざしが照りつけていた。

海岸通りに出てから、一度道を間違えた。

ラジオでは、ニクソン大統領の辞任のニュースが流れていた。

狭い坂道を高台を目指してどんどん上がっていった。鉄製の門扉は開いていた。門柱の左側に建つ平屋から、門番が出てくると思ったが、誰もいなかった。

初めてきた時と同じように花壇を回って、さらに坂道を上った。

ガレージの前にワインレッドカラーのトライアンフTR3が停まっていた。

私はベレGを玄関前につけた。

石雄が、私の車がやってきたのをどこからか見ているような気がした。

邸の裏側から蟬時雨が聞こえている。

スケッチブックを入れた鞄を手にし、私は馬鹿でかい玄関扉の前に立った。呼吸を整え、インターホンを鳴らした。

「どちら様でしょうか」

葬儀屋の案内係のような抑揚のない声だった。おそらく、高見という使用人に違いない。

「浜崎順一郎です。石雄さんにお目にかかりたい」

「石雄さんは、あなたにはお会いしません。お引き取りください」

「〝風鶏〟の遺品を見せてもらいたいと言ってください」

返事はなかった。

蟬時雨が一層激しくなったような気がした。

吹いてくる風は生暖かかった。

いきなり、扉が開いた。開けたのは石雄だった。ベージュ色のズボンにスカイブルーの半袖のシャツを着ていた。そして、なぜか家にいるのにサングラスをかけていた。

「やっと俺に会う気になったな」

石雄は答えない。

私は石雄に断りもせずに邸内に入った。

焦げ茶色のグランドピアノが置かれた部屋に進んだ。石雄がついてきて、私の横を通りすぎ、ベランダに向かった。そして、デッキチェアーに腰を降ろすと、足を組んだ。

パラソルの端が風に揺れていた。

ベランダに出た私は、石雄の前に座った。

波の音が聞こえている。モーターボートが沖に向かって走っていた。海原に光が跳ね、眩しかった。

何もかもが穏やかだった。陰惨な事件を口にしても、この穏やかな雰囲気が呑み込んでしまい、グラスが割れたぐらいの小さな出来事にしか思えないかもしれない。

高見がカルピスと思える飲み物を運んできた。

「高見さん、用があったら呼ぶから、自分の部屋にいてください」

高見は表情ひとつ変えずにうなずくと、去っていった。

「早苗さんは？」

「近くの別荘にきてる友だちに会いにいった」

「親父さんも来てるのか」

石雄は首を横に振った。

「大悟君は？」

石雄がちらりと私を見た。「大悟に用はないだろう？」

「どこにいるのかと訊いただけだ」

「浜で淳子と遊んでる」

「淳子ちゃんを連れてきたのか」

「偶然だが岩井家の人間もこっちに来てるんだ。で、〝風鶏〟の遺品がどうしたというんだ」石雄が落ち着いた口調で訊いてきた。

「俺はお前の親父に頼まれて、智亜紀さんの事件を調査してた。でも、犯人は今でも分かっていない。ただ、俺の勘ではお前かお前の女房が殺ったと思ってる」

石雄がサングラスを外し、薄く微笑んだ。「よくそんなことが簡単に言えるな」

「俺とお前の仲だからだ」

「証拠はないんだろう？」

「証拠はないが動機は分かった。お前ら夫婦を疎ましく思ってた智亜紀さんは、或る画家の描いた絵を見たことがきっかけで、早苗さんの過去を暴こうと動き回った。それに気づいたお前か早苗さんが智亜紀さんを亡き者にした」

坂を上がってくる車の音がした。私はベランダの端に立ち、玄関の方に目を向けた。メルセデス・ベンツ350SLだった。おそらくハンドルを握っているのは早苗だろう。

席に戻った私はカルピスに口をつけた。石雄はテーブルに載っていた煙草のパッケージを手で弄んでいた。

居間に人の気配がした。早苗は萌葱色のノースリーブのワンピース姿だった。

「お邪魔してます」私が言った。

「本当に邪魔だわね」早苗は冷たく言い放って、ピアノの前に座った。

「あなたとも話がしたいので、こっちにきてほしい」

早苗が石雄に目を向けた。「最低の男だって言ってたのに、なぜ、家に入れたの」

「避けてばかりはいられないよ」石雄は投げやりな調子で言った。「そこにいちゃ、使用人に話が聞こえてしまう。お前もこっちに来い」

早苗はふて腐れたような顔をして立ち上がった。

早苗はベランダに来ても椅子には座らず、手摺りに背中を預けた。

「浜崎名探偵はだな、お前か俺が智亜紀を殺したと言ってる」

「彼はずっと前から私を疑ってたわ。でも、証拠は何もない。そうでしょう？」

「智亜紀さんに調べられては困ることが、あなたにはあった」

「人には言えない商売をやってたことは確かだし、智亜紀に知られるのは嫌だったけど、そんなことで殺したりはしないわよ。殺ったのは熊上って男よ。彼を警察に連れていったのはあなただっていう話じゃない。あなたのやってることは支離滅裂ね」

「石雄、なぜ玉置まで使って、〝風鶏〟の遺品を盗み出したんだ」

「……」

「〝風鶏〟も早苗さんを脅してた。秘密を明らかにするものを探してたお前は、〝風鶏〟の妹のところにまで足を運んだ。そうだろう？」

石雄が小さくうなずいた。「お前の言う通りだ。コールガールをやってたことをネタに早苗は〝風鴉〟に強請られてた」

「それが始まったのはいつ頃のことだ」

「四月の半ばぐらいだったと思うが、奴が突然、家にやってきた」

「訪問の理由は？」

「昔からの知り合いだから懐かしくて顔を見にきたと言ってた」

「その時、お前も〝風鴉〟に会ってるのか」

「うん。ちょうど俺は出かけるところだったから、挨拶をしただけだがね」

私は早苗に視線を向けた。「その時、例のことで強請ってきたんですか？」

「そうよ。あの仕事をしてたことは、節子さんから聞いたと言ってたわ」

そう答えた早苗の目がかすかに泳いだことを私は見逃さなかった。

「智亜紀さんは、和田多津子という偽名を使い、〝風鴉〟の腹違いの妹だと偽って、〝風鴉〟を探していたが、その時点で、彼女は、すでにあなたと節子さんが過去に何をやってたか知ってた。或る画家が、コールガール時代のあなた方を絵に描いていた。それを偶然、智亜紀さんは見たんですよ。そして、まず熊上を使って節子さんに揺さぶりをかけた。彼女からもっと具体的なことを聞きたかったんだろうね」

早苗が石雄の隣に座った。そして、石雄の煙草を手に取り、火をつけた。思い切りよく吐き出された煙りが一瞬にして、風に運ばれていった。

「浜崎さん、智亜紀さんが私の過去を調べていることを知る方法は、私にも石雄にもなかったし、居場所を突き止めることもできるはずはなかったのよ。そんな人間が彼女を殺せるはずないでしょう？」

「智亜紀さんが、ふたりを、或いはどちらかをコールガールの件で脅したのかもしれない。今のうちに家を出ていったら、これ以上調べないとか何とか言ってね。智亜紀さんを尾行するのはそれほど難しいことじゃなかったはずだ。石雄は仕事があるから無理だったろうが、早苗さんならできた」

「そんなの推測にすぎないでしょう」早苗が鼻で笑った。

「その通りです」

「何度も言ってますが、コールガールをやってたことなんかで人は殺しません」早苗がきっぱりと言ってのけた。

私は鋭い視線を早苗に馳せた。「動機があなたの過去には関係なかったとしたら」

「何を言ってるの」早苗の表情が険しくなった。「智亜紀も〝風鶏〟も私の過去を問題にしてたのよ」

「やっぱり、智亜紀さん、あなたに何か言ったんですね」

「言ってたわよ。でもそれがどうかしたの？」

私は、鞄の中から〝風鶏〟のスケッチブックを取り出した。

石雄の顔から血の気が引いた。

「このスケッチブックは一九五六年から五八年に描かれたものだ」私はページを捲った。

「若い頃の早苗さんらしい少女のスケッチもある」

「それが事件と関係あるわけないだろうが」石雄がそう言いながら、スケッチブックを覗き込もうとした。

「石雄、お前が〝風鶏〟の遺品を盗んだり、妹から遺品をすべて買い取ろうとした理由は、この中に描かれた一枚のスケッチにあった。これだよ」私は開いたページを彼の方に見せた。

石雄はじっとスケッチを見つめていたが、その目は何も見ていないようだった。

そのスケッチには、質屋から出てくるふたりの男が描かれていた。走って逃げる姿だった。ずんぐりむっくりとした小柄な男は覆面をしたままで、顔はよく見えなかった。しかし、がっしりとした男の方の顔はきちんと描かれていた。そしてスケッチの斜め下に日付が入っていた。

一九五八年八月十日　午前一時五分。

早苗の父親の営んでいた質屋に強盗が入った日時とぴったり合う。

十六年前のスケッチだが、がっしりとした男の顔は紛れもなく石雄だった。

「〝風鶏〟は似顔絵を描かせると天才的にうまかった。お前と仲間が逃げるところをよく見ていたんだろうな。そして、すぐにスケッチした。或る画家がこのスケッチを見ている。彼に確かめてもらえば、犯行当夜のものだと証言してくれるだろう。あの事件を担当していた元刑事の話によると、ふたりのうちひとりはずんぐりむっくりとしたチビだった。このスケッチに描かれているもうひとりの男の名前は小柳守っていうんじゃないのか」

「……」

「男らしく認めろよ。ここに描かれてるのは、お前だよ。〝風鶏〟は早苗さんがコールガールをやってたことを理由に強請ったんじゃない。〝風鶏〟はお前の家を訪ねた時、お前を見た。その時、おそらくどこかで見たことのある顔だと思ったんだろうよ。それが誰だったか、しばらくしてから思い出した。早苗さんが、強盗犯、しかも父親を殺害した人物と結婚してることに奴は驚いたろうな。もう時効になっている事件だが、公表されたら、大変なスキャンダルになる。〝風鶏〟は金にしようと考えた」

石雄が立ち上がり、手摺りに両手をおいて空を見上げた。

「早苗さん、あなたが手引きをして、嫌いだった父親を殺させたのか」

「そんなスケッチ、何の証拠にもならない」石雄が口早に言った。

「俺にはお前だと分かる。俺にとってはそれだけで十分だ。石雄、正直に言え」

「早苗は何も知らない。それだけは本当だ」石雄が力なく言った。

私は早苗を真っ直ぐに見つめた。「じゃ、知らずに石雄と一緒になったんですか？」

早苗は煙草を持ったまま口を開かない。灰がぽとりとテーブルの上に落ちた。

煙草に火をつけた私は、早苗の言葉を待った。

「早苗、もう諦めよう。こいつには嘘はつけない」

「あなた、気は確かなの！」

「石雄は認めた。早苗さん、本当のことを言ってほしい」

早苗が煙草をゆっくりと消した。「彼と付き合い出してすぐに、私が見た犯人だと思ったわ」

「でも、賊は覆面をしてたんじゃないんですか？」

「私が二階から降りた時、がっしりとした男の覆面が外れたの」

「警察にそのことを言いました？」

「言ったけど、人相を説明することはできなかった」

「父親を殺した男なのに、一緒になったんですか」

「殺したのは相棒の方よ。彼が刃物を持ってたもの」

「それでも……」

早苗は背筋を伸ばし、挑むような視線を私に向けた。「私、石雄に惚れたのよ。心から好きになったの。今でも、私、彼に惚れてる。きっと一生惚れ抜くと思う。他人から見たら馬鹿みたいでしょうけど、好きなのよ、この人のことが」

石雄が早苗に大股で近寄った。そして、後ろから包み込むようにぎゅっと抱きしめた。

今度は私の方が腰を上げ、手摺りに近づいた。海原を大きな船がゆっくりと走っていた。

波の音はあくまで静かだった。

「石雄には、そのことをいつ話したんです？」

「付き合い始めてちょっと経った時よ。石雄は最初は白を切ってたけど、最後には認めて、泣いて謝った」

「俺はとても一緒にやっていけないと思って別れようと言ったけど、早苗は……」

「ふたりだけの秘密が、私たちの繋がりをもっと強くすると思った。さっきも言ったけど、好きになってしまったんだからどうしようもないじゃない」

加害者と被害者の娘の恋。普通には考えられないが、ふたりが惚れ合っていればありえる関係だろう。

しばし沈黙が流れた。蟬時雨と波の音が、沈黙に拍車をかけている。

「智亜紀さんは、そのことは知らなかったんでしょう？」私は早苗に訊いた。

「知らなかった」答えたのは石雄だった。「でも、早苗の過去を暴こうとしていたから、いつかは知られると不安になった。俺は早苗を守らなきゃと思って、智亜紀を殺った」

私は元の席に戻った。「石雄、座って初めから話せ」

石雄が早苗から躰を離したが、そのまま彼女の後ろに立っていた。

「智亜紀さんを殺したのは、七月十七日か」

「はっきりとは覚えてないが、その頃だ。お前が推測した通り、〝風鶏〟こと前島は、俺の顔を見て、質屋を襲った犯人のひとりだと気づいた。その男が早苗と結婚している。奴は早苗も事件に絡んでると思い、彼女を強請った」

「強請ってきたのはいつだ」

「六月に入ってからだ。俺のことを思い出すのに時間がかかったんだろうよ。強請ってきた際、事件当夜、質屋から逃げ出した犯人を描いたスケッチを持っていると言い、どのようにしてスケッチしたかも克明に伝えたそうだ。当時、前島がどこに住んでいたか早苗は知っていたから、早苗は奴の言ったことを信じた。困り果てた早苗は事の次第を俺に打ち明けた。時効が成立している事件とはいえ、このことが公になれば、単なるスキャンダルじゃすまない。俺は社会から抹殺されてしまう。人がひとり死んでるんだからな。それで、俺が早苗の代わりに会うことにした」

「どこで会った？」

「日曜日に奴を家に呼んで、俺だけが会った。奴はとりあえず二百万、用意しろと言った。俺は、スケッチブックを渡さない限りは金は払わないと突っぱねた。だけど、前島は俺の言ったことを相手にしなかった。とりあえず二百万を用意しないと警察に行くの一点張りだった。奴は鼻をぐずぐずさせていた。そして、途中でトイレに立った。ぴんときた。コカインをやってるってな。トイレから戻ってきた奴に、そのことを言うと、奴は簡単に認め、組織のブツをくすねたから金が必要なんだと告白した。俺は、スケッチブックがなければ金は払わないと繰り返した。そしたら、毎月、二百万を一年間、渡してくれれば、スケッチブックを進呈すると言い、時効になった事件とは言え、このことが発覚したら、警察は調査すると自信たっぷりに笑ってた」

「で、金を渡したのか」

「翌日、奴のアパートに金を箱に入れて送った」

「その時点で、〝風鴉〟いや、前島を殺すつもりだったのか」

「ああ。でも、どうやって殺そうか考えているうちに時間が経ってしまったんだ」

「よく分からないのは、智亜紀さんを殺したことだ」

石雄が居間の方に目を向けた。「安藤家にはスパイがいる。義理の母親と智亜紀のね。最初に前島が家にやってきた時、早苗は応接間で応対した。その時、雅号を口にし、新宿で似顔絵描きをやってることなどをしゃべった。そのことをスパイが、智亜紀に教えたんだろうよ。二度目に奴が来たことも。智亜紀が早苗に、彼女の過去のことを口にし、家を出ていけと言った時、〝風鴉〟という画家とはどんな関係なの？　と訊いてきたそうだ。俺は、智亜紀が〝風鴉〟に接触することを恐れた。智亜紀もかなりの資産を持ってる。月二百万ぐらい払える身分なんだ。だから、あのコカイン中毒者が寝返らないとも限らない。ともかく、智亜紀に〝風鴉〟のことを調べさせたくなかった」

「拳銃はどこで手に入れた」

石雄の頬がゆるんだ。「俺は昔、ワルだった。使った拳銃は前から持ってたものだ。使った後、拳銃は海に捨てたよ」

「拳銃を持って智亜紀に会いにいったということは、最初から殺すつもりだったんだな」

「まずは話し合おうと思った。だが、智亜紀はまるで聞く耳を持ってくれなかった。俺と早苗が現れてから、安藤家は品格のない家になってしまった。コールガールをやってたような女は、即刻、家から出ていくべきだと智亜紀はまくし立てた。そして、叩けばもっと埃が出るはずだ。俺のことも含めて徹底的に調べると言ったんだ。俺はこの女の口を封じなければならないと思った」

「智亜紀さんは、犬猿の仲とは言え、お前の義理の妹だぞ。よく引き金が引けたな」

「俺は大悟のことを考えていた。コールガールの件だけでも、大悟の心を傷つけるのに、もしも、父親のやったことが世間に知れたら、大悟の将来が滅茶苦茶になってしまう。そう思ったら、躊躇なく引き金が引けた」

椅子に座り直した石雄は、両手をだらりと下げ、気の抜けたような顔を海に向けた。

早苗は俯いたまま一言も口を開かない。

「〝風鶏〟を殺す時は手の込んだことをしたな」

「あれは自殺でケリがついてる」

「警察をまんまと騙したが、俺は騙せない」

「何か証拠でもあるのか」

「ある」

「どんな証拠だ」

「それを話す前に、どうやったのか教えろ」

石雄が小さくうなずいた。「自殺ということになれば、奴のことを警察が徹底的に調べることはないと考えた。奴の家の捜索も行われないだろうから、どこにあるか分からないスケッチブックを後で探せると思った」

「おびき寄せるために、あのマンションを使ったのは、親父さんが運転手の諸橋にプレゼントする部屋のことを知ってたからだな」

石雄が黙ってうなずいた。

「下見をしたのか」

「したけど、あのマンションのことは前々から知ってた。安藤家の人間になった後、早苗と知り合い付き合い出した。その時、彼女、引っ越しを考えてた。あのマンションの部屋だったら、安藤家で何とかなると思って、ふたりで見にいったことがあったんだ。でも、その直後に、早苗の妊娠が分かり、結婚することになったから、あのマンションに彼女が引っ越すことはなくなった。だが、屋上がどうなってるのかは、外から見て知ってた。あの屋上には手摺りはない。間違えて落ちたことにするにはおあつらえ向きだと思った」

「金を渡すと言ってよびき寄せたのか」

「そうだ」

「〝私は追われています。もう行き場がありません。もう一度娘に会いたい。しかし、もう耐えきれない。私の作品で一番の傑作は『月の砂漠』です。これを娘に渡してください〟

遺書めいた〝風鶏〟のメモにはこう書かれていた。あれは、お前が〝風鶏〟に無理やり、書かせたものなのか」

「いや、俺が筆跡を真似て書いたものだ。俺は奴のアパートに一度忍び込んだことがある。問題のスケッチブックを探すためにね。スケッチブックは見つからなかったが、日記が何冊も出てきた。そのうちの一冊に質屋での強盗事件を目撃したことが書かれてあった。翌年の分も気になって、二冊を失敬してアパートを出た」

私が日記を調べた時、昭和三十三年と昭和三十四年の分が見つからなかった。

「筆跡を真似るのは苦労したが、自殺と断定されれば、詳しい筆跡鑑定は行われないだろうと踏んで、賭けに出たんだ」

「奴が傑作だと自分で思っていた作品については、どうやって知ったんだ」

「早苗は幼い頃、奴の絵を見てる。その話を会いにきた時にしたら、『月の砂漠』って絵が最高のできで、あの絵は娘にやりたいと言ってたそうだ。それを聞いたから、書き加えたんだ。その方がリアルに思えたからね」

「で、あのマンションに〝風鶏〟を呼び出してからどうしたんだ」

「奴はその時、すでにコカインをやっているようだった。奴は早く金を寄こせと言った。部屋には当然、クーラーなどない。だから、とても暑かった。屋上で涼みながら、これからの話をしたいと言ったら、奴はOKした。ヤクをやっているから、〝風鶏〟は朦朧《もうろう》としてた。だから突き落とすのは簡単だったよ」

「突き落としてから、遺書めいたメモをアパートに置きにいったのか」

「そうだ。使ったスケッチブックはどこにでも売ってるものを使った。しかし、なぜ、お前が、あのメモの内容を知ってるんだ」

「俺は千里眼なんだよ」私は笑って誤魔化した。

「しかし、なぜ、自殺ではないと思ったんだ」

「あのメモに大きな書き違えがあったからだ。〝風鶏〟の作品には童謡をモチーフにしたものがたくさんあり、奴はそっちに造詣が深かった。〝風鶏〟の作品の『月のさばく』の〝さ〟はサンズイの〝沙〟で、メモにあったのは石の〝砂〟だった。〝風鶏〟が間違えるはずはない。間違えたとしたら、わざとやったのだと思った。お前が書いたとしたら皮肉だな。石雄の石だからね。犯人を暗示してるみたいじゃないか」

「あなた……」突然、早苗が泣き崩れた。

「早苗さんは、今の話、石雄からすでに聞いてたんですか」

早苗は泣きじゃくっているだけで答えなかった。

「早苗には何もしゃべってない」石雄が淡々とした調子で言った。

「あなた、私……」

「泣くな。もうやっちまったことなんだから」そこまで言って、石雄が腕時計に目を落とした。「そろそろ大悟を迎えにいく時間だ。お前も一緒に来るか。来るよな、犯人をひとりにするわけないだろうから」

石雄がサングラスをかけ、立ち上がった。そして、居間を通り抜け、玄関に向かった。

早苗が顔を上げた。アイラインが涙に濡れ、目許を汚していた。「浜崎さん……」

「早苗、大悟の前で泣き顔を見せるな。化粧を直しておけ」

私は、鞄にスケッチブックを仕舞うと、早苗をその場に残し、石雄の後を追った。

この間と同じように、石雄はオープンカーにドアを開けずに飛び乗った。

「乗れよ」

私はドアを開けて助手席に躰を滑り込ませた。

トライアンフはすごいスピードで坂道を下りていった。

石雄がカセットデッキのボタンを押した。

ビーチ・ボーイズの『サーフィン・USA』が流れ出した。

石雄がテープと一緒に鼻歌を歌い始めた。

殺人を告白した男にはとても思えなかった。

やがて、車は浜辺近くの駐車場に入った。

「淳子ちゃんにも迎えがくるのか」

「そう聞いてる」

石雄は海岸通りを渡り、浜辺に向かった。浜辺の端に岩場があった。

海の家が並び、浜辺には海水浴客の姿が見られたが、その数は多くはなかった。

「待ち合わせはここにしたんだけどな」石雄が岩に上り、砂浜の方に目をやった。

岩場には波が打ち寄せてきて、白い飛沫を上げていた。

陽射しが容赦なく照りつけている。

「お前、どうする気だ」石雄が口を開いた。

「お前と一緒に警察に行く」

ないと」

「何とかならないか」

「無実の男が留置されてる」

「深い付き合いなんかない男だろうが」

「深い付き合いもないし、取るに足らない奴だ。だが、奴は殺ってない。釈放されるようにしてやらないと」

「大悟のことを考えてくれ」

「父親をタフガイだと思ってる息子を、生まれる前からお前は裏切ってた」

「どうしようもない人間だったことは認めるよ」

「でも、或る意味、お前はタフだよ」

「どういう意味だ」

私は水平線に目を向けた。「智亜紀さんを殺したのも、〝風鶏〟を自殺に見せかけたのも、お前じゃない。早苗さんがやったんだろう？」

「何を言い出すのかと思ったら」石雄が短く笑った。

「〝風鶏〟と会ったのも、奴のアパートに侵入したのも、お前かもしれないが、殺しはやってない。智亜紀さんとの関係がどんなものであろうが、親父の娘だ。お前には殺せない。さっき俺に語ったことは、すべて早苗さんから聞いたことだと俺は思ってる。簡単に告白したのも、早苗さんを守るためだよな」

「早苗が殺ったという証拠でもあるのか」

「ないよ」

「母親が殺人犯ってのは、子供にとって悲惨だよ」

「どっちだって同じさ」

「子供には父親よりも母親が必要なんだ」

「警察が細かなことを調べたら、矛盾が出てくる。〝風鶏〟がマンションの屋上から転落した時、お前がどこにいたか調べられるかもしれないぜ」

「あのマンションにいたに決まってるじゃないか。俺が殺ったんだから」石雄が柔和に微笑んだ。

「な、順、もう今度の事件は終わったんだ。これ以上、拘るな」

「拘る気はないよ」

「お前とは一生の友だちになれると思ったのにな」石雄がしめやかな声で言った。

「一口のビールが旨い。そんな関係だった気がする。でも、それでもいいじゃないか。旨かったんだから」

「お前は相変わらずクールだな」

「妻を守る。格好いいが、真実はいつかは暴かれる」

「俺もあいつが好きだ。死ぬほど好きなんだよ」

「ふたりの絆は素晴らしい。だが、走った方向が最悪だったな」

「そういう星の下に生まれたふたりだったのさ」

波打ち際を歩いている少年と少女の姿が見えた。

大悟は海パンに赤いTシャツを着ていた。淳子も水着姿だった。大きな白い帽子を被っている。

彼らは私たちに気づいていなかった。

大悟のことを考えると、やりきれない気持ちになった。これからやってくる試練を乗り越えられるだろうか。不運にも、大悟は本当の意味でタフに生きることを強いられるのだ。石雄が逮捕されれば、淳子の母親の過去も暴き出されるに違いない。淳子も辛い思いをせざるをえないだろう。

石雄も彼らを見つめていた。その目が潤んでいた。

「泣くんじゃない、タフガイ」

私はそう言ってから、再び大悟たちに目を向けた。

ふたりは波打ち際をゆっくりと歩いてくる。大悟がファイティング・ポーズを取り、ワンツーを繰り出した。

淳子がこちらに目を向けてから、大悟に何か言った。大悟がワンツーを繰り返しながらうなずいた。

新宿の裏道で王子様とお姫様を拾ったのが発端だった。それは悲しい終わりの始まりでもあったのだ。

私は空と海が分かちがたく結びついている水平線に目を向けた。

江ノ島が見え、富士山が雄々しく裾野を拡げている。

燦燦《さんさん》と陽の光が降り注いでいる。

しかし、私の心の中までは届くはずもなかった。

大悟と淳子が近づいてくる。

〝月の沙漠を　はるばると　旅の駱駝が行きました。金と銀との　鞍置いて　二つならんで行きました……。広い沙漠を　ひとすじに　二人はどこへ行くのでしょう……〟

私の声を風がさらっていっても、私はいつまでも歌い続けていた。

（完）

本書は《ミステリマガジン》二〇一五年七月号から二〇一六年十一月号にかけて全九回にわたり連載された小説を加筆修正し、まとめたものです。

Hayakawa Mystery World

〈ハヤカワ・ミステリワールド〉
タフガイ

二〇一七年七月二十日　初版印刷
二〇一七年七月二十五日　初版発行

著　者　藤田《ふじた》宜永《よしなが》
発行者　早川　浩
発行所　株式会社　早川書房
郵便番号　一〇一-〇〇四六　東京都千代田区神田多町二-二
電話　〇三-三二五二-三一一一（大代表）
振替　〇〇一六〇-三-四七七九九
http://www.hayakawa-online.co.jp
印刷所　中央精版印刷株式会社
製本所　中央精版印刷株式会社

ISBN978-4-15-209700-2 C0093

定価はカバーに表示してあります。
乱丁・落丁本は小社制作部宛お送り下さい。
送料小社負担にてお取りかえいたします。

ハヤカワ文庫

喝采（上・下）

藤田宜永

一九七二年東京。父の死と共に探偵事務所を継いだ浜崎順一郎は、引退した女優捜しの依頼を受ける。だが発見した矢先、女優は何者かに毒殺された。第一発見者の浜崎は容疑者扱いされ、友人の記者や歌手、父の元同僚の刑事らの協力を得て事件を調べ始める。やがて、かつて父が調べていた現金輸送車襲撃事件と奇妙な繋がりを……私立探偵小説の正統。

トレインスポッティング0 スキャグボーイズ

Skagboys

アーヴィン・ウェルシュ
池田真紀子訳
四六判並製

マーク・レントンは青春を謳歌していた。大学の勉強に励み、仲間と楽しい毎日を過ごす。しかし、史上最悪レベルの不景気が彼から未来を奪った。この閉塞感から抜ける出口は、ドラッグだけに見えた。『トレインスポッティング』メンバーの若き日を描く前日譚。

Hayakawa
Mystery World

タフガイ

藤田宜永

早川書房